KB070506

다빈치 코드

The Da Vinci Code

THE DA VINCI CODE
Copyright © 2003 by Dan Brown
All rights reserved.

Korean translation rights arranged with Sanford J. Greenburger Associates, Inc.
through EYA(Eric Yang Agency), Seoul, Korea.

Korean translation copyright © 2008 by Moonhak Soochup Publishing Co., Ltd.

이 책의 한국어판 저작권은 에릭양 에이전시를 통해
Sanford J. Greenburger Associates, Inc.와
독점계약한 (주)문학수첩이 소유합니다.
저작권법에 의하여 한국 내에서 보호를 받는 저작물이므로
무단전재와 복제를 금합니다.

다빈치 코드
The Da Vinci Code

댄 브라운 지음 | 안종설 옮김

문학수첩

일러두기

1. 한글 맞춤법은 국립국어원 『표준국어대사전』에 따랐다. 외래어 표기법도 국립국어원 〈외래어 표기법〉에 따라 표기하였다.
2. 마일, 야드, 피트, 에이커, 제곱피트 등 단위는 센티미터, 미터, 킬로미터, 제곱미터 등의 단위로 환산하였다.
3. 영어 외의 프랑스어나 라틴어는 필요한 경우 원문을 싣고 그 뜻을 괄호 안에 풀이하였다.

다시 한 번
블리스에게
그 어느 때보다도

감사의 글

제일 먼저, 이 책의 본질을 꿰뚫어 보고 이 프로젝트를 위해 너무도 열심히 노력해 준 내 친구이자 편집자 제이슨 코프먼에게 감사의 뜻을 표한다. 또한 뛰어난 에이전트이자 믿음직한 친구이기도 한 하이데 랑게, 그는 『다빈치 코드』의 진정한 승리자이다.

끝까지 나를 믿고 방향을 제시해 준 더블데이 출판사에게는 그 어떤 감사의 말도 부족할 것이다. 특히 처음부터 이 책에 대한 흔들림 없는 믿음을 보여 준 빌 토머스와 스티브 루빈에게 감사한다. 마이클 팔건과 수전 헤르츠, 재널 모버그와 재키 에버리로 대표되는 출판사 관계자들, 또한 탁월한 재능을 갖춘 더블데이의 영업진과 멋진 표지를 만들어 준 마이클 윈저에게도 감사의 뜻을 전하지 않을 수 없다.

자료 조사 단계에서 소중한 도움을 아끼지 않은 루브르 박물관과 프랑스 문화부, 구텐베르크 프로젝트, 파리 국립도서관, 그노시스협회 도서관, 루브르의 회화 연구 및 자료 서비스 부서, 가톨릭월드뉴스, 그리니치 왕립천문대, 런던자료협회, 웨스트민스터사원의 문서 보관소, 존 파이크와 미국과학자연맹에게 감사하며, 오푸스 데이와 관련한 경험―긍정적이든 부정적이든―을 이야기해 준 다섯 명의 회원들(3명은 현재 활동 중이고 2명은 전 회원이었다)에게도 감사의 뜻을 표한다.

수많은 참고 서적을 추적하는 데 아낌없는 도움을 준 워터 스트리트 서점, 황금 비율과 피보나치수열에 대한 도움말을 주신 수학 교사이자 저술가인 나의 아버지 리처드 브라운, 앵커볼 웹 미디어의 스탠 플랜턴, 실비 보들로크, 피터 맥기건, 프랜시스 맥키너리, 마지 워치텔, 앙드레 베르네, 켄 켈러허에게 감사하며, 카라 소택, 카린 폽햄, 에스더 성, 미리엄 아브라모위츠, 윌리엄 턴스탈-페도, 그리고 그리핀 우든 브라운에게 감사한다.

마지막으로 신성한 여성성을 다룬 이 소설의 헌사에서 내 인생에 아주 특별한 영감을 준 두 여인을 언급하지 않을 수는 없다. 역시 저술가이자 영양사이며 음악가이자 역할 모델이기까지 한 나의 어머니 코니 브라운, 그리고 미술 역사학자이자 화가, 최고의 편집자이기도 한 나의 아내 블리스, 그녀는 내가 아는 사람 중에서 가장 놀라운 재능을 가진 여자임이 분명하다.

사실

1099년에 설립된 유럽의 비밀 결사 시온수도회(The Priory of Sion)는 실재 조직이다. 1975년, 파리의 국립도서관은 '비밀문서'라는 이름으로 알려진 양피지를 발견했는데, 여기에는 아이작 뉴턴 경과 보티첼리, 빅토르 위고와 레오나르도 다빈치를 포함한 시온수도회 회원들의 명단이 포함되어 있다.

오푸스 데이라는 바티칸 성직 자치단은 최근 들어 세뇌, 강압, '육체 고행'이라 알려진 위험한 수련 등과 관련한 보도로 논란을 빚은, 독실한 가톨릭의 한 분파이다. 오푸스 데이는 뉴욕 시 렉싱턴 가 243번지에 4천7백만 달러짜리 전국 본부를 완공했다.

이 소설에 등장하는 미술 작품, 건축, 문서, 그리고 비밀 의식과 관련한 모든 묘사는 정확한 사실에 토대를 둔다.

파리, 루브르 박물관
밤 10시 46분

자크 소니에르 관장은 박물관 대화랑의 아치형 복도를 비틀거리며 걸어갔다. 그때 그의 시야에 들어온, 제일 가까운 곳에 걸린 그림이 바로 카라바조였다. 이 명화의 금박 액자를 움켜쥔 일흔여섯 살의 노인은 온 힘을 다해 그림을 자기 쪽으로 잡아당겼고, 다음 순간 그림이 벽에서 떨어져 나오면서 뒤로 벌렁 자빠져 그대로 그 밑에 깔리고 말았다.

예상대로 철문이 요란한 소리를 내며 떨어져 대화랑의 출입구를 봉쇄했다. 마룻바닥이 쿵 하고 흔들렸고, 동시에 멀리서 경보음이 울리기 시작했다.

소니에르 관장은 잠시 그대로 누운 채 가쁜 숨을 몰아쉬며 상황을 판단해 보았다.

'난 아직 살아 있어.'

그는 그림 밑에서 기어 나와 어딘가 몸을 숨길 데가 있는지 주위를 둘러보았다.

섬뜩할 만큼 가까운 곳에서 누군가의 목소리가 들렸다.

"움직이지 마시오."

두 손과 무릎을 바닥에 댄 채 그대로 얼어붙은 소니에르는 천천히 고개를 돌렸다. 불과 5미터도 떨어지지 않은 철문 바깥에, 태산 같은 덩치의 침입자가 철창 사이로 그를 바라보고 있었다. 어깨가 넓고 키도 아주 컸으며, 유령처럼 창백한 피부에 하얀 머리칼은 숱이 별로 많지 않았다. 홍채는 분홍색, 동공은 짙은 빨간색이었다. 이 알비노는 외투에서 권총을 꺼내 관장을 겨누었다.

"도망치지 말았어야 했습니다."

어느 지방 출신인지 가늠하기가 어려운 억양이었다.

"아직 늦지 않았으니, 그게 어디 있는지 말하시오."

"이미 말했잖소."

관장은 화랑 바닥에 무릎을 꿇은 채 대답했다.

"무슨 소린지 모르겠다고 말이오."

"거짓말 마시오."

괴한은 유령처럼 번득이는 눈동자 말고는 손끝 하나 꼼짝하지 않고 관장을 노려보았다.

"당신과 당신의 형제들은 당신네 소유가 아닌 무언가를 가지고 있소."

관장은 가슴이 덜컥 내려앉는 기분이었다.

'이자가 그걸 어떻게 안단 말인가?'

"오늘 밤 그 물건은 올바른 주인을 찾아갈 겁니다. 어디다 숨겼는지만 얘기하면 목숨은 살려 주겠소."

괴한은 관장의 머리를 향해 총구를 겨누었다.

"그게 목숨을 바칠 만큼 중요한 비밀입니까?"

소니에르는 숨을 쉴 수가 없었다.

괴한은 고개를 살짝 기울여 자신의 총구를 내려다보았다.

소니에르는 두 손을 쳐들었다.

"잠깐!"

그가 천천히 말했다.

"당신이 알고 싶어 하는 것을 말해 주겠소."

관장은 최대한 신중을 기해 다음 말을 이었다. 그것은 이미 수도 없이 연습해 본, 그때마다 부디 써먹을 일이 없기를 기도했던 거짓 정보였다.

관장이 말을 마치자, 침입자는 점잖게 미소를 지었다.

"그래요, 다른 자들도 똑같은 말을 하더군요."

소니에르는 뒤통수를 한 대 얻어맞은 기분이었다.

'다른 자들이라니?'

"다 찾아냈소."

남자가 비웃듯 말했다.

"세 명 모두. 하나같이 방금 당신이 한 것과 똑같은 말을 남기더군요."

'그럴 수가!'

관장과 세 명의 집사, 그들의 정체는 그들이 수호하는 고대의 비밀만큼이나 신성한 것이었다. 소니에르는 자신의 집사들 역시 엄격한 규정에 따라 똑같은 거짓말을 얘기한 뒤 목숨을 잃었음을 알아차렸다. 그것은 규약의 일부였다.

침입자는 다시 총을 겨누었다.

"당신이 사라지면 진실을 아는 사람은 나 하나밖에 남지 않겠군요."

'진실.'

관장은 순간적으로 최악의 상황을 떠올려 보았다.

'내가 죽으면 진실은 영원히 사라진다.'

관장은 본능적으로 살길을 찾아 기어가기 시작했다.

총소리가 울려 퍼짐과 동시에 총알이 복부를 뚫고 들어오자, 관장은 마치 시뻘건 낙인이 맨살에 와 닿는 듯한 뜨거움을 느꼈다. 그는 고통으로 몸부림치며 앞으로 고꾸라졌다. 그러고는 천천히 몸을 굴려 철창 사이로 침입자를 바라보았다.

괴한은 마지막 일격을 가하려는 듯 소니에르의 머리를 겨누었다.

소니에르는 눈을 감았다. 두려움과 후회가 태풍처럼 소용돌이쳤다.

빈 탄창이 철컥 하는 소리가 복도에 울려 퍼졌다.

관장은 번쩍 눈을 떴다.

괴한은 재미있다는 듯 자신의 총을 내려다보았다. 탄창을 갈아 끼우기 위해 주머니에 손을 넣던 그는 생각이 바뀐 듯 소니에르의 복부를 바라보며 차분히 미소를 지었다.

"내가 할 일은 여기까지인 모양이로군요."

관장은 고개를 숙여 하얀 리넨 셔츠에 뚫린 총알구멍을 바라보았다. 흉골 몇 인치 아래에 피가 번지고 있었다. 총알이 심장을 비켜 간 것이 오히려 그를 더욱 절망으로 몰아넣었다. 알제리 전쟁 참전 용사 출신인 그는 이런 고통스러운 죽음을 목격한 적이 있었다. 위산이 흉강으로 스며들어 그 독성이 몸 전체로 퍼져 나가는 데는 15분가량이 걸릴 터였다.

"선생, 고통은 좋은 것입니다."

괴한이 말했다.

괴한은 그 말을 남기고 사라졌다.

혼자 남은 자크 소니에르는 시선을 들어 다시 철문을 바라보았다. 저 문은 적어도 20분 동안은 열리지 않을 테니, 그는 꼼짝없이 갇힌 신세였다. 누군가가 달려올 무렵에는 이미 그의 숨이 끊어진 다음일 터였다. 그럼에도 불구하고 지금 그를 사로잡은 공포는 자신의 목숨보다도 훨씬 더 소중한 무언가로 인한 것이었다.

'비밀을 전해야 한다.'

그는 간신히 몸을 일으키며 살해당한 세 명의 형제를 떠올렸다. 앞서간 선조도 생각났다……. 그는 그들에게 주어진 임무를 생각했다.

'지식의 연결 고리가 끊어져서는 안 된다.'

그 모든 예방 조치, 그 모든 안전장치에도 불구하고, 자크 소니에르는 졸지에 이 세상에 남은 유일한 고리, 세상에서 가장 강력한 비밀의 유일한 수호자가 되어 버렸다.

소니에르는 안간힘을 다해 몸을 일으켰다.

'어떻게든 방법을 찾아야 해…….'

그는 대화랑에 갇힌 신세였고, 그가 횃불을 넘겨줄 사람은 이 지구상에 단 한 명밖에 없었다. 소니에르는 자신을 가둔 그 화려한 감옥의 벽을 바라보았다. 세상에서 가장 유명한 그림들이 오랜 친구처럼 그를 향해 미소 짓는 듯했다.

소니에르는 견디기 힘든 고통에 얼굴을 찌푸리면서도 마지막 남은 기운을 끌어 모았다. 마지막 임무를 완수하기 위해서는 자신에게 남은 모든 시간을 쏟아 부어야 한다는 것을 그는 잘 알고 있었다.

1

로버트 랭던은 천천히 잠에서 깨어났다.

어둠 속에서 전화벨이 울리고 있었다. 신경질적으로 낯선 벨 소리였다. 그는 침대 맡을 더듬어 스탠드를 켰다. 눈을 가늘게 뜨고 주위를 둘러보니, 루이 16세풍의 가구와 프레스코 화풍의 그림이 그려진 벽, 네 개의 기둥이 달린 커다란 마호가니 침대 등 화려한 르네상스풍의 침실이 눈에 뜨였다.

'도대체 여기가 어디야?'

침대 기둥에 걸린 고급스러운 자카드 목욕 가운에는 '호텔 리츠 파리'의 로고가 새겨져 있었다.

머릿속의 안개가 서서히 걷히기 시작했다.

랭던은 수화기를 들었다.

"여보세요?"

"랭던 씨입니까?"

웬 남자의 목소리였다.

"주무시는데 방해가 되지 않았으면 좋겠습니다."

랭던은 얼떨결에 침대 맡의 시계를 바라보았다. 밤 12시 32분이었다. 잠든 지 겨우 한 시간밖에 지나지 않았는데 마치 죽었다가 깨어난 기분이었다.

"저는 이 호텔 지배인입니다. 방해해서 죄송하지만, 손님이 찾아오셨습니다. 아주 급한 일이라고 하십니다."

랭던은 아직도 잠이 덜 깨 얼떨떨했다.

'손님?'

그의 시선은 이제 침대 옆의 탁자에 놓인 구겨진 전단에 붙박였다.

파리 아메리칸 대학 주최
하버드 대학 종교기호학과
로버트 랭던 교수 특별 강연

랭던은 나지막이 신음을 토했다. 오늘 밤 강연—샤르트르 대성당의 돌에 새겨진 이교도의 상징에 대한 슬라이드 프레젠테이션이었다—을 들은 보수주의자 가운데 잔뜩 화가 난 자들이 있을 법도 했다. 아마 어느 종교학자가 시비를 걸려고 단단히 마음을 먹고 그의 숙소를 추적한 모양이었다.

"미안합니다만, 나는 지금 무척 피곤해서."

랭던이 말했다.

"하지만 선생님, 아주 중요한 손님이십니다."

지배인이 한껏 목소리를 낮추며 밀어붙였다.

랭던은 의심의 여지가 없다고 생각했다. 그는 종교적 색채의 미술 작품과 이교도의 상징에 대한 저서들로 본의 아니게 미술계의 유명 인사가 되었고, 특히 지난해 바티칸에서 벌어진 사건이 널리 세간에 알

15

려지면서 지명도가 크게 높아졌다. 그 뒤로 자칭 저명한 역사학자와 예술계의 거물들이 끊이지 않고 그를 찾아왔다.

"혹시 가능하다면 말입니다."

랭던은 최대한 정중한 목소리를 유지하려고 애쓰며 대답했다.

"그분에게 이름과 연락처를 남기면 내가 화요일에 파리를 떠나기 전에 연락하겠다고 전해 주시겠습니까? 고마워요."

말을 마친 랭던은 상대방이 대꾸할 틈도 주지 않고 전화를 끊어 버렸다.

침대 위에 일어나 앉은 랭던은 얼굴을 찌푸린 채 탁자 위에 놓인 호텔의 홍보 책자를 바라보았다. 표지에는 '빛의 도시에서 아기처럼 잠들다. 파리 리츠에서 맛보는 단잠'이라는 문구가 적혀 있었다. 랭던은 고개를 돌려 맞은편 전신 거울을 바라보았다. 거울 속에서 피로에 절어 부스스한 낯선 남자가 그를 마주 보았다.

'휴가 좀 내야겠어, 로버트.'

지난 한 해 사이에 부쩍 늙어 버린 것은 사실이지만, 지금 거울에 비친 모습을 액면 그대로 인정하고 싶지는 않았다. 평소에는 날카로움이 살아 있는 파란 눈동자가 오늘따라 유난히 흐리멍덩해 보였다. 강인해 보이는 데다가 가운데가 팬 턱에는 수염이 까칠하게 돋아 있었다. 관자놀이 부근의 흰머리도 눈에 띄게 늘어나 숱 많은 검은 머리를 점점 잠식해 들어갔다. 학교의 동료 여교수들은 그가 흰머리 덕분에 예전보다 더 학구적으로 보인다고 주장했지만, 랭던은 그 말을 곧이곧대로 믿지는 않았다.

'《보스턴 매거진》이 나의 지금 이 모습을 봤어야 하는데.'

그 잡지는 지난달, 너무나 당혹스럽게도 랭던을 '화제의 인물 10인' 가운데 한 명으로 올려놓았다. 명예인지 불명예인지 애매모호한 이 사건 때문에 하버드의 동료들에게서 얼마나 놀림을 받았는지 모른다. 집에서 3천 마일을 날아온 오늘 밤 강연 때도 또 그 이야기가 나왔다.

"신사 숙녀 여러분……."

사회자는 파리 아메리카 대학의 파빌론 도핀을 가득 메운 청중들 앞에서 말했다.

"오늘 밤 모실 연사는 따로 소개가 필요 없는 분입니다. 『비밀 종파의 기호학』『일루미나티의 예술』『표의문자의 잃어버린 언어』 등 수많은 저서를 발표했으며, 특히 『종교 도상학』은 관련 분야에서 독보적인 지위에 오른 명저입니다. 아마도 여러분 중에는 이 책을 수업 시간의 교재로 사용하시는 분이 많을 줄로 압니다."

객석의 학생들은 진지하게 고개를 끄덕였다.

"원래 저는 오늘 밤 이분의 화려한 이력을 요약하는 것으로 소개의 말씀을 대신할 생각이었습니다. 하지만……."

그녀는 짓궂은 표정으로 무대 위에 앉아 있는 랭던을 슬쩍 돌아보았다.

"청중 가운데 한 분이 그보다 훨씬 더 흥미로운 자료를 건네주시더군요."

그러면서 그녀가 들어 보인 것이 바로 《보스턴 매거진》이었다.

랭던은 움찔했다.

'저게 어디서 났지?'

사회자가 그 엉터리 같은 기사를 부분적으로 골라내서 읽기 시작하자, 랭던은 의자 밑으로 점점 몸이 가라앉는 느낌이었다. 30초가 지나자 청중들의 얼굴에 웃음이 번지기 시작했고, 사회자는 좀처럼 그만둘 기미가 보이지 않았다.

"랭던 씨는 지난해 바티칸의 교황 선거 회의에서 자신이 수행한 이례적인 역할에 대해 철저하게 함구함으로써 더욱 호기심을 증폭시킨다."

사회자는 선동하듯 소리쳤다.

"좀 더 읽어 드릴까요?"

청중들이 큰 박수로 화답했다.

'누가 저 여자 좀 말려줘.'

그녀가 다시 기사를 들여다보자, 랭던은 속으로 중얼거렸다.

"랭던 교수의 외모가 이번에 함께 선정된 젊은 인물들만큼 섹시하지는 않다고 생각할 독자가 있을지 모르겠지만, 40대의 이 학자가 가진 매력은 단지 학문적인 분야에만 국한되지 않는다. 그의 매력적인 외모는 낮고 그윽한 바리톤의 목소리 때문에 더욱 돋보이는데, 그의 강의를 듣는 여학생들은 그런 그의 목소리를 '귀를 위한 초콜릿'이라고 부른다."

강당 안에 웃음이 터졌다.

랭던도 어쩔 수 없이 어색한 미소를 지었다. 그는 그다음에 어떤 대사가 이어질지 잘 알고 있었고―'해리슨 트위드를 입은 해리슨 포드' 어쩌고 하는 시답잖은 문장이었다―하필이면 오늘 밤에도 해리슨 트위드와 버버리 터틀넥을 입고 있었던 탓에 도저히 더 이상 두고 볼 수가 없다는 결론을 내렸다.

"고맙습니다, 모니크."

랭던은 아직 자기 차례가 되지도 않았는데 자리에서 벌떡 일어나 그녀를 연단 옆으로 밀어냈다.

"《보스턴 매거진》은 소설을 쓰는 데 탁월한 능력을 갖춘 잡지지요."

이어서 랭던은 한숨을 내쉬며 객석을 돌아보았다.

"여러분 중에서 누가 이 잡지를 제공했는지 밝혀지면 바로 영사관에 연락해서 추방하도록 하겠습니다."

청중들이 다시 웃음을 터뜨렸다.

"자, 여러분, 아시다시피 제가 오늘 이 자리에 선 것은 기호가 가진 막강한 힘에 대해 이야기를 하기 위해서입니다……."

다시 한 번 전화벨 소리가 호텔 방의 정적을 깨뜨렸다.

랭던은 어이가 없어서 끙 하는 신음과 함께 수화기를 들었다.

"예?"

예상대로, 또 그 지배인이었다.

"랭던 씨, 다시 한 번 사과드립니다. 아무래도 아까 그 손님이 지금 선생님 방으로 올라가는 중이라는 사실을 말씀드려야 할 것 같아서요."

랭던은 잠이 확 달아나는 느낌이었다.

"그 사람을 내 방으로 올려 보냈단 말입니까?"

"죄송합니다, 선생님. 하지만 그분은…… 저에게는 그런 분을 제지할 수 있는 권한이 없습니다."

"도대체 누구기에?"

하지만 지배인은 이미 전화를 끊은 다음이었다.

거의 그와 동시에 커다란 주먹으로 방문을 두드리는 소리가 들렸다.

랭던은 엉거주춤 침대를 빠져나왔지만, 발가락이 카펫 속으로 가라앉는 느낌이 들었다. 그래도 목욕 가운을 걸치고 출입문 쪽으로 다가갔다.

"누구십니까?"

"랭던 씨, 드릴 말씀이 있습니다."

날카롭고 권위적인 남자의 목소리였다.

"나는 제롬 콜레 반장이라고 합니다. 중앙사법경찰국(DCPJ)에서 나왔습니다."

랭던은 잠시 동작을 멈추었다.

'사법경찰?'

DCPJ라면 대충 미국의 FBI와 맞먹는 기관이 아닌가.

랭던은 방범용 체인을 걸어 둔 채 문을 빠끔 열었다. 무척 수척하고 피곤해 보이는 남자의 얼굴이 그를 바라보았다. 몸이 굉장히 호리호리하고, 파란 제복을 입은 남자였다.

"좀 들어가도 되겠습니까?"

그가 물었다.

랭던은 자신을 훑어보는 낯선 남자의 창백한 눈빛에 불안감을 느끼며 잠시 망설였다.

"무슨 일입니까?"

"국장님께서 선생과 상의할 일이 있다고 하십니다."

"지금 말입니까?"

랭던은 말문이 막혔지만 겨우 그렇게 되물었다.

"자정이 넘었습니다."

"오늘 저녁에 루브르 박물관 관장과 만나기로 한 것이 사실입니까?"

랭던은 갑자기 불안감이 엄습해 왔다. 오늘 밤 강연이 끝나고 나서 자크 소니에르 관장과 술을 한잔하기로 되어 있었는데, 그는 끝내 모습을 드러내지 않았다.

"사실입니다. 어떻게 알았습니까?"

"그의 일정표에서 선생 이름을 발견했습니다."

"혹시 무슨 일이 생긴 건 아니겠지요?"

반장은 깊은 한숨을 내쉬며 빠끔히 열린 문틈으로 즉석 사진 한 장을 내밀었다.

그 사진을 본 랭던의 온몸이 뻣뻣하게 굳었다.

"찍은 지 한 시간도 안 된 사진입니다. 루브르에서 찍은 거지요."

그 참혹한 사진을 들여다보노라니 처음에 느꼈던 충격과 혐오감이 일순간에 분노로 뒤바뀌었다.

"누가 이런 짓을!"

"바로 그 질문의 답을 구하기 위해 오늘 밤 그를 만나기로 했던 선생의 기호학 지식이 필요한 겁니다."

랭던은 사진을 들여다보면 볼수록 두려움이 밀려들었다. 사진 자체가 섬뜩하리만치 엽기적인 것도 그렇지만, 그보다 일종의 기시감 때문에 더욱 마음이 불안했다. 약 1년 전에도 지금과 마찬가지로 시신의 사진을 보여 주며 도와 달라는 부탁을 해 온 사람이 있었다. 그로부터 24시간 뒤, 그는 하마터면 바티칸 시티에서 목숨까지 잃을 뻔하지 않았던가. 이번 사진은 그때와는 전혀 달랐지만, 왠지 시나리오 자체는 굉장히 비슷하게 느껴졌다.

반장은 손목시계를 들여다보았다.

"국장님께서 기다리고 계십니다."

랭던의 귀에는 그의 목소리가 제대로 들리지 않았다. 그의 시선은 여전히 사진에 붙박여 있었다.

"이 기호…… 그리고 더욱 이상한 건 시신의……."

"자세 말입니까?"

반장이 물었다.

랭던은 서늘한 한기를 느끼며 고개를 끄덕였다.

"어떤 인간이 이런 짓을 할 수 있는지 상상이 가지 않는군요."

반장은 냉혹한 표정이었다.

"이해가 안 가는 모양이군요, 랭던 씨. 지금 선생이 보고 있는 사진은……."

그는 잠시 뜸을 들이다가 말을 이었다.

"소니에르 관장이 직접 취한 자세입니다."

2

 거기로부터 1마일가량 떨어진 곳에서는 사일러스('Silas' 의 영어식 발음—옮긴이)라는 이름의 덩치 큰 알비노가 다리를 절뚝거리며 브뤼예르 가의 고급스러운 숙소 정문으로 들어서고 있었다. 허벅지에 찬 가시 박힌 시리스 벨트가 살을 파고들었지만, 그의 영혼은 주님의 은혜에 보답했다는 뿌듯함으로 노래라도 부르고 싶은 심정이었다.

 '고통은 좋은 것이다.'

 그의 붉은 눈동자가 숙소에 들어서면서 재빨리 로비를 훑었다. 아무도 없었다. 그는 동료 수도사들의 잠을 방해하고 싶지 않아 조용히 계단을 올라갔다. 그의 침실 문은 열려 있었다. 이곳에서는 방문을 잠그지 못하게 되어 있었다. 방으로 들어선 그는 등 뒤로 문을 닫았다.

 방은 검소하기 이를 데 없어서, 마루가 깔린 바닥에 소나무 서랍장 하나, 그리고 그가 침대로 쓰는 천 매트 하나가 한쪽 구석에 놓여 있을 뿐이었다. 그는 이번 주를 이곳에서 묵기로 되어 있었지만, 지난 몇 년 동안 이와 비슷한 뉴욕의 성소에서 기거하는 은총을 입었다.

'주님께서는 나에게 보금자리와 삶의 목적을 베풀어 주신다.'

사일러스는 오늘 밤에야 그동안 진 빚을 조금이나마 갚기 시작한 느낌이었다. 서둘러 서랍장으로 다가간 그는 제일 아래 칸에 숨겨 둔 휴대전화를 꺼냈다.

"예?"

남자의 목소리가 흘러나왔다.

"스승님, 돌아왔습니다."

"말해라."

짧은 대답이었지만, 그의 목소리를 반기는 기색이 느껴졌다.

"네 사람 모두 해결했습니다. 집사 세 명……. 그리고 그랜드마스터까지."

순간, 기도를 드리는 듯 잠깐의 공백을 두고서야 상대방의 반응이 들려왔다.

"그럼 정보를 입수했겠구나."

"네 사람 모두 똑같은 말을 남겼습니다."

"그들의 말을 믿느냐?"

"우연의 일치라고 보기에는 너무 똑같았습니다."

흥분한 숨소리가 들려왔다.

"잘했다. 그들은 목숨을 걸고 비밀을 지킨다는 소문 때문에 조금 걱정했다."

"죽음을 눈앞에 둔 자들이 입을 열지 않을 리가 없습니다."

"맞는 말이다. 사도여, 내가 꼭 알아야 할 것을 말해다오."

사일러스는 자신이 입수한 정보가 상당히 충격적인 내용임을 알고 있었다.

"스승님, 네 사람 모두 쐐기돌의 존재를 자백했습니다……. 전설의 쐐기돌 말입니다."

스승이 급하게 숨을 들이쉬는 소리에서 그의 흥분이 전해졌다.

"쐐기돌이라. 우리가 예상했던 그대로구나."

전하는 바에 따르면 문제의 조직은 그들 최고의 비밀이 영구적으로 안치된 장소를 나타내는 지도를 돌판에 새겨 놓았다고 했다. 그것이 바로 클레 드 부트(clef de voûte, 아치의 열쇠), 혹은 쐐기돌이라 불리는데, 거기에는 조직의 존재 이유가 바로 그 비밀을 수호하기 위해서라고 할 만큼 엄청난 정보가 담겨 있었다.

"쐐기돌을 손에 넣고 나면, 단 한 걸음밖에 남지 않게 된다."

스승이 말했다.

"우리는 스승님의 생각보다 훨씬 더 가까이 접근했습니다. 쐐기돌은 바로 이곳, 파리에 있습니다."

"파리에? 믿어지지가 않는구나. 일이 이렇게 쉽게 풀리다니."

사일러스는 그날 저녁에 일어난 사건들을 낱낱이 보고했다. 네 명 모두 죽음의 순간이 다가오자, 그 하잘것없는 목숨을 잃지 않으려고 발버둥 치며 비밀을 털어놓았다. 네 사람의 대답은 모두 똑같았다. 쐐기돌은 파리의 오래된 교회 가운데 하나인 생 쉴피스 성당 내부에 교묘하게 숨겨져 있다는 것이었다.

"주님의 집 안에?"

스승이 소리쳤다.

"아주 우리를 가지고 노는구나!"

"벌써 몇 세기가 되었습니다."

스승은 마치 이 순간의 승리감을 온전히 만끽하려는 듯 한동안 침묵에 빠졌다. 한참만에야 그가 다시 입을 열었다.

"주님을 위해 정말 대단한 일을 했다. 이 순간을 몇백 년이나 기다려 오지 않았느냐. 너는 그 돌을 찾아와야 한다. 오늘 밤 당장. 이게 얼마나 중요한 일인지는 너도 잘 알지 않느냐."

사일러스도 그 중요성은 물론 잘 알지만, 스승은 지금 불가능해 보이는 명령을 내리고 있었다.

"하지만 그 교회는 요새와도 같습니다. 특히 밤에는 더욱 그렇지요. 어떻게 들어가야 합니까?"

스승은 막강한 영향력을 지닌 사람 특유의 자신감 넘치는 목소리로 그 방법을 설명해 주었다.

전화를 끊고 나니 너무 가슴이 설레어 몸이 근질거렸다.

'한 시간이 남았다.'

사일러스는 혼자 중얼거렸다. 하느님의 처소로 들어가기 전에 참회의 시간을 허락한 스승의 배려가 고마울 따름이었다.

'오늘 저지른 죄악을 나의 영혼에서 씻어 내야 한다.'

물론 그가 오늘 지은 죄는 주님에게 영광을 돌리기 위한 것이었다. 이미 수백 년 동안이나 주님의 적과의 전쟁이 이어져 왔다. 용서받지 못할 이유가 없었다.

그렇다고는 하지만 절대적인 확신을 위해서는 희생이 따라야 한다는 것을 사일러스는 잘 알고 있었다.

그는 커튼을 치고 옷을 모두 벗은 다음, 방 한복판에 무릎을 꿇고 앉았다. 고개를 숙여 허벅지에 묶은 시리스 벨트를 살펴보았다. 진실로 『길(The Way)』을 따르는 이들은 이 장비를 착용한다. 가죽 끈에 달린 날카로운 가시가 그리스도의 고난을 잠시도 잊지 않도록 상기시켜 주는 것이다. 이 장비에서 비롯되는 고통은 육신의 욕망을 다스리는 데도 도움이 되었다.

사일러스는 오늘, 규정된 두 시간이 훨씬 넘게 이 시리스 벨트를 착용했음에도 불구하고 오늘은 다른 평범한 날과는 전혀 다른 하루임을 알고 있었다. 그는 벨트의 죔쇠를 한 칸 더 조였다. 가시가 더욱 깊숙이 살 속으로 파고들면서 그의 얼굴이 일그러졌다. 그는 천천히 숨을 내쉬며 고통과 함께 자신의 죄가 씻겨 나가는 과정을 음미했다.

'고통은 좋은 것이다.'

사일러스는 모든 스승의 스승인 호세마리오 에스크리바 신부의 신성한 주문을 되풀이했다. 에스크리바는 이미 1975년에 세상을 떠났지만 그가 남긴 지혜, 그가 남긴 어록은 전 세계에 흩어진 수천 명의 충실한 종들이 무릎을 꿇고 '육체의 고행'을 수행할 때마다 고스란히 되살아나곤 했다.

사일러스는 돌돌 말린 채 바닥에 가지런히 놓인 묵직한 채찍을 내려다보았다. 굵은 매듭들이 촘촘히 달린 밧줄이었다.

'고행.'

매듭마다 피가 말라붙어 있었다. 사일러스는 어서 번뇌를 씻어 내고 싶은 마음에 서둘러 기도를 올렸다. 그러고는 채찍의 한쪽 끝을 집어들고 눈을 감은 다음, 어깨 너머로 힘껏 후려쳤다. 매듭들이 가차 없이 등짝에 내리꽂혔다. 사일러스는 다시 한 번 자신의 육신에 채찍질을 가했다. 한 번, 또 한 번, 그의 채찍질은 계속해서 이어졌다.

'Castigo corpus meum(내 몸에 벌을 주리라).'

마침내 그는 피가 흘러내리는 것을 느꼈다.

3

오페라하우스 남단을 지나 방돔 광장을 가로지르는 시트로엥 ZX의 열린 창문으로 서늘한 4월의 밤공기가 밀려 들어왔다. 로버트 랭던은 운전석 옆자리에 앉아 스쳐 지나가는 도시를 바라보며 생각을 정리해 보려고 안간힘을 다했다. 서둘러 샤워와 면도를 하고 나온 탓에 겉모습은 그럭저럭 봐 줄 만했지만, 그것이 초조한 마음을 달래는 데는 별 도움이 되지 않았다. 관장의 시체, 그 끔찍한 이미지가 뇌리에 깊숙이 박힌 탓이었다.

'자크 소니에르가 죽었다.'

랭던은 그가 죽었다는 사실에 깊은 상실감을 느꼈다. 소니에르는 좀처럼 사람들 앞에 모습을 드러내지 않는 인물로 유명했지만, 예술에 대한 헌신적인 애정은 많은 사람들의 존경을 받기에 부족함이 없었다. 푸생과 테니르스의 회화에 숨겨진 암호를 다룬 그의 저서들은 랭던이 수업 시간에 즐겨 사용하는 교재 가운데 하나였다. 그래서 랭던은 오늘 밤 그를 만난다는 사실에 잔뜩 기대를 걸었고, 막상 그가 모습을 드러내지 않자 실망감도 그만큼 컸다.

또 한 번 시신의 이미지가 랭던의 마음속을 휙 스쳐 지나갔다.

'자크 소니에르 본인이 직접 그런 자세를 취했다고?'

랭던은 그 그림을 지우려고 애쓰며 차창 밖을 바라보았다.

도시는 서서히 또 하루를 마칠 준비를 하고 있었다. 아몬드 사탕 수레를 끌고 집으로 돌아가는 노점상들과 가게 밖으로 쓰레기 봉지를 내다 놓는 음식점 종업원들, 그리고 재스민 향이 실린 산들바람 속에 서로의 체온으로 온기를 유지하고 싶은 한 쌍의 연인이 찰싹 달라붙어 있는 모습이 보였다. 시트로엥은 기세등등하게 밤거리를 내달렸고, 단두 개의 음만 교대로 되풀이하는 불협화음의 사이렌 소리가 다른 차들을 사정없이 옆으로 내몰았다.

"국장님은 선생이 아직 파리에 있는 것을 무척 다행스럽게 생각하십니다."

반장이 말했다. 호텔을 출발한 뒤로 그가 처음 꺼낸 말이었다.

"아주 다행스러운 우연이지요."

랭던은 크게 다행스럽다는 생각도 들지 않았을 뿐 아니라, 평소에도 우연이라는 것을 믿지 않는 편이었다. 전혀 공통점이 없어 보이는 상징과 이데올로기 사이의 숨겨진 연관성을 찾아내는 일에 평생을 바쳐온 그로서는 세상이 역사와 사건들로 엮인 그물망으로 보일 뿐이었다. 그가 하버드의 기호학 수업 시간에 입버릇처럼 하는 말이 바로 이것이었다.

'때로는 눈에 보이지 않는 경우도 있지만, 언제나 수면 바로 밑에 숨어 있는 것이 바로 이 연관성이다.'

"내 숙소는 파리 아메리칸 대학을 통해 알아냈겠군요."

랭던이 말했다.

요원은 고개를 가로저었다.

"아니, 인터폴에서 알려 주더군요."

'인터폴.'

랭던은 그럴 만도 하다는 생각이 들었다. 유럽의 호텔에서 체크인을 할 때 여권을 보여 달라고 요구하는 것은 단순히 요식적인 절차가 아니라는 사실을 잠시 잊고 있었다. 그것은 법으로 정해진 규정이었다. 유럽의 어느 곳에 가든 인터폴은 누가, 어느 호텔에 투숙하는지 귀신처럼 알아낸다. 랭던이 리츠 호텔에 묵고 있다는 것을 알아내기까지 채 5초가 걸리지 않았을 것이다.

시트로엥이 한껏 속도를 높여 도시 남쪽으로 내달리자, 환하게 불이 밝혀진 에펠탑이 저만치 눈에 들어왔다. 그 탑을 보니 1년 전에 비토리아와 한 약속이 생각났다. 6개월에 한 번씩 전 세계의 낭만적인 곳에서 만나자는, 조금은 치기 어린 약속이었다. 에펠탑도 그 목록에 올릴 수 있을까? 안타깝게도 로마의 복잡한 공항에서 비토리아와 마지막 키스를 나눈 게 벌써 1년도 훌쩍 넘었다.

"그녀한테 올라가 봤습니까?"

요원이 랭던을 슬쩍 돌아보며 물었다.

랭던은 자기가 잘못 들었나 싶어서 화들짝 고개를 들었다.

"뭐라고 하셨습니까?"

"정말 아름답지 않습니까?"

요원은 앞 유리 너머로 에펠탑을 향해 턱짓을 했다.

"저기 올라가 봤느냐고 물었습니다."

랭던은 눈알을 굴리며 대답했다.

"아뇨, 아직 저 탑에는 올라가 보지 않았습니다."

"프랑스의 상징이지요. 정말 완벽합니다."

랭던은 무심코 고개를 끄덕였다. 기호학자들은 남성미와 여성화, 그리고 나폴레옹이나 '단신왕' 피핀 같은 자그마한 체구의 위험한 지도

자들을 배출한 프랑스가 1천 피트짜리 거대한 남근상을 국가의 상징으로 삼은 것은 너무나 잘 어울리는 선택이라고들 입방아를 찧었다.

리볼리 가의 교차로에 이르렀을 때 신호등이 빨간색으로 바뀌었지만 시트로엥은 속력을 늦추지 않았다. 자동차는 쏜살같이 교차로를 지나 파리의 센트럴 파크라 불리는 튈르리 정원의 북쪽 입구에 해당하는 카스티글리온 가로 접어들었다. 관광객들은 흔히 튈르리 정원이라는 이름을 그곳에 피어 있는 수천 송이의 튤립과 관련된 것으로 잘못 해석하는 경우가 많은데, 사실 튈르리는 튤립처럼 낭만적인 꽃과는 별로 관계가 없는 유래를 가지고 있다. 파리의 그 유명한 붉은 기와—이것이 바로 튈르다—를 생산하는 업자들이 그 재료가 되는 흙을 파낸 거대한 구덩이가 있던 곳이 바로 이 공원이기 때문이다.

자동차가 인적 끊긴 공원 안으로 들어서자, 요원은 사이렌을 껐다. 랭던은 갑작스레 찾아든 정적을 음미하며 큰 숨을 내쉬었다. 할로겐 전조등 불빛이 공원 도로의 자갈길을 훑으면서 타이어에 돌멩이가 튀는 소리가 일정한 리듬으로 들려왔다. 랭던은 오래전부터 튈르리를 굉장히 신성한 곳으로 생각해 왔다. 일찍이 클로드 모네가 이 공원에서 형태와 색상을 실험했으니, 말 그대로 인상파 운동이 탄생한 곳이라고 해도 과언이 아닐 것이다. 그러나 오늘 밤의 이 공원은 굉장히 낯설고 불길한 예감으로 다가왔다.

시트로엥은 왼쪽으로 방향을 꺾어 공원의 중앙로에서 서쪽으로 달리기 시작했다. 이어서 동그란 연못을 빙 돌아 텅 빈 도로를 가로지른 다음, 그 뒤쪽의 안뜰 같은 공간으로 접어들었다. 튈르리 정원의 끝자락에 우뚝 버티고 선 거대한 돌로 된 아치가 눈에 들어왔다.

'카루젤 개선문.'

한때 이 개선문에서 난잡한 의식이 벌어졌음에도 불구하고, 예술 애호가들은 그와는 전혀 다른 이유로 이곳에 찬사를 아끼지 않는다. 튈르리 끄트머리의 산책길에서 보면 동서남북 각 방향으로 하나씩, 세계 최고의 박물관이 4개나 보이기 때문이다.

지금 이 자동차의 오른쪽 차창 쪽에 해당하는 남쪽으로는 센 강과 볼테르 부두 너머 멋진 조명이 밝혀진 오래된 기차역이 정면으로 바라보였다. 이곳이 바로 그 유명한 오르세 미술관이다. 왼쪽으로 시선을 돌리면 초현대식 퐁피두 센터의 꼭대기가 보이는데, 이 건물에는 파리 국립근대미술관이 자리하고 있다. 랭던은 뒤쪽으로 고개를 돌리면 나무들 위로 람세스의 오벨리스크가 우뚝 솟아 죄드 폼 국립미술관을 내려다보고 있다는 것을 알고 있었다.

그러나 똑바로 정면, 즉 동쪽을 바라보면 아치 길 사이로 세계에서 가장 유명한 박물관으로 자리 잡은 르네상스 시대의 궁전이 보인다.

바로 루브르 박물관이었다.

랭던은 이 거대한 건물 전체를 한눈에 조망하려는 헛된 시도가 결국은 낯익은 경이감으로 변해 가는 감정의 변화를 느꼈다. 드넓은 광장 너머로 루브르의 위풍당당한 모습이 파리의 하늘을 찌르는 성채처럼 버티고 있었다. 거대한 말발굽처럼 생긴 루브르는 유럽에서 가장 긴 건물이어서, 에펠탑 세 개를 눕혀 놓은 것보다 더 길었다. 박물관 건물들 사이의 9만 3천 제곱미터의 광장조차도 건물의 어마어마한 폭과는 상대가 되지 않았다. 랭던은 루브르 박물관 주위를 걸어서 한 바퀴 둘러본 적이 있는데, 그 거리가 무려 4천8백 미터에 달했다.

이 건물에 소장된 6만 5천3백 점의 예술품을 제대로 감상하려면 꼬박 5주가 걸린다는 평가에도 불구하고, 대부분의 관광객들은 랭던이 '루브르 특급'이라고 부르는 최단 경로를 선택한다. 〈모나리자〉 〈밀로의 비너스〉 〈승리의 날개〉 등 제일 유명한 세 점의 작품을 구경하는 데 초점을 맞춰 전속력으로 박물관을 도는 것이다. 아트 버크월드는 언젠가 단 5분 56초 만에 이 세 걸작을 모두 보았노라고 자랑한 바 있다.

요원은 휴대용 무전기를 꺼내더니, 속사포처럼 프랑스어로 말했다.

"Monsieur Langdon est arrivé. Deux minutes(랭던 씨가 2분 후에 도착할 예정입니다)."

무전기에서는 랭던이 도저히 해독하지 못할 대답이 쏟아져 나왔다.

요원은 무전기를 집어넣고 랭던을 돌아보았다.

"현관에서 국장님을 만날 겁니다."

이어서 그는 광장에 자동차가 드나들 수 없다는 표지판을 무시한 채 총알처럼 시트로엥을 몰았다. 루브르의 현관이 웅장한 자태를 드러냈고, 그 주위를 조명이 밝혀진 분수에서 물이 솟구치는 일곱 개의 삼각형 연못이 에워싸고 있었다.

'피라미드.'

파리 루브르 박물관의 새 출입구는 박물관 자체만큼이나 유명했다. 중국 태생의 미국 건축가 I. M. 페이가 설계한 초현대식 유리 피라미드인데, 전통주의자들은 아직도 그것이 르네상스풍의 근엄한 안뜰을 망가뜨린다고 헐뜯곤 했다. 페이를 비판하는 사람들은 '건축은 얼어붙은 음악'이라는 괴테의 비유에 빗대어, 이 피라미드를 손톱으로 칠판을 긁는 소리와도 같다고 혹평했다. 그러나 진보적인 견해를 가진 이들은 22미터 높이의 이 투명한 피라미드가 고대의 구조와 현대의 기술을 접목시켜—이것이야말로 신구의 조화를 이끌어 내는 상징적인 연결 고리다—루브르에 또 다른 1천 년의 영화를 선사할 것이라고 격찬했다.

"우리 피라미드가 마음에 듭니까?"

요원이 물었다.

랭던은 내심 눈살을 찌푸렸다. 프랑스 사람들은 미국인만 만나면 이런 질문을 던지고 싶은 모양이었다. 그것은 상당히 유도적인 질문이 아닐 수 없었다. 마음에 든다고 대답하면 교양 없는 천박한 미국인이 되어 버리고, 그렇다고 마음에 안 든다고 하면 프랑스를 모독하는 처사가 되기 때문이었다.

"미테랑은 아주 과감한 인물이었지요."

랭던은 유도 심문에 넘어가고 싶지 않은 마음에 조금은 엉뚱한 대답을 내놓았다. 이 피라미드 설계를 의뢰한 미테랑 전 대통령은 이른바 '파라오 콤플렉스'에 시달렸던 것으로 전해진다. 프랑수아 미테랑은 이집트의 오벨리스크를 비롯한 각종 예술품과 유물로 파리를 채우려 했을 만큼 이집트 문명의 열렬한 애호가였고, 프랑스 사람들은 아직도 그런 그를 '스핑크스'라고 불렀다.

"국장의 이름이 뭡니까?"

랭던은 화제를 바꾸기 위해 그렇게 물었다.

"브쥐 파슈."

요원은 피라미드의 출입구를 향해 차를 몰며 대답했다.

"우리는 그를 '토로(le Taureau)'라고 부르지요."

랭던은 프랑스 사람들은 하나같이 동물과 관련된 별명을 하나씩 가지고 있나 하는 생각이 들어서 그를 힐끔 돌아보았다.

"자기네 대장을 '황소'라고 부른단 말입니까?"

요원은 눈썹을 추켜세웠다.

"랭던 씨, 프랑스어 실력이 상당하군요."

랭던은 속으로 생각했다.

'내 프랑스어 실력이야 한심한 수준이지만, 12궁 도상학에 대해서는 좀 알거든.'

토러스(Taurus)는 어딜 가나 황소일 뿐이다. 전 세계 어디서나 점성술은 한결같은 상징이니까.

요원은 차를 세우고 두 개의 분수 사이로 보이는 피라미드 측면의 커다란 문을 가리켰다.

"저기가 입구입니다. 그럼 행운을 빌어요."

"당신은 같이 안 갑니까?"

"내 임무는 선생을 여기까지 모셔 오는 거예요. 지금부터는 다른 볼일이 있어서."

랭던은 한숨을 내쉬며 차에서 내렸다.

'무슨 꼭두각시놀음인지…….'

요원은 요란한 엔진 소리와 함께 사라져 버렸다.

혼자 남은 랭던은 그 차의 미등을 물끄러미 바라보며 지금이라도 마음을 고쳐먹고 이곳을 빠져나가면 택시를 잡아타고 숙소의 아늑한 침대로 돌아갈 수 있을 거라는 유혹을 느꼈다. 마음속에서 그건 비겁한 생각이라고 나무라는 소리가 들렸다.

분수에서 피어오르는 물보라 쪽으로 걸어가는 랭던은 마치 또 다른 세상의 문턱을 넘어서는 듯한 불안감을 느꼈다. 왠지 꿈을 꾸는 것만 같은 몽롱함이 또 한 번 그를 사로잡았다. 불과 20분 전만 해도 그는 호텔 객실에서 잠들어 있었다. 그런 그는 지금 스핑크스가 만든 투명 피라미드 앞에서 황소라 불리는 경찰을 기다리고 있지 않은가.

'살바도르 달리의 그림 속에 갇혀 버렸군.'

랭던은 생각했다.

그는 현관의 거대한 회전문을 향해 다가갔다. 문 안쪽의 로비는 어두컴컴했고 사람 그림자도 보이지 않았다.

'노크를 해야 하나?'

랭던은 하버드의 이집트 전문가 중에도 피라미드 정문에서 노크하고 반응을 기다려 본 사람이 있을까 하는 생각이 들었다. 그가 유리문을 두드리려고 손을 치켜든 순간, 아래쪽의 어둠 속에서 사람 하나가 나타나 계단을 올라왔다. 땅딸막한 체구와 까무잡잡한 피부 때문에 마치 네안데르탈인 같은 느낌이 들었고, 짙은 색의 단추 두 줄짜리 양복이 그의 넓은 어깨를 감당하지 못해 팽팽히 당겨진 듯했다. 짧고 굵은 다리를 바쁘게 움직이는 그의 걸음걸이에서부터 강한 권위 의식이 느껴졌다. 휴대전화에 대고 뭐라고 얘기하며 걸어왔지만 문 앞에 이르렀을 무렵에는 통화가 끝난 모양이었다. 그는 랭던을 향해 들어오라는 몸짓을 해 보였다.

"브쥐 파슈라고 합니다."

랭던이 회전문을 밀고 들어서자, 그가 먼저 인사를 건넸다.

"중앙사법경찰국 국장이지요."

체구와 잘 어울리는 목소리였다. 후음(喉音)이 워낙 심해 태풍이 몰려오는 느낌이었다.

랭던은 손을 내밀어 악수를 청했다.

"로버트 랭던입니다."

파슈의 큼직한 손이 랭던의 손뼈를 으깨 버릴 듯이 움켜잡았다.

"사진을 봤습니다."

랭던이 말했다.

"국장님의 부하는 자크 소니에르가 스스로 그런……."

"랭던 씨."

파슈의 검은 눈동자는 랭던에게 고정되어 있었다.

"선생이 사진에서 본 것은 소니에르가 한 행동의 시작일 뿐입니다."

4

널따란 어깨를 뒤로 젖히고 턱은 가슴팍으로 바짝 끌어당긴 브쥐 파슈 국장의 모습은 말 그대로 성난 황소를 연상케 했다. 검은 머리칼은 기름을 발라 뒤로 빗어 넘겼고, 그래서 툭 튀어나온 이마를 둘로 가르는 화살 같은 머리 선이 더욱 돋보였으며, 이마 전체가 마치 적을 향해 돌격하는 전함의 뱃머리 같은 느낌이 들었다. 걸음을 옮기는 그의 검은 눈동자는 발 앞의 땅바닥을 태워 버릴 듯이 이글거렸고, 그 눈빛이 바늘로 찔러도 피 한 방울 나오지 않는 강직한 성품을 웅변하는 듯했다.

랭던은 그를 따라 유리 피라미드 아래의 지하 안마당으로 이어지는 유명한 대리석 계단을 내려갔다. 내려가면서 보니 자동소총을 든 사법 경찰 둘이 경비를 서고 있는 것이 보였다. 그들이 전하는 메시지는 분명했다. 오늘 밤에는 파슈 국장의 허락 없이 누구도 이 박물관을 드나들 수 없는 모양이었다.

지표면 아래로 접어들자, 랭던은 자꾸만 밀려오는 두려움을 떨쳐내기 위해 애를 써야 했다. 파슈의 태도는 그를 따뜻하게 환영하는 모습과는 거리가 멀었고, 이 시간의 루브르도 마치 무덤 속과 같은 음산한 분위기를 자아냈다. 캄캄한 영화관의 복도처럼 계단 한 칸 한 칸마다 희미한 전등이 박혀 있었다. 랭던은 자신의 발소리가 머리 위의 유리에 부딪혀 되돌아오는 것을 들었다. 고개를 들어 보니 투명한 지붕 바깥으로 분수에서 피어오른 물안개가 희미하게 번져 가는 것이 보였다.

"어떻소?"

파슈는 사각형 턱으로 위쪽을 가리키며 물었다.

랭던은 이제 이 놀이도 지겹다는 생각이 들었다.

"그래요, 당신네 피라미드는 정말 대단하지요."

파슈가 툴툴거렸다.

"파리의 얼굴에 난 흉터 같다고나 할까."

랭던은 한 방 얻어맞은 기분이었다. 확실히, 파슈 국장은 비위를 맞추기가 쉽지 않은 상대였다. 랭던은 이 피라미드가 미테랑 대통령의 지시에 따라 정확하게 666개의 유리판으로 만들어졌다는 사실을 그가 알기나 할지 궁금했다. 하필이면 사탄의 숫자로 알려진 666을 강조함으로써 음모론자들 사이에 뜨거운 논쟁을 불러일으킨 얄궂은 지시였다.

랭던은 그 이야기는 꺼내지 않기로 했다.

조금 더 내려가자 마치 하품하는 거대한 짐승의 아가리 같은 널찍한 공간이 어둠 속에 서서히 모습을 드러냈다. 지하 17미터 지점에 새로 만들어진 6천5백 제곱미터의 로비는 끝없이 펼쳐진 동굴처럼 사방으로 뻗어 있었다. 벌꿀 색깔의 석재와 잘 어울리는 황토 대리석으로 지어진 루브르의 지하 로비는 평소에는 햇빛과 관광객들 덕분에 생기가 넘쳐나는 곳이었다. 그러나 쥐새끼 한 마리 얼씬거리지 않는 캄캄한 오늘 밤의 로비는 차디찬 무덤 같은 분위기를 자아낼 뿐이었다.

"원래 박물관 경비원들의 모습은 보이지 않는군요?"

랭던이 물었다.

"격리 조치."

파슈는 랭던이 자기네 부하들을 못 미더워하는 질문이라도 한 듯이 무뚝뚝하게 대답했다.

"오늘 밤에 이곳으로 들어와서는 안 될 사람이 들어온 게 틀림없지 않소. 루브르의 모든 야간 경비원들은 지금 쉴리 관에서 조사를 받고 있소. 오늘 밤에는 우리 요원들이 이 박물관의 경비를 인수한 셈이오."

랭던은 고개를 끄덕이며 그와 보조를 맞추기 위해 부지런히 걸음을 옮겼다.

"자크 소니에르와는 잘 아는 사이요?"

국장이 물었다.

"사실은 전혀 모릅니다. 한 번도 만난 적이 없으니까요."

파슈는 조금 놀란 표정이었다.

"오늘 밤에 처음 만나는 거였단 말이오?"

"그렇습니다. 내 강연이 끝나고 아메리칸 대학 리셉션에서 만나기로 되어 있었는데, 끝내 나타나지 않더군요."

파슈는 조그만 수첩에다 뭐라고 적어 넣었다. 랭던은 계속 걸음을 옮기면서 루브르의 조금 덜 유명한 피라미드를 흘낏 돌아보았다. 중이층의 인접부에 마치 종유석처럼 천장에 매달린 거대한 채광창이 바로 이 역피라미드였다. 파슈는 아치 모양의 터널 입구로 이어지는 몇 개의 계단 쪽으로 랭던을 안내했다. '드농'이라는 표지판이 달린 곳이었다. 드농 관은 루브르의 대표적인 세 전시관 중에서도 가장 유명한 곳이었다.

"누가 먼저 만나자고 제의했소?"

파슈가 불쑥 물었다.

"선생이오, 관장이오?"

느낌이 좀 이상한 질문이었다.

"소니에르 씹니다."

랭던은 터널 안으로 접어들며 대답했다.

"몇 주 전에 그의 비서에게서 전자우편이 왔더군요. 관장이 내가 이번 달에 파리에서 강연한다는 소문을 듣고, 내가 여기까지 온 김에 나하고 상의할 게 있다고 했답니다."

"뭐를 말이오?"

"나도 모릅니다. 아마 예술에 대한 것이었겠지요. 관심 분야가 비슷하니까."

파슈는 그럴 것 같지 않다는 표정이었다.

"뭔가 집히는 게 없소?"

랭던은 정말 없었다. 무슨 일일까 하는 호기심이 일었지만, 꼬치꼬치 캐묻는 인상을 주고 싶지 않아서 그냥 가만히 있었다. 자크 소니에르는 많은 존경을 받는 인물이지만, 사람을 잘 만나지 않는 것으로도 유명했다. 랭던은 그런 그를 만날 기회가 주어진 것만으로도 고마울 따름이었다.

"랭던 씨, 피살자가 살해된 날 밤에 당신과 무슨 내용을 상의하고 싶었을지 최소한 짐작 정도라도 할 수 있다면 사건을 해결하는 데 많은 도움이 되지 않겠소?"

랭던은 날이 선 듯한 그 질문이 무척 거북하게 느껴졌다.

"정말 짐작도 가지 않습니다. 물어보지 않았으니까요. 나로서는 그쪽에서 먼저 연락을 해 왔다는 사실이 영광스러울 뿐이었습니다. 나는 소니에르 씨의 업적을 누구보다 존경하는 사람입니다. 내 수업 시간에 그의 저서를 사용할 정도지요."

파슈는 또 수첩에다 뭔가를 적어 넣었다.

드농 관의 입구 격인 터널을 절반가량 지나오니, 반대편 끝에 쌍둥이 같은 두 개의 에스컬레이터가 설치된 것이 보였다. 둘 다 작동하지 않고 있었다.

"관심 분야가 비슷하다고 했지요?"

파슈가 물었다.

"예. 사실 나는 작년 한 해 동안 소니에르 씨의 전문 분야와 관련된 책을 쓰느라 많은 시간을 보냈기 때문에 그의 뇌를 좀 빌렸으면 좋겠다는 생각을 하던 차였지요."

파슈가 번쩍 고개를 들었다.

"뭐라고요?"

랭던이 쓴 관용구가 제대로 번역되지 않은 모양이었다.

"그 주제에 대해서 그가 어떻게 생각하는지 알고 싶었다는 뜻입니다."

"그렇군요. 그 주제라는 건 뭐지요?"

랭던은 어떻게 설명해야 좋을지 몰라서 잠시 머뭇거렸다.

"구체적으로 말하자면 내가 쓴 원고는 여신 숭배의 도상학에 대한 내용입니다. 여성의 신성성, 그리고 그와 연관된 예술과 상징의 문제지요."

파슈는 두툼한 손으로 머리를 한 번 쓸어 올렸다.

"소니에르가 그 분야의 전문가였다, 이 말이지요?"

"최고 전문가지요."

"알았소."

랭던은 파슈가 정말 제대로 알아들은 것 같지 않다는 생각을 했다. 자크 소니에르는 세계 최고의 여신 도상학자라 해도 과언이 아니었다. 다산성과 여신 숭배, 마술 숭배, 신성한 여성 등과 관련된 유물에 남다른 애착을 보였을 뿐 아니라, 그가 관장으로 활동한 지난 20년 동안 루브르는 지구상에서 여신과 관련된 예술품을 가장 많이 소장한 박물관으로 명성을 굳혔다. 그리스에서 가장 오래된 델피의 성소에서 발견된 여사제의 양날 도끼, 황금으로 된 헤르메스의 지팡이, 조그만 천사의 모습을 닮은 티예 앙크 수백 점, 고대 이집트에서 악령을 쫓는 데 사용했던 시스트럼(sistrum, 고대 이집트의 타악기. 딸랑이와 비슷하며 여신 이시스 예배 때에 쓰였음—옮긴이), 이시스 여신이 호루스를 돌보는 모습을 묘사한 일련의 조각상 등은 그 대표적인 사례에 지나지 않았다.

"자크 소니에르도 선생이 그런 책을 쓴다는 사실을 알고 있었겠군요?"

파슈가 물었다.

"그래서 선생을 도우려고 만나자고 한 것 아니겠소."

랭던은 고개를 가로저었다.

"내가 그런 책을 쓰고 있다는 사실을 아는 사람이 아무도 없습니다. 아직 초고 상태일 뿐이고, 편집자 말고는 아무한테도 보여 준 적이 없으니까요."

파슈는 반응을 보이지 않았다.

랭던은 아직 원고를 아무에게도 보여 주지 않은 이유는 굳이 덧붙이지 않았다. 『잃어버린 신성한 여성의 상징들』이라는 자극적인 제목을 붙인 3백 쪽 분량의 이 원고에는 기존의 종교 도상학과는 차별되는 해석이 상당수 담겨 있어 적지 않은 논란을 불러일으킬 것이 분명했다.

에스컬레이터 앞에 도착해서 걸음을 늦춘 랭던은 파슈가 옆에 없다는 것을 깨달았다. 돌아보니 파슈는 몇 미터 뒤쪽의 직원용 엘리베이터 앞에 서 있었다.

"이걸 타고 올라갑시다."

파슈는 승강기 문이 열리는 것을 보며 말했다.

"선생도 알겠지만 걸어가기에는 너무 머니까 말이오."

드농 관의 2개 층을 올라가야 하니 엘리베이터를 타는 게 빠르다는 걸 랭던이라고 모를 리가 없었다. 하지만 그는 꿈쩍도 하지 않았다.

"뭐가 잘못됐소?"

파슈가 엘리베이터 문을 잡은 채 약간 짜증스러운 표정으로 물었다.

랭던은 한숨을 내쉬며 아쉬운 눈길로 에스컬레이터를 돌아보았다.

'잘못된 건 없어.'

랭던은 그렇게 스스로를 위로하며 엘리베이터 쪽으로 걸음을 옮겼다. 랭던은 어렸을 때 버려진 우물에 빠져 몇 시간 동안 발버둥을 치다가 죽기 직전에야 간신히 구조된 경험이 있었다. 그다음부터 엘리베이터든 지하철이든 스쿼시 코트든 간에, 닫힌 공간에만 들어가면 극심한 공포증에 시달리는 증세가 나타났다.

'엘리베이터는 안전해.'

랭던은 끊임없이 스스로를 타일렀지만, 자신이 정말로 그 말을 믿지는 않는다는 것을 알고 있었다.

'이건 폐쇄된 수직 갱도 속에 매달린 조그만 철제 상자일 뿐이야!'

숨을 멈추고 엘리베이터 안으로 들어선 랭던은 문이 스르르 닫히면서 익숙한 두려움이 엄습하는 것을 느꼈다.

'2층 정도야 뭐. 10초도 안 걸려.'

"선생과 소니에르 말이오."

엘리베이터가 움직이기 시작할 때 파슈가 입을 열었다.

"대화도 한 번 안 나눠 봤소? 편지를 주고받은 적은? 우편으로 뭘 주고받은 적도 없소?"

역시 이상한 질문이었다. 랭던은 고개를 가로저었다.

"아뇨, 한 번도."

파슈는 마음속의 수첩에 그 사실을 기록하는 듯 고개를 약간 갸웃거렸다. 그러고는 입을 다물고 거울 같은 엘리베이터 문짝만 뚫어지게 바라보는 것이었다.

엘리베이터가 올라가는 동안 랭던은 자신을 둘러싼 네 면의 벽 이외의 다른 무언가를 생각하려고 안간힘을 다했다. 그런 그의 눈에 마침 반짝거리는 엘리베이터 문짝에 비친 국장의 넥타이핀이 포착되었다. 열세 개의 검은 마노가 박힌 은 십자가 모양의 넥타이핀이었다. 그것을 본 랭던은 놀라지 않을 수 없었다. 흔히 크룩스 젬마타(crux gemmata), 즉 열세 개의 보석이 박힌 십자가라 불리는 이 형상은 그리스도와 열두 제자를 의미하는 기독교의 표의문자였다. 랭던은 프랑스의 경찰 간부라는 사람이 자신의 종교를 이렇게 노골적으로 광고하고 다닐 줄은 미처 예상하지 못했다. 게다가 여기는 프랑스가 아닌가. 프랑스는 태어나면서부터 모든 사람이 자연스럽게 기독교 신자가 되는 나라는 아니었다.

"크룩스 젬마타요."

파슈가 불쑥 말했다.

깜짝 놀라 고개를 든 랭던은 문에 비친 파슈와 눈이 마주쳤다.

엘리베이터가 덜컥 멈춰 서더니, 문이 열렸다.

랭던은 재빨리 엘리베이터에서 내려 복도로 나왔다. 천장이 높기로 유명한 루브르의 화랑은 사방이 탁 트인 느낌을 주어 속이 후련해질 거라고 생각했다. 하지만 정작 엘리베이터 밖으로 나온 랭던의 눈앞에는 기대했던 것과는 전혀 다른 광경이 펼쳐져 있었다.

깜짝 놀란 랭던은 몇 발 옮기지 못하고 걸음을 멈추었다.

파슈가 그를 바라보며 말했다.

"랭던 씨, 이런 시간에 루브르에 들어와 본 건 처음이지요?"

랭던은 놀란 기색을 드러내지 않으려고 애쓰며 '그런 것 같군요' 하고 속으로만 중얼거렸다.

평소에는 대낮처럼 환한 조명을 자랑하던 루브르의 화랑이 지금은 섬뜩하리만치 어두웠다. 환한 백열등이 위에서 내리쪼이는 평소와는 달리, 군데군데 박힌 희미한 붉은색 전등이 타일 깔린 바닥으로 쏟아져 마치 밑에서 위로 붉은 조명을 비추는 느낌이었다.

랭던은 어두컴컴한 복도를 바라보며 왜 진작에 이런 광경을 예상하지 못했을까 하는 생각을 했다. 거의 모든 대형 화랑들은 밤에는 붉은 관리용 조명만 밝혀 놓는다. 직원들이 순찰하기 쉽도록 조명의 위치도 비교적 낮은 곳에 달리기 마련이다. 어차피 작품들도 강한 빛에 노출되는 시간이 길수록 색이 더 바랜다는 점까지 고려한 전략적인 선택인 셈이다. 그런 이유로 오늘 밤의 루브르 역시 사람을 짓누르는 분위기를 자아내고 있었다. 사방에 기다란 그림자가 웅크리고 있고, 평소에는 높게만 보이던 둥근 천장이 지금은 낮고 검은 늪처럼 느껴질 뿐이었다.

"이쪽이오."

파슈가 오른쪽으로 방향을 틀어 몇 개의 화랑들이 서로 연결된 곳으로 랭던을 안내했다.

그 뒤를 따르던 랭던은 조금씩 눈이 어둠에 익숙해지는 느낌이었다. 사방에 걸린 커다란 유화들이 서서히 모습을 드러냈다. 마치 초대형 암실에서 사진이 현상되는 모습을 보고 있는 것 같았다. 랭던은 걸음을 옮길 때마다 그 그림들이 자신을 지켜보는 듯한 착각에 사로잡혔다. 공기는 건조했지만 박물관 특유의 희미한 탄소 냄새가 풍겼다. 관람객들이 뿜어내는 이산화탄소의 부식성을 막기 위해 탄소 필터 제습기가 하루 24시간 내내 가동되는 탓이었다.

눈에 잘 뜨이는 벽 높다란 곳에 설치된 보안 카메라가 관람객들에게 전달하는 메시지는 너무나 명료했다.

'우리가 보고 있어. 아무것도 손대지 마.'

"저것 중에 진짜로 작동되는 게 있습니까?"

랭던이 카메라들을 가리키며 물었다.

파슈는 고개를 가로저었다.

"물론 없지요."

그리 놀라운 일도 아니었다. 이 정도 규모의 박물관을 비디오카메라로 감시하는 건 비용이나 효과면에서 결코 효율적인 방법이 아니었다. 감시해야 할 화랑의 면적이 몇 제곱미터에 달하니, 화면을 모니터할 기술 요원만 수백 명이 필요할 터였다. 그래서 요즘 대부분의 대형 박물관들은 이른바 '봉쇄 보안 정책'을 활용한다. '도둑이 못 들어가게 막는 건 포기하고, 일단 들어간 도둑이 못 나가도록 막는' 방법이다. 관람 시간이 끝나고 보안 시스템이 가동된 상태에서 침입자가 작품을 떼어 내면 여러 구역으로 나누어진 출입문이 닫히면서 화랑을 봉쇄하게 되고, 도둑은 경찰이 도착하기도 전에 철창 뒤에 갇히는 신세가 되고 만다.

저만치 앞에서 대리석 복도를 타고 사람들의 목소리가 두런두런 들려왔다. 전방 오른쪽의 우묵하게 들어간 지역에서 나는 소리 같았다. 그쪽에서 환한 불빛이 복도로 쏟아져 나오고 있었다.

"관장실이오."

국장이 말했다.

랭던은 파슈와 함께 그쪽으로 다가가면서 짧은 복도를 힐끗 바라보았다. 거기가 바로 소니에르의 집무실인 모양이었다. 따뜻한 질감의 목재로 된 벽에는 거장들의 그림이 보이고, 커다란 골동품 책상 위에는 갑옷을 제대로 갖춰 입은 61센티미터짜리 기사상이 놓여 있었다. 그 방 안에는 경찰 요원 몇 명이 전화를 받거나 뭔가 메모를 하며 분주하게 움직이고 있었다. 한 사람은 소니에르의 책상에 앉아서 노트북 컴퓨터를 두드리고 있기도 했다. 관장실에다 DCPJ의 임시 수사본부를 설치한 모양이었다.

"자, 다들."

파슈가 소리치자, 요원들이 돌아보았다.

"Ne nous dérangez pas sous aucun prétexte. Entendu(어떤 경우에도 우리를 방해하지 마라, 알았나)?"

다들 알아들었다는 듯이 고개를 끄덕였다.

랭던은 호텔 방문 앞에 'NE PAS DERANGER(방해하지 마시오)'라는 표시판을 여러 차례 내다 걸어 본 덕분에 국장이 뭐라고 지시를 내렸는지 대충은 알아들었다. 파슈는 랭던과 함께 있는 동안 어떤 상황에서도 방해를 받고 싶지 않은 모양이었다.

파슈는 요원들을 관장실에 남겨 두고 랭던을 캄캄한 복도 쪽으로 이끌었다. 약 30미터 전방에 루브르에서도 가장 인기 높은 대화랑으로 이어지는 입구가 어렴풋이 보였다. 루브르에서 가장 소중한 이탈리아 걸작들로 장식된 복도가 끝없이 이어진 느낌이었다. 랭던은 소니에르의 시체가 발견된 곳이 바로 여기임을 이미 알고 있었다. 콜레 반장이 보여 준 즉석 사진에 대화랑의 유명한 조각나무 세공 마룻바닥이 선명히 드러나 있었기 때문이었다.

거리가 좁혀지면서 랭던은 대화랑의 입구가 커다란 쇠창살로 가로막힌 것을 발견했다. 마치 중세의 성채에서 적군의 침략을 막기 위해 설치한 창살 같았다.

"봉쇄 보안이지요."

파슈가 창살을 향해 다가서며 말했다.

어둠 속에서도 창살은 탱크조차 저지할 수 있을 만큼 튼튼해 보였다. 그 앞에 도착한 랭던은 창살 사이로 희미한 조명이 켜진 대화랑을 들여다보았다.

"먼저 들어가시오, 랭던 씨."

파슈가 말했다.

랭던은 뒤를 돌아보았다.

'들어가라고? 어디로?'

파슈는 철문 아래쪽의 마룻바닥을 가리켰다.

랭던은 아래를 내려다보았다. 어두워서 미처 보지 못했지만, 철문이 약간 위로 올라가 그 밑으로 60센티미터가량의 틈이 나 있었다.

"여긴 루브르의 보안 요원들에게조차 출입이 허락되지 않는 지역이오."

파슈가 말했다.

"PTS(Police Technique et Scientifique, 경찰 과학기술 전담반)에서 나온 우리 요원들이 막 수사를 끝낸 상태지요."

그러면서 파슈는 철문과 바닥 사이의 틈을 가리켰다.

"밑으로 들어가야겠소."

랭던은 발밑의 좁은 공간을 멍하니 내려다보다가, 다시 거대한 철문을 올려다보았다.

'설마, 농담이겠지?'

철문은 당장이라도 침입자를 가루로 만들어 버리려고 벼르는 단두대 같았다.

파슈는 프랑스어로 뭐라고 투덜거리며 자신의 손목시계를 들여다보았다. 그리고는 바닥에 무릎을 대더니 그 육중한 몸을 철문 밑으로 밀어 넣는 것이었다. 가볍게 반대쪽으로 넘어간 파슈가 일어나 철창 사이로 랭던을 바라보았다.

랭던은 한숨을 내쉬었다. 반들거리는 마룻바닥에 손바닥을 댄 채 배를 깔고 엎드린 자세로 몸을 앞으로 끌어당겼다. 철문 밑을 통과하다가 트위드 재킷의 목덜미가 걸리는 바람에 뒤통수를 철문에 찧고 말았다.

'잘한다, 로버트.'

랭던은 어기적거리는 모습으로 간신히 철문 밑을 통과했다. 몸을 일으키는 랭던의 머릿속에는 정말 험난한 하룻밤을 보내게 될 것 같다는 불길한 예감이 어른거리기 시작했다.

5

오푸스 데이의 새로운 전국 본부 겸 컨퍼런스 센터는 뉴욕 시 렉싱
턴 가 243번지의 머리 힐이라는 건물에 있다. 시가 4천7백만 달러가
넘는 1만 2천4백 제곱미터의 이 건물은 붉은 벽돌과 인디애나 석회석
으로 장식되어 있다. '메이 앤 핀스카'가 설계한 이 건물은 1백 개가
넘는 침실, 6개의 식당, 도서관, 거실, 회의실, 사무실 등으로 이루어져
있다. 2층과 8층, 그리고 16층에 목공품과 대리석으로 장식된 예배실
이 마련되어 있다. 17층은 전체가 주거용 공간이다. 남자들은 렉싱턴
가의 현관을 통해 출입하고, 여자들은 골목길에 따로 마련된 출입구를
이용해야 한다. 건물 내에서는 때와 장소를 불문하고 여성과 남성이
'청각 및 시각적으로 격리'되어야 한다.

오늘 저녁, 마누엘 아링가로사 주교는 자신의 펜트하우스에서 조그
만 여행용 가방을 꾸린 다음, 전통적인 검은색 통상복을 입었다. 평소
같으면 허리에 성직자임을 나타내는 자주색 띠를 둘렀겠지만, 오늘 밤
에는 대중교통 수단을 이용할 예정이라 사람들의 이목을 끌고 싶지 않

았다. 어지간히 예리한 시력을 가진 사람이 아니면 그가 끼고 있는 14캐럿짜리 금반지를 보고 그의 신분을 짐작하기란 쉽지 않을 터였다. 자수정과 큼직한 다이아몬드, 주교의 상징이 달린 반지였다. 그는 가방을 어깨에 둘러메고 속으로 짧은 기도를 드린 다음, 아파트를 나와 로비로 내려왔다. 로비에는 그를 공항까지 태워줄 운전기사가 기다리고 있었다.

로마행 민간 여객기에 오른 아링가로사는 창밖으로 캄캄한 대서양을 내다보았다. 해는 이미 저물었지만 아링가로사는 자신의 별이 뜨고 있다는 것을 알고 있었다.

'오늘 밤이면 싸움은 승리로 끝난다.'

불과 몇 달 전만 하더라도 그의 제국을 파괴하려는 자들의 공세 앞에 무기력감을 느꼈던 그로서는 실로 놀라운 일이 아닐 수 없었다.

오푸스 데이의 총책임자이기도 한 아링가로사 주교는 '하느님의 사역'—이것이 바로 '오푸스 데이'라는 라틴어를 그대로 옮긴 것이다—의 메시지를 전파하는 일에 생애 대부분을 보냈다. 스페인의 성직자 호세마리아 에스크리바가 1928년에 창설한 이 단체는 가톨릭의 보수적인 가치관으로 돌아가 철두철미한 희생정신으로 하느님의 사역을 감당해 나가는 삶을 살아야 한다고 주장했다.

오푸스 데이의 전통주의적 철학은 원래 프랑코 체제 이전의 스페인에 뿌리를 둔 것이지만, 1934년에 호세마리아 에스크리바의『길』이라는 책이 출간되면서—일상생활 속에서 하느님의 사역을 수행할 수 있는 999개의 명상이 담긴 책이다— 그의 메시지가 전 세계로 퍼져 나갔다. 이 책이 지금까지 42개의 언어로 번역되어 4백만 부가 넘게 팔려나간 끝에, 오푸스 데이는 세계적인 세력으로 성장했다. 세계 곳곳의 거의 모든 대도시에 이 단체의 기숙사와 교육관, 심지어는 대학이 자리를 잡고 있다. 오푸스 데이는 세계에서 성장 속도가 가장 빠르고 재정적으로도 가장 탄탄한 가톨릭 조직이 된 것이다. 그러나 불행하게도 아링가로사는 지금과 같은 종교적 냉소주의와 이단, 이른바 '텔레비전 전도사'들이 판을 치는 세태 속에서, 오푸스 데이의 부와 영향력이 커질수록 세간의 시선도 점점 의혹으로 물들어 간다는 사실을 알게 되었다.

"많은 사람들은 오푸스 데이가 신도들을 세뇌하는 이단 집단이라고 말합니다."

기자들이 이렇게 시비를 거는 경우가 종종 있었다.

"또 어떤 이들은 극우파에 속하는 기독교 비밀 결사라고 주장하기도 하지요. 실제로는 어느 쪽입니까?"

"어느 쪽도 아닙니다."

주교의 대답은 늘 한결같았다.

"우리는 가톨릭교회입니다. 일상생활 속에서 가톨릭의 교의를 최대한 엄격하게 지키고자 하는 가톨릭 신자들의 모임일 뿐입니다."

"하느님의 사역에 반드시 순결의 서약이나 십일조, 스스로에게 매질을 하거나 시리스 벨트를 이용한 속죄 등이 포함되어야 하는 겁니까?"

"오푸스 데이 회원들 중에서도 그런 사람들은 극히 일부에 지나지 않습니다."

아링가로사가 대답했다.

"참여의 수준은 그야말로 천차만별이니까요. 결혼을 해서 가정을 꾸리고 자신이 속한 공동체 내에서 하느님의 사역을 수행하는 회원들도 많습니다. 또 어떤 이들은 수도원 비슷한 우리 기숙사에서 금욕의 삶을 사는 쪽을 선택하지요. 선택은 개인의 문제지만, 오푸스 데이의 모든 회원들은 하느님의 사역을 통해 이 세상을 보다 나은 곳으로 변화시키고자 하는 목표를 가지고 있습니다. 존경받을 만한 목표가 아닐 수 없습니다."

하지만 이성이 통하지 않는 경우도 많았다. 언론은 언제나 스캔들을 쫓게 마련이고, 오푸스 데이 역시 대부분의 덩치 큰 조직과 마찬가지로 일부 비뚤어진 생각을 가진 회원들 때문에 조직 전체의 색깔이 좌우되는 경우를 많이 경험했다.

두 달 전에는 미국 중서부의 어느 대학에 조직된 오푸스 데이 지부가 신입 회원들에게 메스칼린이라는 흥분제를 먹여 환각 상태로 유도한 사례가 적발되었다. 환각과 종교적 체험을 구분하지 못한 미숙함 때문이었다. 또 어느 대학생은 하루에 두 시간으로 되어 있는 시리스 벨트 착용 시간을 임의로 늘린 끝에, 하마터면 목숨을 잃을 뻔했다. 보스턴에서는 어느 증권 회사 직원이 자신의 전 재산을 오푸스 데이에 헌금한 뒤 자살을 기도하는 사건도 있었다.

'길 잃은 양들이여.'

아링가로사는 그들을 생각하며 그들의 영혼을 위해 기도했다.

그러나 뭐니 뭐니 해도 가장 곤혹스러웠던 사건은 로버트 한센이라는 FBI 정보원의 재판을 둘러싼 논란이었다. 세간의 화제가 되었던 이 재판을 통해 활발한 활동을 펼치는 오푸스 데이 회원이기도 했던 그가 변태 성욕자였음이 드러났다. 자신의 침실에 비디오카메라를 몰래 설치해 놓고 자기 아내와의 잠자리를 친구들이 지켜볼 수 있도록 한 것이다. 판사가 "독실한 가톨릭 신자의 취미 활동으로 보기 어렵다"라는 견해를 밝힌 것도 무리는 아니었다.

안타까운 것은 이런 일련의 사건들이 '오푸스 데이 감시 네트워크 (ODAN)'라는 새로운 단체가 결성되는 계기로 작용했다는 점이었다. 상당한 인기를 누리는 이들의 웹 사이트 www.odan.org에는 오푸스 데이에서 탈퇴한 전 회원들이 이 조직의 위험성을 경고하는 끔찍한 증언들이 연이어 게재되었다. 언론은 오푸스 데이를 '하느님의 마피아'니 '그리스도의 이단'이니 하는 이름으로 부르고 있었다.

'사람은 자신이 모르는 것을 두려워하기 마련이다.'

아링가로사는 오푸스 데이를 비판하는 자들에게 이 조직이 얼마나 많은 사람들의 삶을 윤택하게 해 주었는지 생각해 본 적이 있느냐고 되묻고 싶었다. 바티칸도 이 조직을 승인하고 축복해 주지 않았던가.

'오푸스 데이는 교황이 직접 승인한 성직 자치단이다.'

그러나 최근 들어 오푸스 데이는 언론보다도 훨씬 더 막강한 힘을 가진 세력의 위협을 받고 있었다. 아링가로사는 이 예기치 못한 적의 출현에 몸을 숨길 데가 없었다. 5개월 전 힘의 균형이 크게 흔들렸고, 아링가로사는 아직까지도 그 충격에서 완전히 벗어나지 못한 상태였다.

'그들은 자신이 무슨 싸움을 시작했는지 알지 못한다.'

아링가로사는 비행기 창문 너머로 캄캄한 바다를 내려다보며 혼자 중얼거렸다. 이어서 눈동자의 초점이 바뀌며 유리에 비친 자신의 초췌한 얼굴이 시야에 들어왔다. 어둡고 길쭉한 얼굴에, 납작하게 굽은 콧날이 유난히 강조되어 보였다. 선교사로 활동하던 젊은 시절, 스페인에서 누군가에게 얻어맞아 코뼈가 주저앉은 탓이었다. 이제 겉으로 드러나는 흠집 따위는 그의 뇌리에서 사라졌다. 그에게 중요한 것은 육신이 아니라 영혼의 생채기였다.

비행기가 포르투갈 해안을 따라 날고 있을 무렵, 아링가로사의 주머니에 들어 있던 휴대전화가 부르르 진저리를 치기 시작했다. 비행 중에는 통화를 금지하는 항공사의 규정에도 불구하고, 아링가로사는 이 전화를 받아야 한다는 사실을 잘 알고 있었다. 이 번호를 아는 사람은 단 한 명, 우편으로 아링가로사에게 이 전화기를 보내 준 사람밖에 없었다.

주교는 흥분을 가라앉히며 조용히 전화를 받았다.

"예?"

"사일러스가 쐐기돌을 찾아냈소."

상대방이 말했다.

"파리에 있소. 생 쉴피스 성당."

아링가로사 주교는 미소를 머금었다.

"거의 다 왔군요."

"곧 손에 넣을 수 있소. 하지만 당신의 영향력이 필요하오."

"물론이지요. 어떻게 하면 되는지 말해 보세요."

통화가 끝날 때쯤, 아링가로사는 심장이 마구 두근거렸다. 그는 다시 한 번 공허한 밤하늘을 바라보았지만, 마음은 방금 자신이 시동을 건 일련의 사건들이 어떤 양상으로 전개될지 걱정이 앞섰다.

거기서 8백 킬로미터 떨어진 곳, 사일러스는 조그만 세숫대야를 놓고 서서 자신의 등에서 흘러내린 피가 물속에 빨간 원을 그리며 풀어지는 모습을 지켜보고 있었다.

'우슬초로 나를 정결케 하소서, 내가 깨끗케 되리이다.'

사일러스는 「시편」의 한 구절을 인용하며 기도했다.

'나를 씻기소서. 내가 눈보다 더 희게 되리이다.'

사일러스는 실로 오랜만에 느껴 보는 짜릿한 기대감에 사로잡혔다. 놀랍기도 했고, 다른 한편으로 전기에 감전된 듯한 충격이 느껴지기도 했다. 지난 10년 동안 그는 『길』이 인도하는 지침을 따르며 자신의 죄악을 씻어 내고…… 삶을 재건하고…… 과거의 폭력을 지웠다. 그러나 오늘 밤, 한순간에 그 모든 것이 되살아났다. 묻어 버리기 위해 그토록 애썼던 증오가 돌아온 것이다. 과거가 그토록 빠르게 복원되는 것은 실로 놀라운 일이 아닐 수 없었다. 물론, 그와 함께 그의 기술 역시 되살아났다. 녹이 슬기는 했지만 아직 쓸 만했다.

'예수님은 평화와…… 비폭력과…… 사랑을 가르치셨다.'

사일러스가 제일 먼저 배운 메시지가 바로 그것이었고, 지금도 그것은 그의 가슴에 새겨져 있었다. 하지만 지금 그리스도의 적들이 파괴하고자 하는 메시지 역시 바로 그것이었다.

'힘으로 신을 위협하는 자들에게는 힘으로 맞서리라. 한 치의 흔들림 없는 확고부동한 힘으로.'

그리스도의 병사들은 2천 년 동안 적들과 맞서 자신의 믿음을 지켜왔다. 오늘 밤, 사일러스 역시 이 전쟁터로 나아갈 것이다.

사일러스는 상처가 마르기를 기다려 발목까지 내려오는 모자 달린 로브를 걸쳐 입었다. 수수하고 짙은 색 면으로 된 천이라, 그의 하얀 피부와 머리칼이 더욱 도드라져 보였다. 그는 허리에 밧줄 모양의 허리띠를 질끈 동여매며 모자를 뒤집어썼다. 그러고는 붉은 눈동자로 거울에 비친 자신의 모습을 바라보았다.

'이제부터 본격적인 싸움이 시작된다.'

6

　보안용 철문 밑을 간신히 빠져나온 로버트 랭던은 이제 대화랑 입구 바로 안쪽에 서 있었다. 그는 길고 깊은 협곡의 아가리를 멍하니 바라보았다. 전시장 양쪽으로 튼튼한 벽이 30미터 높이로 우뚝 솟아 있었는데, 위쪽은 어두워서 잘 보이지도 않을 정도였다. 관리용 조명의 불그스름한 불빛이 위쪽을 향하고 있어 천장에서 내려오는 케이블에 매달린 다빈치와 티치아노, 카라바조 등 이름만 들어도 입이 벌어지는 대가의 작품들이 평소와는 전혀 다른 느낌으로 다가왔다. 정물과 풍경, 그리고 종교화가 귀족이나 정치인의 초상화와 나란히 걸려 있었다.

　대화랑에는 루브르에서도 가장 유명한 이탈리아 미술품들이 전시되어 있지만, 관람객 중에는 이 전시장에서 가장 볼 만한 작품으로 조각나무 세공 마룻바닥을 꼽는 이들이 많다. 대각선 모양의 참나무 널빤지를 이용해 현란한 기하학적 디자인을 보여 주는 이 바닥은 변화무쌍한 시각적 환상을 선사한다. 관람객들은 한번 걸음을 옮길 때마다 바닥의 모양이 변하는 전시장 안을 둥둥 떠다니는 느낌을 받는다.

바닥의 장식을 훑기 시작한 랭던의 시선이 왼쪽으로 몇 미터밖에 떨어지지 않은 바닥 위에 놓인 물체 위에서 정지했다. 그 주위를 경찰이 쳐 놓은 테이프가 에워싸고 있었다. 랭던은 파슈를 돌아보았다.

"저기 떨어진 게…… 카라바조 아닙니까?"

파슈는 쳐다보지도 않고 고개를 끄덕였다.

랭던의 추측으로는 2백만 달러가 넘는 가치를 지닌 작품이 버려진 포스터마냥 바닥을 뒹굴고 있었다.

"저게 왜 바닥에 떨어져 있는 거지요?"

파슈는 그런 데는 전혀 관심이 없다는 듯 랭던을 노려보았다.

"여긴 범죄 현장이오, 랭던 씨. 우린 아무것도 건드리지 않았단 말이오. 저 그림은 관장이 벽에서 떼어 낸 거요. 그런 방법으로 보안 시스템을 작동시킨 거지요."

랭던은 철문을 바라보며 사건 당시에 어떤 일이 벌어졌는지를 상상해 보았다.

"관장은 자기 사무실에서 공격을 받고 대화랑으로 도망친 끝에, 벽에 걸린 그림을 떼어 내 보안용 철문을 작동시켰소. 철문이 내려오면서 모든 출입구가 봉쇄된 거지요. 여기가 이 화랑으로 들어오거나 나가는 유일한 문인 셈이오."

랭던은 혼란스러웠다.

"그렇다면 관장이 침입자를 대화랑 안에 가두었단 말입니까?"

파슈는 고개를 가로저었다.

"철문은 소니에르와 침입자를 격리하는 역할을 했을 뿐이오. 침입자는 저쪽 복도에서 철문을 통해 소니에르에게 총을 쏜 거지요."

파슈는 방금 그들이 지나온 철문의 창살에 달린 주황색 꼬리표를 가리켰다.

"PTS팀이 저 창살에서 총알이 발사된 흔적을 발견했소. 범인은 철창 사이로 총을 발사했고, 소니에르는 이곳에서 혼자 숨을 거두었소."

랭던은 소니에르의 시신이 찍힌 사진을 떠올렸다.

'소니에르 관장이 직접 했다고 했는데.'

랭던은 눈앞에 펼쳐진 기다란 복도를 바라보았다.

"시체는 어디 있습니까?"

파슈는 십자가 모양의 넥타이핀을 매만지며 걸음을 옮기기 시작했다.

"알다시피 이 대화랑은 워낙 길어서 말이오."

랭던의 기억이 정확하다면 그 길이는 워싱턴 기념탑의 세 배에 달하는 450미터 정도였다. 복도의 폭도 무지막지하기는 마찬가지여서, 여객 열차 두 량이 나란히 들어갈 정도였다. 전시장의 한복판에는 조각상이나 커다란 화분 등을 배치해 들어가고 나오는 관람객들이 엉키지 않고 전시품을 감상할 수 있도록 했다.

파슈는 이제 시선을 똑바로 전방에만 고정한 채 입을 다물고 복도 오른편으로 걸어갔다. 랭던은 좌우에 즐비하게 걸린 수많은 명작들을 제대로 살펴보지도 않고 지나치는 것이 죄스럽게 느껴질 지경이었다.

'어차피 지금은 어두워서 제대로 보이지도 않아.'

랭던은 스스로를 위로했다.

희미한 진홍색 조명은 바티칸 비밀문서 보관소의 불빛을 상기시켰다. 벌써 오늘 밤에만 두 번째로 로마에서의 그 아슬아슬했던 순간을 떠올리는 순간이었다.

어쩔 수 없이 다시 한 번 비토리아가 생각났다. 이미 그녀가 그의 꿈에 나오지 않은 지도 몇 달이 지났다. 로마에서 그 난리가 벌어진 게 불과 1년 전이라는 게 믿어지지 않았다. 몇십 년은 된 것 같기도 했고, 전생의 기억처럼 어렴풋하기도 했다. 마지막으로 비토리아에게서 연락이 온 것은 지난 12월이었다. 인공위성을 이용해 쥐가오리 떼의 이동경로를 추적하는 복잡한 물리학 연구 과제 때문에 자바 해로 간다는 엽서가 날아왔었다. 랭던은 비토리아 베트라 같은 여자가 자기 같은 남자와 함께 대학 캠퍼스에서 행복한 삶을 살아갈 수 있을 거라는 생각은 아예 꿈도 꾸지 않았지만, 로마에서 그녀와 함께 보낸 시간들은 그에게 주체하기 힘든 갈망을 남겨 놓았다. 랭던은 자신에게 그런 열정이 남아 있었다는 사실이 놀라울 지경이었다. 평생을 독신으로 지내며 자유를 만끽하던 그의 결혼관이 흔들리는 대신, 예기치 못한 공허함과 씨름한 지난 한 해였다.

랭던은 파슈를 따라 부지런히 걸음을 옮겼지만, 아직도 시체는 보이지 않았다.

"자크 소니에르가 이렇게 멀리까지 갔습니까?"

"소니에르 씨는 복부에 총상을 입었소. 아마 숨을 거두기까지 15분에서 20분가량 걸렸을 거요. 그는 아주 강인한 사람이었음이 틀림없소."

랭던은 깜짝 놀라 파슈를 돌아보았다.

"15분이 지나도록 보안 요원들이 현장에 도착하지도 못했단 말입니까?"

"물론 그렇지는 않소. 박물관의 보안 요원들은 경보가 울리자 즉각 출동해서 대화랑이 봉쇄된 사실을 발견했소. 철문 사이로 복도 반대편 쪽에서 누군가 움직이는 소리가 들리기는 했지만 그 모습이 보이지는 않았지요. 소리를 질러 봐도 아무 대답이 없었소. 틀림없이 범인일 거라고 단정한 그들은 규정에 따라 사법경찰에 연락을 한 거요. 우리는 채 15분이 지나기 전에 현장을 인계했소. 철문을 조금 들어 올리고 열 명 남짓한 요원들을 안으로 들여보냈지요. 그들은 침입자를 체포하기 위해 전시장 안을 샅샅이 훑었소."

"그래서요?"

"안쪽에서는 아무도 발견되지 않았소……. 저 사람 말고는."

그러면서 파슈는 복도 아래쪽을 가리켰다.

랭던은 눈을 들어 파슈가 가리키는 쪽을 바라보았다. 처음에 그는 파슈가 전시장 한복판에 놓인 커다란 대리석 조각상을 가리키는 줄 알았다. 하지만 조금 더 다가가니 그 조각상 뒤쪽이 시야에 들어오기 시작했다. 30미터가량 더 안쪽으로 들어간 곳에 이동식 스탠드가 놓여 있고, 거기서 뿜어 나오는 하얀빛이 온통 짙은 진홍색 전시관 안에 삭막한 섬을 하나 만들어 놓고 있었다. 그 빛 한복판에는 마치 현미경 아래 놓인 곤충처럼 소니에르 관장의 벌거벗은 시체가 마룻바닥에 누워 있었다.

"선생도 이미 사진을 봤을 테니, 그렇게 놀라운 광경은 아닐 거요."
파슈가 말했다.

랭던은 시체를 향해 다가설수록 깊은 한기가 밀려오는 것을 느꼈다. 지금까지 그렇게 괴상한 광경은 본 적이 없었다.

핏기 없는 자크 소니에르의 시신은 사진에서 본 것과 똑같은 모습으로 마룻바닥에 누워 있었다. 랭던은 지나치게 환한 빛 때문에 눈을 가늘게 뜨고 시체를 내려다보다가, 소니에르가 자기 생애의 마지막 시간을 투자해 스스로 이 괴상한 광경을 만들어 냈다는 사실을 떠올리고 놀라움을 금치 못했다.

소니에르는 나이에 비해 체구가 굉장히 건장한 편이었다. 근육 하나하나가 다 드러나 보이는 것은 그가 실오라기 하나 걸치지 않은 알몸인 탓이었다. 그의 옷가지는 가지런히 접혀 바닥에 놓여 있었고, 소니에르 자신은 넓은 전시관 한복판에 등을 바닥에 댄 채 복도의 긴 축과 나란히 누워 있었다. 팔과 다리는 눈밭에서 천사 놀이(snow angel, 눈밭에 드러누워서 팔다리를 상하 좌우로 움직이며 천사 모양을 만드는 놀이—옮긴이)를 하는 아이처럼 쫙 벌린 상태였는데, 어떤 보이지 않는 힘에 의해 4등분으로 나뉜 것 같았다.

흉골 바로 아래쪽에 총알이 뚫고 들어간 상처가 나 있었다. 상처에서는 생각만큼 피가 많이 흘러나오지는 않은 듯, 이미 시커멓게 변한 핏자국은 그리 크지 않았다.

소니에르의 왼손 검지에 피가 잔뜩 묻은 걸로 봐서, 그 손가락에 상처의 피를 묻혀 이 엽기적인 사건 현장을 장식한 모양이었다. 소니에르가 자신의 피를 잉크 삼아 벌거벗은 복부에 그려 넣은 것은 아주 단순한 하나의 상징이었다. 그것은 서로 교차하는 다섯 개의 직선이 만들어낸 별 모양이었다.

'펜타클.'

배꼽을 한복판에 두고 피로 그려진 별 모양은 그렇지 않아도 섬뜩한 시체의 모습을 더욱 암울하게 만들었다. 사진을 봤을 때부터 이미 오싹함을 느낀 랭던이지만, 현장을 코앞에서 직접 목격하고 보니 더욱 속이 울렁거리는 것을 어쩔 수 없었다.

그것도 본인이 직접 이런 장면을 연출했다니…….

"랭던 씨?"

파슈의 검은 눈동자가 다시금 랭던에게 고정되었다.

"이건 펜타클입니다."

랭던은 자신의 목소리가 넓은 공간에 터무니없이 공허하게 울려 퍼지는 느낌이었다.

"지구상에서 가장 오래된 상징 가운데 하나지요. 기원전 4천 년부터 나타나기 시작했으니까."

"무엇을 의미하지요?"

랭던은 이런 질문을 받을 때마다 대답하기가 난처했다. 어떤 상징이 무엇을 '의미' 하는지 설명하기란 어떤 노래를 들었을 때 무슨 느낌이 드는지를 설명하는 것과 다를 바 없었다. 다시 말하면 받아들이는 사람에 따라 다 다르다는 뜻이다. 예를 들어 KKK 단원들이 쓰는 세모꼴의 뾰족한 흰색 두건은 미국에서는 증오와 인종차별을 연상시킨다. 그러나 똑같은 의상이 스페인에서는 종교적 신앙을 의미한다.

"상징은 배경에 따라 의미가 달라집니다. 기본적으로 펜타클은 이교도의 종교적 상징입니다."

랭던이 말했다.

"악마 숭배로군."

파슈는 고개를 끄덕였다.

"그건 아닙니다."

랭던은 자신의 어휘 선택에 문제가 있었음을 깨닫고 얼른 반박했다.

요즘은 이교도라는 단어가 악마 숭배와 비슷한 의미로 간주되는 경우가 많은데, 사실 이것은 잘못된 생각이다. 이교도를 뜻하는 '페이건(pagan)'이라는 단어는 '파가누스(paganus)'라는 라틴어에 유래를 두고 있는데, 이것은 '시골 사람'이라는 뜻이다. 따라서 '이교도'는 교리를 제대로 배우지 못해 자연을 숭배하는 옛날식 시골 종교에 집착하는 사람들을 의미한다. 교회가 농촌 마을(ville)에 사는 사람들을 너무나 두려워한 나머지, 과거에는 그냥 '마을 사람(villager)'을 의미하던 'vilain'이라는 단어가 사악한 영혼을 지닌 사람을 뜻하는 단어로 전락해 버린 것과 같은 맥락이다.

"펜타클은 자연숭배와 연관된 기독교 이전 시대의 상징입니다."

랭던이 조금 더 자세히 설명했다. "고대 사람들은 세계가 남성과 여성, 두 개로 나뉜 것으로 보았어요. 남자 신과 여자 신이 힘의 균형을 맞추며 음과 양을 유지했다는 거지요. 남자와 여자가 균형을 맞추면 세상은 조화로워집니다. 그 균형이 깨질 때 혼란이 생기는 거지요."

랭던은 소니에르의 복부를 가리키며 말을 이었다.

"이 펜타클은 세상 만물의 절반을 이루는 여성성을 의미합니다. 종교 역사학자들이 '신성한 여성' 혹은 '성스러운 여신'이라고 부르는 개념이지요. 다른 사람도 아닌 소니에르가 그것을 몰랐을 리가 없습니다."

"소니에르가 자기 배에다 여신의 상징을 그렸단 말이오?"

랭던도 뭔가 좀 이상하다는 사실을 인정하지 않을 수 없었다.

"엄밀히 말하면 펜타클은 비너스를 상징합니다. 성애와 미의 여신이지요."

파슈는 벌거벗은 시신을 힐끗 돌아보며 끙 하는 신음을 냈다.

"초기의 종교는 자연의 성스러운 질서에 토대를 둡니다. 여신 비너스와 행성 비너스(금성)는 온전히 동일하다고 해도 과언이 아니지요. 밤하늘에서 뚜렷한 자기 자리를 차지하고 있는 이 여신은 비너스, 동방의 별, 이슈타르, 아스타르테 등 여러 가지 이름으로 불리는데, 그 모두는 자연, 그리고 어머니로서의 지구와 밀접한 관계를 맺고 있는 강력한 여성성의 개념입니다."

파슈는 조금 전보다 더 골치 아픈 표정이었다. 차라리 그냥 악마 숭배로 받아들이는 게 훨씬 속 편할 것 같다는 기색이 역력했다.

랭던은 펜타클의 성격 중에서도 가장 놀라운 부분, 즉 이 상징이 도형적 측면에서도 금성과 밀접한 관련을 가지고 있다는 점에 대해서는 말하지 않기로 마음먹었다. 젊은 천문학도 시절의 랭던은 금성이 밤하늘을 이동하는 궤적을 추적하면 8년마다 한 번씩 완벽한 펜타클 형태를 그린다는 사실을 알고 놀라움을 금치 못했다. 이러한 현상을 관측한 고대인들도 놀라기는 마찬가지여서, 그때부터 금성과 펜타클은 완벽, 아름다움, 육체적 사랑의 주기적 특성 등을 나타내는 은유로 쓰이기 시작했다. 그리스 사람들은 금성의 이런 마법 같은 속성을 기리기 위해 8년마다 한 번씩 올림픽을 개최했다. 현대 올림픽이 4년에 한 번씩 열리는 것도 그 주기를 반으로 줄인 결과일 뿐이라는 사실을 아는 사람은 몇 되지 않는다. 하물며 다섯 개의 꼭짓점을 가진 그 별 모양이 올림픽의 공식 문장(紋章)이 될 뻔했다는 사실을 아는 사람은 더 적을 것이다. 마지막 순간에 올림픽 문장이 지금과 같은 다섯 개의 연결된 고리로 바뀐 것은 이것이 통일과 화합의 정신을 더욱 잘 표현한다고 판단했기 때문이다.

"랭던 씨."

파슈가 불쑥 말했다.

"펜타클이 악마하고도 관계가 있는 것 역시 사실이잖소. 당신네 미국 공포 영화를 보면 누구나 그 점을 분명히 알 수 있으니 말이오."

랭던은 눈살을 찌푸렸다.

'고마워, 할리우드!'

아닌 게 아니라 다섯 개의 꼭짓점을 가진 별 모양은 악마 같은 연쇄 살인범을 다룬 영화에 흔히 등장하는 감초 같은 상징이 되어 버렸다. 범인의 아파트 벽에 휘갈겨진 낙서 중에는 어김없이 별 모양을 찾아볼 수 있다. 랭던은 펜타클이 이런 식으로 사용되는 모습을 볼 때마다 절망감을 느꼈다. 이 상징의 진짜 기원은 악마가 아니라 신 쪽에 가깝기 때문이다.

랭던이 말했다.

"영화는 영화일 뿐, 펜타클을 악마 숭배 쪽으로 해석하는 것은 역사적으로 볼 때도 옳은 해석이 아닙니다. 여성과 관련이 있는 것은 사실이지만, 펜타클의 상징성은 수천 년을 두고 크게 왜곡되어 왔거든요. 이 경우에는 유혈 사태가 초래되기까지 했습니다."

"이해가 잘 안 되는군요."

랭던은 어떻게 설명을 이어갈지 난감한 기분으로 파슈의 십자가를 흘깃 바라보았다.

"교회 말입니다. 상징의 해석이 변화무쌍한 것은 사실이지만, 펜타클의 경우 초기 로마 가톨릭교회의 영향을 많이 받았습니다. 바티칸은 다른 종교를 축출하고 대중을 기독교로 개종시키기 위해 다른 종교의 신들을 공격하기 시작했고, 그 과정에서 그들의 신성한 상징들이 사악한 것으로 둔갑해 버렸습니다."

"계속해 보시오."

"특히 혼란기에는 이런 현상이 아주 보편적으로 나타납니다."

랭던이 말을 이었다.

"새롭게 등장한 권력은 기존의 상징을 장악하고 그 신성함을 훼손하거나 의미를 지워 버리려 합니다. 한마디로 말하면 이교도의 상징과 기독교의 상징 사이에서 벌어진 전쟁에서 이교도의 상징이 패배한 형국이지요. 예를 들어 포세이돈의 삼지창은 악마의 갈퀴가 되어 버렸고, 슬기로운 할머니의 뾰족한 모자는 마녀의 상징이, 금성의 펜타클은 악마의 표시가 되어 버렸습니다."

랭던은 잠시 숨을 가다듬은 뒤 다시 입을 열었다.

"미국의 군대가 펜타클을 엉뚱하게 사용하는 것도 안타까운 일이지요. 펜타클이 전쟁을 상징하는 표시로 둔갑해 버렸으니 말입니다. 전투기에 별을 그려넣는가 하면, 장군들의 어깨에도 별이 주렁주렁 달려 있지 않습니까."

사랑과 미의 여신이 어쩌다가 이렇게 되었을까…….

"재미있군요."

파슈는 독수리 날개처럼 사지를 쫙 펼친 시신을 가리키며 말했다.

"그럼 시신이 취하고 있는 자세에 대해서는 어떻게 생각합니까?"

랭던은 어깨를 으쓱거렸다.

"저건 펜타클과 신성한 여성성을 더욱 강조하는 자세에 지나지 않습니다."

파슈의 얼굴에 그림자가 드리웠다.

"그건 또 무슨 소리요?"

"일종의 반복이지요. 같은 상징을 되풀이하는 건 의미를 강화하는 가장 간단한 방법이니까요. 자크 소니에르는 자신의 몸으로 다섯 개의 꼭짓점을 가진 별 모양을 만든 겁니다."

'펜타클 하나가 좋은 것이라면, 두 개는 더 좋지 않겠는가.'

파슈는 소니에르의 팔과 다리, 그리고 머리로 이루어진 별 모양을 눈으로 좇으며 다시 한 번 머리를 쓸어 올렸다.

"재미있는 분석이로군."

그는 잠시 후에 말을 이었다.

"그럼 옷을 벗은 이유는?"

파슈는 나이 든 남자의 알몸을 똑바로 쳐다보기가 민망한 듯 퉁명스러운 목소리로 물었다.

"옷을 몽땅 벗은 이유는 뭐지요?"

'더럽게 좋은 질문이로군.'

랭던은 속으로 생각했다. 랭던 역시 사진을 처음 본 뒤부터 줄곧 그 의문이 뇌리를 떠나지 않았다. 처음에는 그것 역시 인간의 성(性)을 주관하는 여신, 비너스의 의미를 더욱 강력하게 전달하기 위한 또 하나의 수단이라고 생각했다. 현대 문명에서는 비너스가 남성과 여성의 육체적 결합을 상징하는 사례를 찾아보기 힘든 게 사실이지만, 어원을 따져 보면 비너스의 원래 의미는 성욕과 깊은 연관을 가지고 있다. 랭던은 그 이야기는 꺼내지 않기로 마음먹었다.

"파슈 씨, 지금 상황에서는 소니에르 씨가 무엇 때문에 자신의 몸에 저런 상징을 그렸는지, 무엇 때문에 저런 자세를 취했는지 확실하게 말할 수는 없지만, 자크 소니에르 같은 분이라면 펜타클이 신성한 여성성을 나타내는 상징임을 몰랐을 리가 없다는 점만은 분명히 말할 수 있습니다. 예술사가와 기호학자치고 이 상징이 신성한 여성성과 밀접히 연관된다는 사실을 모르는 사람은 없을 테니까 말입니다."

"좋소. 그럼 자신의 피를 잉크로 사용한 점에 대해서는 어떻게 생각하시오?"

"그야 물론 달리 방법이 없었기 때문이지요."

파슈는 잠시 생각해 본 다음, 천천히 말했다.

"사실 나는 그가 피를 사용한 것은 경찰에게 특정한 감식 절차를 유도하기 위해서라고 믿고 있소."

"무슨 뜻입니까?"

"그의 왼손을 보시오."

랭던의 시선은 소니에르의 창백한 팔을 훑어 내려간 끝에 왼손 끝에까지 다다랐지만 아무것도 보이지 않았다. 고개를 갸웃거리며 반대편으로 한 바퀴 돌아 시체 위에 쪼그리고 앉은 그는, 그제야 소니에르가 큼직한 마커 펜을 한 자루 쥐고 있다는 사실을 알아차리고 깜짝 놀랐다.

"소니에르는 우리가 처음 발견했을 때부터 저걸 쥐고 있었소."

파슈는 랭던을 놔두고 각종 수사 장비와 전선, 전자 장치 등이 놓인 이동식 테이블을 향해 다가갔다.

"아까도 얘기했듯이 우리는 아무것도 건드리지 않았소."

파슈는 테이블 위를 뒤지며 말했다.

"그게 어떤 펜인지 아시오?"

랭던은 무릎을 굽히고 펜의 상표를 살펴보았다.

'STYLO DE LUMIERE NOIRE'.

랭던은 놀라운 마음으로 고개를 들었다.

블랙라이트 펜 또는 워터 마크 스타일러스라고 부르는 이 특수한 펠트로 된 펜은 원래 박물관 관계자나 예술품 복원 전문가, 위조품을 조사하는 경찰관이 보이지 않는 표시를 남기기 위해 사용하였다. 부식성이 없고 알코올성 형광 잉크를 사용하기 때문에 불가시광선에 비춰 봐야만 보인다. 요즘은 박물관의 유지 보수 담당자들도 일상적으로 이 마커를 들고 다니면서 수리가 필요한 작품에 일반인의 눈에는 보이지 않는 표시를 해 두곤 한다.

랭던이 몸을 일으키자, 파슈는 조명등이 놓인 곳으로 다가가 불을 껐다. 순식간에 전시장은 캄캄한 어둠에 묻혔다.

갑자기 앞이 보이지 않자, 랭던은 불안감이 솟구치는 것을 느꼈다. 자주색 불빛에 휩싸인 파슈의 윤곽이 나타났다. 그가 들고 있는 휴대용 전등 때문에 그의 몸이 자주색 아지랑이 속에 파묻힌 느낌이었다.

"경찰들은 사건 현장을 조사할 때 불가시광선을 이용합니다."

파슈가 말했다. 자주색 불빛 때문에 그의 눈동자가 더욱 차가워 보였다.

"혈흔을 비롯한 각종 증거를 찾기 위해서지요. 우리가 얼마나 놀랐는지는 선생도……."

파슈는 말끝을 흐리며 불빛으로 시체를 비추었다.

그쪽을 돌아본 랭던은 그야말로 펄쩍 뛸 듯이 놀랐다.

마룻바닥 위에 나타난 끔찍한 광경을 바라보는 그의 심장이 마구 두근거리기 시작했다. 바닥에는 소니에르가 마지막으로 남긴 몇 개의 단어가 휘갈겨 쓰여 있었다. 희미하게 깜빡거리는 그 글자들을 들여다보노라니, 사방에 짙게 드리운 안개가 더욱 짙어지는 느낌이었다.

랭던은 다시 한 번 그 메시지를 읽은 다음, 파슈를 올려다보았다.

"도대체 이게 무슨 뜻입니까?"

파슈의 눈에서는 하얀 빛이 뿜어 나오는 듯했다.

"바로 그게 선생이 대답해 주어야 할 질문이오."

거기서 얼마 떨어지지 않은 소니에르의 관장실에서는 그 사이 박물관으로 돌아온 콜레 반장이 커다란 책상 위에 설치해 둔 오디오 장치를 조작하고 있었다. 책상 한쪽 구석에 버티고 서서 그를 노려보는 듯한 로봇 인형 같은 중세의 기사만 아니라면, 마음이 아주 느긋했다. 콜레는 AKG 헤드폰을 고쳐 쓰고 하드디스크 녹음 장치의 입력 수치를 점검했다. 모든 게 정상적으로 작동했다. 마이크는 완벽하게 작동했고, 잡음 하나 없는 음성이 들려왔다.

'Le moment de vérité(진실의 순간이군).'

콜레가 중얼거렸다.

그는 미소를 지은 채 눈을 감고 느긋하게 몸을 기댔다. 이제 대화랑 안에서 오가는 대화를 녹음하며 느긋하게 즐기기만 하면 되는 것이다.

7

생 쉴피스 성당의 처소는 성당 본관 2층의 성가대석 왼쪽에 자리하고 있었다. 상드린 비에유 수녀는 10여 년 전부터 검소하기 이를 데 없는 이 방 두 개짜리 처소에서 기거했다. 바닥에는 돌이 깔려 있고, 가구도 꼭 필요한 것밖에 없었다. 누가 물으면 공식적으로는 성당 근처의 수녀원에서 기거한다고 대답했지만, 실제로는 성당 안에 있는 이 조용한 방에서 지내는 시간이 훨씬 많았다. 침대와 전화, 간단한 조리 시설을 갖추고 있어 생활하는 데는 아무런 불편이 없었다.

이 성당의 관리 책임자인 상드린 수녀는 일반적인 건물 관리를 비롯해 직원이나 안내원 고용, 보안 유지, 성찬식용 포도주와 성체 주문 등거의 모든 잡무를 도맡아 처리하는 직분을 맡고 있었다.

조그만 침대에서 자고 있던 상드린 수녀는 날카로운 전화벨 소리에 잠을 깼다. 그녀는 피로를 쫓으며 수화기를 들었다.

"Soeur Sandrine. Eglise Saint-Sulpice(생 쉴피스 성당 상드린 수녀입니다)."

"안녕하세요, 수녀님."

프랑스어로 말하는 남자의 목소리가 들렸다.

상드린 수녀는 벌떡 일어나 앉았다.

'지금 몇 시나 됐지?'

주임 신부의 목소리를 못 알아들을 리야 없지만, 지난 15년 동안 잠을 자다가 그의 전화를 받은 적은 한 번도 없었다. 그는 미사가 끝나기 무섭게 집으로 돌아가 잠자리에 드는 사람이었다.

"주무실 시간인데 깨워서 미안합니다, 수녀님."

신부의 목소리는 무척 피곤하고 초조한 듯했다.

"부탁할 것이 있어서 말입니다. 방금 유명한 미국인 주교에게서 전화가 왔어요. 아마 수녀님도 아실 겁니다, 마누엘 아링가로사라고."

"오푸스 데이 총책임자 말씀이세요?"

'알고말고. 성당에 몸담은 사람 중에 그이를 모를 사람이 있을까.'

아링가로사가 이끄는 이 보수적인 단체는 최근 들어 세력이 크게 확장되었다. 특히 1982년 교황 요한 바오로 2세가 이들의 위상을 '교황 직속의 성직 자치단'으로 격상함으로써 그들의 모든 활동이 공식적으로 인정받는 계기가 마련되었다. 오푸스 데이는 바로 그해에 10억 달러에 이르는 거액을 바티칸 은행으로 알려진 바티칸 종교사역연구소에 기부함으로써 이 기관의 부도를 막아 준 것으로 알려졌기 때문에, 그들의 갑작스러운 위상 변화가 세간의 의혹을 자아낸 것도 무리는 아니었다. 더욱 놀라운 것은 교황이 오푸스 데이의 창설자를 '초고속'으로 성인(聖人)의 반열에 올려놓았다는 점인데, 그는 통상 1백 년이 걸리는 관례를 깨고 불과 20년 만에 시성(諡聖)되는 영광을 누렸다. 상드린 수녀는 이처럼 로마에서 확고한 지위를 굳힌 오푸스 데이가 왠지 미심쩍은 느낌을 감출 길 없었지만, 감히 교황청을 상대로 그러한 의혹을 제기하는 사람은 아무도 없었다.

"아링가로사 주교가 나한테 한 가지 부탁을 하더군요."

신부가 초조한 목소리로 말했다.

"자신의 수도사 한 명이 파리에 와 있는데……."

상드린 수녀는 신부가 전해 주는 주교의 부탁을 들으며 점점 더 혼란스러워졌다.

"죄송합니다만, 지금 오푸스 데이 소속의 수도사가 내일 아침까지 기다릴 수 없다는 말씀을 하시는 건가요?"

"유감스럽게도 그런 것 같습니다. 그가 탈 비행기가 아침 일찍 출발하는 모양인데, 아주 오래전부터 생 쉴피스를 직접 구경할 날을 손꼽아 기다렸다고 하는군요."

"하지만 우리 성당은 낮에 봐야 훨씬 더 멋있잖아요. 오쿨루스(oculus, '건물의 창'이라는 뜻의 라틴어―옮긴이)로 들어오는 햇살이 해시계의 바늘에 시시각각으로 변하는 그림자를 남기는 걸 봐야 생 쉴피스를 봤다고 할 수 있을 테니까요."

"나도 알지요, 수녀님. 하지만 내 개인적인 부탁이라고 생각하고 그자를 좀 들여보내 줘요. 1시에 도착한다고 했으니…… 20분밖에 안 남았군요."

상드린 수녀는 눈살을 찌푸렸다.

"알았습니다. 기꺼이 그렇게 하지요."

신부는 고맙다는 인사와 함께 전화를 끊었다.

상드린 수녀는 아직 남은 잠기운을 떨치려 애쓰며 따뜻한 온기가 남아 있는 침대 위에 잠시 앉아 있었다. 조금 전의 전화 통화가 온몸의 감각을 일깨워 놓았음에도 불구하고, 예순이 넘은 그녀의 육신은 잠에서 깨어나는 데 예전보다 훨씬 시간이 더 걸리는 듯했다. 상드린 수녀는 오푸스 데이를 생각할 때마다 마음이 편치 않았다. 육체의 고행이라는 불가사의한 의식에 집착하는 행태는 그렇다 치더라도, 그들의 여성관은 좋게 말해도 중세적이라는 비판을 면하기 어려울 정도였다. 이 조직의 남자 수도사들이 미사에 참석하는 동안 여자 수도사들이 무보수로 그들의 거처를 청소해야 한다는 이야기를 듣고 얼마나 놀랐는지 몰랐다. 남자들은 지푸라기를 넣은 매트에서 잠을 자는 반면, 여자들은 차가운 마룻바닥에서 자야 했고, 육체의 고행 역시 남자들에게는 없는 특수한 규정들을 따라야 했다……. 이 모든 것이 원죄에 대한 속죄의 일부로 간주되었다. 이브가 지식의 사과를 깨무는 순간, 여자들은 영원히 그 죄를 갚아야 할 운명을 떠안게 된 것이다. 대부분의 가톨릭교회들이 여성의 권리를 존중하는 방향으로 나아가는 반면, 오푸스 데이는 그 진보의 흐름을 거꾸로 거스르고 있다. 그렇다고는 해도 상드린 수녀에게는 신부의 부탁을 거부할 힘이 없지 않은가.

수녀는 두 다리를 침대 밖으로 빼내어 천천히 몸을 일으켰다. 돌로 된 바닥의 냉기가 맨발바닥을 통해 온몸으로 전해지면서 그녀는 갑자기 커다란 불안감을 느꼈다.

'여자의 직감인가?'

하느님의 종, 상드린 수녀는 자신의 영혼이 들려 주는 차분한 목소리 속에서 평화를 찾는 방법을 터득한 인물이었다. 그러나 오늘 밤, 그녀의 영혼은 텅 빈 성당만큼이나 적막한 침묵만을 지킬 뿐이었다.

8

랭던은 마룻바닥에서 자주색으로 은은히 빛나는 글자에서 눈을 뗄수가 없었다. 자크 소니에르가 이 지상에 마지막으로 남긴 글귀는 랭던이 상상할 수 있는 일반적인 유언과는 전혀 거리가 멀어 보였다.

메시지는 다음과 같았다.

13-3-2-21-1-1-8-5
O, Draconian devil(아, 드라콘 같은 악마여)!
Oh, lame saint(오, 절름발이 성인이여)!

랭던은 그 메시지가 무슨 의미인지 전혀 감을 잡지 못했지만, 이제야 펜타클이 악마 숭배와 연관된다고 했던 파슈의 추측을 이해할 수있었다.

'아, 드라콘 같은 악마여!'

소니에르는 노골적으로 악마를 거론했다. 게다가 아무런 일관성이 없어 보이는 숫자의 나열도 괴이하기는 마찬가지였다.

"무슨 암호 같기는 한데."

"그렇소."

파슈가 말했다.

"우리 암호 전문가가 이미 해독 작업에 착수했소. 우리는 이 숫자들이 소니에르를 죽인 범인을 밝혀내는 열쇠라고 믿고 있소. 전화번호나 주민등록번호 같은 것과 연관되었을 수도 있으니까. 선생은 여기서 어떤 상징적인 의미가 보이지 않소?"

랭던은 다시 한 번 숫자들을 들여다보았지만, 거기서 상징적인 의미를 끌어 내려면 적어도 몇 시간은 걸릴 것 같았다.

'소니에르가 그런 의도로 쓴 게 맞다면······.'

랭던이 보기에 숫자들은 완전히 무작위적으로 배열되었다. 랭던은 외관상 어떤 의미가 있어 보이는 상징적 수열에는 어느 정도 익숙한 편이었지만, 여기에 나오는 펜타클, 텍스트, 숫자와 같은 요소들은 전혀 상호 연관성이 없어 보였다.

"선생은 조금 전에 소니에르의 행동이 어떤 메시지를 전달하기 위한 것이었다고 추정했잖소."

파슈가 말했다.

"여신 숭배인가 뭔가 하는 것과 관련된 메시지 말이오. 이 낙서가 그런 메시지와 어떤 관련이 있는 거지요?"

랭던은 파슈의 그 질문에 냉소가 깃들어 있음을 느꼈다. 지금까지 드러난 정황들은 랭던이 말한 여신 숭배와는 아무런 관련도 없는 탓이었다.

'아, 드라콘 같은 악마여? 오, 절름발이 성인이여?'

파슈가 말했다.

"이 두 개의 문장은 무언가를 고발하는 듯한 분위기인데, 선생도 동의하시오?"

랭던은 죽음을 눈앞에 둔 소니에르 관장이 이 대화랑 안에 갇혀 최후의 시간을 보내면서 무슨 생각을 했을지 상상해 보려고 노력했다. 확실히, 파슈의 말에도 일리가 있었다.

"자신을 죽인 범인을 고발한다…… 말이 되는 얘깁니다."

"내가 할 일은 그 범인의 정체를 밝혀내는 겁니다. 한 가지 물어봅시다, 랭던 씨. 선생이 보기에 이 숫자들 말고 제일 이상한 게 뭔 것 같소?"

'제일 이상한 것?'

죽어 가는 사람이 자신을 박물관 안에 가둬 놓고 자기 몸에 펜타클을 그린 뒤, 마룻바닥에 수수께끼의 문장을 남겼다……. 이 가운데 이상하지 않은 대목이 하나라도 있을까?

"'드라콘 같은(Draconian)'이라는 단어는 어떻습니까?"

랭던은 마음속에 제일 먼저 떠오르는 생각을 말해 보았다. 죽어 가는 사람이 기원전 7세기경의 잔혹하기로 소문난 정치인, 드라콘을 떠올린다는 게 정상적인 일은 아니지 않은가.

"'드라콘 같은 악마'라는 표현의 어휘 선택이 아주 예사롭지 않아 보입니다."

"드라콘 같은?"

파슈가 짜증스럽다는 듯 되물었다.

"지금 상황에서 소니에르의 어휘 선택을 문제 삼을 필요는 없을 듯한데."

랭던은 그렇다면 파슈가 무엇을 문제 삼아야 한다는 뜻인지 얼른 이해되진 않았지만, 왠지 드라콘과 파슈가 서로 잘 어울린다는 느낌이 들었다.

"소니에르는 프랑스 사람이오."

파슈가 지나가는 말처럼 툭 던지듯이 내뱉었다.

"파리에 사는 프랑스 사람이지. 그런데 이 메시지를 쓸 때는……."

"영어로 썼다?"

랭던은 그제야 파슈의 의도를 알아차렸다.

파슈는 고개를 끄덕였다.

"바로 그거요. 왜 그랬을지 짚이는 데가 있소?"

랭던은 소니에르가 완벽에 가까운 영어 실력을 갖추었다는 사실을 알고 있었지만, 그가 자기 생의 마지막 순간에 영어로 유언을 남겼다는 데는 미처 생각이 미치지 않았다. 랭던은 어깨를 으쓱거렸다.

파슈는 소니에르의 복부에 그려진 펜타클을 가리켰다.

"악마 숭배와는 아무런 관계가 없다? 아직도 그 확신에는 변화가 없소?"

랭던은 이제 그 무엇도 확신할 수가 없었다.

"기호와 문장이 서로 들어맞는 것 같지 않군요. 별 도움이 되지 못해 미안합니다."

"이걸 보면 생각이 좀 달라질지도 모르겠군."

파슈가 시체에서 한 발 물러서며 불가시광선 손전등을 치켜들자, 불빛이 미치는 각도가 훨씬 넓어졌다.

"어떻소?"

놀랍게도 소니에르의 시체 주위로 대략적인 원의 윤곽이 나타났다. 소니에르가 누운 채 팔을 돌려 손에 쥔 펜으로 몇 개의 긴 원호를 그린 모양이었다. 그렇게 해서 그는 원 속에 누워 있는 형국이 되었다.

그 원의 의미가 번개처럼 랭던의 뇌리를 스쳤다.

"비트루비우스의 인체 비례."

랭던이 신음하듯 중얼거렸다. 소니에르는 레오나르도 다빈치의 가장 유명한 스케치를 실물 크기로 재현해 낸 것이다.

당대만 해도 해부학적으로 가장 정확한 그림으로 평가되던 다빈치의 '비트루비우스 인체 비례'는 세계 각국에서 포스터나 마우스 패드, 티셔츠를 장식하는 등 현대 문화의 아이콘으로 자리 잡았다. 이 유명한 스케치는 팔과 다리를 독수리 날개처럼 활짝 뻗은 나체의 남자를 하나의 원이 둘러싼 형태로 되어 있다……

'다빈치.'

랭던은 온몸에 소름이 돋는 기분이었다. 이제 소니에르의 의도는 누구도 부정할 수 없을 만큼 분명하게 드러났다. 그가 이 지상에서 마지막으로 한 행동은 옷을 모두 벗고 온몸으로 레오나르도 다빈치가 그린 비트루비우스의 인체 비례를 재현하는 것이었다.

그 원이야말로 조각 그림을 끼워 맞추는 결정적인 단서였다. 보호를 의미하는 여성의 상징, 그리고 알몸인 남자의 몸을 에워싼 원은 다빈치의 의도, 즉 남성과 여성의 조화를 의미했다. 이제 문제는 소니에르가 무엇 때문에 그 유명한 스케치를 모방했는가 하는 점이었다.

"랭던 씨."

파슈가 말했다.

"선생 같은 사람이라면 레오나르도 다빈치가 흑예술 쪽으로 기울어진 성향을 가지고 있었다는 사실을 잘 알고 있을 테지요."

랭던은 다빈치에 대한 파슈의 지식이 상당한 수준임을 깨닫고 속으로 혀를 내둘렀다. 처음부터 파슈가 악마 숭배를 들먹인 것도 그런 배경 때문이었던 것이다. 다빈치는 오래전부터 역사학자, 특히 기독교의 전통에 충실한 역사학자들에게는 아주 골치 아픈 주제가 아닐 수 없었다. 엄청난 천재인 것은 사실이지만 열렬한 동성애자에다 자연의 신성한 질서를 숭배하는 인물이라 하느님의 관점에서는 끊임없이 죄악 속에서 허우적거리는 인물이었다. 더구나 다빈치는 악마적 분위기를 물씬 풍기는 괴짜이기까지 했다. 인체 해부를 연구하기 위해 시체를 도굴하는가 하면, 글자를 거꾸로 써서 해독이 불가능한 수수께끼의 일기를 남기기도 했다. 그는 또 자신이 납을 황금으로 바꾸는 연금술을 터득했으며, 죽음을 막는 만병통치약을 개발해 신을 속일 수도 있다고 믿었다. 그의 발명품 중에는 상상을 초월하는 전쟁 무기와 고문 도구가 포함되어 있다.

'오해는 불신을 낳는 법이다.'

랭던은 속으로 그런 생각을 했다.

다빈치가 주옥같은 기독교 미술품을 창조했다는 사실조차도 그의 악명 높은 영적 위선을 더욱 강조하는 결과로 이어질 뿐이다. 다빈치는 엄청난 보수가 보장되는 바티칸의 의뢰로 수백 점의 그림을 그렸지만, 이는 신앙의 표현이라기보다는 상업성에서 비롯된 일종의 장사로 보는 것이 옳다. 호사스러운 생활을 유지하기 위해서는 적지 않은 돈이 필요했기 때문이다. 다빈치는 또 자신에게 먹이를 주는 사람의 손을 몰래 갉아먹으면서 희열을 느끼는 짓궂은 성품의 소유자였다. 기독교를 주제로 한 그림에 기독교와는 전혀 상관없는 상징들을 숨겨 둔 것인데, 이는 자기 자신의 믿음에 대한 공물(供物)인 동시에 교회에 대한 경멸의 표시이기도 했다. 랭던은 런던의 국립미술관에서 '레오나르도의 숨겨진 삶 : 기독교 미술 속의 비기독교적 상징'이라는 제목의 강연을 하기도 했다.

"무슨 뜻인지 알겠습니다."

랭던이 말했다.

"하지만 다빈치는 한 번도 흑예술을 행한 적이 없습니다. 끊임없이 교회와 갈등을 빚기는 했지만 실제로는 누구보다도 영적인 사람이었으니까요."

랭던은 그 말을 하던 중에 뭔가 퍼뜩 떠오르는 생각이 있었다. 그는 다시 한 번 바닥에 그려진 메시지를 들여다보았다.

'오, 드라콘 같은 악마여! 아, 절름발이 성인이여!'

"뭐요?"

파슈가 물었다.

랭던은 신중하게 대답했다.

"소니에르와 다빈치 사이에는 영적인 이념이라는 측면에서 상당한 공통점이 있지 않나 하는 생각이 드는군요. 물론 여기에는 교회가 현대 종교에서 신성한 여성성을 배제하고자 하는 추세도 포함됩니다. 어쩌면 소니에르는 다빈치의 유명한 스케치를 모방함으로써 여신을 악마로 취급하는 현대 종교에 대한 좌절감을 표현하려 했는지도 모르겠어요."

파슈의 눈매가 더욱 가늘어졌다.

"그럼 소니에르가 교회를 절름발이 성인에, 드라콘 같은 악마로 표현했단 말이오?"

랭던은 그러한 추측이 지나친 비약이라는 점을 인정하지 않을 수 없었지만, 펜타클이 어느 정도는 그 추측을 뒷받침하는 듯했다.

"내 말은 소니에르 씨가 여신의 역사를 연구하는 데 일생을 바친 반면, 그런 역사를 지워 버리려고 안간힘을 다한 것이 바로 가톨릭교회라는 뜻입니다. 따라서 소니에르가 마지막으로 남긴 메시지에 실망감을 표현한 것도 무리는 아니라는 거지요."

"실망감?"

파슈는 못마땅한 기색이 역력한 목소리로 되물었다.

"이 메시지는 실망감보다는 분노 쪽에 더 가까운 듯한데, 그렇지 않소?"

랭던도 이제 인내심이 한계에 다다른 느낌이었다.

"국장님, 나는 지금 소니에르가 남긴 메시지를 어떻게 생각하느냐는 당신의 질문에 나름대로 대답을 하려고 애쓰고 있을 뿐입니다."

"그래서 이게 교회에 대한 고발장이라고?"

어금니를 꽉 깨물고 그렇게 내뱉는 파슈의 턱이 뻣뻣하게 굳어 있는 느낌이었다.

"랭던 씨, 직업상 지금까지 수많은 시체를 봐 온 사람으로서 한마디 하겠소. 누군가에 의해 죽임을 당한 사람이 죽음을 눈앞에 두고 아무도 알아듣지 못할 영적인 진술서를 남겼다는 주장은 좀처럼 믿어지지가 않는군요. 내가 보기에 그런 사람이 마지막 순간에 떠올리는 생각은 딱 한 가지밖에 없을 듯한데."

파슈의 속삭이는 목소리가 허공을 갈랐다.

"La vengeance(복수). 소니에르는 우리에게 자신을 죽인 범인을 알리기 위해 이런 메시지를 남겼을 거요."

랭던은 파슈의 얼굴을 바라보았다.

"하지만 그건 말이 안 됩니다."

"말이 안 된다고?"

"물론이지요."

랭던은 피로와 좌절감을 억누르며 맞받아쳤다.

"소니에르는 관장실에서 자신이 불러들인 누군가에 의해 공격을 받았다고 하지 않았습니까?"

"그렇소."

"그렇다면 관장은 범인을 알고 있었다고 보는 게 합리적이지요."

파슈는 고개를 끄덕였다.

"계속해 보시오."

"만약 소니에르가 자신을 죽인 범인이 누군지 알았다면, 굳이 이런 복잡한 메시지를 남길 이유가 있었을까요?"

랭던은 바닥을 가리키며 말을 이었다.

"숫자로 된 암호에, 절름발이 성인과 드라콘 같은 악마, 거기다 자신의 복부에 펜타클까지 그려 넣고? 그렇게까지 복잡하게 할 필요가 없습니다."

파슈는 미처 거기까지는 생각이 미치지 못했다는 듯 눈살을 찌푸렸다.

"일리가 있는 말이로군."

랭던이 다시 말했다.

"상황을 고려해 볼 때 만약 소니에르가 자신을 죽인 범인을 알리고 싶었다면 그냥 그 사람의 이름을 써 놓았을 겁니다."

랭던의 말을 듣고 있던 파슈의 입술에 처음으로 희미한 미소가 떠올랐다.

"Précisément(정확해)."

파슈가 중얼거렸다.

"Précisément."

'나는 지금 최고의 거장이 작품을 만들어 가는 과정을 지켜보고 있다.'

콜레 반장은 헤드폰에서 들려오는 파슈의 목소리에 귀를 기울이며 혼자 중얼거렸다. 파슈가 프랑스 최고의 법 집행 기관을 이끌어 가는 책임자의 자리에까지 올라선 이유가 바로 이것이었다.

'보통 사람들은 감히 엄두도 내지 못할 일을 해낼 인물이야.'

유도 심문은 극심한 압박감 속에서 고도의 평정심을 유지해야 하기 때문에 현대의 사법 기관이 좀처럼 사용할 수 없는 수사 기법이 되어 버렸다. 지금 같은 상황에서 얼음처럼 냉정한 태도를 유지할 수 있는 사람이 몇이나 될까, 파슈는 마치 그런 임무를 위해 태어난 사람처럼 보일 정도였다. 그의 놀라운 자제력과 인내심은 이미 인간의 경지를 뛰어넘은 듯했다.

확실히 오늘 밤의 파슈는 무슨 일이 있어도 범인을 체포해야 한다는 단호한 결단 이외의 다른 어떤 감정도 느끼지 않는 사람 같았다. 파슈가 한 시간 전에 요원들에게 내린 지시도 평소와 달리 아주 간단하고 확신에 차 있었다.

'나는 누가 자크 소니에르를 죽였는지 알아.'

파슈는 그렇게 말했다.

'다들 어떻게 해야 하는지 알지? 실수 없이 처리하도록.'

적어도 지금까지는 어떤 실수도 없었다.

콜레는 파슈가 용의자의 범행 사실을 그토록 확신하는 증거가 무엇인지 아직 알지 못하는 상태였지만, '황소'의 본능에 의문을 제기하는 것은 어리석은 일임을 잘 알고 있었다. 파슈는 때때로 초자연적인 직관력을 발휘하곤 했다.

'신이 그의 귓가에 대고 속삭인다.'

파슈의 남다른 육감이 유감없이 위력을 발휘했을 때, 어느 요원이 혀를 내두르며 중얼거린 말이었다. 만약 정말로 신이 있다면, 브쥐 파슈라는 이름이 신의 명단 제일 꼭대기에 올라 있음이 틀림없었다. 파슈는 미사와 고해성사를 빠뜨리는 법이 없었다. 여론을 의식해 마지못해 시늉이나 하는 다른 공직자들과는 차원이 달랐다. 몇 해 전에는 파리를 방문한 교황의 특별 강론에 참석하는 영광을 누리기 위해 만사를 제쳐 놓고 쫓아다니기도 했다. 덕분에 지금 그의 사무실에는 교황과 함께 찍은 사진이 걸려 있었다. 요원들은 주인 몰래 그 사진에 '교황과 황소'라는 제목을 붙였다.

콜레가 보기에, 세상 돌아가는 일에는 좀처럼 관심을 보이지 않는 파슈가 몇 년 전에 터진 가톨릭교회의 아동 성추문 사건을 놓고 노골적으로 이런 반응을 보인 것은 실로 이례적인 일이었다.

'이런 사제들은 두 번 교수형에 처해야 한다! 한 번은 어린이들에게 저지른 죗값으로, 또 한 번은 가톨릭교회의 신성한 이름을 더럽힌 대

가로.'

콜레는 파슈가 그렇게 흥분하는 이유가 아무래도 전자보다는 후자 때문이 아닐까 싶었다.

콜레는 노트북 컴퓨터를 들여다보았다. 오늘 밤 그가 맡은 또 하나의 임무가 바로 GPS 추적 장치를 가동하는 일이었다. 컴퓨터 화면에는 루브르 박물관의 보안 부서에서 올려 준 건물 설계도와 함께, 드농관의 상세한 평면도가 올라와 있었다. 미로처럼 얽힌 전시관과 복도를 눈으로 좇던 콜레는 드디어 찾던 그림을 발견했다.

대화랑 한복판에 조그만 붉은 점이 깜빡거리고 있었다.

'La marque(표적)'.

파슈는 오늘 밤 먹잇감의 목끈을 단단히 조여 매고 있었다. 빠져나갈 구멍이 없어 보였다. 로버트 랭던은 어느 모로 보나 상당히 매력적인 먹잇감이 아닐 수 없었다.

9

파슈는 랭던과의 대화를 방해받지 않기 위해 휴대전화를 꺼 놓은 상태였다. 하지만 불행하게도 그의 전화기는 양방향 무전기 기능이 있는 고급 모델이었다. 그렇게도 지시를 했건만, 그의 부하 한 사람이 무전 기능을 이용해 그를 호출했다.

"국장님?"

전화기에서 진짜 무전기처럼 찌지직거리는 소리가 났다.

파슈는 화가 치밀어 자기도 모르게 어금니를 꽉 깨물었다. 이런 결정적인 순간에 '몰래 카메라'를 방해할 만큼 중요한 일이 뭐가 있단 말인가!

파슈는 미안한 표정으로 랭던을 돌아보았다.

"잠깐 실례하겠소."

그는 허리춤에서 휴대전화를 집어 들고 무전 송신 단추를 눌렀다.

"뭐야?"

"Capitaine, un agent du Département de Cryptographie est arrivé(국

장님, 암호 해독 부서에서 나온 요원이 도착했습니다)."

불같이 화를 내던 파슈가 순간적으로 멈칫거렸다.

'암호 해독 전문 요원이라고?'

타이밍이 아주 안 좋기는 하지만, 나쁜 소식은 아니었다. 파슈는 소니에르의 암호를 발견한 뒤 그가 도대체 무슨 말을 남기려 했는지 알아낼 수 있을지도 모른다는 희망을 품고 현장 사진을 암호 해독 부서에 송신했다. 따라서 암호 해독 전문 요원이 도착했다면, 누군가가 소니에르의 메시지를 알아냈을 가능성이 크다고 판단한 것이다.

"내가 지금 바쁘다는 것 모르나?"

파슈는 불편한 심기가 그대로 묻어나는 목소리로 말했다.

"그에게 수사본부에서 기다리라고 해. 여기 일 끝나면 만나 볼 테니까."

"그가 아니라 그녀인데요."

상대방이 말했다.

"느뵈 요원입니다."

파슈는 점점 짜증이 치밀었다. 소피 느뵈라면 DCPJ가 저지른 최악의 실수 가운데 하나가 아닌가. 영국의 로열 홀로웨이 대학에서 암호학을 공부한 이 젊은 파리 토박이는 2년 전 경찰 인력 가운데 여성의 비중을 늘려야 한다는 고위층의 압력 때문에 어쩔 수 없이 파슈에게 떠맡겨진 골칫덩이였다. 그때도 파슈는 정치적인 명분에 집착하다가 조직의 힘이 약화되는 결과를 초래하면 안 된다고 반대 의사를 분명히 밝혔다. 여자들은 경찰 업무에 필요한 육체적 능력을 갖추지 못했을 뿐 아니라, 그들이 얼씬거리는 것 자체가 현장에서 활동하는 남자 요원들의 정신을 산란하게 하는 위험한 결과를 가져온다. 역시 우려했던 대로, 소피 느뵈 때문에 제정신을 못 차리는 얼간이들이 얼마나 많은지 몰랐다.

서른두 살의 소피는 오기라는 표현이 어울릴 만큼 고집이 센 여자였다. 그녀가 영국에서 배워 온 최신 암호학 이론을 줄기차게 밀어붙이는 통에 프랑스 국내파 고참들이 도저히 못 참겠다며 들고 일어날 지경이었다. 그러나 뭐니 뭐니 해도 파슈를 가장 골치 아프게 만드는 것은 소피가 지나갈 때마다 중년의 남자 요원들이 넋을 잃고 그녀를 쳐다보느라 일손을 놓아 버린다는 점이었다. 역시 젊고 매력적인 여자가 남자들의 시선을 사로잡는 것은 보편적인 진리인 모양이었다.

무전기로 변신한 파슈의 휴대전화에서 다시 찌지직거리는 소리가 나기 시작했다.

"느뵈 요원이 지금 당장 국장님을 만나야 한다고 고집을 피웁니다. 그렇게 말렸는데도 지금 그쪽으로 가고 있는 중입니다."

파슈는 어이가 없어서 말문이 막힐 지경이었다.

"무슨 소리야! 내가 몇 번이나……."

랭던은 순간적으로 파슈가 심장 발작이라도 일으킨 줄 알았다. 전화기에 대고 말을 하다 말고 입을 쩍 벌린 채 눈알이 튀어나올 것만 같은 표정으로 얼어붙어 버린 것이다. 그의 타는 듯한 시선은 랭던의 어깨 너머 어딘가에 고정되어 있었다. 랭던이 고개를 돌리기도 전에 등 뒤에서 여자의 목소리가 울려 퍼졌다.

"Excusez-moi, messieurs(실례합니다, 두 분)."

돌아보니 젊은 여자가 다가오고 있었다. 그들을 향해 다가오는 그녀의 걸음걸이는 보폭이 크면서도 우아하고 부드러워서 자신감이 넘쳐 보였다. 검은 레깅스 위에 무릎까지 내려오는 크림색 아이리시 스웨터를 캐주얼하게 받쳐 입었고, 나이는 서른 살쯤 되어 보이는 아주 매력적인 여인이었다. 어깨 위로 찰랑거리는 숱 많은 포도주색 머리칼 때문에 더욱 호감이 가는 얼굴이었다. 하버드의 기숙사를 장식하는 개성

없는 금발 미녀들과는 달리, 이 여인에게서는 꾸미지 않은 건강미와 자신감 넘치는 진정성이 느껴졌다.

놀랍게도 그녀는 똑바로 랭던을 향해 다가와서는 정중하게 손을 내밀었다.

"무슈 랭던, 나는 DCPJ 암호 해독반의 느뵈 요원이라고 해요."

의식적으로 노력하는 흔적은 역력하지만, 그녀의 영어 발음에서 프랑스식 억양을 완전히 무시할 수는 없었다.

"만나 뵙게 되어서 반가워요."

랭던은 그녀의 부드러운 손을 마주 잡으며 순간적으로 그녀의 강력한 시선에 사로잡힌 듯한 느낌을 받았다. 올리브색을 띤 그녀의 눈동자는 티 없이 맑고 날카로웠다.

파슈가 씩씩거리며 다가서는 것을 보니, 한바탕 잔소리를 늘어놓을 준비를 하는 모양이었다.

"국장님."

소피가 재빨리 돌아서며 선수를 쳤다.

"방해해서 죄송합니다. 하지만……."

"Ce n'est pas le moment(지금 때가 어떤 때인데)!"

파슈가 냅다 소리쳤다.

"몇 번이나 전화를 했어요."

소피는 랭던을 의식해서인지, 영어로 대답했다.

"하지만 국장님 휴대전화가 꺼져 있던 걸요."

"그럴 만한 이유가 있으니까 꺼 놓은 거야."

파슈가 여전히 씩씩거리며 대꾸했다.

"지금 랭던 씨하고 얘기하고 있지 않나."

"숫자로 된 암호는 다 풀었어요."

소피가 태연한 목소리로 말했다.

랭던은 짜릿한 흥분이 밀려오는 느낌이었다.

'이 여자가 암호를 풀었다고?'

파슈는 어떤 반응을 보여야 좋을지 모르겠다는 듯 엉거주춤한 모습이었다.

"암호를 설명하기 전에 말이에요."

소피가 말했다.

"랭던 씨에게 긴히 드릴 말씀이 있어요."

파슈의 표정이 조금 더 일그러졌다.

"랭던 씨에게?"

소피는 고개를 끄덕이며 랭던을 향해 돌아섰다.

"대사관에 전화해 보세요, 랭던 씨. 미국에서 무슨 연락이 왔나 봐요."

랭던은 깜짝 놀랐다. 암호 때문에 느낀 흥분이 순식간에 근심스러운 마음으로 뒤바뀌었다. 미국에서 누가, 무슨 연락을 해 왔단 말인가? 동료들 중에서 그가 파리에 와 있다는 걸 아는 사람은 몇 되지도 않았다.

파슈의 사각형 턱이 더욱 단단해졌다.

"미국 대사관 말이야?"

좀처럼 믿기지 않는다는 말투였다.

"랭던 씨가 여기 있다는 걸 그 사람들이 어떻게 알았지?"

소피는 어깨를 으쓱거렸다.

"호텔로 전화했나 보죠. 거기서 DCPJ가 랭던 씨를 데려갔다는 이야기를 들었을 테고요."

파슈의 얼굴에 당혹감이 번져 갔다.

"그래서 미국 대사관이 우리 암호 해독 부서에 연락했단 말인가?"

"그건 아니에요, 국장님."

소피가 차분한 목소리로 대답했다.

"제가 국장님을 찾으려고 **DCPJ**에 전화했더니, 교환원이 랭던 씨에게 전할 메시지가 있다면서 저더러 국장님을 만나면 전해 달라고 하더군요."

파슈의 미간이 더욱 깊숙하게 파이는 걸 보니, 무척 혼란스러운 모양이었다. 그가 다시 입을 열었지만 소피는 이미 랭던을 향해 돌아서 있었다.

"랭던 씨."

소피는 주머니에서 조그만 종이쪽지를 꺼내며 말했다.

"이건 대사관의 메시지 전달 서비스 전화번호예요. 최대한 빨리 연락해 주면 좋겠다고 했어요."

소피는 랭던을 똑바로 바라보며 쪽지를 건네주었다.

"내가 파슈 국장님에게 암호를 설명하는 동안 연락을 취해 보시는 게 좋겠네요."

랭던은 쪽지를 들여다보았다. 파리 시내 전화번호와 함께 교환 번호 같은 게 적혀 있었다.

"고맙습니다."

랭던은 걱정스러운 목소리로 말했다.

"전화는 어디 있을까요?"

소피는 스웨터 주머니에서 휴대전화를 꺼내려 했지만, 파슈가 팔을 내저어 그녀를 만류했다. 이제 그의 얼굴은 아예 폭발 직전의 베수비오 화산 같았다. 그는 소피에게서 눈길을 떼지 않으며 자신의 휴대전화를 꺼내 랭던에게 내밀었다.

"이걸 쓰시오, 랭던 씨. 절대 안전한 라인이니까."

랭던은 파슈가 왜 그렇게 화를 내는지 이해할 수 없었지만, 아무튼 그 전화기를 받아들었다. 파슈는 즉시 소피를 한쪽 옆으로 데리고 가더니 소리 죽여 뭐라고 몰아붙이기 시작했다. 랭던은 그런 파슈가 점점 마음에 들지 않았지만 애써 그들에게서 시선을 옮기고 전화기의 전원을 켠 다음, 소피가 건네준 쪽지를 확인해 가며 숫자판을 눌렀다.

신호음이 울리기 시작했다.

한 번…… 두 번…… 세 번…….

이윽고 통화가 연결되었다.

랭던은 대사관의 교환원이 나올 거라고 생각했지만, 뜻밖에도 자동 응답기에 녹음된 여자 목소리가 흘러나왔다. 그것도 왠지 귀에 익은 목소리였다. 바로 소피 느뵈의 목소리였던 것이다.

"Bonjour, vous êtes bien chez Sophie Neveu(안녕하세요, 소피 느뵈입니다)."

역시, 랭던이 잘못 들은 게 아니었다.

"Je suis absente pour le moment, mais(저는 지금 집을 비웠습니다만)……."

랭던은 어떻게 된 건가 하는 심정으로 소피를 돌아보았다.

"미안합니다, 느뵈 양. 당신이 준 번호가……."

"아뇨, 그 번호 맞아요."

소피는 랭던의 입에서 무슨 말이 나올지 다 안다는 듯 재빨리 그의 말을 가로막았다.

"대사관에 자동 응답 시스템이 갖춰져 있나 봐요. 당신에게 남겨진 메시지를 확인하려면 접속 번호를 눌러야 할 거예요."

랭던은 멍하니 그녀를 바라보았다.

"하지만……."

"세 자리 숫자예요. 아까 내가 드린 쪽지에 적혀 있죠?"

랭던은 뭔가 잘못된 게 틀림없다는 말을 하려고 입을 열었지만, 순간적으로 소피의 눈빛에 다급한 표정이 스쳐 가는 것을 발견했다. 랭던은 그 표정이 무슨 의미인지 한눈에 알아보았다.

'제발 아무것도 묻지 말고 시키는 대로 하세요.'

랭던은 여전히 어리둥절한 마음으로 쪽지에 적힌 번호를 눌렀다. 454였다.

소피의 인사말이 뚝 끊어지더니, 프랑스어로 녹음된 기계음이 들렸다.

"새로운 메시지가 한 개 있습니다."

454는 외부에서 자동 응답기에 녹음된 메시지를 확인할 때 쓰는 원격 접속 번호가 틀림없었다.

'나더러 자기한테 남긴 메시지를 들으라는 거야?'

테이프가 거꾸로 돌아가는 소리가 들리다가 멈췄다. 이윽고 녹음기가 작동하기 시작하자, 랭던은 귀를 기울였다. 이번에도 소피의 목소리였다.

"랭던 씨."

메시지는 겁에 질린 듯한 속삭임으로 시작되었다.

"아무런 반응도 보이지 말고 가만히 듣기만 하세요. 선생님은 지금 큰 위험에 처해 있어요. 지금부터 내 지시를 그대로 따르셔야 해요."

10

사일러스는 스승이 마련해 준 검은색 아우디 승용차의 운전석에 앉아 생 쉴피스 성당을 바라보았다. 아래쪽에 설치된 조명으로 환하게 밝혀진 두 개의 종루가 마치 건물의 기다란 본체 위로 우뚝 솟은 충성스러운 파수꾼처럼 버티고 있었다. 양쪽 측면에는 멋진 짐승의 갈비뼈처럼 튀어나온 미끈한 버팀 벽이 줄지어 선 모습도 보였다.

'이교도들이 하느님의 전당에 쐐기돌을 숨겼다.'

갖은 술책과 눈속임으로 유명한 조직의 전설적인 잔꾀를 또 한 번 확인하는 순간이었다. 사일러스에게는 쐐기돌을 찾아 스승에게 바치는 임무가 주어졌다. 저들이 오래전에 충실한 주의 종들에게서 훔쳐 간 것을 되찾는 영광이 눈앞에 다가와 있었다.

'그렇게 되면 오푸스 데이는 더없이 강력해질 것이다.'

텅 빈 생 쉴피스의 주차장에 차를 세운 사일러스는 오로지 눈앞에 닥친 임무를 완수해야 한다는 일념으로 다른 모든 잡념을 떨치고 깊은 숨을 내쉬었다. 아직도 육체 고행의 여파로 등짝에 타는 듯한 통증이 남아 있었지만, 그 정도는 오푸스 데이를 통해 구원받기 전의 고통스러운 삶과 비교하면 아무것도 아니었다.

아직도 그 시절의 기억은 여전히 그의 영혼을 사로잡고 있었다.

'증오를 놓아 버려라.'

사일러스는 스스로를 타일렀다.

'너를 짓밟은 자들을 용서해야 해.'

사일러스는 생 쉴피스의 석조 첨탑을 올려다보며 거칠게 휘몰아치는 마음속의 파도를 잠재우기 위해 노력했다. 자신도 모르는 사이에 그 파도에 휩쓸려 좁디좁은 감옥 안을 온 세상인 줄만 알았던 젊은 날의 기억에 갇혀 버린 적이 몇 번이던가. 연옥(煉獄)에 대한 기억은 여느 때처럼 그의 모든 감각을 사로잡는 태풍처럼 사정없이 밀어닥쳤다…… 썩은 양배추 냄새와 시체에서 풍기는 악취, 사방에 널린 배설물들…… 피렌체 산맥을 넘어오는 사나운 바람은 희망을 잃어버린 울음소리와 세상에서 잊혀진 인간들의 나지막한 흐느낌조차 무참히 삼켜 버렸다.

'안도라.'

그곳을 떠올리자, 온몸의 근육이 팽팽하게 당겨졌다.

스페인과 프랑스 사이의 고독한 불모의 땅, 그곳의 차가운 감옥에서 오로지 죽기만을 기다리던 사일러스에게 기적과도 같은 구원의 손길이 다가왔다.

그때만 해도 사일러스는 그것을 깨닫지 못했다.

'천둥이 지나간 한참 후에야 빛이 밝아 왔다.'

그 무렵 그의 이름은 사일러스가 아니었고, 부모가 지어 준 이름이 무엇이었는지는 기억도 나지 않았다. 그는 일곱 살 때 집을 나왔다. 지독한 술꾼에 부두 노동자였던 그의 아버지는 알비노 아들이 태어나자 모든 책임을 어머니 탓으로 돌리며 시도 때도 없이 주먹을 휘둘렀다.

소년은 그런 아버지를 말리다가 죽도록 얻어맞기만 했다.

어느 날 밤, 끔찍한 싸움이 벌어진 끝에 소년의 어머니는 두 번 다시 일어나지 못했다. 소년은 숨이 끊어진 어머니를 바라보며 자신의 무기력함에 걷잡을 수 없는 죄책감을 느꼈다.

'모든 게 내 탓이야.'

마치 무슨 악마의 조종을 받는 듯, 소년은 부엌으로 들어가 커다란 식칼을 집어 들었다. 그리고는 아버지가 술에 취해 세상모르고 잠들어 있는 침실로 들어갔다. 소년은 말없이 있는 힘을 다해 아버지의 등에 칼을 꽂았다. 아버지는 비명을 지르며 몸을 일으키려 했지만 소년은 미친 듯이 칼을 휘둘렀다. 집 안에 고요한 정적이 찾아올 때까지……

소년은 그 길로 집에서 도망쳐 나왔지만 마르세유의 길거리도 그를 따뜻하게 맞아 주지 않기는 마찬가지였다. 남다른 외모 때문에 비슷한 처지의 다른 아이들 사이에서도 그는 늘 외톨이였고, 망가진 공장의 지하실을 보금자리 삼아 부두에서 훔친 과일과 생선을 먹으며 혼자 지내야 했다. 유일한 친구라고는 쓰레기통에서 찾아낸 낡은 잡지뿐이었고, 그걸 읽으며 혼자 힘으로 글을 깨쳤다. 시간이 갈수록 그는 점점 강해졌다. 열두 살이 되던 해, 나이가 그의 두 배쯤 되는 어느 여자 부랑자와 길거리에서 마주쳤다. 그녀가 그를 놀리며 음식을 빼앗으려 하자, 소년은 미친 듯이 주먹을 휘둘렀다. 경찰이 때맞춰 그를 떼어 놓지 않았더라면 또 한 번 끔찍한 살인극이 벌어졌을 것이다. 경찰은 그에게 영원히 마르세유를 떠나지 않으면 소년원에 처넣겠다고 윽박질렀다.

소년은 해안을 따라 툴롱까지 흘러들었다. 길거리에서 그를 쳐다보는 사람들의 시선은 어느새 연민에서 두려움으로 변해 있었다. 소년은 억센 청년으로 성장했다. 지나가는 사람들이 소리 죽여 속삭이는 소리가 들렸다.

'유령이야.'

사람들은 겁에 질려 눈을 휘둥그레 뜬 채 그의 하얀 피부를 바라보며 속삭였다.

'악마의 눈을 가진 유령이다!'

항구에서 항구로, 정처 없이 떠다니는 그는 자기가 생각해도 투명한 유령일 뿐이었다.

사람들은 그가 보이지 않는 것처럼 행동했다.

열여덟 살 때의 일이었다. 어느 부둣가에 정박한 화물선에서 소금에 절인 햄을 훔치다가 그만 두 명의 뱃사람에게 붙잡히고 말았다. 그들은 그의 아버지처럼 맥주 냄새를 풍기며 주먹을 휘두르기 시작했다. 한동안 깊이 잠들어 있던 공포와 증오의 기억이 고개를 치켜들었다. 청년은 맨손으로 한 사람의 목을 부러뜨려 놓았다. 나머지 한 명도 같은 운명에 처하기 직전, 경찰이 들이닥쳤다.

두 달 뒤, 그는 온몸이 꽁꽁 묶인 채 안도라의 감옥에 도착했다.

'뭐 저런 유령 같은 놈이 다 있어.'

간수의 손에 이끌려 발가벗겨진 채 자신의 감방으로 끌려가는 그를 보고 다른 죄수들이 침을 뱉어 댔다.

'유령처럼 새하얀 흰둥이로군! 진짜 유령이라면 이런 감옥 따위는 문제없이 빠져나갈 수 있을 거야!'

그때부터 12년 동안 그의 육신과 영혼은 더욱더 투명하게 말라 비틀어졌다.

'나는 유령이다.'

'내 몸은 깃털보다 가볍다.'

'나는 유령이다…… 유령처럼 창백하다…… 혼자서 세상을 떠돈다.'

어느 날 밤, 유령은 다른 죄수들의 비명을 듣고 잠에서 깨어났다. 어떤 보이지 않는 손길이 그토록 격렬하게 그의 조그만 감방을 흔들어

대는지 알 길이 없었지만, 어디선가 커다란 돌덩어리가 굴러 내려와 조금 전까지 그가 누워 있던 잠자리를 덮쳤다. 돌이 떨어진 곳을 올려다보니 벽에 뚫린 구멍 너머로 10년이 넘도록 한 번도 구경하지 못한 달이 덩실 떠 있는 게 보였다.

아직도 대지가 사시나무처럼 흔들리는 와중에 좁은 굴속을 헤치고 나오자, 이윽고 시야가 탁 트였다. 유령은 나무 한 그루 없는 산자락을 구르듯이 내려와 숲으로 들어섰다. 굶주리고 지쳐 정신이 몽롱했지만, 밤새도록 쉬지 않고 달리고 또 달렸다.

새벽녘이 되어 의식이 가물거릴 무렵, 숲 속의 공터를 가로지르는 철길이 나타났다. 꿈을 꾸듯 철길을 따라 걷던 그는 빈 화물 열차를 발견하고 그 속으로 들어가 지친 몸을 누였다. 그가 정신을 차렸을 때, 기차는 달리고 있었다.

'얼마나 지났을까? 어디까지 온 것일까?'

뭔가로 후벼 파는 듯이 배가 아파 왔다.

'내가 지금 죽어 가는 것일까?'

그는 또다시 의식을 잃었다. 이번에는 사람들이 뭐라고 고함을 지르며 기차에서 끌어 내는 바람에 정신을 차렸다. 피투성이가 된 채 조그만 마을 언저리를 헤매며 먹을 것을 찾아보았지만 허사였다. 마침내 더 이상 한 걸음도 옮기지 못할 지경이 되자, 그대로 길가에 쓰러져 정신을 잃고 말았다.

빛은 천천히 밝아 왔다. 유령은 자신이 얼마 동안이나 죽어 있었는지 궁금했다. 하루? 사흘? 어차피 그런 건 중요하지 않았다. 침대는 구름처럼 푹신했고 향긋한 양초 냄새가 코끝에 느껴졌다. 그곳에서 예수가 그를 내려다보고 있었다.

'내가 여기 있다.'

예수가 말했다.

'너를 짓누르던 돌멩이를 치웠으니, 이제 너는 다시 태어났노라.'

그는 잠들었다가 깨어나기를 되풀이했다. 머릿속에 뿌연 안개가 스멀거리는 기분이었다. 한 번도 천국을 믿어 본 적이 없지만, 그런 그를 예수가 내려다보고 있었다. 침대 밑에는 늘 먹을 것이 가득했고, 그는 그 음식을 먹으며 자신의 뼈에 살이 붙어 가는 것을 느꼈다. 잠에서 깨어나면 예수가 미소 짓는 얼굴로 그를 내려다보고 있었다.

'아들아, 너는 구원받았다. 축복받은 자는 나의 길을 따르는 자니라.'

그는 다시 잠에 빠져들었다.

그의 깊은 잠을 깨운 것은 고통에 찬 비명이었다. 그는 자신도 모르게 침대에서 기어 나와 소리가 나는 쪽으로 비틀거리며 다가갔다. 주방으로 들어서니, 어떤 덩치 큰 남자가 자기보다 훨씬 작은 남자를 두들겨 패는 것이 보였다. 유령은 이유도 묻지 않고 그 덩치 큰 남자의 어깨를 낚아채 벽으로 집어던져 버렸다. 그는 그대로 달아났고, 바닥에 쓰러져 신음을 토하는 사람은 사제복을 입은 젊은 남자였다. 코뼈가 주저앉은 모양이었다. 유령은 피투성이가 된 사제를 번쩍 안아 들어 소파에 눕혔다.

"고마워요, 친구!"

사제는 어색한 프랑스어로 말했다.

"헌금을 노리는 좀도둑들이 가끔 찾아들지요. 당신은 자면서 프랑스어로 잠꼬대를 하더군요. 스페인어도 할 줄 알아요?"

유령은 고개를 가로저었다.

"이름이 뭡니까?"

사제는 더듬거리는 프랑스어로 말을 이었다.

부모가 지어 준 이름은 이미 오래전에 잊어버렸다. 감옥의 간수들이 지껄이는 욕설과 조롱이 그의 이름인 셈이었다.

사제는 미소를 지었다.

"문제될 것 없습니다. 내 이름은 마누엘 아링가로사요. 마드리드에서 온 선교사지요. 하느님의 사역을 위한 교회를 세우기 위해 파견되었어요."

"여기가 어딥니까?"

유령의 목소리는 공허했다.

"오비에도. 스페인 북쪽 지방이지요."

"내가 어떻게 여기까지 왔지요?"

"누군가가 당신을 내 문 앞에다 버려두었더군요. 몸이 많이 안 좋은 상태였어요. 내 손으로 당신을 먹이고 재웠지요. 벌써 여러 날이 지났습니다."

유령은 그 젊은 사제를 가만히 살펴보았다. 그에게 친절을 베푼 사람을 마지막으로 만난 게 언제인지 기억도 나지 않았다.

"고맙습니다, 신부님."

사제는 피로 얼룩진 입술을 만지며 대답했다.

"고마워할 사람은 납니다, 친구."

아침에 일어나자, 세상이 좀 더 또렷해졌다. 그의 침대 맡에는 십자가가 걸려 있었다. 예전처럼 그에게 말을 걸지는 않았지만, 그 십자가를 바라보는 것만으로도 마음이 편해지는 느낌이었다. 침대 위에 일어나 앉은 그는 탁자 위에서 가위로 오려 낸 신문 기사 한 조각을 발견했다. 날짜는 일주일이 지났고, 프랑스어로 된 기사였다. 하나하나 단어를 읽어 갈수록 견디기 힘든 두려움이 밀려왔다. 산악 지방에 발생한 지진으로 감옥이 파괴되어 위험한 죄수들이 대거 탈옥했다는 내용이었다.

심장이 마구 두근거리기 시작했다.

'사제는 내가 누군지 알고 있어!'

실로 오랜만에 느껴보는 감정들이 그를 사로잡았다. 그것은 두려움과 함께, 부끄러움과 죄스러움이었다. 그는 벌떡 몸을 일으켰다.

'어디로 도망쳐야 하지?'

"사도행전."

문 바깥에서 목소리가 들렸다.

유령은 겁에 질려 돌아보았다.

젊은 사제가 환하게 웃는 얼굴로 들어섰다. 코에는 서툰 솜씨로 반창고를 붙였고, 손에는 낡은 성경책을 든 모습이었다.

"당신을 위해 프랑스어 성경을 한 권 찾았어요. 표시해 둔 부분을 읽어 보세요."

유령은 얼떨결에 성경을 받아들고 사제가 표시해 둔 곳을 펼쳤다.

「사도행전」 16장.'

성경 구절은 실라라는 이름의 죄수가 감방에서 벌거벗은 채 매질을 당하면서도 찬송가를 부르는 장면을 담고 있었다. 26절에 이르자, 유령은 자신도 모르게 신음을 토해 냈다.

"……이에 갑자기 큰 지진이 나서 옥터가 움직이고 문이 곧 다 열리며 모든 사람의 매인 것이 다 벗어진지라."

유령은 겁에 질린 표정으로 사제를 바라보았다.

사제는 따스한 미소를 지으며 말했다.

"친구, 다른 이름이 생각나지 않으면 이제부터 당신을 사일러스라고 불러야겠어요."

유령은 멍하니 고개를 끄덕였다. 사일러스. 이제 그는 새로운 육신을 허락받았다.

'내 이름은 사일러스다.'

"아침 먹을 시간이군요."

사제가 말했다.

"당신도 나를 도와 교회를 세우려면 힘을 길러야 합니다."

지중해 6천 미터 상공에서 난기류에 휩쓸린 알이탈리아 항공 1618기가 심하게 요동치자, 승객들은 불안한 심정으로 몸을 꼼지락거렸다. 그러나 아링가로사 주교만은 예외였다. 그의 머릿속에는 온통 오푸스 데이의 미래에 대한 구상밖에 들어 있지 않았다. 파리에서 모든 일이 계획대로 되어 가는지 궁금해서 사일러스에게 전화를 걸고 싶은 마음이 굴뚝같았다. 하지만 참아야 했다. 스승은 이미 그것까지 내다보고 있었다.

"당신의 안전을 위해서입니다."

스승은 프랑스어 억양이 섞인 영어로 그렇게 설명했다.

"내가 요즘 통신 장비들을 잘 아는데, 언제 어디에서 통화 내용이 새 날지 모릅니다. 자칫하면 당신에게 치명적인 결과가 초래될 수도 있지요."

아링가로사는 그 말이 옳다는 것을 알고 있었다. 스승은 아주 신중한 인물이었다. 아직 아링가로사에게도 정체를 드러내지 않을 정도였지만, 그의 지시를 따라서 손해 볼 일은 없다는 점 역시 이미 입증되지 않았던가. 무엇보다도 그는 놀라운 정보력을 갖추고 있는 듯했다. 조직의 최고위층 네 명의 이름을 알아내는 일은 아무나 할 수 있는 일이 아니었다. 아링가로사는 그 사례 하나만으로도 스승의 능력에 대한 확신을 가질 수 있었다.

"주교."

스승은 아링가로사를 향해 이렇게 말했다.

"필요한 조치는 내가 다 취해 놓았소. 나의 계획이 성공하기 위해, 당신은 앞으로 며칠 동안 사일러스와 접촉하지 않는 게 좋을 거요. 필요한 경우에는 내가 안전한 채널을 통해 사일러스에게 연락하겠소."

"그를 함부로 대하지는 않겠지요?"

"믿음을 가진 자라면 최고의 대접을 받아 마땅하지 않겠소."

"좋습니다. 이번 일이 끝날 때까지 사일러스와 연락을 취하지 않겠습니다."

"그게 다 당신과 사일러스, 그리고 나의 투자를 보호하기 위해서임을 알아 두시오."

"투자라니요?"

"주교, 당신이 모든 과정을 시시콜콜 다 알려 하다가 만에 하나 감옥이라도 가는 날이면, 나에게 수수료를 지불하지 못하게 될 것 아니오."

주교는 미소를 지었다.

"좋은 지적입니다. 우리의 이해관계가 잘 맞아떨어지는군요. 신의 가호를 빕니다."

주교는 비행기의 창밖을 바라보며 생각에 잠겼다. 2천만 유로면 미국 달러로도 엄청난 거액이었다.

'그만한 값어치가 있는 돈이야.'

그는 스승과 사일러스의 계획이 실패로 돌아가지는 않을 거라고 믿어 의심치 않았다. 돈과 믿음만큼 강력한 동기도 흔하지 않을 테니까.

11

"Une plaisanterie numérique(숫자 놀이)?"

불신에 가득 찬 눈으로 소피 느뵈를 노려보는 브쥐 파슈의 얼굴은 아예 흙빛이 되어 있었다.

'단순한 숫자 놀이에 지나지 않는다고?'

"명색이 전문가라는 사람이, 소니에르의 암호를 수학적 장난으로밖에 해석하지 못했다는 건가?"

파슈는 어쩌면 이렇게도 뻔뻔한 여자가 다 있는지 도저히 이해할 수 없었다. 허락도 없이 막무가내로 여기까지 쳐들어온 것도 분통이 터질 노릇인데, 이제 한술 더 떠서 죽음을 코앞에 둔 소니에르가 심심풀이 장난으로 아무 의미 없는 숫자들을 적어 놓았다고 우기는 꼴이 아닌가.

"이 암호는 터무니없을 만큼 단순해요."

소피는 속사포처럼 프랑스어를 쏟아 냈다.

"자크 소니에르는 우리가 한눈에 자신의 의도를 알아차릴 거라고 생각한 게 틀림없다니까요."

그러면서 그녀는 주머니에서 종이를 한 장 꺼내 파슈에게 건네주었다.

"그걸 해독한 결과가 바로 이거예요."

파슈는 종이를 들여다보았다.

$$1-1-2-3-5-8-13-21$$

"이게 다야?"

파슈가 쏘아붙였다.

"고작 해독했다는 게 숫자를 순서대로 늘어놓은 것뿐이잖아!"

그 와중에도 흡족한 미소를 머금는 걸 보니, 소피의 강심장도 확실히 보통은 아니었다.

"바로 그거예요."

파슈는 단어 하나하나를 씹어 삼키려는 듯 이를 악물고 말했다.

"느뵈 요원, 이걸 가지고 뭘 어떻게 할 생각인지는 모르겠지만, 이왕이면 빨리 결론을 내는 게 좋을 거야."

파슈는 초조한 눈길로 랭던을 돌아보았다. 아직 전화기를 귀에 바짝 붙이고 있는 걸로 봐서는 미국 대사관에서 남긴 메시지를 듣고 있는 모양이었다. 사색이 된 표정으로 미루어, 뭔가 좋지 않은 소식이 날아든 게 분명했다.

"국장님."

소피가 아슬아슬하리만치 당돌한 목소리로 말을 이었다.

"지금 국장님이 손에 들고 있는 숫자들은 역사상 가장 유명한 수열 가운데 하나예요."

파슈는 수열 중에도 유명한 게 있고 그렇지 않은 게 있다는 소리를 들어 본 적이 없거니와, 되는 대로 지껄이는 듯한 소피의 말투가 너무 귀에 거슬렸다.

"그게 바로 피보나치수열이거든요."

소피는 파슈가 들고 있는 종이를 턱짓으로 가리키며 말했다.

"앞에 나오는 숫자 두 개를 더하면 그다음 숫자가 나오죠."

파슈는 다시 한 번 숫자들을 살펴보았다. 소피의 말대로 먼저 나오는 숫자 두 개를 더하니 다음 숫자가 되는 것은 맞지만, 그게 소니에르의 죽음과 무슨 관계가 있다는 것인지 이해할 수가 없었다.

"레오나르도 피보나치라는 수학자가 13세기에 이 수열을 만들었어요. 소니에르가 써 놓은 숫자들이 단 하나의 예외도 없이 모두 피보나치수열에 등장하는 것은 절대 우연이 아니에요."

파슈는 한 대 얻어맞은 사람처럼 멍하니 소피를 바라보았다.

"좋아, 우연이 아니라면 무엇 때문에 자크 소니에르가 이 숫자들을 선택했는지 설명해 주겠나? 뜻하는 게 뭐야? 무슨 의미가 담겨 있는 거지?"

소피는 어깨를 으쓱거렸다.

"의미 같은 건 없어요. 바로 그게 핵심이죠. 암호 전문가들 사이에서는 가장 단순한 장난 가운데 하나니까요. 유명한 시에 나오는 단어들을 아무렇게나 섞어놓고 무슨 공통점이 있는지 찾아보라고 하는 것과 비슷해요."

파슈는 한 발 앞으로 걸음을 옮겨 험악한 얼굴을 소피의 코앞에 바짝 들이댔다.

"분명히 말해 두는데, 그것보다는 좀 더 그럴 듯한 설명을 내놓는 게 신상에 이로울 거야."

물러서기는커녕 오히려 더 다가서는 소피의 자세는 평소의 나긋나긋한 몸매와는 거리가 멀었다.

"국장님, 오늘 밤 이곳 상황으로 미뤄 볼 때 나는 국장님이 자크 소니에르의 의도를 좀 더 제대로 평가해 줄 거라고 생각했어요. 이제 보니 내 생각이 짧았군요. 암호 해독 반장에게 더 이상 국장님은 우리의 도움을 필요로 하지 않는다고 보고하겠어요."

그 말을 남기고 돌아선 소피는 뒤도 돌아보지 않고 왔던 길을 되짚어 나갔다.

파슈는 어둠 속으로 사라져 가는 그녀를 멍하니 바라보았다.

'아주 정신이 나가 버린 것 아냐?'

소피 느뵈는 지금 '직업적 자살'이라는 개념을 새롭게 정의한 것과 다를 바 없었다.

파슈는 랭던을 돌아보았다. 그는 아직도 전화기를 붙잡고 있었는데, 조금 전보다 더 심각한 표정으로 열심히 귀를 기울이는 모습이었다.

'미국 대사관이라고?'

브쥐 파슈가 혐오하는 것들이 많지만, 그중에서도 미국 대사관만큼 못마땅한 것도 없었다.

파슈와 미국 대사는 틈만 나면 서로를 못 잡아먹어서 안달하는 사이였다. 프랑스에 입국한 미국인 가운데 법 집행을 둘러싸고 말썽을 빚는 이들이 무수히 많은 탓이었다. 마약을 소지한 미국인 교환 학생들, 미성년자 매춘 단속에 걸려든 미국인 비즈니스맨들, 가게에서 물건을 훔치거나 공공시설을 파손하는 미국인 관광객들이 거의 매일같이 DCPJ에 체포되는 판이었다. 미국 대사관은 죄를 지은 자국민을 미국으로 돌려보내는 권한을 가지고 있었지만, 어지간한 범법자들은 잔소리 몇 마디 듣는 것 말고는 아무런 처벌도 받지 않았다.

미국 대사관은 그런 사실을 뻔히 알면서도 아무런 조치도 취하지 않았다.

파슈는 그것을 '사법경찰의 거세'라고 표현했다. 얼마 전에 《마치》는 파슈를 경찰견으로 묘사한 만평을 실은 적이 있었다. 미국인 범법자들을 물어뜯고 싶어서 안달이지만, 목 끈이 미국 대사관에 묶여 있어서 뜻을 이루지 못한다는 내용이었다.

'오늘 밤은 사정이 달라.'

파슈는 혼자 중얼거렸다. 이번에는 그렇게 호락호락 넘어갈 사안이 아니었다.

이윽고 통화를 마친 로버트 랭던은 안색이 무척 안 좋아 보였다.

"괜찮소?"

파슈가 물었다.

랭던은 힘없이 고개를 가로저었다.

파슈는 전화기를 돌려주는 랭던의 이마에 식은땀이 맺힌 것을 보고 집에서 뭔가 좋지 않은 소식이 날아든 모양이라고 생각했다.

"사고가 났어요."

랭던이 어색한 표정으로 파슈를 바라보며 더듬거렸다.

"친구가……."

랭던은 좀처럼 말을 잇지 못했다.

"새벽 첫 비행기로 돌아가야 할 것 같군요."

파슈는 큰 충격을 받은 듯한 랭던의 표정이 연기일지도 모른다는 생각은 들지 않았지만, 갑자기 이 미국인의 눈동자에 조금 전까지는 찾아볼 수 없던 공포심이 어렴풋이 어려 있음을 발견했다.

"안됐군요."

파슈는 랭던을 유심히 관찰하며 말했다.

"좀 앉으시겠소?"

그는 전시장의 관람용 벤치를 가리키며 물었다.

랭던은 멍한 표정으로 고개를 끄덕이며 벤치를 향해 몇 발 다가가더니, 이내 걸음을 멈추었다. 어떻게 해야 좋을지 모르겠다는 표정이었다.

"그보다 화장실을 좀 다녀오는 게 나을 것 같군요."

파슈는 자꾸 시간이 지체된다는 생각에 속으로 눈살을 찌푸렸다.

"화장실이라…… 물론 다녀오셔야지. 이참에 잠시 쉽시다."

파슈는 그들이 들어온 쪽의 기다란 복도를 가리켰다.

"화장실은 관장실 쪽으로 가는 길에 있습니다."

랭던은 잠시 머뭇거리더니, 반대쪽의 대화랑 복도 끝을 가리켰다.

"저쪽 화장실이 훨씬 가까울 것 같군요."

파슈는 그 말이 맞다는 것을 깨달았다. 지금 그들은 복도의 3분의 2가량 되는 지점에 들어와 있었고, 막다른 대화랑 끄트머리에 화장실이 달려 있었다.

"같이 가지 않아도 되겠소?"

이미 대화랑 쪽으로 걸음을 옮기고 있던 랭던이 고개를 가로저었다.

"괜찮습니다. 잠시 혼자 있고 싶군요."

파슈는 랭던이 자기 혼자 박물관 안을 돌아다니도록 내버려 둬도 괜찮을까 하는 생각이 얼핏 들었지만, 어차피 그쪽 방향으로는 달리 갈데가 없다는 사실로 스스로를 위로했다. 대화랑을 빠져나가기 위해서는 그들이 들어온 철문 밑을 통과하는 길밖에 없었던 것이다. 프랑스의 소방법에 따라 일정 규모 이상의 건물은 반드시 비상계단을 갖추도록 되어 있지만, 그조차도 소니에르가 보안 시스템을 가동시키면서 모두 봉쇄되었을 터였다. 지금은 보안 시스템이 초기화되어 비상계단으로 접근하는 것 자체가 불가능하지는 않겠지만, 만약 외부로 통하는 문을 열면 자동으로 화재 경보가 울릴 것이다. 설령 그렇지 않더라도 바깥에는 DCPJ 요원들이 쫙 깔려 있었다. 결국 랭던이 파슈 모르게 이곳을 빠져나가기란 불가능하다고 해도 과언이 아니었다.

"나는 잠깐 소니에르의 집무실에 가 봐야겠소."

파슈가 말했다.

"볼일 끝나는 대로 바로 그쪽으로 오시오, 랭던 씨. 아직 상의할 얘기가 좀 남았으니까."

랭던은 슬쩍 손을 들어 보이고는 어둠 속으로 사라졌다.

파슈는 성난 표정으로 돌아서서 반대쪽으로 걸어갔다. 철문 밑을 통과해 대화랑을 빠져나온 뒤, 홀을 가로질러 소니에르의 집무실에 마련된 수사본부로 들어갔다.

"누가 소피 느뵈를 이 건물 안에 들여놨나!"

파슈가 버럭 소리를 질렀다.

콜레가 제일 먼저 대답했다.

"그녀가 바깥에 있는 요원들에게 암호를 해독했다고 말했습니다."

파슈가 험악한 표정으로 돌아보았다.

"지금은 돌아갔나?"

"국장님과 함께 있지 않습니까?"

"조금 전에 나갔어."

파슈는 어두컴컴한 복도를 돌아보았다. 소피도 이 건물을 나서면서 다른 요원들과 잡담이나 주고받을 기분은 아니었을 것이다.

파슈는 출입구를 지키는 요원에게 연락해서 그녀를 끌고 오라고 할까 하는 생각도 잠시 해 보았다. 역시 그것은 좋은 생각이 아니었다. 알량한 자존심을 내세워 성급하게 끝장을 보기에는 당장 발등에 떨어진 불을 끄는 데 정신을 집중하는 게 나을 듯했다.

결국 파슈는 소피 느뵈 문제는 나중에 처리하기로 마음먹었다. 이참에 아주 해고해 버리고 싶은 마음이 간절했다.

파슈는 소피를 머릿속에서 털어 내고 소니에르의 책상 위에 놓인 기사상을 잠시 멍하니 바라보았다. 이내 그의 시선이 콜레에게 돌아왔다.

"잘 잡히나?"

콜레는 무뚝뚝하게 고개를 한 번 끄덕이고 노트북을 파슈 쪽으로 돌려놓았다. 평면도의 '화장실'이라고 표시된 방에 빨간 점 하나가 선명하게 깜빡거리고 있었다.

"좋아."

파슈는 담배를 한 대 붙여 물며 복도로 나갔다.

"전화 한 통 걸고 올 테니, 랭던을 잘 감시해."

12

대화랑의 제일 깊숙한 곳으로 걸어가는 랭던은 머릿속이 몽롱했다. 소피의 전화에 녹음된 메시지가 그의 마음속에서 자꾸만 되풀이된 탓이었다. 복도 끝에 이르자 이탈리아의 미술품을 전시하는 동시에 화장실을 시야에서 가리는 칸막이들이 미로처럼 얽힌 가운데, 화장실을 표시하는 막대기 모양의 만국 공통 표지가 어렴풋한 빛을 발하며 그에게 길을 인도해 주었다.

남자 화장실로 들어선 랭던은 전등을 켰다.

화장실 안은 텅 비어 있었다.

랭던은 세면대로 다가가 정신을 차리려고 얼굴에 찬물을 끼얹었다. 형광등 불빛이 타일 바닥에 쏟아져 눈이 부셨고, 어디선가 암모니아 냄새도 나는 듯했다. 랭던이 얼굴의 물기를 닦아 낼 즈음, 등 뒤의 문이 빠끔 열렸다. 랭던은 빙글 몸을 돌렸다.

소피 느뵈가 들어섰다. 그녀의 초록색 눈동자에는 두려움이 어려 있었다.

"와 주셔서 고마워요. 시간이 별로 많지 않거든요."

랭던은 세면대 옆에 서서 어리둥절한 표정으로 DCPJ의 암호 전문가, 소피 느뵈를 멍하니 바라보았다. 그녀의 전화 메시지를 듣고 있던 몇 분 전만 해도 랭던은 그녀의 정신 상태를 의심하지 않을 수 없었다. 하지만 시간이 지날수록 그녀의 목소리에서 진지한 열정이 느껴졌다.

'아무런 반응도 보이지 말고 가만히 듣기만 하세요. 선생님은 지금 큰 위험에 처해 있어요. 지금부터 내 지시를 그대로 따르셔야 해요…….'

랭던은 뭐가 뭔지 영문을 모르면서도 일단 그녀의 말을 따르기로 했다. 그래서 파슈에게 친구가 크게 다쳤다는 연락을 받았다고 둘러대고 대화랑 제일 안쪽의 화장실을 쓰겠다고 한 것이다.

지금 랭던 앞에 서 있는 소피는 화장실까지 달려오느라 가쁜 숨을 몰아쉬고 있었다. 환한 형광등 불빛 밑에서 보는 소피의 모습에서는 조금 전의 강인한 인상과는 전혀 다른 부드러움이 느껴졌다. 하지만 눈빛만은 여전히 날카로워서, 가려진 듯하면서도 또렷하고 어딘지 수수께끼의 장막이 드리워진 듯하면서도 대담하기 그지없는 르누아르의 초상화와도 같은 분위기를 자아냈다.

"당신이 비밀 감시 대상이라는 사실을 경고하고 싶었어요."

소피가 아직도 숨을 몰아쉬며 말했다.

"파슈는 지금 당신을 용의주도하게 관찰하고 있어요."

그녀의 영어에는 프랑스어 억양이 실려 있었고, 그 목소리가 타일로 덮인 벽에 반사되어 왠지 공허한 느낌이 들었다.

"하지만 이유가 뭐지요?"

랭던이 되물었다. 소피는 이미 음성 메시지로 그 이유를 설명했지만, 랭던은 직접 그녀의 입을 통해 다시 한 번 확인하고 싶었다.

"왜냐하면……."

소피는 한 발 더 다가서며 말했다.

"파슈는 당신을 이 살인 사건의 유력한 용의자로 보고 있거든요."

이미 예상하고 있던 대답임에도 불구하고 랭던은 너무 어이가 없어 말문이 막힐 지경이었다. 소피의 주장에 의하면 랭던이 오늘 밤 루브르로 불려 온 것은 기호학자이기 때문이 아니라 용의자이기 때문이었다. DCPJ는 엉뚱한 명분을 내세워 용의자를 사건 현장으로 끌어들이는 수사 기법을 선호한다. 용의자가 극도로 긴장한 나머지 자신도 모르는 사이에 범행 사실을 실토하도록 유도하겠다는 의도인데, 지금 랭던이 꼼짝없이 그런 상황에 처해 있다는 이야기였다.

"재킷의 왼쪽 주머니를 살펴보세요."

소피가 말했다.

"저들이 당신을 감시하고 있다는 증거가 들어 있을 테니까요."

랭던은 점점 긴장감이 고조되기 시작했다.

'내 주머니를 살펴보라고?'

무슨 사이비 마술사의 수작처럼 들렸다.

"일단 한번 살펴보세요."

랭던은 황당한 기분으로 트위드 재킷의 왼쪽 주머니에 손을 넣었다. 한번도 그 주머니에 뭔가를 넣은 기억이 없었다. 주머니 안을 대충 더듬어 보았지만 아무것도 만져지지 않았다.

'바보같이, 뭘 기대한 거야?'

랭던은 소피가 실성한 여자일지도 모른다는 첫인상이 들어맞는 것 아닌가 하는 생각을 했다. 그때, 그의 손가락에 뭔가 예기치 못한 감촉이 느껴졌다. 조그맣고 단단한 물건이었다. 랭던은 손가락으로 그 물건을 집어 조심스럽게 주머니에서 끄집어 내고는 눈을 휘둥그렇게 뜨고 들여다보았다. 손목시계에 들어가는 전지처럼 생긴 단추 모양의 금속성 물체였다. 그는 지금까지 한번도 그런 것을 본 적이 없었다.

"이게 뭐지······?"

"GPS 추적 장치예요."

소피가 말했다.

"DCPJ가 모니터하는 GPS 위성으로 위치를 송신하는 장치죠. 전 세계 어디를 가나 오차 범위가 5백 미터밖에 되지 않아요. 그들은 당신에게 전자 목 끈을 묶어 둔 셈이에요. 당신을 호텔에서 데리고 온 요원이 당신 몰래 주머니에다 슬쩍 집어넣었을 거예요."

랭던은 호텔에서 있었던 일을 되짚어 보았다······. 그가 서둘러 샤워를 한 뒤 옷을 갈아입고 나오자, DCPJ 요원은 바깥 기온이 꽤 낮은 편이라며 친절하게도 직접 재킷을 건네주었다. 파리의 봄은 노래 가사처럼 감미롭지만은 않거든요······. 랭던은 별 생각 없이 고맙다는 인사와 함께 그 재킷을 걸쳐 입지 않았던가.

소피의 올리브빛 시선은 여전히 예리했다.

"혹시 당신이 파슈 앞에서 주머니를 뒤질까 봐 미리 말씀드리지 않았어요. 당신이 이걸 발견했다는 사실을 파슈가 알면 안 되거든요."

랭던은 무슨 반응을 보여야 할지 알 수가 없었다.

"당신이 도망칠지도 모른다고 생각했기 때문에 이런 추적 장치를 심은 거예요."

소피는 잠시 망설이다가 말을 이었다.

"사실 그들은 당신이 도망치기를 원하고 있어요. 그래야 더욱 심증을 굳힐 수 있을 테니까요."

"내가 왜 도망을 친단 말입니까!"

랭던이 말했다.

"나는 아무 죄도 없어요!"

"파슈는 그렇게 생각하지 않아요."

랭던은 화가 나서 쓰레기통을 향해 다가섰다. 그 추적 장치를 당장 쓰레기통에 처박아 버릴 생각이었다.

"안 돼요!"

소피가 그의 팔을 붙잡고 말렸다.

"그냥 주머니에 넣어 두세요. 지금 그걸 버리면 신호의 위치가 더 이상 이동하지 않을 것이고, 그러면 그들은 당신이 그걸 발견했다는 걸 알아차릴 거예요. 파슈가 당신을 혼자 화장실에 가도록 내버려 둔 이유는 당신이 어디에 있건 감시할 수 있기 때문이에요. 만약 그가 당신이 자기 의도를 알아차린 것을 알면……."

소피는 그 말을 마무리짓는 대신 랭던의 손바닥에서 추적 장치를 집어 들어 도로 그의 재킷 주머니에 집어넣었다.

"이건 당신이 가지고 있어야 해요. 적어도 지금 당장은 말이에요."

랭던은 실로 어처구니가 없었다.

"도대체 파슈가 왜 나를 자크 소니에르의 살인범으로 지목하는지 알 수가 없군요!"

"그 사람에게는 나름대로 당신을 의심할 만한 이유가 있어요."

그렇게 말하는 소피의 표정이 유난히 심란해 보였다.

"사건 현장에서 발견된 증거 중에는 아직 당신이 보지 못한 게 있어요. 파슈는 그걸 당신에게 보여 줄 마음이 전혀 없거든요."

랭던은 그저 멍하니 그녀를 바라보는 수밖에 없었다.

"소니에르가 바닥에 써 놓은 세 줄의 글귀가 기억나세요?"

랭던은 고개를 끄덕였다. 그 숫자와 단어들은 이미 랭던의 마음속에 깊이 각인되어 있었다.

소피는 잘 들리지도 않을 만큼 목소리를 낮추었다.

"미안한 말씀이지만, 당신이 본 게 전부가 아니에요. 소니에르의 메시지는 한 줄이 더 있었는데, 파슈가 사진을 찍고 난 뒤 당신이 오기 전에 그 줄을 지워 버렸거든요."

랭던도 투명 마커의 잉크가 쉽게 지워진다는 사실은 알고 있었지만, 파슈가 자기 손으로 그렇게 중요한 증거를 지웠다는 말은 좀처럼 이해할 수 없었다.

"마지막 줄에는 파슈가 당신에게 보여 주고 싶지 않은 내용이 적혀 있었어요."

소피가 말했다.

"당신을 꼼짝 못하게 얽어매기 전까지는 말이에요."

소피는 스웨터 주머니에서 컴퓨터로 출력한 사진을 한 장 꺼내서 펼쳐 들었다.

"파슈는 범죄 현장의 사진들을 암호 해독 부서로 전송했어요. 우리가 소니에르의 메시지에 담긴 의미를 풀어낼지도 모른다고 생각한 거죠. 이건 그 메시지의 전체가 담긴 사진이에요."

소피는 그렇게 말하며 랭던에게 종이를 건네주었다.

랭던은 어리둥절한 심정으로 그 사진을 들여다보았다. 사진에는 마룻바닥에 적힌 메시지가 선명하게 드러나 있었다. 마지막 한 줄이 비수처럼 랭던의 심장에 꽂혀 들었다.

13-3-2-21-1-1-8-5

아, 드라콘 같은 악마여(O, Draconian devil)!

오, 절름발이 성인이여(Oh, lame saint)!

P.S. 로버트 랭던을 찾아라(P.S. Find Robert Langdon).

13

랭던은 넋이 나간 사람처럼 멍하니 소니에르의 '추신'을 들여다보
았다.

'P.S. 로버트 랭던을 찾아라.'

발밑에서 바닥이 기우뚱 기울어지는 느낌이었다.

'소니에르가 추신에다 내 이름을 남겼다고?'

랭던은 죽었다 깨어나도 그 이유를 짐작조차 하지 못할 것 같았다.

"이제 파슈가 왜 당신을 여기로 데려왔는지, 왜 당신을 유력한 용의
자로 생각하는지 그 이유를 아시겠죠?"

소피가 절박한 눈빛으로 말했다.

랭던이 납득할 수 있는 거라고는 소니에르가 살인범의 이름을 남겼
을 거라고 말했을 때 파슈가 왜 그런 표정을 지었는지 하는 점이었다.

'로버트 랭던을 찾아라.'

"소니에르가 왜 이런 문장을 쓴 거지요?"

랭던은 혼란스럽다 못해 분노가 치밀었다.

"내가 무엇 때문에 자크 소니에르를 죽인단 말입니까?"

"파슈에게도 당신의 범행 동기가 필요해요. 그래서 오늘 밤에 당신과 나눈 대화를 모조리 녹음하고 있죠. 혹시 당신 입에서 그 동기가 흘러나올지도 모른다는 희망 때문에."

랭던은 입을 벌렸지만 차마 말이 나오지 않았다.

"파슈는 지금 조그만 마이크를 가지고 있어요."

소피가 말을 이었다.

"그게 그의 주머니에 든 송신기와 연결되어 대화 내용이 수사본부에서 녹음되는 거예요."

"도무지 말이 안 되는 소립니다."

랭던이 간신히 말했다.

"알리바이도 있어요. 강연이 끝나자마자 곧장 호텔로 돌아갔으니까요. 호텔 프런트에 물어보면 금방 확인이 될 겁니다."

"그건 이미 파슈도 확인해 봤어요. 10시 30분경에 당신이 객실 열쇠를 찾아간 것으로 되어 있더군요. 불행하게도 사건이 일어난 건 11시가 다 되었을 때예요. 프런트 직원들 눈에 뜨이지 않게 호텔을 다시 빠져나오는 건 그리 어려운 일이 아니잖아요."

"아무래도 파슈가 제정신이 아닌 모양이군요! 증거도 없이 멀쩡한 사람을 살인범으로 몰다니!"

크게 치켜뜬 소피의 눈동자는 마치 '증거가 없다고?' 하고 되묻는 듯했다.

"랭던 씨, 당신 이름이 시신 곁에서 발견되었어요. 소니에르의 일정표에는 살인이 벌어진 무렵에 당신이 그를 만난 것으로 되어 있고 말이에요."

소피는 잠시 망설이다가 말을 이었다.

"파슈에게는 당신을 공식적으로 연행해서 조사할 만한 충분한 증거가 있어요."

랭던은 변호사가 필요하겠다는 생각이 퍼뜩 들었다.

"나는 결백합니다."

소피는 한숨을 내쉬었다.

"이건 미국의 텔레비전 드라마가 아니에요, 랭던 씨. 프랑스에서는 법이 범죄자가 아니라 경찰을 보호하죠. 게다가 이번 사건은 언론도 고려하지 않을 수 없어요. 자크 소니에르는 파리에서 아주 유명할 뿐 아니라 많은 사람의 존경을 받는 인물이었어요. 그런 그가 피살되었다는 소식은 아침이 되기가 무섭게 큰 뉴스거리가 될 거예요. 파슈는 질문 공세를 받을 거고, 이왕이면 이미 용의자를 확보하고 있다고 답변하는 게 훨씬 모양새가 나겠죠. 당신이 범인이든 아니든 간에, DCPJ는 확실하게 사건이 종결되기 전까지는 당신을 놔주지 않을 거예요."

랭던은 마치 우리에 갇힌 짐승과도 같은 심정이었다.

"나에게 이런 이야기를 들려주는 이유는 뭡니까?"

"랭던 씨, 그건 당신이 결백하다는 걸 믿기 때문이에요."

소피는 잠시 눈길을 돌렸다가 다시 그를 바라보았다.

"또 당신이 곤경에 처한 건 내 탓이 있기 때문이기도 하고요."

"그건 또 무슨 소립니까? 소니에르가 나를 궁지에 몰아넣은 게 당신 탓이란 말입니까?"

"소니에르는 당신을 궁지에 몰아넣으려 한 게 아니에요. 단순한 실수일 뿐이죠. 그가 바닥에 써 놓은 메시지는 사실 나에게 남긴 거예요."

랭던은 그 말을 이해하는 데도 한참 시간이 걸렸다.

"뭐라고요?"

"그 메시지는 경찰에게 남긴 게 아니라 나에게 남긴 거라니까요. 아마 상황이 너무나도 다급한 나머지, 그 메시지가 경찰의 눈에 어떻게 보일지 미처 생각하지 못했던 모양이에요."

소피는 잠시 망설이다가 말을 이었다.

"숫자로 된 암호는 아무런 의미도 없어요. 소니에르가 그 숫자를 쓴 이유는 암호 전문가를 수사에 끌어들이기 위해서였죠. 자신에게 무슨 일이 벌어졌는지를 나에게 제일 빨리 알릴 방법이 바로 그거니까요."

랭던은 점점 더 미궁 속으로 빨려드는 느낌이었다. 지금은 소피 느 뵈가 실성한 여자인지 아닌지를 따질 계제가 아니었지만, 적어도 그녀 가 왜 자신을 도우려 하는지는 이제 어느 정도 이해할 것도 같았다.

'P.S. 로버트 랭던을 찾아라.'

소피는 소니에르가 그 글을 자신에게 남겼다고 철석같이 믿는 게 분 명했다.

"그렇게 믿는 특별한 이유라도 있습니까?"

"비트루비우스의 인체 비례."

소피가 차분하게 대답했다.

"내가 다빈치의 작품 중에서 가장 좋아하는 게 바로 그 스케치예요. 소니에르는 오늘 밤 내 관심을 끌기 위해 그 스케치를 이용한 거죠."

"잠깐만, 루브르 박물관의 관장이 당신의 취향까지 알고 있었다는 겁니까?"

소피는 고개를 끄덕였다.

"미안해요. 처음부터 순서대로 말씀드렸어야 하는데……. 사실 자크 소니에르와 나는……."

랭던은 소피의 목소리가 갑자기 감상에 빠져드는 것을 알아차렸다. 고통스러운 과거의 기억이 어른거리는 것 같기도 했다. 소피와 자크 소니에르는 아주 특별한 관계를 맺고 있었음이 틀림없어 보였다. 랭던 은 눈앞에 서 있는 이 젊고 아름다운 여인을 곰곰이 살펴보았다. 프랑 스에서는 나이 많은 남자들이 젊은 정부(情婦)를 두는 경우가 많다는 건 그도 잘 알고 있었다. 아무리 그렇다고는 하지만, 아무리 봐도 소피 느뵈는 누군가가 '숨겨 둔 여자'처럼 보이지가 않았다.

"10년 전에 크게 다툰 적이 있어요."

소피가 기어드는 목소리로 말했다.

"그 뒤로는 서로 말도 하지 않고 지냈죠. 오늘 밤 우리 부서에 그분이 살해되었다는 연락이 오고 내 눈으로 바닥에 남겨진 시신과 글자들을 보는 순간, 그분이 나에게 메시지를 전하려 한다는 걸 알아차렸어요."

"비트루비우스 신체 비례 때문에?"

"그래요. P.S.라는 글자도 그렇고."

"그야 '추신(PostScript)'이라는 뜻 아닙니까?"

소피는 고개를 가로저었다.

"P.S.는 내 이니셜이에요."

"당신 이름은 소피 느뵈라면서요?"

소피는 시선을 돌려 허공을 바라보았다.

"우리가 같이 살 때 내 별명이 바로 P.S.였어요."

소피의 뺨이 붉게 물들었다.

"소피 공주(Princesse Sophie)를 줄여서 그렇게 부르곤 했죠."

랭던은 또 한 번 말문이 막혔다.

"유치하다는 건 나도 알아요."

소피가 말했다.

"하지만 아주 오래전의 일인 걸요. 내가 조그만 아이였을 때."

"그렇게 어렸을 때부터 자크 소니에르를 알았단 말입니까?"

"꽤 잘 아는 편이었죠."

이제 소피의 목소리에서 물기가 느껴졌다.

"자크 소니에르는 내 할아버지예요."

14

"랭던은 어디 있나?"

파슈는 담배 연기를 길게 내뿜으며 수사본부로 돌아오자마자 그렇게 물었다.

"아직 화장실에 있습니다, 국장님."

콜레가 그 질문을 기다렸다는 듯이 대답했다.

파슈는 얼굴을 찌푸렸다.

"아주 거기서 살 모양이군."

파슈는 콜레의 어깨 너머로 GPS 화면을 흘깃 쳐다보았고, 콜레는 파슈의 속이 부글부글 끓는 소리가 들리는 듯했다. 파슈는 랭던이 무엇을 하고 있는지 확인해 보고 싶어서 미칠 지경이었다. 하지만 상대방이 감시당하고 있다는 사실을 알아차리지 못하게 하기 위해서는 최대한의 자유를 허락해 주어야 했다. 랭던 역시 제 발로 돌아올 때까지 기다리는 게 상책이지만, 벌써 화장실에 간 지 10분이 다 되어 가고 있었다.

너무 많은 시간이 지체되고 있었다.

"랭던이 우리 의도를 알아차렸을 가능성은 없나?"

파슈가 물었다.

콜레는 고개를 가로저었다.

"지금도 남자 화장실 안에서 신호가 조금씩 움직이는 걸 보면 추적 장치는 아직 그의 주머니에 들어 있는 게 틀림없습니다. 속이 안 좋은 것 아닐까요? 만약 그가 추적 장치를 발견했다면 얼른 제거하고 달아나려 했을 겁니다."

파슈는 손목시계를 들여다보았다.

"좋아."

파슈는 무언가에 완전히 몰두한 사람 같았다. 콜레는 오늘따라 그런 파슈의 모습이 평소와는 좀 다르다는 느낌이 들었다. 어지간히 긴박한 상황에서도 냉철함을 잃지 않는 파슈였지만, 오늘 밤에는 마치 이번 사건을 자신의 개인적인 일로 생각하는 사람 같았다.

콜레는 그것도 무리는 아니라는 생각이 들었다. 최근 들어 관계 부처는 물론 언론에서도 파슈의 수사 기법이 지나치게 강압적일 뿐 아니라 강대국 대사관들과 불필요한 마찰을 빚는 사례가 많다고 비판의 수위를 높여 가는 상황이었다. 새로운 기술을 도입하는 데 지나치게 많은 예산을 요구한다는 비판도 있었다. 그러나 오늘 밤, 상당한 지명도를 갖춘 이 미국인을 체포하는 데 성공하면 그를 비난하는 데 열을 올리던 이들의 코를 납작하게 만들 수 있고, 나아가 앞으로 몇 년 정도는 너끈히 지금의 자리를 유지할 수 있는 발판이 마련되는 셈이었다. 그 뒤에는 은퇴를 해도 짭짤한 연금이 기다리고 있었다. 콜레는 파슈가 왜 연금에 목을 맬 수밖에 없는지를 잘 알고 있었다. 파슈는 새로운 기술에 대한 남다른 집착 때문에 직업적으로는 물론 개인적으로도 큰 타격을 입었다. 몇 년 전 프랑스에 닥친 기술 관련 주식 열풍에 전 재산을 투자했다가 셔츠 한 장 남지 않은 알거지가 되었다는 소문이 돌았다. 파슈는 셔츠를 입어도 늘 최고급만 입는 사람이었다.

오늘 밤, 아직 시간은 충분했다. 소피 느뵈가 갑자기 끼어드는 바람에 조금 지체되기는 했지만, 그 외에는 모든 것이 차질 없이 진행되는 중이었다. 이제 소피도 현장을 떠났고, 파슈는 아직 감춰 둔 패를 손에 쥐고 있었다. 랭던에게 소니에르의 메시지에서 그의 이름이 나왔다는 사실을 밝히면 그가 어떤 반응을 보일지 궁금했다. 어쩌면 그것이 결정타가 될지도 모를 일이었다.

"국장님?"

DCPJ 요원 한 명이 저쪽에서 파슈를 불렀다.

"전화 좀 받아 보십시오."

그는 근심스러운 표정으로 수화기를 내밀었다.

"누구야?"

파슈가 물었다.

"암호 해독 부서 부장입니다."

요원은 미간을 찌푸렸다.

"그런데?"

"소피 느뵈에 대한 이야깁니다. 뭔가가 잘못된 것 같아요."

15

때가 되었다.

검은색 아우디에서 내려서는 사일러스는 온몸에 힘이 샘솟는 느낌이었다. 밤바람 때문에 그의 헐렁한 로브 자락이 펄럭였다. 공기 속에는 변화의 바람이 깃들어 있었다. 이번 임무는 완력보다도 머리를 써야 하는 일임을 잘 아는 그는 권총을 차 안에 놔두고 내렸다. 13연발 헤클러 앤 코크 USP 40은 스승이 마련해 준 것이었다.

'살인 무기는 하느님의 전당과 어울리지 않는다.'

이 시간의 생 쉴피스 성당 앞 광장은 인적이 드물었다. 한쪽 구석에서 10대 창녀 둘이 심야 관광객들을 상대로 흥정하는 모습이 눈에 뜨일 뿐이었다. 성숙한 여자의 몸매를 보는 순간 잠자던 사일러스의 욕구가 꿈틀거렸다. 본능적으로 사타구니가 꿈틀면서 시리스 벨트의 가시가 맨살을 파고들었다.

욕정은 씻은 듯이 사라졌다. 벌써 10년 동안 자위조차 용납하지 않을 만큼 성적인 쾌락과는 담을 쌓아 온 사일러스였다. 『길』의 가르침을 따르기 위해서였다. 오푸스 데이에 충성을 바치기 위해서는 희생해야 할 것도 많지만, 그 대가는 훨씬 더 컸다. 지금까지 그가 감내해 온 가난과 감옥에서 경험한 끔찍한 성적인 수모를 생각하면, 금욕과 사유 재산의 포기 따위는 희생이라 할 것도 없었다.

길거리에서 체포되어 안도라의 감옥으로 끌려간 뒤 처음 프랑스 땅으로 돌아온 사일러스는 조국이 자신을 시험하는 느낌에 사로잡혔다. 새롭게 태어난 자신의 영혼에서 폭력으로 물든 과거의 기억이 자꾸만 되살아나는 탓이었다.

'너는 새롭게 태어났다.'

사일러스는 쉴 새 없이 스스로를 다그쳤다. 오늘 그가 하느님께 바칠 선물은 살인이라는 죄악을 요구했지만, 그 죄는 영원히 그의 가슴 속에서 묻힐 터였다.

스승께서는 믿음의 크기가 감내할 수 있는 고통의 크기와 비례한다고 가르쳤다. 사일러스는 그 어떤 고통이라도 참아 낼 준비가 되어 있었으며, 그의 행동은 더 높은 차원의 사명에서 비롯된다는 점을 일깨워 준 스승에게 자신의 존재 가치를 입증해 보이고 싶은 열망만이 가득했다.

"Hago la obra de Dios(나는 하느님의 사역을 행하는 사람이다)."

사일러스는 성당 출입구를 향해 다가가며 혼자 중얼거렸다.

그는 육중한 문 앞의 그림자 속에서 걸음을 멈추고 깊은 숨을 들이쉬었다. 자신이 무엇을 하려 하는지, 저 문 안쪽에서 무엇이 그를 기다리고 있는지를 처음으로 깨달은 것이 바로 이 순간이었다.

'쐐기돌. 그것이 우리를 최후의 목적지로 인도할 것이다.'

사일러스는 유령처럼 창백한 주먹을 들어 세 번 문을 두드렸다.

잠시 뒤, 커다란 나무 문의 빗장이 움직이는 소리가 들리기 시작했다.

16

소피는 자신이 박물관을 떠나지 않았다는 사실을 파슈가 알아차리기까지 어느 정도의 시간이 걸릴지 궁금했다. 랭던이 안절부절못하는 모습을 보니 그를 이곳 남자 화장실로 끌어들인 것이 과연 잘한 일인지도 의심스러웠다.

'어떻게 했어야 옳았을까?'

소피의 뇌리에는 벌거숭이가 된 채 사지를 펼치고 바닥에 누워 있는 할아버지의 시신이 자꾸만 어른거렸다. 한때 바로 그 할아버지가 자신의 전부처럼 느껴지던 시절이 있었던 것도 사실이지만, 그런 그의 주검을 목격하고도 별로 슬픔이 느껴지지 않는 게 신기할 따름이었다. 할아버지에 대한 사랑은 소피가 스물두 살이던 3월의 어느 날, 하룻밤 사이에 물거품처럼 사라져 버렸다. 벌써 10년 전의 일이었다. 그날 밤, 영국에서 대학원에 다니던 소피는 예정보다 며칠 일찍 집으로 돌아왔다가 우연히 못 볼 것을 보고 말았다. 오늘날까지도 정말로 그런 일이 있었다는 게 믿어지지 않을 만큼 충격적인 장면이었다.

'내 눈으로 직접 보지만 않았더라도…….'

너무나 수치스럽고 당혹스러운 나머지, 소피는 할아버지에게 해명할 틈도 주지 않고 집을 나오고 말았다. 그동안 저축해 두었던 돈을 모두 털어서 조그만 아파트를 하나 빌린 다음, 친구들과 함께 생활했다. 그날 밤 자신이 본 광경에 대해서는 누구에게도 말하지 않겠다고 굳게 맹세했다. 할아버지는 틈만 나면 카드나 편지를 보내 직접 만나서 모든 것을 설명할 테니 한 번만 만나 달라고 애원하였다. 하지만 무엇을, 어떻게 설명한단 말인가! 소피는 한 번도 답장을 보내지 않았다. 딱 한 번, 전화를 하거나 직접 찾아올 생각은 꿈도 꾸지 말라고 경고하는 답장을 보낸 게 전부였다. 할아버지의 해명이 그날 그 사건 자체보다 더 끔찍할지도 모른다는 두려움 때문이었다.

그래도 소니에르는 그녀를 포기하지 않았다. 지금 그녀의 옷장 서랍에는 그가 지난 10년 동안 보내온 편지들이 봉투도 뜯지 않은 채 차곡차곡 쌓여 있었다. 그러면서도 소니에르는 소피의 뜻을 존중해 한 번도 전화를 걸지는 않았다.

그런 그에게서 처음으로 전화가 걸려 온 게 바로 오늘 오후였다.

"소피?"

자동 응답기에 녹음된 소니에르의 목소리는 몰라볼 만큼 늙어 있었다.

"참으로 오랜 세월 동안 네 경고를 따르기 위해 전화 한 통 걸지 못했다……. 하지만 오늘은 꼭 너에게 할 이야기가 있어서 어쩔 수가 없구나. 아주 끔찍한 일이 벌어졌어."

소피는 파리의 자기 아파트 주방에 서서 10년 만에 처음으로 할아버지의 음성을 들으며 온몸에 소름이 돋는 느낌에 사로잡혔다. 그의 부드러운 목소리를 들으니 어린 시절의 행복했던 기억들이 홍수처럼 밀려왔다.

"소피, 제발 내 말 잘 들어라."

소니에르는 소피가 어렸을 때부터 늘 그랬듯이 영어로 말했다.

'학교에서는 프랑스어를 공부하고, 집에서는 영어를 연습하자.'

"영원히 나를 보지 않을 수는 없지 않니. 그동안 내가 보낸 편지들은 읽어 보지도 않은 거냐? 아직도 이해를 못 하겠니?"

소니에르는 잠시 망설이다가 말을 이었다.

"너하고 이야기를 좀 해야겠다. 이 할아버지의 마지막 소원을 들어 주렴. 박물관으로 전화해라. 가능한 한 빨리. 너와 나에게 아주 심각한 위험이 닥쳐온 것 같구나."

소피는 전화기를 물끄러미 바라보았다. 위험이라니? 도대체 무슨 소리인지 알 수가 없었다.

"프린세스……."

소니에르의 목소리에는 소피가 전혀 종잡을 수 없는 감정이 깃들어 있었다.

"너에게 하지 않은 얘기들이 있다. 그것 때문에 너의 사랑이 멀어졌다는 것도 안다. 하지만 그건 너의 안전을 위해서였어. 이제 너도 진실을 알아야 할 때가 되었다. 네 가족에 대한 진실을 말이다."

소피는 갑자기 심장이 마구 두근거리기 시작했다.

'가족?'

소피의 부모는 그녀가 네 살 때 세상을 떠났다. 그들이 탄 차가 다리 아래로 떨어져 거센 물살에 휩쓸린 것이다. 그녀의 할머니와 남동생도 그 차에 타고 있었다. 그렇게, 한순간에 온 가족을 잃고 말았다. 소피는 그 사건을 보도한 신문 기사를 아직도 간직하고 있었다.

할아버지의 목소리를 듣고 있노라니 뼈에 사무치는 그리움이 밀려 들었다.

'가족!'

어린 시절의 소피는 가족이 멀쩡히 살아서 집으로 돌아오는 꿈을 몇 번이나 꾸었는지 모른다. 그 꿈이 순간적으로 뇌리를 스쳤지만, 다음 순간 가족들의 얼굴은 역시 꿈속에서처럼 허무하게 사라져 버리고 말았다.

'그들은 이 세상에 없어, 소피. 영원히 돌아오지 않아.'

"소피……."

전화기에 녹음된 할아버지의 음성이 이어졌다.

"지금까지 나는 정말 오랜 시간을 기다렸다. 너에게 모든 것을 털어 놓을 때가 오기를 말이다. 하지만 이제 시간이 얼마 남지 않았어. 제발 이 메시지를 듣는 즉시 박물관으로 전화해라. 밤새도록 기다리마. 우리 둘 다 큰 위험에 처해 있어. 네가 알아야 할 것들이 너무나 많다."

메시지는 그렇게 끝을 맺었다.

그 메시지를 듣고 얼마나 오랫동안 혼자 떨며 서 있었는지 몰랐다. 그러나 생각을 하면 할수록 할아버지가 무엇 때문에 그런 메시지를 남겼는지 알 것 같았다. 합리적인 설명은 하나밖에 없었다.

그것은 미끼였다.

소니에르가 그녀를 미치도록 보고 싶어 한다는 데는 의문의 여지가 없었다. 그녀를 만날 수만 있다면 무슨 말을 못할까. 거기에까지 생각이 미치자, 할아버지에 대한 혐오감이 더욱 깊어졌다. 혹시 몹쓸 병에 걸려서 죽기 전에 소피가 마지막으로 자신을 찾아오도록 하려고 이러는 것은 아닐까? 만약 그렇다면 그의 선택은 확실히 현명했다.

가족.

지금 루브르의 남자 화장실에 서 있는 소피의 귀에는 오늘 오후에 들었던 음성 메시지가 메아리처럼 울리고 있었다.

'소피, 우리 둘 다 큰 위험에 처해 있다. 전화해라.'

소피는 전화를 하지 않았다. 할 계획도 없었다. 하지만 이제 그녀는 무작정 할아버지의 진심을 의심할 수만은 없는 상황에 처하고 말았다. 할아버지는 지금 싸늘한 시체가 되어 이 박물관에 누워 있지 않은가. 바닥에 몇 줄의 암호를 남긴 채.

그것은 소피 자신에게 남긴 암호였다. 적어도 그것만은 분명했다.

아직 그 메시지의 의미를 다 알아내지는 못했지만, 그것이 암호의 형태를 띠고 있다는 자체만으로도 그 수신자가 소피 자신임을 충분히 짐작할 수 있었다. 소피가 암호에 대한 남다른 관심과 적성을 갖게 된 것은 순전히 자크 소니에르와 함께 보낸 어린 시절의 소산이었다. 소니에르는 암호와 낱말 게임, 퍼즐 등을 광적으로 좋아했다. 일요일마다 할아버지와 함께 신문에 실린 여러 가지 수수께끼와 십자 낱말 맞추기를 풀던 날이 그 얼마던가.

소피가 열두 살의 나이에 《르몽드》의 십자 낱말 맞추기를 순전히 자기 혼자만의 힘으로 풀어내는 경지에 이르자, 소니에르는 영어로 된 낱말 맞추기와 수학 퍼즐, 환자(換字) 암호 등으로 영역을 넓혀 나갔다. 소피는 질리지도 않고 그 모든 것을 풀어 냈다. 결국 암호에 대한 열정이 그녀를 사법경찰국의 암호 해독 요원으로 성장시킨 것이다.

오늘 밤, 소니에르는 간단한 몇 줄의 암호를 가지고 서로 한 번도 만난 적이 없는 소피 느뵈와 로버트 랭던 두 사람을 하나의 운명으로 묶어 놓았다. 적어도 그 점에 대해서만큼 소피는 혀를 내두르지 않을 수 없었다.

문제는 소니에르가 무엇 때문에 그들 둘을 묶으려 했을까 하는 점이었다.

안타까운 일이지만, 랭던의 당혹스러워하는 표정으로 미뤄 볼 때 그 역시 소피만큼이나 아무런 단서도 찾아내지 못하고 있음이 분명했다.

소피는 다시 한 번 랭던을 밀어붙여 보았다.

"당신은 오늘 밤에 우리 할아버지를 만나기로 되어 있었어요. 왜

죠?"

랭던은 정말로 황당한 표정이었다.

"그의 비서가 약속을 정하면서 이유 따위는 전혀 설명을 하지 않았고 나도 굳이 묻지 않았어요. 그냥 막연하게, 내가 프랑스의 성당에 나타난 이교도 도상학에 관한 강연을 한다는 소식을 들은 소니에르가 마침 자기도 관심이 있는 주제고 하니, 강연 끝나고 함께 술이나 한잔하면 좋겠다는 생각을 했을 거라고 넘겨짚었을 뿐입니다."

소피가 보기에, 그것은 말이 안 될 뿐 아니라 설득력도 없는 추측일 뿐이었다. 소니에르는 이교도의 도상학에 관한 한 전 세계에서 둘째가라면 서러울 전문가였다. 게다가 괴팍하리만치 폐쇄적인 성격의 소니에르가 특별한 이유도 없이 미국에서 온 얼굴도 모르는 교수를 만나서 잡담이나 나누려 했다는 말을 어떻게 믿을 수 있겠는가.

소피는 크게 숨을 한 번 들이쉬며 조금 더 깊숙이 쑤셔 보았다.

"할아버지가 오늘 오후에 나한테 전화를 해서 자신과 내가 커다란 위험에 처해 있다고 했어요. 그 말을 듣고 뭔가 짚이는 게 없어요?"

랭던의 파란 눈동자에는 수심이 가득했다.

"글쎄요, 하지만 막상 이런 일이 벌어지고 보니……."

소피는 고개를 끄덕였다. 할아버지가 피살된 현장을 직접 보고도 위험이 닥쳤다는 말을 의심한다면, 세상에 그런 바보가 또 어디 있을까. 소피는 기운이 쏙 빠지는 느낌으로 화장실 반대쪽의 조그만 창문으로 다가갔다. 그러고는 보안용 테이프가 그물처럼 촘촘히 붙은 유리창 너머를 멍하니 바라보았다. 창문의 높이는 지상에서 적어도 10미터가량 되어 보였다.

소피는 한숨을 내쉬며 눈을 들어 파리의 현란한 야경을 바라보았다. 왼쪽으로 센 강 너머 환하게 불이 밝혀진 에펠탑이 보였다. 정면에는 개선문이, 오른쪽으로는 몽마르트르 언덕과 아름다운 사크레쾨르 대

성당의 아라베스크 돔이 한눈에 들어왔다.

드농 관의 서쪽 끝에 위치한 이 화장실에서는 남북을 가로지르는 카루젤 광장의 도로가 좁은 인도 하나를 사이에 두고 루브르의 바깥쪽 벽과 나란히 뻗어 있었다. 그 밑으로 여느 때처럼 야간 트럭들이 신호가 바뀌기를 기다리며 줄지어 대기하는 모습이 보였고, 그들의 전조등 불빛이 소피를 조롱하듯 올려다보고 있었다.

"뭐라고 말해야 좋을지 모르겠네요."

랭던이 그녀 뒤로 다가오며 말했다.

"당신 할아버지가 우리에게 뭔가를 얘기하려 한 것은 틀림없습니다. 도움이 되지 못해 미안합니다."

소피는 랭던의 그윽한 목소리에서 그게 그저 건성으로 하는 소리가 아님을 느꼈다. 당장 본인이 심각한 곤경에 처해 있음에도 불구하고 진정으로 그녀를 돕고 싶어 하는 마음이 느껴졌다. 소피는 DCPJ가 만든 용의자 신상 명세를 통해 랭던의 특징을 어느 정도 파악하고 있었다. 그는 모르고 넘어가는 것을 무엇보다 싫어하는 학자풍의 남자였다.

'공통점이 없지는 않네.'

소피는 그런 생각을 했다.

암호 전문가인 소피는 아무런 의미도 없어 보이는 데이터에서 의미를 찾아내는 일이 직업인 사람이었다. 로버트 랭던은 그녀가 간절하게 필요로 하는 정보를 가진 인물이었다. 문제는 랭던 본인도 자신이 가진 어떤 정보가 거기에 해당되는지를 알지 못한다는 점이었다.

'프린세스 소피, 로버트 랭던을 찾아라.'

이보다 더 명쾌한 메시지도 없을 것이다. 소피는 랭던과 함께 머리를 맞대고 수수께끼를 풀어 나갈 시간이 필요했다. 하지만 안타깝게도 그 시간은 이제 종착점을 향해 치닫고 있었다.

소피는 랭던을 바라보며 자신이 생각할 수 있는 유일한 승부수를 띄웠다.

"브쥐 파슈는 당신을 구금하려 할 거예요. 내가 당신을 이 박물관에서 빠져나가도록 도울 수는 있지만, 그러기 위해서는 지금 당장 행동을 시작해야 해요."

랭던의 눈이 휘둥그레졌다.

"나더러 도망을 치란 말입니까?"

"그게 당신이 할 수 있는 가장 현명한 행동이에요. 머뭇거리다가 파슈의 올가미에 걸려드는 날에는 DCPJ와 미국 대사관이 당신을 어느 나라 법정에 세울 것인지를 놓고 옥신각신하는 동안 적어도 몇 주는 이곳 프랑스의 감옥신세를 져야 할 테니까요. 하지만 일단 이곳을 빠져나가서 미국 대사관까지만 들어가면 누명을 벗을 때까지 당신네 정부가 당신의 권리를 보호해 줄 거예요."

랭던은 그녀의 조언을 따를 생각이 전혀 없어 보였다.

"그런 건 꿈도 꾸지 맙시다. 파슈의 부하들이 총까지 든 채 모든 출구를 지키고 있어요. 설령 무사히 빠져나간다 해도, 그것 자체가 내가 범인임을 스스로 자백하는 행동입니다. 그보다는 소니에르가 마룻바닥에 남긴 메시지는 당신을 위한 것이고, 거기에 내 이름이 나오는 것도 내가 범인이라는 뜻이 아니라는 사실을 파슈에게 잘 설명해 보는 게 어떨까요?"

"물론 설명할 거예요."

소피가 다급한 표정으로 대답했다.

"하지만 그건 당신이 무사히 미국 대사관으로 피신한 다음에 할 일이죠. 대사관은 여기서 1킬로미터도 안 떨어진 곳이고, 바깥에 내 차가 주차되어 있어요. 지금 여기서 파슈를 설득하는 건 위험 부담이 너무 높은 도박이에요. 파슈는 어떻게 하든 당신이 범인임을 입증하려고 혈안이 되어 있거든요. 그가 지금 당장 당신을 체포하지 않는 이유는 더욱 심증을 굳힐 만한 뭔가가 나오기를 기다리기 위해서일 뿐이에요."

"바로 그겁니다. 이를테면 도망을 친다거나……."

소피의 스웨터 주머니에서 휴대전화가 울리기 시작했다. 틀림없이 파슈일 터였다. 소피는 주머니에 손을 넣어 전화기를 꺼 버렸다.

"랭던 씨."

소피가 다급하게 말했다.

"한 가지만 더 물어볼게요."

'당신의 운명이 여기에 달렸어요.'

"소니에르의 메시지가 당신이 범인임을 증명하는 것은 물론 아니에요. 하지만 파슈는 이미 우리 암호 팀에게 당신이 범인이라고 단정해서 말했어요. 그가 그렇게 당신을 범인으로 확신하는 이유가 뭐라고 생각하세요?"

랭던은 잠시 생각한 다음, 이렇게 대답했다.

"전혀 오리무중입니다."

소피는 한숨을 내쉬었다. 이것은 결국 파슈가 거짓말을 하고 있다는 의미였다. 소피는 그 이유가 무엇일지 궁금했지만, 지금은 그 문제에 한눈을 팔 때가 아니었다. 어쨌거나 브쥐 파슈가 어떤 대가를 치르더라도 오늘 밤 안으로 로버트 랭던을 철창 안에 집어넣고 싶어 한다는 사실에는 변함이 없었다. 소피는 소피대로 랭던이 필요한 이유가 있었다. 바로 이 딜레마 때문에 소피에게는 단 하나의 선택밖에 남지 않았다.

'랭던을 미국 대사관으로 데려가야 한다.'

소피는 다시 창문을 향해 돌아서서 보안용 테이프가 붙은 유리창 너머로 10미터 아래의 도로를 내려다보았다. 이 정도 높이에서 뛰어내렸다가는 요행히 목숨을 건진다 해도 두 다리가 멀쩡하지는 못할 것이다.

그럼에도 불구하고 소피는 결단을 내렸다.

로버트 랭던은 자신의 의사와는 무관하게, 어떻게든 루브르를 빠져나가야 했다.

17

"전화를 안 받다니, 그게 무슨 뜻이야?"

파슈는 도저히 믿어지지 않는다는 표정이었다.

"휴대전화로 걸지 않았나? 내 눈으로 그녀가 휴대전화 가지고 있는 걸 봤단 말이야."

콜레는 몇 분 전부터 계속 소피와 통화를 시도하는 중이었다.

"아마 배터리가 다 닳은 모양입니다. 아니면 벨 소리를 꺼 두었을 수도 있고요."

파슈는 암호 해독 부서 부장과 통화를 한 다음부터 더욱 인상이 험악해졌다. 전화를 끊자마자 콜레에게 다가와서는 당장 느뵈 요원에게 통화를 연결하라고 닦달하는 것이었다. 통화가 안 된다는 콜레의 보고를 받고는 연신 우리에 갇힌 사자처럼 방 안을 어슬렁거렸다.

"암호 부서에서는 뭐라고 하던가요?"

콜레는 한껏 용기를 내어 물었다.

파슈가 휙 몸을 돌리며 대답했다.

"드라콘 같은 악마와 절름발이 성인을 설명해 줄 참고 자료를 찾지 못했다고 하더군."

"그게 답니까?"

"나열된 숫자들이 피보나치수열에 나오는 것들이라는 건 알아냈는데, 특별한 의미가 있는 것 같지는 않다는 거야."

콜레는 영문을 알 수가 없었다.

"하지만 그건 이미 느뵈 요원을 보내서 우리한테 통보한 사실 아닙니까?"

파슈는 고개를 가로저었다.

"그들은 느뵈를 보낸 적이 없어."

"뭐라고요?"

"암호부 부장은 내 지시를 받고 모든 부원들에게 내가 보낸 사진을 분석하라는 지시를 내렸어. 그런데 느뵈 요원이 들어와서 소니에르의 시신과 암호가 담긴 사진을 쓱 훑어보더니, 아무 소리도 없이 사무실을 나가더라는 거야. 부장은 그 사진을 본 그녀의 심정을 참작해서 아무 말도 하지 않았다는군."

"그녀의 심정을 참작하다니요? 지금까지 한 번도 시체 사진을 본 적이 없답니까?"

파슈는 잠시 뜸을 들이다가 대답했다.

"나는 까마득히 몰랐던 일이야. 부장도 이번에 동료가 말해 줘서 알았다더군. 소피 느뵈가 자크 소니에르의 손녀래."

콜레는 말문이 막혔다.

"부장 말에 의하면 그녀는 한 번도 소니에르 이야기를 꺼낸 적이 없다는 거야. 아마 유명한 할아버지를 두었다는 이유로 특별 대우를 받고 싶지 않아서 그랬을 거라더군."

그렇다면 그녀가 사진을 보고 큰 충격을 받은 것도 무리가 아니었다. 콜레는 자신의 친할아버지가 남긴 암호를 해독해야 하는 소피의 심정이 어떠할지 잘 상상이 가지 않았다. 하지만 아무리 그렇다고 해도 그녀의 행동은 비합리적이었다.

"그녀는 그 숫자들이 피보나치수열에 나온다는 사실을 알고 있었습니다. 거기에는 의심의 여지가 없지요. 자기가 직접 여기까지 찾아와서 우리한테 말해 주었으니까요. 그런 그녀가 무엇 때문에 동료들에게 그런 사실을 말하지 않고 사무실을 나왔을까요?"

콜레가 보기에 이러한 상황 전개를 설명할 시나리오는 단 한 가지밖에 없었다. 소니에르가 바닥에 숫자로 된 암호를 남긴 것은 암호 전문가를, 보다 정확하게는 자신의 손녀를 수사에 참여시키기 위해서였다. 그렇다면 소니에르는 나머지 메시지를 통해 손녀에게 무언가를 전달하려 한 것이 아닐까? 그것이 무엇일까? 또, 랭던은 무슨 관계가 있는 것일까?

콜레가 그런 생각에 잠겨 있는 동안, 적막하기만 하던 박물관 안에 날카로운 경보음이 울려 퍼지기 시작했다. 대화랑 안쪽에서 나오는 소리 같았다.

"경봅니다!"

루브르의 보안 센터를 맡고 있던 요원이 소리쳤다.

"대화랑, 남자 화장실이에요!"

파슈는 콜레를 돌아보았다.

"랭던은 어디 있나?"

"아직도 화장실 안에 있습니다!"

콜레는 빨간 점이 깜빡거리는 노트북을 가리켰다.

"창문을 깨뜨린 모양입니다!"

콜레는 랭던이 빠져나갈 수 없다는 것을 알고 있었다. 파리의 소방법은 공공건물의 경우 화재에 대비해 지상에서 15미터가 넘는 높이의 유리창은 쉽게 깨지는 재질로 만들도록 규정하고 있지만, 루브르의 2층에서 사다리 없이 뛰어내리는 것은 자살 행위나 다를 바 없었다. 게다가 드농 관의 서쪽 끝에는 떨어질 때의 충격을 완화해 줄 나무나 풀도 전혀 없지 않은가. 화장실 창문 바로 밑에는 벽과 몇 미터를 사이에 두고 카루젤 광장의 2차선 도로가 맞붙어 있었다.

"맙소사!"

콜레는 노트북에 시선을 고정시킨 채 소리쳤다.

"랭던이 창틀 쪽으로 다가가고 있습니다!"

하지만 파슈는 이미 그 자리에 있지 않았다. 어깨에 매단 총집에서 마누린 MR-93 리볼버를 꺼내 들고 쏜살같이 방을 뛰쳐나간 것이다.

콜레는 창틀에 도착한 붉은 점을 멍하니 쳐다보았다. 이어서 예상하지 못한 일이 벌어지기 시작했다. 점이 건물의 경계선 바깥으로 움직이고 있었던 것이다.

뭘 하려는 거지? 창틀로 나간 점이 벽에서 더 멀리 떨어지자, 콜레는 자신도 모르게 벌떡 자리에서 일어났다. 점은 잠시 그 자리에서 흔들리는가 싶더니, 건물의 경계선 바깥쪽 10미터가량 되는 지점에서 정지했다.

콜레는 서둘러 파리의 도로 지도를 화면에 불러낸 다음, GPS의 초점을 조정했다. 목표 지점을 확대하자, 신호의 위치가 정확하게 포착되었다.

점은 더 이상 움직이지 않았다.

카루젤 광장 한복판에서 꼼짝도 하지 않았다.

랭던이 창문에서 뛰어내린 것이다.

18

파슈가 대화랑을 달려가는 동안 경보음 너머로 콜레의 무전기 소리가 들려왔다.

"랭던이 뛰어내렸습니다!"

콜레가 소리쳤다.

"카루젤 광장에서 신호가 잡히고 있어요! 화장실 창문 바로 바깥입니다! 전혀 움직이지를 않습니다! 랭던이 자살한 모양입니다!"

파슈는 콜레의 무전을 듣기는 했지만, 말도 안 되는 소리라고 생각했다. 그래서 계속 달렸다. 복도는 끝도 없이 이어진 듯했다. 소니에르의 시신 옆을 지나가면서 드농 관 반대편 끝의 칸막이를 바라보았다. 가까이 다가갈수록 경보음은 더 커졌다.

"잠깐만요!"

무전기에서 다시 콜레의 목소리가 터져 나왔다.

"움직이기 시작했습니다! 맙소사, 랭던이 살아 있어요. 지금 움직이고 있습니다."

파슈는 무슨 놈의 복도가 이렇게 기냐고 투덜거리며 계속 달렸다.

"점점 속도가 빨라집니다!"

콜레가 무전기에 대고 소리를 질러 댔다.

"카루젤 광장을 달리고 있어요. 잠깐…… 속도를 내고 있어요. 이 건…… 너무 빠릅니다!"

칸막이 앞에 도착한 파슈는 미끄러지듯 그 사이를 통과해 열린 화장실 문을 향해 달려갔다.

이제 경보음 때문에 무전기 소리가 잘 들리지 않을 지경이었다.

"자동차를 탄 모양입니다! 차를 타고 있는 게 분명해요! 그렇지 않고서는……."

파슈가 권총을 든 채 남자 화장실 문을 박차고 들어가자, 콜레의 목소리는 완전히 경보음에 묻혀 버렸다. 파슈는 귀청을 찢는 듯한 소음에 얼굴을 찌푸리며 재빨리 화장실 안을 살폈다.

화장실은 텅 비어 있었다. 이내 파슈의 눈길이 반대편의 유리창으로 옮겨 갔다. 유리는 박살이 나 있었다. 파슈는 서둘러 창가로 달려가 바깥을 내다보았다. 랭던의 모습은 어디서도 보이지 않았다. 이런 높이에서 뛰어내릴 엄두를 내다니, 도무지 믿기지가 않았다. 정말 뛰어내렸다면 심한 부상을 입었을 것이다.

갑자기 경보음이 멈추면서 콜레의 목소리가 다시 들려왔다.

"……남쪽으로 이동하고 있습니다……. 속도가 더 빨라졌어요……. 카루젤 다리로, 센 강을 건너고 있습니다!"

파슈는 왼쪽을 바라보았다. 카루젤 다리를 지나가는 차량이라고는 트레일러 두 개를 붙인 대형 트럭 한 대뿐이었다. 트럭은 루브르에서 남쪽을 향해 멀어지고 있었다. 뚜껑이 없는 트레일러에는 비닐 방수포가 덮여 있어서 마치 거대한 그물 침대와 비슷한 모습이었다. 파슈는 온몸에 짜릿한 전율이 이는 느낌이었다. 저 트럭은 조금 전에 이 화장실 창문 바로 밑에서 신호등의 빨간불에 멈춰 섰을 터였다.

'제정신이 아니로군.'

파슈가 혼자 중얼거렸다. 랭던은 저 트럭의 방수포 밑에 뭐가 실려 있는지 알 길이 없었을 것이다.

'무슨 쇳덩어리라도 실려 있었으면 어떡할 뻔했나? 아니면 시멘트나 하다못해 쓰레기라도? 10미터를 뛰어내려? 미치지 않고서야 그럴 수가 있단 말인가!'

"점이 방향을 바꾸었습니다!"

콜레가 소리쳤다.

"생 페르 다리에서 우회전했어요!"

아니나 다를까, 다리를 건너간 트레일러트럭은 속도를 늦추며 생 페르 다리로 우회전하고 있었다.

'그렇군.'

파슈는 모퉁이를 돌아 사라져 가는 트럭을 바라보며 멍하니 중얼거렸다. 콜레가 이미 바깥에서 대기하던 요원들에게 무전을 보내 순찰차를 이용해 추격을 시작하라고 지시한 상태였다. 콜레는 마치 실황 중계를 하듯 트럭이 방향을 바꿀 때마다 그 위치를 통보했다.

'다 끝났어.'

파슈는 생각했다. 이제 불과 몇 분이 지나지 않아 그의 부하들이 트럭을 에워쌀 것이다. 랭던은 독 안에 든 쥐나 마찬가지였다.

파슈는 총을 집어넣으며 화장실을 나섰다. 이어서 무전기로 콜레에게 지시했다.

"내 차를 대기시켜. 랭던이 체포되는 현장을 직접 지켜보고 싶으니까."

파슈는 대화랑의 기다란 복도를 되짚어 오며 랭던이 죽지나 않았는지 모르겠다는 생각을 했다. 그 정도 높이에서 떨어졌다면 생명을 보장할 수 없지 않은가.

하지만 이제 그건 문제될 게 없었다.

랭던은 도주했다. 유죄가 입증된 셈이었다.

화장실에서 14미터밖에 떨어지지 않은 캄캄한 대화랑의 복도 한쪽, 랭던과 소피는 화장실 앞을 가리는 커다란 칸막이에 등을 붙인 채 숨을 죽이고 있었다. 파슈가 권총을 들고 화장실 안으로 달려 들어가는 동안, 그들은 아슬아슬하게 그 칸막이 뒤에 몸을 숨기는 데 성공했다.

마지막 60초는 그야말로 눈 깜빡할 사이에 지나갔다.

랭던이 남자 화장실에서 아무 잘못도 없이 도망자 신세가 될 수는 없다고 버티는 동안, 소피는 경보장치가 설치된 유리창을 유심히 살펴보기 시작했다. 이어서 높이를 가늠해 보는 듯 아래쪽의 도로를 내다보기도 했다.

"겨냥만 제대로 하면 빠져나갈 수 있을 거예요."

소피가 말했다.

'겨냥?'

랭던은 불안한 눈으로 창밖을 내다보았다.

도로에는 바퀴 열여덟 개짜리 거대한 트레일러트럭 한 대가 창문 바로 아래의 신호등을 향해 다가오고 있었다. 트럭의 짐칸에는 파란색 비닐 방수포가 덮여 있었다. 랭던은 소피의 계획을 믿을 수가 없었다.

"소피, 여기서 뛰어내렸다가는……."

"추적 장치를 꺼내 봐요."

랭던은 어리둥절한 표정으로 주머니를 뒤져 조그만 금속 원반을 꺼냈다. 소피가 그걸 받아들더니 세면대 쪽으로 걸어갔다. 그녀는 큼직한 비누를 한 장 집어 들고 추적 장치를 그 위에 올려놓더니, 엄지손가락으로 원반을 비누 속으로 밀어 넣었다. 원반이 말랑말랑한 비누 속으로 밀려들어 가자, 소피는 구멍 주위를 손가락으로 뭉개 메웠다. 이제 추적 장치는 감쪽같이 비누 속에 파묻혀 버렸다.

소피는 비누를 랭던에게 건네주고 세면대 밑에서 묵직한 원통형 쓰레기통을 집어 들었다. 그리고는 랭던이 말릴 틈도 없이 쓰레기통을 몸 앞으로 든 채 성난 숫양처럼 창문을 향해 달려드는 것이었다. 쓰레기통의 밑바닥이 유리창 한복판을 후려치자, 대번에 유리가 박살이 나버렸다.

그와 동시에 머리 위에서 귀청을 찢을 듯한 경보음이 터져 나왔다.

"그 비누 이리 줘요!"

소피가 소리를 질렀지만, 경보음 때문에 잘 들리지 않았다.

랭던은 얼떨결에 비누를 그녀의 손에 쥐어 주었다.

소피는 비누를 손에 든 채 깨진 유리 사이로 신호등 앞에 멈춰 선 대형 트럭을 내려다보았다. 그 정도면 목표물은 꽤 큰 편이었고, 거리도 건물의 경계면에서 3미터가 채 되지 않았다. 소피는 크게 숨을 들이쉬고는 비누를 집어던졌다.

비누는 방수포 가장자리에 떨어졌고, 신호등이 초록색으로 바뀌면서 트럭이 움직이기 시작하자 화물칸 속으로 미끄러져 들어갔다.

"축하해요."

소피가 랭던을 문 쪽으로 끌고 가며 말했다.

"당신은 방금 루브르에서 탈출한 거예요."

화장실을 빠져나온 그들이 어둠 속으로 몸을 숨김과 동시에 파슈가 씩씩거리며 화장실 안으로 달려 들어갔다.

경보기가 작동을 멈추자, 랭던은 DCPJ의 사이렌 소리가 루브르에서 멀어져 가는 것을 들었다. 파리 시내의 모든 경찰이 총출동한 느낌이었다. 파슈 역시 서둘러 달려 나갔고, 대화랑은 이제 텅 비었다.

"대화랑 50미터 뒤쪽에 비상계단이 있어요."

소피가 말했다.

"요원들이 모두 트럭을 쫓아갔으니, 우리는 이제 무사히 이곳을 빠져나갈 수 있어요."

랭던은 이제부터 말을 하지 않기로 마음먹었다. 자신의 머리로는 도저히 이 소피 느뵈라는 여자를 따라갈 수 없을 듯했다.

19

생 쉴피스 성당은 파리에서 가장 이상한 역사를 가진 건물로 알려져 있다. 이집트의 이시스 여신을 기리는 고대의 사원터에 건축된 이 성당은 건축학적으로도 노트르담과 거의 필적할 만한 발자취를 가지고 있다. 이 성당은 사드 후작과 보들레르가 세례를 받은 곳이자, 빅토르 위고가 결혼식을 올린 곳이기도 하다. 성당에 딸린 신학교에는 이단의 역사와 관련한 희귀한 자료들이 보관되어 있으며, 한때 수많은 비밀 결사들이 그곳에서 회의를 벌이기도 했다.

오늘 밤, 생 쉴피스의 동굴 같은 본당은 무덤 속처럼 고요했다. 생명의 흔적이라고는 저녁 무렵의 미사에서 피운 희미한 향냄새가 전부였다. 사일러스는 자신을 성소로 인도하는 상드린 수녀의 태도에서 불편한 기색을 느꼈다. 별로 놀라운 일은 아니었다. 사일러스는 자신을 불편하게 생각하는 사람들에게 익숙했다.

"미국인이로군요."

상드린 수녀가 말했다.

"프랑스 태생입니다."

사일러스가 대답했다.

"스페인에서 사역하다가 지금은 미국에서 공부하고 있지요."

상드린 수녀는 고개를 끄덕였다. 눈빛이 아주 차분하고 몸집이 자그마한 여인이었다.

"생 쉴피스는 이번이 처음이라고요?"

"큰 죄를 지은 기분이군요."

"낮에 봐야 더 아름다운데."

"그렇겠지요. 그래도 오늘 밤에 이렇게 기회를 주신 수녀님께 얼마나 감사한지 모르겠습니다."

"신부님이 특별히 당부하셨거든요. 힘이 센 친구 분들을 둔 모양이네요."

'당신은 상상도 못할 만큼.'

사일러스는 속으로 생각했다.

상드린 수녀를 따라 중앙의 복도를 걸어가던 사일러스는 실내의 분위기가 너무나 검소해서 깜짝 놀랐다. 현란한 프레스코화와 금박 입힌 제단, 따스한 질감의 목재로 장식된 노트르담에 비하면, 이곳 생 쉴피스는 지나치게 차갑고 완고한 느낌이라 차라리 금욕을 강조하는 스페인의 성당을 연상케 했다. 장식이 많지 않아 실내가 더욱 넓어 보였고, 갈비뼈를 닮은 아치형 천장 때문에 거꾸로 뒤집힌 거대한 배 밑에 서 있는 느낌이 들었다.

'잘 어울리는 이미지로군.'

사일러스는 생각했다.

'이제 곧 조직의 배가 뒤집히면 영원히 바로 서지 못할 테니까.'

사일러스는 어서 임무에 착수하고 싶은 마음에 상드린 수녀가 자신을 혼자 놔두었으면 좋겠다고 생각했다. 그 자그마한 여인을 처치하는 것은 물론 일도 아니었지만, 그는 꼭 필요한 경우가 아니라면 완력을 행사하지 않기로 맹세한 터였다.

'이 여인도 수녀복을 입은 성직자가 아닌가. 조직이 쐐기돌을 이곳에 숨긴 게 그녀의 잘못일 리 없다. 남이 저지른 죄악 때문에 이 여인이 벌을 받아서는 안 돼.'

"수녀님, 저 때문에 잠도 못 주무시게 해서 죄송합니다."

"별 말씀을. 파리에 머물 시간이 얼마 되지 않는 모양인데, 생 쉴피스를 그냥 지나칠 수는 없지요. 건축과 역사 중에서 어느 쪽에 더 관심이 있나요?"

"사실은 수녀님, 영적인 부분이 저의 주요 관심사입니다."

상드린 수녀는 흐뭇한 미소를 머금었다.

"물론 그렇겠지요. 어디부터 구경을 시켜 드리는 게 좋을까 해서 그냥 한번 물어본 거예요."

사일러스는 자신도 모르게 제단에 시선이 고정되었다.

"그렇게까지 수고를 끼치고 싶지 않습니다. 수녀님은 정말 친절한 분이로군요. 나 혼자서 둘러봐도 됩니다."

"수고라고 할 것도 없지요."

그녀가 말했다.

"어차피 잠도 다 깬 걸요, 뭐."

사일러스는 걸음을 멈추었다. 신도석 제일 앞줄, 제단이 14미터밖에 떨어지지 않은 곳이었다. 사일러스는 거대한 몸집을 돌려 조그만 여인을 똑바로 바라보았다. 자신의 붉은 눈동자를 마주한 수녀가 흠칫 몸을 사리는 게 느껴졌다.

"무례한 말씀인지 모르겠습니다만 수녀님, 나는 주님의 거처를 관광객의 눈으로 구경하고 다니는 행동에 익숙하지 않습니다. 성소를 둘러보기 전에 혼자 기도드릴 시간을 좀 가져도 괜찮겠습니까?"

상드린 수녀는 못내 난처한 표정이었다.

"아, 괜찮고말고요. 그럼 난 저 뒤에서 기다릴게요."

사일러스는 부드럽지만 묵직한 손을 그녀의 어깨에 올려놓으며 그녀를 내려다보았다.

"수녀님, 나는 이미 당신의 잠을 방해한 것만으로도 죄책감을 느낍니다. 하물며 수녀님을 계속 붙들어 두는 건 더욱 못할 짓이지요. 그만 침소로 돌아가십시오. 나는 혼자 수녀님의 성소를 둘러보고 조용히 떠나겠습니다."

상드린 수녀는 불안한 기색이 역력했다.

"혼자 버려진 느낌이 들지 않겠어요?"

"천만에요. 기도는 고독한 즐거움입니다."

"정 그러시다면."

사일러스는 그녀의 어깨에서 손을 치웠다.

"그럼 편안히 주무십시오, 수녀님. 주님의 평화가 수녀님과 함께할 겁니다."

"당신과도 함께할 거예요."

상드린 수녀는 계단을 향해 걸음을 옮겼다.

"그럼 나갈 때 문이 제대로 닫혔는지 확인하고 가세요."

"걱정 마십시오."

사일러스는 그녀가 계단을 올라가는 모습을 지켜보았다. 그녀의 모습이 사라지자, 사일러스는 제일 앞자리의 신도석에 무릎을 꿇었다. 시리스 벨트가 허벅지를 파고들었다.

'주님, 오늘 제가 할 일을 주님께 바칩니다⋯⋯.'

상드린 수녀는 제단 위쪽에 자리한 성가대 발코니의 어둠 속에 쪼그려 앉은 채 혼자서 무릎을 꿇은 수도사의 모습을 난간 사이로 말없이 지켜보았다. 갑자기 끔찍한 생각이 밀려와 가만히 앉아 있기가 힘들었다. 그들이 경고했던 적이 바로 이 수수께끼의 방문객 아닐까? 오래전부터 받들어 온 명령을 실행에 옮겨야 할 날이 바로 오늘 밤인 것일까? 거기에까지 생각이 미친 상드린 수녀는 어둠 속에 몸을 숨긴 채 그의 모든 행동을 지켜보기로 마음먹었다.

20

랭던과 소피는 어둠 속에서 몸을 일으켜 비상계단을 향해 인적 없는 대화랑의 복도를 살그머니 나아갔다.

랭던은 마치 캄캄한 어둠 속에서 조각 그림 맞추기 게임을 하는 기분이었다. 사법경찰의 국장이 그를 살인범으로 몰아가고 있으니, 실로 난감한 상황이 아닐 수 없었다.

"혹시 파슈가 바닥에 그 글귀를 써넣었을 수도 있지 않을까요?"

랭던이 조그만 목소리로 속삭였다.

소피는 그를 돌아보지도 않았다.

"불가능해요."

하지만 랭던은 자꾸 의심이 생겼다.

"그는 나에게 죄를 덮어씌우려고 혈안이 되어 있어요. 내 이름을 써넣으면 자신의 의도를 밀어붙이는 데 도움이 될 거라고 생각했을 수도 있지 않겠습니까?"

"파슈 국장이 피보나치수열을? P.S.를? 다빈치와 여신의 기호를? 그건 우리 할아버지가 쓴 게 틀림없어요."

랭던은 그녀의 말이 옳다는 것을 알고 있었다. 펜타클과 비트루비우스 인체 비례, 다빈치, 여신, 심지어는 피보나치수열에 이르기까지, 모든 상징들이 완벽하게 맞아떨어졌다. 도상학자라면 누구나 '대단히 일관된 상징체계'라고 평가할 만큼, 그 하나하나가 밀접하게 서로 맞물려 있었다.

"게다가 할아버지는 오늘 오후에 나에게 전화를 하기까지 했어요."

소피가 덧붙였다.

"나한테 할 이야기가 있다고 했죠. 그러니 할아버지가 이 박물관에 남긴 메시지는 아주 중요한, 당신의 도움을 받아야만 이해할 수 있는 무언가를 나에게 말하기 위한 최후의 시도인 셈이에요."

랭던은 얼굴을 찌푸렸다.

'아, 드라콘 같은 악마여! 오, 절름발이 성인이여!'

랭던은 소피를 위해, 또한 자기 자신을 위해 그 메시지에 담긴 의미를 알아내고 싶은 마음이 간절했다. 랭던은 처음으로 그 암호를 목격한 다음부터 모든 일이 꼬이기 시작한 느낌이었다. 그가 화장실 창문 밖으로 뛰어내린 시늉을 한 것도 파슈에게 좋은 인상을 주었을 리 없었다. 프랑스 경찰국장에게 비누 조각을 체포하러 달려간 자신의 어리석음을 웃어넘길 유머 감각이 있을지도 의심스러웠다.

"입구가 멀지 않아요."

소피가 말했다.

"당신 할아버지의 메시지에 나오는 숫자들이 다른 글귀들을 이해하는 열쇠로 작용할 가능성은 없을까요?"

랭던은 금석학적 암호가 포함된 베이컨의 원고들을 분석하다가, 암호문의 특정한 부분이 다른 부분을 해독하는 단서가 된다는 사실을 발견한 적이 있었다.

"나는 밤새 그 숫자들을 가지고 고민했어요. 더하기도 하고, 나누기도 하고, 곱하기도 해 보았죠. 아무것도 발견되지 않았어요. 수학적으로 그 숫자들은 완전한 무작위예요. 암호의 측면에서는 아무 의미도 없는 횡설수설일 뿐이죠."

"그래도 그 숫자들이 모두 피보나치수열에 속하는 건 사실이잖습니까? 단순한 우연으로 치부할 수는 없어요."

"그렇지는 않아요. 할아버지가 피보나치수열을 사용한 것 역시 내 관심을 끌기 위해서니까요. 메시지를 영어로 쓴 것, 내가 가장 좋아하는 미술 작품의 포즈를 취한 것, 자신의 몸에 펜타클을 그린 것, 모두 마찬가지 맥락이죠."

"펜타클도 당신에게 특별한 의미가 있는 겁니까?"

"그럼요. 미처 말씀드릴 기회가 없었는데, 내가 어렸을 때부터 펜타클은 할아버지와 나 사이에 아주 특별한 의미를 갖는 상징이었어요. 우리는 종종 재미 삼아 타로를 하곤 했는데, 나를 가리키는 카드는 언제나 펜타클이 그려진 것들이었어요. 물론 할아버지가 몰래 그 카드들을 얹어 놓은 것이겠지만, 아무튼 펜타클은 우리에게 아주 좋은 장난감이었던 셈이에요."

랭던은 오싹한 기분이 들었다.

'그들이 타로를 했다고?'

중세의 이탈리아에서 유래된 이 카드는 숨겨진 이교도의 상징들로 범벅이 되다시피 한 탓에, 랭던은 새로 쓰는 원고의 한 장을 통째로 이 독특한 카드를 분석하는 데 할애했을 정도였다. 스물두 장의 카드에는 각기 '여교황' '여황제' '별' 등과 같은 이름이 붙어 있었다. 원래 타로는 교회가 금지한 이데올로기를 비밀리에 전수하기 위한 수단으로 고안되었지만, 그 신비주의적 속성은 현대의 점술가들에게 전승되었다.

랭던은 타로에서 여성의 신성함을 가리키는 지표가 바로 펜타클이라는 것을 알고 있었다. 만약 소니에르가 재미 삼아 손녀의 패를 가지고 손재주를 부렸다면, 펜타클처럼 잘 어울리는 그들만의 장난도 없었을 것이다.

이윽고 그들은 비상계단 앞에 도착했고, 소피가 조심스럽게 문을 열었다. 경보음은 울리지 않았다. 바깥으로 이어진 문에만 감지 장치가 연결되어 있었다. 소피는 랭던을 이끌고 가파른 계단을 내려가기 시작했다.

"당신 할아버지 말입니다."

랭던이 서둘러 그녀의 뒤를 따라가며 말했다.

"당신에게 펜타클 이야기를 하면서 여신 숭배나 가톨릭교회에 대한 반감 같은 것을 이야기하지는 않았습니까?"

소피는 고개를 가로저었다.

"나는 그 상징의 수학적인 의미에 더 관심이 많았어요. 황금 비율, 파이(PHI), 피보나치수열 같은 것들 말이에요."

랭던은 또 한 번 깜짝 놀랐다.

"당신 할아버지가 파이 숫자를 가르쳐 주었단 말입니까?"

"물론이죠. 황금 비율 말이에요."

소피의 표정이 약간 수줍어졌다.

"사실 할아버지는 나더러 절반만 황금이라고 놀리기도 했어요……. 내 이름의 철자를 생각해 보면 무슨 뜻인지 짐작이 갈 거예요."

랭던은 잠시 생각을 해 본 다음에야 끙 하는 신음을 냈다.

's-o-PHI-e.'

랭던은 부지런히 계단을 내려오면서 다시 한 번 파이에 생각을 집중했다. 소니에르가 남긴 단서들이 처음에 생각했던 것보다 훨씬 더 치밀하다는 느낌이 들기 시작한 것도 이 무렵이었다.

'다빈치…… 피보나치수열…… 펜타클.'

이 모든 것은 하나의 개념에 의해 연결되어 있는데, 그것이 예술사에서 차지하는 비중이 너무나도 막중하기 때문에 랭던은 많은 수업 시간을 이 주제에 할애하곤 했다.

'파이.'

문득 하버드로 돌아가 〈예술의 상징론〉 수업 시간에 학생들 앞에서 자신이 가장 좋아하는 숫자를 칠판에 적는 자기 자신의 모습이 떠올랐다.

1.618

랭던은 진지한 표정으로 자신을 바라보는 학생들을 돌아보았다.

"이 숫자가 무엇을 뜻하는지 아는 사람 있습니까?"

다리가 늘씬한 수학과 학생 한 명이 손을 들었다.

"그건 파이(PHI, Ø) 숫자입니다."

그는 파이를 '피' 비슷하게 발음했다.

"좋아요, 스테트너."

랭던이 대답했다.

"자, 여러분. 파이를 만나볼까요?"

"파이(PI, π)하고 헷갈리면 안 됩니다."

스테트너가 싱긋 웃으며 덧붙였다.

"우리 수학도들은 '파이(PHI)는 파이(PI)보다 H 하나만큼 더 멋있다!'라는 말을 자주 하지요."

랭던은 웃음을 터뜨렸지만, 다른 학생들은 아무도 그 농담의 의미를 알아차리지 못한 듯했다.

스테트너는 머쓱한 표정이었다.

"파이 숫자."

랭던이 말을 이었다.

"즉 1.618은 예술에서 아주 중요한 숫자입니다. 그 이유를 아는 사람 있어요?"

스테트너는 조금 전의 농담이 먹히지 않은 것을 만회하고 싶은 모양 이었다.

"너무 아름다워서 그런 것 아닙니까?"

이번에는 다들 웃음을 터뜨렸다.

"맞습니다."

랭던이 말했다.

"스테트너가 이번에도 정답을 맞혔어요. 파이는 흔히 우주에서 가장 아름다운 숫자로 간주합니다."

웃음소리가 갑자기 잦아들었고, 스테트너는 의기양양한 미소를 지었다.

랭던은 슬라이드 프로젝터를 준비하며 파이 숫자는 피보나치수열에서 비롯된 것임을 설명했다. 피보나치수열은 앞의 두 숫자를 합치면 그다음 숫자가 나오는 성질뿐만 아니라, 인접한 두 수의 비를 분수로 나눠 보면 파이, 즉 1.618로 수렴된다는 놀라운 성질 때문에 더 유명해졌다.

파이가 갖는 신비한 수학적 기원에도 불구하고 더욱 놀라운 사실은 바로 이것이 자연을 구성하는 가장 기본적인 건축 재료의 역할을 한다는 점이다. 식물과 동물, 심지어는 인간조차도 파이와 1의 비를 엄격하게 따르고 있다.

"자연계 곳곳에서 파이가 발견되는 것은 우연의 차원을 훨씬 뛰어넘습니다."

랭던은 강의실의 전등을 끄며 말했다.

"따라서 고대인들이 파이 숫자야말로 우주의 창조주가 미리 정해 둔 숫자라고 믿었던 것도 무리는 아니지요. 고대의 과학자들이 1.618을 황금 비율이라 이름붙인 것도 같은 맥락입니다."

"잠깐만요."

앞줄의 여학생이 말했다.

"저는 생물학을 전공하는데, 자연계에서 황금 비율을 본 적이 한 번도 없는 걸요."

"그래요?"

랭던은 싱긋 미소를 지었다.

"꿀벌 공동체에서 암컷과 수컷의 관계를 배운 적은 있습니까?"

"물론이죠. 암컷이 항상 수컷보다 많아요."

"맞습니다. 이 세상의 어떤 벌집에서도 암컷의 수를 수컷의 수로 나눈 값이 늘 똑같다는 건 어때요?"

"그래요?"

"그게 바로 파이 숫자예요."

여학생은 입을 딱 벌렸다.

"말도 안 돼!"

"말이 됩니다!"

랭던은 그렇게 맞받아치며 나선형의 조개껍데기 사진이 담긴 슬라이드를 띄웠다.

"이게 뭔지 알겠어요?"

"그건 앵무조개예요."

생물과 여학생이 대답했다.

"부력을 조절하기 위해 속이 빈 껍데기 속에 기체를 뿜어내는 두족류 연체동물이죠."

"맞습니다. 하나의 나선의 지름과 그다음 나선과의 비율이 얼마인지 압니까?"

여학생은 앵무조개의 나선이 그리는 동심원을 바라보며 잘 모르겠다는 표정을 지었다.

랭던은 고개를 끄덕였다.

"파이, 황금 비율입니다. 1.618 말입니다."

여학생의 얼굴에는 놀란 기색이 역력했다.

랭던은 다음 슬라이드를 띄웠다. 해바라기꽃을 클로즈업한 사진이었다.

"해바라기 씨는 서로 반대 방향의 나선으로 자라지요. 씨앗 하나와 그 옆 씨앗의 회전 지름의 비율이 어떻게 되는지 짐작할 수 있겠습니까?"

"파이요?"

학생들이 입을 모아 말했다.

"빙고."

랭던은 이제 여러 장의 슬라이드를 연속으로 띄웠다. 나선형의 솔방울들, 식물의 줄기에서 나오는 잎사귀의 배열, 곤충의 분절, 이 모든 것이 황금 비율을 충실하게 따르고 있었다.

"정말 신기하네요!"

누군가가 외쳤다.

"맞아."

다른 학생이 대답했다.

"하지만 그게 예술하고 무슨 관계가 있는 거죠?"

"아하!"

랭던이 말했다.

"물어봐 줘서 고마워요."

랭던은 다른 슬라이드를 보여 주었다. 레오나르도 다빈치의 그 유명한 스케치, 비트루비우스 인체 비례가 그려진 노란 양피지가 화면에 나타났다. 『건축(De Architectura)』이라는 저서에서 황금 비율을 찬양한 로마의 건축가, 마르쿠스 비트루비우스의 이름을 딴 작품이었다.

"인체의 성스러운 구조를 다빈치보다 더 잘 이해한 사람은 아무도 없을 겁니다. 다빈치는 사람의 뼈 구조가 갖는 정확한 비율을 측정하기 위해 시체를 도굴하기까지 했지요. 그 결과 인체의 모든 구조가 정확하게 파이의 황금 비율을 따른다는 사실을 제일 먼저 밝혀냈어요."

학생들은 믿어지지 않는다는 표정으로 랭던을 바라보았다.

"안 믿어집니까?"

랭던이 물었다.

"다음에 샤워장에 들어갈 때 줄자를 하나 가지고 가 보세요."

풋볼 선수 몇 명이 킬킬거렸다.

"자네들 같은 덩치한테만 해당되는 이야기가 아니야."

랭던이 말했다.

"남자, 여자 할 것 없이 다들 한번 해 봐요. 우선 머리끝에서부터 바닥까지의 길이를 잽니다. 그걸 배꼽에서 바닥까지의 길이로 나눠 보세요. 어떤 숫자가 나올까요?"

"설마 파이는 아니겠죠!"

풋볼 선수 하나가 믿을 수 없다는 듯이 쏘아붙였다.

"아니, 파이 맞습니다."

랭던이 대답했다.

"1.618이죠. 또 다른 예를 들어 볼까요? 어깨에서 손가락 끝까지 길이를 재고, 그걸 팔꿈치에서 손가락 끝까지의 길이로 나눕니다. 역시 파이이지요. 더 필요해요? 고관절에서 바닥까지와 무릎에서 바닥까지. 파이. 손가락 관절, 발가락 관절, 척추의 마디. 모두 다 파이예요. 자, 여러분, 여러분 한 사람 한 사람은 황금 비율의 살아 있는 표본입니다."

강의실은 불이 꺼져 캄캄했지만 랭던은 학생들의 놀란 얼굴을 똑똑히 볼 수 있었다. 가슴속에서 낯익은 뿌듯함이 밀려 올라왔다. 바로 그것이 그가 학생들을 가르치는 이유였다.

"여러분, 보다시피 이 세상의 혼돈 속에는 근원적인 질서가 자리 잡고 있습니다. 파이를 발견한 고대인들은 신이 세상을 만든 가장 중요한 건축 재료를 찾아냈다고 생각했고, 그래서 자연을 숭배하게 되었지요. 그 이유를 짐작하기란 어렵지 않습니다. 자연 속에는 신의 손길이 뚜렷하게 남아 있고, 그래서 오늘날까지도 '어머니 지구'를 경배하는 종교가 남아 있습니다. 우리도 이교도들과 똑같은 방식으로 자연을 찬양하지만, 그 사실조차 의식하지 못하는 경우가 많습니다. 5월제는 그 좋은 실례가 아닐 수 없어요. 대지가 새로운 활력을 되찾는 봄의 아름다움을 찬양하는 거지요. 황금 비율에 숨겨진 고유의 신비한 마법은 시간이 시작되는 순간부터 확실하게 드러나기 시작했어요. 인간은 자연 법칙의 지배를 받고, 예술은 조물주의 손이 빚어내는 아름다움을 모방하고자 하는 인간의 노력입니다. 이번 학기 동안 우리는 황금 비율이 예술에 적용된 사례를 수없이 목격하게 될 겁니다."

이후 30분 동안 랭던은 미켈란젤로와 알브레히트 뒤러, 다빈치 등의 작품을 보여 주며 그들이 의도적으로, 또한 집요하게 황금 비율의 원칙을 작품 속에 배치했음을 입증해 보였다. 파이는 건축에 응용되어 그리스의 파르테논 신전, 이집트의 피라미드, 심지어는 뉴욕에 위치한 유엔본부 건물에조차 그 흔적을 남겼다. 모차르트의 소나타, 베토벤의 5번 교향곡은 물론, 버르토크와 드뷔시, 슈베르트의 음악에도 파이는 중요한 영향을 미쳤다. 랭던은 스트라디바리우스가 그 유명한 바이올린을 만들 때 공기구멍의 정확한 위치를 계산하기 위해 파이를 사용했다는 사실도 빠뜨리지 않았다.

랭던은 칠판을 향해 걸어가며 말을 이었다.

"결국 우리는 상징으로 돌아옵니다."

그는 칠판에다 서로 교차하는 선들을 그어 다섯 개의 꼭짓점을 가진 별 모양을 그렸다.

"이것은 여러분이 이번 학기에 보게 될 수많은 이미지 중에서도 가장 강력한 것 가운데 하나입니다. 전문 용어로는 펜타그램이라고 하는데, 옛날 사람들은 펜타클이라고 불렀지요. 아무튼 이 상징은 많은 문화권에서 신성하고 마법적인 것으로 간주됩니다. 그 이유가 무엇일까요?"

이번에도 수학과의 스테트너가 손을 들었다.

"펜타그램을 그리면 선들이 자동으로 황금 비율에 따라 분할되기 때문입니다."

랭던은 그 학생을 향해 칭찬이 담긴 고갯짓을 해 보였다.

"좋은 답변입니다. 그래요, 펜타클 속의 선분들의 비는 모두 PHI입니다. 이 상징이 황금 비율을 가장 완벽하게 표현한다고 말하는 이유가 바로 그것입니다. 이런 이유 때문에 다섯 개의 꼭짓점을 가진 별 모양은 예로부터 여신이나 신성한 여성성과 관련된 미와 완벽의 상징으로 인식되어 왔습니다."

강의를 듣던 여학생들의 얼굴이 환하게 빛났다.

"한 가지 더, 우리는 오늘 다빈치를 그냥 슬쩍 스쳐 지나갔지만, 이번 학기 내내 그의 작품을 수없이 보게 될 겁니다. 레오나르도 다빈치는 여신을 표현하는 고대의 방식을 가장 열렬하게 옹호한 인물입니다. 내일 여러분은 그가 남긴 〈최후의 만찬〉을 보게 될 텐데, 이 작품이야말로 신성한 여성성에 대한 최고의 공물(供物)입니다."

"농담하시는 거죠?"

누군가가 말했다.

"〈최후의 만찬〉은 예수님을 묘사한 그림이잖아요!"

랭던은 한쪽 눈을 찡긋해 보였다.

"그 그림 속에는 여러분이 상상도 하지 못한 상징들이 곳곳에 숨어 있습니다."

"서둘러요."

소피가 속삭였다.

"뭐 하는 거예요? 거의 다 왔다고요. 빨리 좀 오세요!"

문득 고개를 든 랭던은 아련한 상념을 떨치고 현실로 돌아왔다. 그는 지금 갑작스러운 계시에 온몸이 마비된 사람처럼 멍청하게 계단참에 서 있었다.

'아, 드라콘 같은 악마여! 오, 절름발이 성인이여!'

소피가 그를 내려다보았다.

'설마 그렇게 단순한 것일 리가 없는데.'

랭던은 속으로 생각했다.

하지만 물론 그는 자신의 그런 생각이 틀린 것이었음을 알고 있었다.

로버트 랭던은 루브르의 내장과도 같은 비상계단에 서서 머릿속에 파이와 다빈치의 이미지가 마구 소용돌이치는 가운데, 자신도 모르는 사이에 소니에르의 암호를 풀어낸 것이다.

"아, 드라콘 같은 악마여!"

랭던이 중얼거렸다.

"오, 절름발이 성인이여! 이건 가장 단순한 형태의 암호예요!"

소피 역시 계단에 멈춰 선 채 어리둥절한 표정으로 랭던을 올려다보았다.

'암호?'

밤새도록 그 글귀를 놓고 고민했지만 그것이 무엇을 뜻하는 암호인지는 도무지 감이 잡히지 않았다. 그게 그렇게 간단한 암호라고?

"당신 입으로 직접 말했잖아요."

랭던은 짜릿한 흥분 때문에 목소리가 떨렸다.

"피보나치수열은 순서대로 나열되었을 때만 의미가 있다고. 그렇지 않으면 수학적인 횡설수설에 지나지 않는다고 했잖아요."

소피는 랭던이 무슨 말을 하려는지 이해가 가지 않았다. '피보나치 수열?'

소피는 소니에르가 그 숫자들을 나열한 것은 암호 해독 부서를 개입 시키기 위한 의도일 뿐 다른 의미는 전혀 없다고 확신했다.

'그 속에 다른 목적이 있다고?'

소피는 주머니에서 출력지를 꺼내 할아버지가 남긴 메시지를 다시 한 번 살펴보았다.

13-3-2-21-1-1-8-5
아, 드라콘 같은 악마여(O, Draconian devil)!
오, 절름발이 성인이여(Oh, lame saint)!

'이 숫자들이 뭐?'

"순서를 무시한 피보나치수열이 바로 핵심적인 단서예요."

랭던은 출력지를 받아들며 말했다.

"이 숫자들은 나머지 메시지를 어떻게 해독해야 하는지를 암시합니다. 소니에르가 수열을 순서 없이 아무렇게나 나열한 이유는 똑같은 방식이 글귀에도 적용된다는 것을 보여 주기 위해서예요. 아, 드라콘 같은 악마여! 오, 절름발이 성인이여! 이 문장들은 아무런 의미도 없어요. 순서를 무시한 채 아무렇게나 늘어놓은 글자들일 뿐입니다."

그제야 소피는 랭던의 말을 제대로 알아들었다. 웃음이 나올 만큼 단순한 발상이 아닐 수 없었다.

"그럼 이 메시지가…… 일종의 애너그램이란 말이에요?"

소피는 그를 빤히 쳐다보았다.

"신문에 나오는 단어 퍼즐처럼?"

랭던은 소피의 얼굴에 어린 의심을 충분히 이해할 수 있었다. 비록 요즘 들어 시시껄렁한 심심풀이로 전락하긴 했지만, 애너그램에 숨겨진 신성한 상징의 역사를 아는 사람은 몇 되지 않았다.

카발라의 신비주의적 가르침은 애너그램에 깊은 뿌리를 두고 있다. 히브리어로 적힌 단어의 철자 순서를 재배열함으로써 새로운 의미를 이끌어 내는 것이다. 르네상스 시대의 프랑스 국왕들은 애너그램이 마법의 힘을 발휘한다는 믿음 아래 궁중에 아예 애너그램 전문가를 두어 중요한 문서에 나오는 단어들을 분석함으로써 보다 현명한 결정을 내리는 데 도움을 받고자 했다. 로마인들은 애너그램 연구를 '아르스 마그나(ars magna)', 즉 '위대한 예술'이라고까지 일컫지 않았던가.

랭던은 소피를 바라보았다. 두 사람의 눈길이 마주쳤다.

"당신 할아버지가 전하려 했던 의미는 처음부터 우리 눈앞에 훤히 놓여 있었습니다. 게다가 우리가 그걸 제대로 볼 수 있도록 수많은 단서를 남긴 셈이지요."

랭던은 말을 끊고 주머니에서 펜을 꺼내 각 구절에 나오는 철자들을 재배열하기 시작했다.

오, 드라콘 같은 악마여(O, Draconian devil)!
아, 절름발이 성인이여(Oh, lame saint)!

그것은 완벽한 애너그램이었다……

레오나르도 다빈치(Leonardo da Vinci)!

모나리자(The Mona Lisa)!

21

'모나리자.'

소피는 한동안 루브르를 빠져나가야 한다는 사실조차 잊은 채 멍하니 비상계단에 서 있었다.

소피에게 소니에르의 메시지가 애너그램으로 이루어져 있다는 사실은 자기 손으로 그 암호를 해독하지 못했다는 당혹감만큼이나 충격적이었다. 늘 복잡한 암호 분석에만 매달리다 보니 오히려 단순한 말장난을 간과하게 된 탓이기도 하겠지만, 아무리 그래도 그렇게 간단한 메시지를 알아차리지 못한 것은 좀처럼 이해할 수 없는 일이었다. 특히 그녀는 영어로 된 애너그램에도 결코 문외한이 아니었다.

소피가 어렸을 때, 할아버지는 그녀의 영어 단어 실력을 길러 주기 위해 심심찮게 애너그램 게임을 시키곤 했다. 한번은 영어로 '행성들 (planets)'이라는 단어를 써 놓고 여기에 나오는 철자들을 이용해 자그마치 예순두 개의 영어 단어를 만들어 보라는 숙제를 내주기도 했다. 소피는 꼬박 사흘 동안 영어 사전을 뒤진 끝에 결국 그 숙제를 해냈다.

랭던은 출력지를 바라보며 중얼거렸다.

"당신 할아버지가 죽음을 눈앞에 둔 그 긴박한 순간에 어떻게 그리도 정교한 애너그램을 만들어 낼 수 있었는지 상상이 가지 않는군요."

소피는 굳이 그런 상상을 할 필요가 없다는 것을 알고 있었고, 그래서 더욱 가슴이 아팠다.

'왜 진작에 알아차리지 못했을까!'

소피는 단어 게임의 대가이자 남다른 예술 애호가인 자신의 할아버지가 젊은 시절 유명한 미술 작품의 애너그램을 만드는 취미를 가지고 있었다는 사실을 떠올렸다. 소피가 어렸을 때는 그런 애너그램 때문에 곤욕을 치른 적도 있었다. 미국의 어느 미술 잡지와 인터뷰를 하던 소니에르는 현대 입체파 미술에 대한 반감을 설명하면서 피카소의 걸작 〈아비뇽의 처녀들(Les Demoiselles d'Avignon)〉은 '비열하고 무의미한 낙서(vile meaningless doodles)'의 애너그램이라고 빈정거렸다. 그 인터뷰를 본 피카소 애호가들이 발끈한 것도 무리는 아니었다.

"할아버지는 이 〈모나리자〉의 애너그램을 오래전에 만들어 두었을 거예요."

소피가 랭던을 올려다보며 말했다. 그런 소니에르가 오늘 밤, 그것을 임시변통의 암호로 써먹을 수밖에 없는 상황에 내몰린 것이다. 멀리서 들려오는 할아버지의 목소리는 섬뜩하리만치 정교했다.

레오나르도 다빈치!

모나리자!

소피는 왜 자신에게 남긴 할아버지의 마지막 유언이 그 유명한 미술 작품을 언급했는지 알지 못했지만, 그녀가 떠올릴 수 있는 가능성은 단 하나뿐이었다. 아주 골치 아픈 것이기는 했지만 말이다.

'그것은 할아버지의 마지막 유언이 아니다……'

〈모나리자〉를 찾아가 보라고 유도하는 것은 아닐까? 그곳에 또 다른 메시지를 남겨 놓지 않았을까? 거기에 생각이 미치고 보니 아주 그럴듯한 추론인 듯했다. 게다가 그 유명한 그림은 대화랑을 통해서만 들어갈 수 있는 특별 감상실, 살데제타(Salle des Etats)에 걸려 있지 않은가. 소피는 그 방으로 통하는 문이 할아버지의 시신이 발견된 곳에서 불과 20미터밖에 떨어지지 않다는 것을 알아차렸다.

소니에르가 숨을 거두기 전에 모나리자를 찾아가기란 그리 어려운 일이 아니었을 것이다.

소피는 난감한 심정으로 비상계단을 돌아보았다. 당장 랭던을 데리고 이 박물관을 빠져나가야 한다는 것을 알고 있었지만, 본능은 정반대쪽으로 그녀를 이끌었다. 소피는 드농 관에 처음 와 본 어린 시절의 기억을 떠올리며, 만약 할아버지가 자신에게 들려줄 비밀을 숨긴다면 다빈치의 〈모나리자〉보다 더 적당한 곳은 이 지구상에 아무 데도 없을 거라는 생각이 들었다.

"조금만 더 가면 된다."

할아버지는 소피의 조그만 손을 잡은 채 관람 시간이 지나 텅 빈 박물관의 복도를 걸어가며 나지막이 속삭였다.

소피가 여섯 살 때였다. 드넓은 천장과 현란한 마룻바닥, 어디를 쳐다봐도 소피 자신은 너무 작고 초라하게만 느껴졌다. 인적이 끊긴 박물관은 음산하기 그지없었다. 그래도 소피는 할아버지에게 자신의 그런 느낌을 들키고 싶지 않아서 어금니를 꽉 깨문 채 슬그머니 그의 손을 놓아 버렸다.

"바로 저기가 살데제타다."

소니에르는 루브르에서 제일 유명한 방을 향해 다가가며 말했다. 그는 잔뜩 흥분한 표정이 역력했지만, 소피는 그저 집으로 돌아가고 싶은 마음뿐이었다. 〈모나리자〉는 책에서 많이 봤는데, 전혀 마음에 들지 않았다. 왜 사람들이 모두들 그 그림을 가지고 난리를 피우는지 이해가 가지 않았다.

"C'est ennuyeux(지루해)."

소피가 투덜거렸다.

"지루하다고 해야지."

어김없이 할아버지의 지적이 날아들었다.

"학교에서는 프랑스어, 집에서는 영어잖아."

"Le Louvre, c'est pas chez moi(루브르는 집이 아니잖아요)!"

소피가 맞받아쳤다.

할아버지는 못 당하겠다는 듯이 미소를 지었다.

"네 말이 맞다. 그럼 그냥 재미 삼아 영어로 얘기하자꾸나."

소피는 입을 쑥 내민 채 계속 걸음을 옮겼다. 살데제타로 들어서자, 방 안을 한번 쓱 훑어보던 소피의 눈길이 주빈석에 고정되었다. 오른쪽 벽 한복판에 초상화 한 점이 외롭게 걸려 있고, 그 앞에는 그림을 보호하기 위해 강화 유리가 가로막고 있었다. 할아버지는 출입문 앞에서 걸음을 멈추고 그림을 향해 몸짓을 해 보였다.

"가까이 가 봐라, 소피. 혼자서 이 그림을 감상할 수 있는 사람은 몇 되지 않는다."

소피는 걱정스러운 마음을 억누른 채 천천히 방을 가로질렀다. 그 그림에 대해서 워낙 많은 이야기를 들은 탓에 마치 여왕님이라도 만나러 가는 기분이었다. 이윽고 강화 유리 앞에 다다른 소피는 숨을 멈추고 재빨리 그림을 올려다보았다.

무엇을 느끼게 될 거라고 딱히 생각해 둔 게 있지는 않았지만, 확실히 이런 느낌은 아닐 것 같았다. 감동의 물결이 밀려들지도 않았고, 정말 대단하다는 생각에 사로잡히지도 않았다. 그저 책에서 본 것과 똑같은 얼굴일 뿐이었다. 소피는 뭔가 특별한 느낌이 오기를 기다리며 한정 없이 잠자코 서 있었다.

"무슨 생각을 하는 거냐?"

할아버지가 그녀의 등 뒤로 다가오며 속삭이듯 물었다.

"아름답다는 생각을 하고 있지?"

"너무 작아요."

소니에르는 미소를 지었다.

"너도 몸집은 작지만 아름답잖아."

소피는 생각했다.

'난 아름답지 않아.'

무엇보다 자신의 빨강머리와 주근깨가 싫었고, 같은 반의 남자아이
들보다 키가 더 큰 것도 마음에 들지 않았다. 소피는 〈모나리자〉를 물
끄러미 바라보며 고개를 가로저었다.

"책에서 본 것보다 더 못한 것 같아요. 얼굴이…… 브뤼머해요."

"뿌옇다고 해야지."

할아버지는 또 새로운 단어를 가르쳤다.

"뿌얘요."

소피는 새로 배운 단어를 자기 입으로 되풀이하기 전에는 절대로 대
화의 진도가 나가지 않는다는 사실을 잘 알고 있었다.

"그게 바로 스푸마토라는 기법이야."

할아버지가 말했다.

"엄청나게 어려운 기술이지. 레오나르도 다빈치는 그 누구보다도 그
기술에 능숙했단다."

그래도 그림이 마음에 들지 않는 데는 변함이 없었다.

"뭔가를 알고 있는 듯한 표정이에요……. 학교에서도 무슨 비밀을
가지고 있는 아이들이 저런 표정을 지어요."

할아버지는 웃음을 터뜨렸다.

"그게 바로 이 그림이 그토록 유명한 이유 가운데 하나야. 사람들은 저 여자가 왜 미소를 짓고 있는지 궁금해하면서 이런저런 설명을 내놓거든."

"할아버지는 왜 그런지 아세요?"

"글쎄다."

소니에르는 한쪽 눈을 찡긋하며 대답했다.

"나중에 얘기해 주마."

소피는 발을 쾅 구르며 쏘아붙였다.

"전 비밀 같은 것 좋아하지 않는다고 했잖아요."

"프린세스."

소니에르는 미소를 지었다.

"삶은 비밀로 가득 차 있어. 그 모든 비밀을 한 번에 다 풀 수는 없잖아."

"도로 올라가야겠어요."

소피의 목소리는 계단통 때문에 약간 공허하게 들렸다.

"〈모나리자〉 있는 곳으로?"

랭던이 흠칫거리며 말했다.

"지금?"

상황이 좋지 않다는 것은 소피도 잘 알고 있었다.

"나는 살인 용의자는 아니잖아요. 이 기회를 놓치면 안 될 것 같아요. 할아버지가 나에게 하려고 했던 이야기가 뭔지 알아내야 하거든요."

"대사관은 어떡하고?"

소피는 자기가 우겨서 랭던을 도망자 신세로 만들어 놓고 이제 와서 혼자 가라고 하려니 심한 죄책감이 느껴졌지만, 달리 선택의 여지가 없었다. 그녀는 계단 아래쪽의 철문을 가리켰다.

"저 문을 나가면 '비상구' 표지판에 불이 켜져 있을 거예요. 옛날에 할아버지 따라 자주 와 봤어요. 표지판을 따라가면 십자 모양의 보안용 회전문이 나와요. 나갈 수는 있지만 들어오지는 못하는 문이죠."

그러면서 소피는 자동차 열쇠를 랭던에게 건네주었다.

"직원 주차장에 빨간색 스마트카가 있을 거예요. 바로 담장 앞자리예요. 대사관까지 가는 길은 알죠?"

랭던은 자동차 열쇠를 내려다보며 고개를 끄덕였다.

"미안해요."

소피가 목소리를 낮추며 말했다.

"아무리 생각해도 할아버지가 〈모나리자〉에 무슨 메시지를 남겨 놓았을 것 같아요. 자신을 죽인 범인이 누군지에 대한 단서 같은 거겠죠. 아니면 내가 위험에 처해 있다고 한 이유일지도 모르고."

소피는 '우리 가족에게 무슨 일이 벌어졌는지를 말해 줄지도 몰라요' 라는 말은 차마 입 밖에 내지 않았다.

"아무튼 가서 확인을 해 봐야겠어요."

"하지만 만약 소니에르가 당신에게 위험이 닥치고 있다고 경고하려 했다면, 그런 사실은 그냥 있는 그대로 써 놓을 수도 있지 않았을까요? 그렇게 복잡한 암호를 남긴 이유가 무엇일까요?"

"할아버지가 무슨 말씀을 하려 했는지는 모르지만, 그 내용이 다른 사람들에게 알려지기를 원하지 않으셨을 거예요. 심지어는 경찰에게도 말이에요."

소니에르가 소피에게 비밀리에 무언가를 전달하기 위해 자신이 할 수 있는 최선의 노력을 기울인 것만은 분명해 보였다. 그녀만 알아볼 수 있는 이니셜을 넣은 암호를 만들었고, 이어서 로버트 랭던을 찾으라고 했다. 결국 랭던이 그의 암호를 풀어낸 것을 고려하면 현명한 판단이 아닐 수 없었다.

"이상하게 들릴지 모르지만 말이에요, 할아버지가 나더러 〈모나리자〉에게 가 보라고 하는 것 같아요. 다른 누군가가 가기 전에."

소피가 말했다.

"그럼 같이 갑시다."

"안 돼요! 사람들이 언제 다시 대화랑으로 몰려올지 몰라요. 당신은 지금 떠나야 해요."

랭던은 잠시 망설였다. 호기심 때문에 이성적인 판단을 외면한다면 결국 도로 파슈의 손에 붙잡힐 수밖에 없을 터였다.

"어서 가세요."

소피가 감사의 마음이 담긴 미소를 지으며 말했다.

"대사관에서 봐요, 랭던 씨."

랭던은 왠지 못마땅한 표정을 지었다.

"그러기 위해서는 한 가지 조건이 있어요."

랭던이 진지한 목소리로 말했다.

소피는 의아한 표정으로 동작을 멈추었다.

"그게 뭐죠?"

"앞으로는 랭던 씨라고 부르지 마세요."

소피는 랭던의 얼굴에 희미하게 미소가 번져 가는 것을 알아차렸다. 그녀의 얼굴에도 미소가 떠올랐다.

"행운을 빌어요, 로버트."

계단을 끝까지 내려오자 아마인유 냄새와 함께 석고 가루 냄새가 콧구멍을 파고들었다. 머리 위에서 불이 켜진 '비상구' 표지가 기다란 복도 쪽으로 화살표를 비춰 주고 있었다.

랭던은 복도로 내려섰다.

오른쪽의 복원 작업실 앞에는 수리의 손길을 기다리는 다양한 조각 상들이 늘어서 있었다. 왼쪽에는 하버드의 미술 강의실을 연상케 하는 화실에 이젤과 물감들, 팔레트, 표구 도구 등이 쌓여 미술품 조립 공장 같은 분위기를 자아냈다.

복도를 걸어가던 랭던은 이러다가 어느 순간 문득 캠브리지의 자기 침대에서 잠을 깨는 것 아닌가 하는 생각이 들었다. 오늘 밤에 겪은 모든 일들이 한바탕 꿈처럼 느껴졌다. 도망자의 신세가 되어 루브르 박물관을 탈출하게 될 줄이야……

애너그램을 이용한 소니에르의 메시지가 아직도 마음속에 어른거렸다. 소피는 〈모나리자〉에서 무엇을 찾아냈을까? 혹시 헛다리를 짚은 것은 아닐까? 소피는 할아버지가 자신을 그 유명한 작품 앞으로 한 번 더 불러낸 것이 틀림없다고 생각하는 듯했다. 얼핏 봐서는 아주 그럴 듯한 해석이었지만, 랭던은 갑자기 뭔가가 이상하다는 느낌에 사로잡혔다.

'P.S. 로버트 랭던을 찾아라.'

소니에르는 바닥에다 랭던의 이름을 쓰고, 소피에게 그를 찾으라고 했다. 하지만 왜? 소피가 애너그램 푸는 것을 도와주라고?

그럴 가능성은 별로 없어 보였다.

따지고 보면 소니에르가 랭던에게 애너그램을 푸는 남다른 능력이 있을 거라고 생각할 만한 근거는 어디에도 없었다. 어차피 한 번도 만난 적이 없는 사이가 아닌가. 그보다 더 중요한 것은 소피가 자기 혼자서도 그 애너그램을 풀 수 있었을 거라는 점이었다. 피보나치수열을 알아차린 것도 그녀였으니, 시간만 좀 더 있었으면 랭던의 도움이 없었어도 충분히 소니에르의 메시지를 해독할 수 있었을 것이다.

원래부터 그 애너그램은 소피 혼자서 해독하도록 의도된 것이 분명했다. 랭던은 생각할수록 그런 확신이 점점 강해졌지만, 그렇게 되면 소니에르의 행동을 논리적으로 설명하는 데 문제가 생겼다.

'왜 하필이면 나였을까?'

랭던은 복도를 걸어가며 생각에 잠겼다.

'왜 소니에르는 죽음을 코앞에 둔 상황에서 이미 오래전부터 남남처럼 지내 온 손녀에게 나를 찾으라는 메시지를 남겼을까? 소니에르는 내가 무엇을 알고 있다고 생각한 것일까?'

랭던은 어떤 생각이 벼락처럼 뇌리를 스치면서 걸음을 멈추었다. 그러고는 눈을 휘둥그레 뜨고 주머니를 뒤져 컴퓨터 출력지를 꺼냈다. 랭던은 소니에르가 남긴 메시지의 마지막 줄을 들여다보았다.

'P.S. 로버트 랭던을 찾아라.'

랭던은 그 두 글자에 초점을 맞추었다.

'P.S.'

그 순간 랭던은 실타래처럼 얽힌 것만 같던 소니에르의 상징체계가 선명히 머릿속에 그려졌다. 평생 갈고 닦은 기호학과 역사에 대한 지식이 한 줄기 천둥소리처럼 그의 감각을 뒤흔들어 놓은 것이다. 그제야 자크 소니에르가 남긴 모든 것이 완벽하게 맞아떨어지는 느낌이었다.

그 모든 암시를 조합하는 랭던의 머리가 빠르게 돌아가기 시작했다. 그는 몸을 돌려 지금까지 자기가 지나온 길을 돌아보았다.

'아직 시간이 있을까?'

그러나 그런 것은 문제가 되지 않았다.

랭던은 지체 없이 방금 지나온 계단을 향해 전속력으로 달려가기 시작했다.

22

신도석 제일 앞자리에 무릎을 꿇은 사일러스는 기도를 하는 척하면서 성당의 내부 구조를 살펴보았다. 생 쉴피스 역시 대부분의 다른 성당들과 마찬가지로 거대한 로마 십자가의 형태로 설계된 건물이었다. 흔히 회중석이라 불리는 길쭉한 모양의 중심부는 제단과 연결되어 있고, 여기를 수랑(袖廊)이라고 하는 십자가의 가로 막대 부분이 가로지르고 있었다. 회중석과 수랑이 교차하는 지점은 둥근 천장 바로 아래였고, 따라서 이 지점이야말로 이 교회에서 가장 신성하고 신비로운 심장부라 할 만했다.

'오늘 밤은 사정이 다르다.'

사일러스는 생각했다. 오늘 밤의 생 쉴피스는 어딘가에 비밀을 숨기고 있는 장소일 뿐이었다.

오른쪽으로 고개를 돌리니 남측 수랑이 보였다. 신도석 너머로 꽤 넓은 공간이 이어져 있었는데, 그의 손에 죽은 희생자들이 애기한 곳이 바로 거기였다.

'저기다.'

회색 화강암이 깔린 바닥에 가느다란 놋쇠 줄 하나가 길게 박혀 있었다. 교회의 바닥을 금빛의 줄이 가로지르는 형국이었다. 줄에는 자처럼 눈금이 새겨져 있었다. 그것은 이교도들이 만든 해시계 비슷한 천문 시계라고 했다. 수많은 관광객과 과학자, 역사학자와 이교도들이 이 유명한 줄을 보기 위해 생 쉴피스로 찾아들었다.

바로 '로즈 라인(Rose Line)'이었다.

사일러스의 눈길이 천천히 이 놋쇠 줄을 따라 움직이기 시작했다. 줄은 오른쪽에서 왼쪽으로 바닥을 가로질러 그의 눈앞에서 아주 이상한 각도로 꺾어졌다. 완벽한 대칭 구조를 이루는 건물의 형태와는 전혀 어울리지 않는 각도였다. 제단을 가로지르는 줄이 사일러스의 눈에는 마치 아름다운 얼굴에 난 흉터처럼 느껴졌다. 줄은 영성체 대를 반으로 가른 다음, 교회 전체를 가로로 건너가 북쪽 수랑의 귀퉁이로 이어졌다. 그곳에는 전혀 뜻밖의 구조물이 기다리고 있었다.

그것은 거대한 이집트의 오벨리스크였다.

반짝거리는 로즈 라인은 이곳에서 90도 각도로 벌떡 일어나 오벨리스크를 타고 오르기 시작했다. 그렇게 10미터를 올라간 끝에 이윽고 피라미드 모양의 꼭대기에 이르러서야 마침내 끝이 났다.

'로즈 라인.'

사일러스는 생각했다.

'저들은 로즈 라인에 쐐기돌을 숨겼다.'

오늘 밤, 스승은 시온수도회의 쐐기돌이 생 쉴피스 내부에 숨겨져 있다는 사일러스의 보고를 듣자, 좀처럼 믿어지지 않는 듯한 반응이었다. 하지만 사일러스가 정확한 위치와 함께 생 쉴피스를 가로지르는 놋쇠 줄에 대한 이야기를 하자, 그제야 스승은 나지막한 탄성을 내질렀다.

"로즈 라인 말이로구나!"

스승은 빠른 말투로 생 쉴피스에 얽힌 이야기를 들려주었다. 이 성당을 가로지르는 놋쇠 줄은 정확하게 남북으로 이어지는 축을 구성한다. 일종의 해시계인 셈인데, 바로 이곳에 자리했던 고대 이교도의 사원이 남긴 흔적이다. 남쪽 벽의 눈동자 같은 창문을 통해 비쳐 드는 햇살은 하루하루 이 줄을 따라 안쪽으로 각도를 옮김으로써 하지에서 동지까지 시간의 흐름을 보여 주는 것이다.

남북을 잇는 선을 로즈 라인이라고 한다. 예로부터 장미의 상징은 지도와 밀접하게 연관되어 있었고, 영혼을 올바른 방향으로 인도해 주는 역할을 하는 것으로 간주되었다. 거의 모든 지도에 그려져 있는 장미 모양의 나침도는 동서남북의 각 방위를 가리킨다. 원래는 풍배도, 즉 '바람장미'라고 하여 서른두 가지 바람의 방향을 나타내는 그림이었다. 온바람 여덟 가지, 반(半)바람 여덟 가지, 반의 반 바람 열여섯 가지, 이렇게 모두 서른두 가지가 되는 것이다. 원 안에 이런 서른두 개의 방위점을 도형으로 표시하면 서른 두 개의 꽃잎을 가진 전통적인 장미꽃과 완벽하게 일치한다. 오늘날까지도 가장 기본적인 항해 도구는 나침도, 혹은 장미 나침반이라고 불리며, 정북향은 화살촉, 혹은 백합 문양으로 표시된다.

지구상에서의 로즈 라인은 자오선, 혹은 경선이라 불리기도 하는데, 북극과 남극을 잇는 가상의 선이다. 지구상의 어떤 지점도 거기를 통과해서 북극과 남극을 잇는 선을 그을 수 있기 때문에 로즈 라인은 무수히 많다. 초창기 항법사들이 맞닥뜨린 문제는 그 수많은 선 가운데 어떤 것을 로즈 라인이라고 부를 것인가 하는 점이었다. 경도 0도가 되는 기준점을 잡아야 나머지 경선들을 그릴 수 있기 때문이다.

지금은 이 선이 영국의 그리니치를 통과한다.

하지만 처음부터 그랬던 것은 아니다.

그리니치가 본초 자오선으로 정립되기 훨씬 전에는 전 세계의 경도 0도가 파리를, 정확히 말하면 생 쉴피스 성당을 지나갔다. 이 성당의 놋쇠로 된 줄이 바로 세계 최초의 본초 자오선을 가리키는 기념물인 셈이다. 비록 파리는 1888년에 본초 자오선을 그리니치에게 빼앗겼지만, 원래의 로즈 라인은 아직 그대로 남아 있다.

"전설이 사실이었군."

스승은 사일러스에게 말했다.

"시온수도회의 쐐기돌은 '장미의 상징 아래'에 묻혀 있다고 했거든."

사일러스는 신도석에 무릎을 꿇은 채 보는 사람이 없는지 확인하기 위해 귀를 쫑긋 세운 채 주위를 둘러보았다. 성가대 발코니에서 무슨 소리가 들린 것 같았다. 사일러스는 잠시 그쪽을 뚫어지게 바라보았다. 아무것도 없었다.

'아무도 없다.'

사일러스는 몸을 일으켜 제단을 마주한 채 세 차례에 걸쳐 한쪽 무릎을 굽혔다. 그리고는 왼쪽으로 방향을 틀어 오벨리스크를 향해 북쪽으로 이어진 놋쇠 줄을 따라갔다.

같은 시각, 로마의 레오나르도 다빈치 국제공항에는 비행기가 한 대 착륙했다. 단잠에 빠져 있던 아링가로사 주교는 비행기 바퀴가 활주로에 닿는 소리에 잠을 깼다.

'깜빡 졸았나 보군.'

아링가로사는 자신이 잠에 빠져들 만큼 긴장이 풀려 있다는 게 적이 놀랍게 느껴졌다.

"Benvenuto a Roma(로마에 오신 것을 환영합니다)."

안내 방송이 흘러나왔다.

자세를 고쳐 앉은 아링가로사는 옷매무새를 바로잡고 모처럼 미소를 지었다. 이렇게 마음이 푸근한 여행도 정말 오랜만인 듯했다.

'너무 오랫동안 수세에 몰려왔다. 하지만 오늘 밤을 계기로 전세가 바뀌었어.'

불과 5개월 전만 해도 아링가로사는 신앙의 미래에 커다란 두려움을 느꼈다. 하지만 이제는 하느님의 뜻에 따라 해결책이 모습을 드러냈다.

'성스러운 중재.'

오늘 밤 파리에서 모든 일이 계획대로 진행된다면 아링가로사는 이제 곧 자신을 기독교 세계에서 가장 강력한 인물로 만들어 줄 무언가를 손에 넣게 될 것이었다.

23

〈모나리자〉가 전시된 살데제타의 육중한 나무 문 앞에 도착한 소피는 숨이 턱까지 차오른 상태였다. 소피는 안으로 들어서기 전에 내키지 않는 눈길로 복도 아래쪽을 바라보았다. 불과 20미터도 떨어지지 않은 곳에 아직도 할아버지의 시신이 환한 스포트라이트를 받으며 바닥에 누워 있었다.

갑자기 걷잡을 수 없는 회한이 밀려들면서 죄책감으로 얼룩진 깊은 슬픔이 느껴졌다. 지난 10년 동안 할아버지는 수도 없이 소피를 향해 손을 내밀었지만, 그녀는 꿈쩍도 하지 않았다. 그 많은 편지와 소포들을 뜯어 보지도 않은 채 서랍장 속에 처박아 두었다.

'할아버지는 나한테 거짓말을 했어. 끔찍한 비밀을 숨기고 있었다고! 나도 어쩔 수 없었잖아?'

그녀는 자신의 삶에서 할아버지를 지워 버렸다. 철저하게.

이제 그 할아버지가 세상을 떠났다. 지금 그는 무덤 속에서 그녀에게 말을 거는 것과 다름없었다.

〈모나리자〉.

이윽고 소피는 묵직한 나무 문을 밀었다. 입구가 빠끔 열렸다. 소피는 잠시 문턱에 멈춰 서서 직사각형의 실내를 훑어보았다. 이 방 역시 부드러운 붉은색 조명이 은은하게 드리워 있었다. 살데제타는 이 박물관에서 몇 안 되는 막다른 곳 가운데 하나였고, 대화랑의 중앙에서 비켜나 있는 유일한 방이었다. 유일한 출입구인 이 문은 반대편 벽에 걸린 보티첼리의 4미터짜리 대작을 마주하고 있었다. 그 밑에 큼직한 팔각형 관람용 소파가 놓여 관람객들이 지친 다리를 쉬며 루브르의 가장 소중한 자산을 감상할 수 있도록 했다.

소피는 그 방으로 들어서기 전에, 자신이 무언가를 깜빡했다는 사실을 알아차렸다. '불가시광선.' 소피는 각종 전자 장비에 둘러싸인 채 마룻바닥에 누워 있는 할아버지의 시신 쪽을 바라보았다. 만약 그가 이 방에도 무언가를 남겼다면 틀림없이 투명 마커를 이용했을 터였다.

소피는 크게 숨을 들이쉰 다음, 환하게 불이 밝혀진 범죄 현장으로 다가갔다. 차마 할아버지를 똑바로 바라볼 수가 없어 PTS 장비에만 눈길을 주었다. 펜처럼 생긴 조그만 자외선 손전등을 발견한 소피는 그걸 스웨터 주머니에 집어넣고 서둘러 살데제타로 돌아왔다.

소피가 모퉁이를 돌아 문턱을 넘어서려는 순간, 방 안쪽에서 그녀를 향해 달려오는 누군가의 발소리가 들렸다.

'누가 있어!'

불그스름한 아지랑이 너머로 유령 같은 그림자가 불쑥 튀어나왔다. 소피는 간이 덜컥 내려앉는 느낌이었다.

"여기 있었군요!"

랭던이 그녀 앞으로 모습을 드러내며 나지막한 목소리로 속삭였다.

소피는 놀란 가슴을 쓸어내렸지만, 마냥 그를 반가워할 수만은 없었다.

"로버트, 여기서 빠져나가라고 했잖아요! 파슈가……."

"어디 갔다 오는 길입니까?"

"자외선 손전등이 있어야 할 것 같아서."

소피는 주머니에서 손전등을 꺼내며 대답했다.

"할아버지가 나에게 메시지를 남겼다면……."

"소피, 잘 들어요."

랭던은 호흡을 가다듬으며 파란 눈동자로 그녀를 바라보았다.

"P.S.라는 글자 말입니다……. 그게 무슨 다른 의미를 가지고 있지 않을까요? 뭔가 짚이는 것 없습니까?"

소피는 자신들의 목소리가 복도 전체로 퍼져 나갈까 봐 걱정이 되어 랭던을 살데제타 안으로 끌어들인 뒤 조용히 문을 닫았다.

"얘기했잖아요, 프린세스 소피를 뜻하는 거라고요."

"그건 알아요. 하지만 다른 데서 본 적은 없습니까? 할아버지가 뭔가 다른 의미로 P.S.라는 글자를 사용한 적이 없어요? 편지지에 박힌 로고나, 혹은 그 밖의 개인 용품 같은 데서 말입니다."

그 질문은 소피를 깜짝 놀라게 만들었다.

'이 사람이 그걸 어떻게 알았을까?'

소피는 정말로 로고 형태로 된 P.S.라는 이니셜을 본 적이 있었다. 그녀의 아홉 번째 생일을 하루 앞둔 날이었다. 소피는 어딘가에 숨겨져 있을 생일 선물을 찾아 할아버지 몰래 집 안을 뒤졌다. 아주 어렸을 때부터 소피는 누가 자신에게 무언가를 비밀로 숨기는 것을 참지 못하는 성격이었다.

'올해는 할아버지가 어떤 선물을 준비했을까?'

소피는 벽장과 서랍을 일일이 열어 보았다.

'내가 갖고 싶어 하던 인형을 사다 놓지 않으셨을까? 어디다 숨기신 거지?'

어디서도 원하는 것을 찾아내지 못한 소피는 용기를 내어 할아버지의 침실로 숨어들었다. 소피에게는 출입이 금지된 방이었지만, 마침 할아버지는 아래층의 소파에서 잠들어 있었다.

'얼른 살펴보고 나오면 괜찮을 거야!'

까치발을 한 채 삐걱거리는 마룻바닥을 지나 벽장으로 다가간 소피는 걸려 있는 옷가지 뒤의 선반들까지 살펴보았다. 아무것도 없었다. 침대 밑을 들여다보았다. 거기도 마찬가지였다. 이어서 소피는 서랍장으로 다가가 서랍을 하나하나 열어 보기 시작했다.

'틀림없이 여기에는 내 선물이 들어 있을 거야.'

하지만 제일 아래 서랍을 열기 전까지 인형은 그림자도 보이지 않았다. 낙담한 소피가 마지막 서랍을 열었을 때, 검은색 옷 같은 것이 눈에 띄었다. 할아버지가 그런 옷을 입은 모습은 한 번도 본 기억이 없었다. 서랍을 닫기 직전, 소피는 제일 안쪽에서 뭔가 노랗게 반짝거리는 것을 발견했다. 주머니 시계에 다는 줄처럼 생겼는데, 할아버지에게는 그런 시계가 없었다. 그 물건이 무엇인지를 깨달은 소피의 심장이 마구 두근거리기 시작했다.

'목걸이다!'

소피는 조심스럽게 그 줄을 서랍에서 꺼냈다. 뜻밖에도 반대쪽 끝에는 반짝거리는 황금 열쇠가 달려 있었다. 꽤 묵직했다. 소피는 무엇에 홀린 사람처럼 그 열쇠를 집어 들었다. 지금까지 그런 열쇠는 한 번도 본 적이 없었다. 보통 열쇠는 그냥 길쭉한 쇠에 톱니 모양의 이빨이 파인 게 전부지만, 이 열쇠는 삼각형 기둥에 온통 조그만 홈들이 나 있었다. 머리 부분에 큼직한 황금 십자가 모양의 장식이 달렸는데, 보통 십자가와는 달리 더하기 부호처럼 네 팔의 길이가 다 똑같았다. 그 십자가 한복판에 이상하게 생긴 기호를 새겼고, 알파벳 두 글자가 무슨 꽃무늬 문양과 함께 얽혀 있었다.

"P.S."

소피는 얼굴을 찌푸린 채 조그맣게 소리 내어 글자를 읽어 보았다. 도대체 이게 뭘까?

"소피?"

방문 쪽에서 할아버지의 목소리가 들렸다.

깜짝 놀란 소피는 황급히 몸을 돌리다가 열쇠를 그만 바닥에 떨어뜨리고 말았다. 쨍그랑 소리가 났다. 소피는 겁이 나서 감히 할아버지의 얼굴을 쳐다보지도 못한 채 열쇠만 내려다보았다.

"생…… 생일 선물을 찾고 있었어요."

소피는 할아버지의 믿음을 배신한 느낌이 들어 고개를 푹 떨구었다.

할아버지는 마치 영원히 아무 말도 하지 않고 문 앞에 서 있을 것만 같았다. 이윽고 할아버지가 긴 한숨을 내쉬었다.

"열쇠를 주워라, 소피."

소피는 열쇠를 주워 들었다.

할아버지가 다가왔다.

"소피, 남들의 개인적인 자유도 존중할 줄 알아야 한다."

할아버지는 그렇게 말하며 무릎을 굽혀 소피에게서 열쇠를 받아 들었다.

"이 열쇠는 아주 특별한 거야. 만약 이걸 잃어버리기라도 하면……."

할아버지의 목소리가 너무 조용해서 소피는 더 겁이 났다.

"미안해요, 할아버지. 정말이에요."

소피는 머뭇거리며 덧붙였다.

"제 생일 선물로 주실 목걸이인 줄 알았어요."

할아버지는 잠시 물끄러미 그녀를 바라보았다.

"한 번만 더 얘기하마. 소피, 아주 중요한 얘기니까. 넌 다른 사람의 개인적인 자유를 존중하는 법을 배워야 해."

"네, 할아버지."

"이 문제는 나중에 다시 이야기하자. 지금은 정원의 풀을 좀 뽑아야 하겠더구나."

소피는 얼른 그 방에서 뛰어나와 할아버지가 말한 대로 마당의 잡초를 뽑았다.

다음 날 아침, 소피는 할아버지에게서 생일 선물을 받지 못했다. 어차피 자신이 한 행동이 있으니 기대도 하지 않았다. 하지만 할아버지는 하루가 다 가도록 생일을 축하한다는 말 한마디 하지 않았다.

그날 밤, 소피는 슬픔에 잠긴 채 잠자리에 들었다. 뜻밖에도 소피는 베개 위에 카드가 한 장 놓인 것을 발견했다. 카드에는 간단한 수수께끼가 하나 적혀 있었다. 그 수수께끼를 풀기도 전에 소피의 얼굴에 미소가 번졌다.

'아, 이거!'

소피는 지난 성탄절 아침에도 비슷한 이벤트를 경험한 적이 있었다.

'보물찾기다!'

소피는 열심히 머리를 굴린 끝에 어렵지 않게 수수께끼를 풀었다. 수수께끼의 답은 그녀를 다른 장소로 안내했고, 그곳에는 또 다른 카드와 수수께끼가 그녀를 기다리고 있었다. 이 문제도 가볍게 해결한 소피는 다음 카드를 찾으러 달려갔다. 이렇게 단서를 찾아 정신없이 집 안을 누비다 보니, 돌고 돌아서 결국은 자신의 침실로 돌아오게 되었다. 우당탕 계단을 올라와 자기 방으로 뛰어든 소피는 문 앞에서 동작을 멈추었다. 방 한복판에 반짝반짝 빛나는 빨간 자전거가 놓여 있고, 핸들에 리본이 묶여 있었다. 소피는 너무 좋아서 비명을 질렀다.

"네가 인형을 갖고 싶다고 한 건 안다."

할아버지가 한쪽 구석에서 미소를 지으며 걸어 나왔다.

"하지만 이걸 더 좋아할 것 같아서."

다음 날, 할아버지는 산책로로 나가 소피에게 자전거 타는 법을 가르쳐 주었다. 소피가 제대로 방향을 잡지 못해 무성한 풀밭으로 돌진하자, 균형을 잃고 쓰러진 두 사람은 함께 풀밭을 나뒹굴며 웃음을 터뜨렸다.

"할아버지."

소피가 그를 끌어안으며 말했다.

"열쇠에 대해서는 정말 죄송해요."

"나도 안다, 아가. 벌써 다 용서했으니 걱정하지 말아라. 언제까지 너한테 화를 내고 있을 수는 없잖니. 할아버지와 손녀들은 늘 서로를 용서하면서 지내는 법이란다."

소피는 안 되는 줄 알면서도 도저히 묻지 않고는 견딜 수가 없었다.

"그런데 그건 뭘 여는 열쇠예요? 그렇게 생긴 열쇠는 한 번도 본 적이 없어요. 아주 예뻤어요."

소피는 한참이나 대답을 하지 못하고 망설이는 할아버지의 모습을 보며 그가 어떻게 대답해야 할지 고민하고 있다는 사실을 알아차렸다. 할아버지는 절대 거짓말을 하는 법이 없으니까.

"어떤 상자를 여는 열쇠다."

이윽고 그가 말했다.

"내가 여러 가지 비밀을 넣어 두는 상자지."

소피는 입을 삐죽 내밀었다.

"난 비밀을 싫어해요!"

"나도 안다. 하지만 아주 중요한 비밀이라서 어쩔 수가 없구나. 언젠가 너도 그게 얼마나 중요한지를 깨닫게 되는 날이 올 거다."

"열쇠에 글자가 쓰여 있었어요. 꽃도 그려져 있고요."

"그래, 할아버지가 제일 좋아하는 꽃이지. 바로, 백합꽃이란다. 우리 정원에도 있지. 하얀 꽃 말이다. 영어로는 '릴리(lily)'라고 한다."

"나도 알아요. 나도 그 꽃이 제일 좋아요!"

"그럼 한 가지 약속을 하자."

할아버지는 뭔가 숙제를 내줄 때면 늘 그러듯이 눈썹을 치켜떴다.

"만약 네가 그 열쇠를 비밀로 간직하고 두 번 다시 이 할아버지는 물론 다른 누구에게도 거기에 대한 말을 하지 않으면, 그 열쇠를 너에게 주마."

소피는 자신의 귀를 믿을 수가 없었다.

"정말요?"

"정말이고말고. 때가 되면 그 열쇠는 네 것이 될 거다. 거기에 네 이름도 적혀 있지 않니."

소피는 얼굴을 찌푸렸다.

"그렇진 않아요. 거기엔 P.S.라고 쓰여 있잖아요. 그건 내 이름이 아닌 걸요!"

할아버지는 혹시 누가 엿들을까 봐 걱정스럽다는 듯 목소리를 낮추고 주위를 살펴보았다.

"좋아, 소피. 네가 궁금해하니까 말해 주는데, P.S.는 일종의 암호야. 우리 둘만 아는 네 이니셜이지."

소피의 눈이 휘둥그레졌다.

"저한테 비밀 이니셜이 있어요?"

"물론이지. 모든 손녀들은 할아버지만 아는 비밀 이니셜이 있기 마련이야."

"P.S.가 그거라고요?"

할아버지는 소피를 간질이며 말했다.

"프린세스 소피."

소피는 웃음을 터뜨렸다.

"전 공주가 아닌 걸요."

할아버지는 눈을 찡긋하며 대답했다.

"나한테는 공주야."

그날 이후 그들은 두 번 다시 그 열쇠를 입에 담지 않았다. 그리고 소피는 할아버지의 공주가 되었다.

다시 살데제타. 소피는 걷잡을 수 없는 상실감에 사로잡혀 말없이 서 있었다.

"그 이니셜을 본 적이 있어요?"

랭던은 뭔가 수상하다는 듯 소피를 바라보며 속삭였다.

소피는 박물관 복도에서 할아버지의 목소리가 들려오는 것만 같았다.

'이 열쇠에 대해서는 이 할아버지는 물론 다른 누구에게도 말하지 말아라.'

소피는 끝내 할아버지를 용서하지 못했던 자신이 그의 믿음을 또 한 번 깨뜨리는 것은 아닐까 걱정스러웠다.

'P.S. 로버트 랭던을 찾아라.'

할아버지는 랭던이 자신의 손녀를 돕기를 원했던 것이 분명했다. 소피는 고개를 끄덕였다.

"네, 딱 한 번 본 적이 있어요. 내가 아주 어렸을 때였어요."

"어디서?"

소피는 잠시 망설인 끝에 순순히 대답했다.

"할아버지에게 아주 중요한 어떤 물건에서."

랭던은 진지한 눈빛으로 그녀를 바라보았다.

"소피, 이건 아주 중요한 문제예요. 이 이니셜이 어떤 상징과 함께 새겨져 있지 않던가요? 백합 문양 같은?"

소피는 너무 놀라서 자기도 모르게 뒷걸음질을 쳤다.

"하지만…… 당신이 어떻게 그걸……!"

랭던은 한숨을 내쉬며 목소리를 낮추었다.

"내가 보기에 당신 할아버지는 어떤 비밀 단체의 조직원이었던 게 틀림없습니다. 아주 오래되고 은밀한 단체지요."

소피는 위장 속에 단단한 매듭이 하나 생긴 느낌이었다. 사실 소피 자신도 그런 확신을 가지고 있었다. 지난 10년 동안 그녀는 너무나도 끔찍한 사실을 확인해 준 그 사건을 잊으려고 노력해 왔다. 상상할 수도, 용서할 수도 없는 어떤 사건을 목격했던 것이다.

"P.S.라는 이니셜과 함께 새겨진 백합 문양, 그게 바로 이 조직의 공식 문양입니다."

랭던이 말했다.

"일종의 로고 같은 거지요."

"그걸 어떻게 알죠?"

소피는 랭던의 입에서 자기도 그 조직의 회원이라는 소리가 나오지 않기만을 바라는 마음 간절했다.

"그 조직에 대해 글을 쓴 적이 있어요."

랭던이 잔뜩 흥분한 목소리로 대답했다.

"비밀 결사의 상징을 연구하는 것이 내 전문 분야 가운데 하납니다. 그들은 스스로를 시온수도회라고 부릅니다. 이곳 프랑스에 근거지를 두고 유럽 전역의 유력 인사들을 포섭했지요. 지금까지 남아 있는 비밀 결사 중에서는 세계에서 가장 오래된 조직 가운데 하나로 꼽힙니다."

소피는 생전 처음 듣는 이야기였다.

랭던은 이제 봇물이 터진 듯 말을 쏟아냈다.

"시온수도회의 회원들 중에는 수많은 역사적인 인물들이 포함되어 있어요. 보티첼리, 아이작 뉴턴 경, 빅토르 위고 등이 모두 이 조직의 회원이었습니다."

이제 랭던의 목소리에는 학구적인 열정마저 묻어났다.

"물론 레오나르도 다빈치도 빠뜨릴 수 없지요."

소피는 멍하니 그를 바라보았다.

"다빈치가 비밀 조직의 회원이었다고요?"

"다빈치는 1510년부터 1519년까지 시온수도회의 그랜드마스터였습니다. 어쩌면 당신 할아버지가 레오나르도의 작품에 그토록 집착한 이유가 그것 때문인지도 모르겠군요. 두 사람은 역사를 뛰어넘어 형제와도 같은 유대 관계를 맺었다고 해도 과언이 아닙니다. 두 사람 모두 여신 도상학과 이교도의 신앙, 신성한 여성성을 숭배한 반면, 교회를 경멸했어요. 시온수도회는 신성한 여성성을 경배하는 전통을 자랑합니다."

"그러니까 그 조직이 이교도의 여신을 숭배하는 사이비 종교 단체라는 말인가요?"

"단순히 그런 차원이 아닙니다. 더욱 중요한 것은 그들이 고대의 비밀을 지키는 수호자로 알려졌다는 점이지요. 그것 때문에 그들은 믿기 힘들 만큼 강력한 힘을 갖추게 되었습니다."

소피는 랭던의 확신에 찬 단호한 눈빛에도 불구하고 그의 말이 한마디도 곧이곧대로 믿기지 않았다.

'비밀스러운 사이비 종교 단체라고? 레오나르도 다빈치가 그 조직의 대장이었고?'

모든 게 터무니없는 궤변으로 들렸다. 하지만 자신도 모르게 10년 전의 그 사건이 자꾸만 떠오르는 것까지 막을 수는 없었다. 본의 아니게 할아버지를 놀라게 한 그날 밤의 사건을 소피는 아직도 믿을 수가 없었다. 어쩌면 그것이……

"살아 있는 수도회 회원의 신분은 극비에 부쳐져 있어요."

랭던이 말했다.

"하지만 당신이 어렸을 때 본 그 열쇠의 문양이 확실한 증거입니다. 시온수도회와 관련된 것이 분명해요."

소피는 상상했던 것보다 랭던이 자신의 할아버지에 대해 훨씬 더 많은 것을 알고 있다는 사실을 깨달았다. 이 미국인에게서 듣고 싶은 이야기가 많았지만, 그렇다고 이곳에서 마냥 이야기를 나눌 상황이 아니었다.

"당신이 파슈의 수중에 들어가게 할 수는 없어요, 로버트. 상의해야 할 게 너무 많으니까요. 당신은 이제 이곳을 떠나야 해요!"

랭던의 귀에는 소피의 목소리가 제대로 들리지 않았다. 이 상태로 이 자리를 떠날 수는 없었다. 이제 또 다른 곳에서 길을 잃은 느낌이었다. 바야흐로 고대의 비밀이 고개를 치켜드는 곳, 잊혀진 역사가 그림자 속에서 모습을 드러내는 순간이었다.

랭던은 마치 물속을 걷는 사람처럼 천천히 고개를 들어 불그스름한 불빛 너머 〈모나리자〉를 바라보았다.

백합(fleur-de-lis)······ 리자의 꽃······ 모나리자.

모든 것이 치밀하게 얽혀 있었다. 시온수도회와 레오나르도 다빈치의 비밀이 깃든 침묵의 교향악이 울려 퍼지는 느낌이었다.

거기서 몇 킬로미터 떨어진 엥발리드의 강둑에서는 트레일러트럭의 기사가 자신에게 겨누어진 경찰의 총구 앞에서 사법경찰국 국장이 괴상한 고함과 함께 비누 덩어리를 센 강물 속으로 집어던지는 모습을 멀뚱멀뚱 바라보고 있었다.

24

 생 쉴피스의 오벨리스크를 밑에서 올려다보는 사일러스의 눈에는
이 거대한 대리석 기둥이 더욱 길어 보였다. 짜릿한 흥분으로 온몸의
힘줄이 곤두서는 느낌이었다. 그는 누가 보는 사람이 없는지 확인하기
위해 다시 한 번 주위를 둘러보았다. 그런 다음 그가 오벨리스크 앞에
무릎을 꿇은 것은 경배를 드리기 위해서가 아니라 필요에 의한 행동일
뿐이었다.
 '쐐기돌은 로즈 라인 밑에 숨겨져 있다.'
 그곳은 생 쉴피스의 오벨리스크 밑이었다.
 네 사람의 진술이 모두 일치했다.
 사일러스는 무릎을 꿇은 채 돌이 깔린 바닥을 손으로 훑었다. 특별
히 금이 가거나 들어 올릴 수 있는 부분이 눈에 뜨이지 않자, 그는 주먹
으로 가볍게 바닥을 두들겨 보기 시작했다. 놋쇠 줄을 따라 오벨리스
크 주변의 타일들을 하나하나 확인한 끝에, 이윽고 울림이 다른 부분
을 찾아냈다.

손에 전해지는 느낌으로 미루어, 그 타일 아래는 빈 공간이 있음이 분명했다.

사일러스는 미소를 지었다. 그의 손에 죽은 자들은 진실을 얘기했던 것이다.

그는 천천히 몸을 일으키며 타일을 깨뜨릴 만한 도구를 찾아 성당 안을 둘러보았다.

성가대석이 있는 발코니에서는 상드린 수녀가 터져 나오는 신음을 간신히 틀어막고 있었다. 마침내 그토록 두려워하던 순간이 오고야 만 것이다. 이 손님의 정체는 겉보기와는 전혀 달랐다. 오푸스 데이에 소속된 수수께끼의 수도사가 생 쉴피스를 찾아온 데는 다른 목적이 있었던 것이다.

비밀스러운 목적.

'비밀을 가진 건 당신만이 아니야.'

상드린 수녀는 속으로 생각했다.

사실 상드린 수녀는 단순한 성당 지기가 아니라 파수꾼이었다. 그런 그녀에게 오늘 밤, 마침내 올 것이 오고 말았다. 그 낯선 청년이 오벨리스크의 앞에 무릎을 꿇은 것이 바로 조직에서 알려 준 신호였다.

고난의 시간이 시작된 것이었다.

25

파리 주재 미국 대사관은 샹젤리제 바로 북쪽의 가브리엘 가에 위치하고 있었다. 1만 2천 제곱미터에 이르는 대사관 부지는 미국 영토로 간주되어 그 위에 발을 디딘 사람이라면 누구나 미국 본토에서와 똑같은 법의 보호를 받는다.

대사관의 야간 교환원이 《타임》지 국제판을 읽고 있을 때, 전화벨이 울렸다.

"미국 대사관입니다."

그녀가 전화를 받았다.

"안녕하십니까."

프랑스어 억양이 많이 실린 영어를 구사하는 남자였다.

"도움이 좀 필요해서 말입니다."

말투는 정중했지만 왠지 퉁명스럽고 관료적인 냄새가 나는 목소리였다.

"그쪽 자동 응답 시스템에 나에게 남겨진 전화 메시지가 있다고 하더군요. 이름은 랭던입니다. 그런데 유감스럽게도 세 자리 숫자로 된 비밀 번호를 잊어버리고 말았어요. 좀 도와주시면 감사하겠습니다."

교환원은 약간 당황스러운 목소리로 대답했다.

"죄송합니다, 선생님. 아마 메시지를 받은 때가 굉장히 오래된 모양이네요. 자동 응답 시스템은 보안상의 문제 때문에 2년 전에 철거되었습니다. 게다가 비밀 번호는 다섯 자리였어요. 선생님께 남겨진 메시지가 있다고 한 사람이 누구죠?"

"그래서……. 지금은 자동 응답 시스템이 없다는 말입니까?"

"그래요. 선생님께 남겨진 메시지가 있다면 우리 직원이 손으로 받아 적었을 거예요. 성함이 어떻게 된다고 하셨죠?"

하지만 상대방은 이미 전화를 끊어 버린 다음이었다.

센 강변을 서성거리는 브쥐 파슈는 뒤통수를 한 대 얻어맞은 기분이었다. 랭던이 시내 전화를 걸고 세 자리 비밀 번호를 눌러서 녹음된 메시지를 확인하는 것을 분명히 보지 않았던가. 그가 대사관으로 전화를 한 게 아니라면 도대체 누구에게 걸었단 말인가?

무심코 자신의 휴대전화를 내려다보는 순간, 파슈는 그 의문의 답이 자신의 손 안에 들어 있다는 사실을 알아차렸다.

'랭던에게 이 전화를 빌려 주었었지.'

파슈는 휴대전화의 메뉴를 뒤져 최근 통화 기록을 띄운 다음, 랭던이 건 전화번호를 확인했다.

파리 시내 번호와 함께 454라는 세 자리 숫자가 입력되어 있었다.

파슈는 재다이얼 단추를 누른 다음, 신호가 떨어지기를 기다렸다.

이윽고 여자의 목소리가 흘러나왔다.

"Bonjour, vous êtes bien chez Sophie Neveu(안녕하세요, 소피 느뵈입니다)."

소피의 목소리가 분명했다.

"Je suis absente pour le moment, mais(저는 지금 집을 비웠습니다 만)⋯⋯."

파슈는 피가 부글부글 끓는 심정으로 4, 5, 4를 눌렀다.

26

〈모나리자〉는 세계적인 명성에도 불구하고 실제로는 가로 21인치, 세로 31인치밖에 되지 않는 조그만 그림이다. 심지어 루브르의 선물 가게에서 파는 포스터용 모조품보다 더 작다. 그림은 살데제타의 북서쪽 벽에 걸려 있고, 2인치 두께의 강화 유리가 그 앞을 가로막고 있다. 포플러 나무판에 그려진 이 그림의 몽환적인 분위기는 하나의 형상이 다른 형상 속으로 증발하듯 스며드는 스푸마토 기법 때문인데, 다빈치 는 흔히 이 기법의 달인으로 알려졌다.

〈모나리자〉—프랑스어로는 〈La Jaconde〉—는 루브르에 둥지를 튼 이후 두 차례 도난을 당했는데, 1911년 루브르의 '난공불락의 방', 혹은 '카레 살롱'이라고 불리던 방에서 감쪽같이 사라진 것이 마지막 도난 사건이었다. 당시 파리 사람들은 길거리에서 눈물을 흘렸고, 신 문에는 절도범에게 그림을 돌려달라고 애원하는 사설이 실렸다. 그 덕 분인지 〈모나리자〉는 2년 후 플로렌스의 어느 호텔에서 여행 가방 밑 바닥에 숨겨진 채 발견되었다.

박물관을 떠날 의사가 전혀 없음을 소피에게 분명히 드러내 보인 랭던은 살데제타를 가로질러 〈모나리자〉를 향해 다가갔다. 랭던과 〈모나리자〉 사이의 거리가 20미터 이상 남았을 때부터 소피는 자외선 손전등을 켰다. 푸르스름한 초승달 모양의 불빛이 바닥으로 퍼져 나가기 시작했다. 소피는 형광 잉크의 흔적을 찾기 위해 마치 바닷속을 청소하는 배처럼 불빛을 앞뒤로 흔들며 바닥을 훑었다.

랭던은 그녀 옆을 따르며 이 위대한 예술품을 다시 한 번 직접 대면할 기회를 생각하니 가슴이 짜릿해졌지만, 이내 마음을 다잡고 소피의 손끝에서 새어 나오는 빛을 주시했다. 왼쪽으로 팔각형의 관람용 소파가 텅 빈 바다의 외로운 섬처럼 모습을 드러냈다.

벽 앞에 드리워진 검은 유리가 눈에 들어오기 시작했다. 그 뒤에는 세상에서 가장 유명한 그림이 자신만의 공간에 걸려 있을 터였다.

랭던은 세계 최고의 미술품으로 평가받는 〈모나리자〉의 위상이 주인공의 수수께끼 같은 미소와는 아무런 관계가 없다는 사실을 알고 있었다. 수많은 예술사가들과 음모론자들이 내놓은 신비주의적 해석도 진실과는 거리가 멀다. 사실 〈모나리자〉가 유명해진 이유는 아주 간단하다. 레오나르도 다빈치 본인이 이 작품을 자신의 최고 걸작으로 꼽았기 때문이다. 여행을 할 때도 꼭 이 그림을 가지고 다녔는데, 누가 그 이유를 물어보면 여성의 아름다움이 그토록 잘 표현된 작품과 잠시도 떨어지고 싶지 않아서라고 대답하곤 했다.

하지만 많은 예술사가들은 〈모나리자〉에 대한 다빈치의 찬사가 예술적인 측면과는 거리가 멀다고 주장한다. 실제로 이 그림은 지극히 평범한 스푸마토 기법의 초상화일 뿐이다. 다빈치가 이 작품에 그토록 집착한 이유는 다른 곳에 있다고 주장하는 이들도 많다. 그림의 물감 층 속에 어떤 메시지가 숨어 있다는 것이다. 사실 〈모나리자〉에 숨어 있는 다빈치의 장난기는 전 세계적으로 많은 논란을 불러일으켰다. 어지간한 예술사 교재라면 한결같이 이 그림 속에 숨겨진 이중성과 짓궂은 암시를 언급하고 있음에도 불구하고, 일반 대중들은 아직도 모나리자의 미소를 엄청난 수수께끼로 생각하고 있다.

'수수께끼 따위는 없어.'

랭던은 속으로 그런 생각을 하며 앞으로 걸음을 옮겼다. 그림의 희미한 윤곽선이 모습을 드러내기 시작했다.

'수수께끼는 없어.'

얼마 전에 랭던은 아주 독특한 장소에서 〈모나리자〉의 비밀에 대한 강연을 한 적이 있었다. 에섹스 카운티 교도소의 재소자들이 그의 청중이었던 것이다. 하버드 대학은 죄수들에게도 교육의 기회를 주어야 한다는 취지로 사회봉사 프로그램을 실행하고 있었는데, 그 일환으로 랭던의 감옥 강연이 성사되었다. 랭던의 동료들은 그것을 '범법자를 위한 교양 강좌'라고 불렀다.

랭던은 교도소 도서관에 설치된 프로젝터 앞에서 재소자들에게 〈모나리자〉의 비밀에 대한 이야기를 들려주었다. 뜻밖에도 청중들은 깜짝 놀랄 만큼 진지했다. 물론 아주 거칠기는 했지만 예리한 질문도 많이 나왔다. 랭던은 불이 꺼진 도서관 벽에 비친 〈모나리자〉 영상을 향해 다가가며 말했다.

"얼굴 뒤쪽의 배경을 보면, 오른쪽과 왼쪽의 높낮이가 다른 게 보일 겁니다."

랭던은 손으로 그림을 가리키며 설명을 이어갔다.

"다빈치는 인물 왼쪽의 지평선을 오른쪽에 비해 훨씬 낮게 그렸어요."

"실수로 망쳐 버린 거요?"

누군가가 물었다.

랭던은 웃음을 지으며 대답했다.

"그건 아닙니다. 다빈치는 좀처럼 그런 실수를 저지르는 인물이 아니거든요. 사실 이건 일종의 속임수라고 할 수 있습니다. 왼쪽의 풍경을 오른쪽보다 낮게 그림으로써 인물의 얼굴이 오른쪽에서 볼 때보다 왼쪽에서 볼 때 훨씬 크게 보이도록 한 겁니다. 아는 사람만 아는 다빈치의 장난인 셈이지요. 역사적으로 남성은 오른쪽, 여성은 왼쪽을 차지하게 되어 있습니다. 하지만 다빈치는 여성적인 측면을 훨씬 중요하게 생각한 인물이기 때문에 〈모나리자〉도 오른쪽보다 왼쪽을 훨씬 기품 있는 모습으로 그린 겁니다."

"그 양반이 호모였다는 소리를 들은 적이 있는데."

염소수염을 기른 조그만 남자가 말했다.

랭던은 속으로 움찔했다.

"역사학자들은 대체로 동의하지 않는 분위기이기는 합니다만, 맞습니다. 다빈치는 동성애자였어요."

"그래서 여성성이 어쩌고 하는 데다 그렇게 신경을 쓴 거로군?"

"정확히 말하면 남성과 여성 사이의 균형을 맞추기 위해서 신경을 썼다고 해야겠지요. 다빈치는 인간의 영혼이 남성적인 요소와 여성적인 요소를 함께 갖추지 못하는 한 절대 계몽될 수 없다고 믿은 인물입니다."

"거시기 달린 계집애처럼 말이오?"

누군가가 큰 소리로 물었다.

이내 청중들 사이에서 큰 웃음이 터졌다. 랭던은 자웅동체를 뜻하는 'hermaphrodite'라는 단어가 헤르메스(Hermes)와 아프로디테(Aphrodite)가 합쳐진 것이라는 어원학적 설명을 덧붙일까 하는 생각을 잠시 해 봤지만, 아무래도 이 청중들에게는 무리일 것 같아서 참기로 마음먹었다.

"어이, 랭포드 씨."

우락부락한 근육질의 사내가 말했다.

"〈모나리자〉가 여자 옷을 입은 다빈치 본인의 모습을 그린 거라는 소문이 있던데, 그것도 사실이우?"

"그럴 가능성도 없지 않습니다."

랭던이 대답했다.

"다빈치는 아주 짓궂은 개구쟁이 같은 인물이었지요. 컴퓨터를 이용해 〈모나리자〉와 다빈치의 자화상을 비교해 본 학자들의 주장에 따르면, 두 사람의 얼굴에서 상당한 공통점이 발견된다고 하더군요. 다빈치의 의도가 무엇인지는 모르지만, 〈모나리자〉는 남성도 여성도 아닙니다. 거기에는 자웅동체의 미묘한 메시지가 담겨 있어요. 남자와 여자를 섞어 놓았다고나 할까요."

"설마 하버드 교수라는 사람들은 〈모나리자〉가 더럽게 못생긴 여편네라는 말을 그런 식으로 표현하는 건 아니겠지요."

이번에는 랭던이 웃음을 터뜨릴 차례였다.

"그럴지도 모르지요. 하지만 다빈치는 이 그림이 자웅동체를 표현한 거라는 사실을 입증할 만한 큼직한 단서를 하나 남겼습니다. 혹시 아몬이라는 이집트의 신에 대해서 들어 보신 분이 있습니까?"

"들어 보다마다! 남자의 정력을 다스리는 신이지!"

덩치 큰 남자가 말했다.

랭던은 또 한 번 작지 않은 충격을 받았다.

"아몬 콘돔 포장지에 그렇게 쓰여 있는 걸."

근육질의 남자가 싱긋 웃으며 말했다.

"이마빡에 숫양의 대가리가 달린 놈을 그려 놓고 이집트의 정력 신이라고 써 놓았다니까."

랭던은 그런 상표명은 들어본 적이 없지만, 피임용품 제조업체들이 종교적 전승을 제대로 활용하고 있다는 게 다행스러울 뿐이었다.

"잘 대답해 주셨습니다. 아몬은 숫양의 머리를 가진 남자로 표현되지요. 'horny(성적으로 흥분했다는 의미—옮긴이)'라는 속어도 그의 강력한 정력과 휘어진 뿔(horn)에서 유래된 겁니다."

"빌어먹을!"

"빌어먹을."

랭던이 맞장구를 쳤다.

"그럼 그 아몬의 상대역은 누군지 아십니까? 이집트의 다산의 여신 말입니다."

이번 질문에는 선뜻 대답이 나오지 않았다.

"이시스입니다."

랭던이 유성 펜을 집어 들며 말했다.

"자, 여기 남자 신 아몬이 있습니다."

랭던은 그렇게 말하며 프로젝터에 올려놓은 필름에다 'AMON'이라고 썼다.

"그리고 여기에는 여자 신 이시스가 있지요. 고대의 그림 문자로는 'L'ISA'라고 씁니다."

랭던은 두 개의 단어를 쓴 다음, 프로젝터에서 물러섰다.

AMON L'ISA

"뭔가 짚이는 게 없습니까?"

랭던이 물었다.

"Mona Lisa…… 맙소사."

누군가 탄성을 내질렀다.

랭던은 고개를 끄덕였다.

"여러분, 〈모나리자〉는 얼굴만 남녀가 섞인 게 아니라, 이름까지도

203

남자 신과 여자 신을 합친 애너그램입니다. 그게 바로 다빈치가 숨겨 둔 비밀이고, 〈모나리자〉가 알 듯 모를 듯 미소를 짓는 이유도 바로 그 겁니다."

"할아버지가 여길 다녀갔어요."

소피가 갑자기 바닥에 쪼그리고 앉으며 중얼거렸다. 〈모나리자〉에서 3미터도 떨어지지 않은 곳이었다. 소피는 발 앞의 마룻바닥에 손전등을 비추었다.

처음에 랭던의 눈에는 아무것도 보이지 않았다. 하지만 그녀 옆에 쪼그리고 앉자, 액체가 말라붙은 조그만 흔적이 보였다. 잉크일까? 랭던은 문득 소피가 들고 있는 손전등의 용도를 상기했다. 그것은 피였다. 정신이 번쩍 드는 느낌이었다. 소피의 말대로, 자크 소니에르는 죽기 전에 〈모나리자〉를 찾아왔던 것이다.

"아무런 이유도 없이 여기까지 오지는 않았을 거예요."

소피가 몸을 일으키며 속삭였다.

"틀림없이 나에게 전할 메시지도 이곳에 남겨 두었겠죠."

소피는 〈모나리자〉를 향해 몇 발 더 다가서며 그림 바로 앞의 바닥을 비추었다. 불빛은 바닥을 앞뒤로 샅샅이 훑기 시작했다.

"여긴 아무것도 없어요!"

바로 그때, 랭던은 〈모나리자〉 앞을 가로막은 강화 유리에 희미한 자주색이 어른거리는 것을 발견했다. 랭던은 소피의 팔목을 잡고 그림을 향해 불빛을 비추게 했다.

두 사람은 동시에 그 자리에 얼어붙어 버렸다.

유리 위에서 여섯 개의 단어가 〈모나리자〉의 얼굴을 정면으로 가로지르며 자주색 빛을 발하고 있었다.

27

콜레 반장은 소니에르의 책상에 앉아 믿어지지 않는다는 표정으로 전화기를 붙들고 있었다.

'도대체 이 양반이 무슨 헛소리를 하는 거야?'

"비누 덩어리라고요? 랭던이 GPS 추적 장치를 어떻게 찾아냈단 말입니까?"

"소피 느뵈 짓이야."

파슈가 대답했다.

"그 여자가 알려 준 게 틀림없어."

"뭐라고요! 왜요?"

"더럽게 좋은 질문이군. 하지만 방금 그 여자가 자동 응답기로 랭던한테 정보를 흘리는 걸 내 귀로 확인했단 말이다."

콜레는 말문이 막혔다.

'도대체 느뵈는 무슨 생각을 하고 있는 것일까? 파슈는 소피가 DCPJ의 함정 수사를 방해한 증거를 가지고 있다고?'

만약 그게 사실이라면 소피 느뵈는 해고 정도가 아니라 철창 신세까지 각오해야 할 것이다.

"하지만 국장님…… 그럼 랭던은 지금 어디 있는 겁니까?"

"화재 경보 안 울렸나?"

"아뇨."

"대화랑의 철문 밑을 기어 나온 놈도 없고?"

"없습니다. 국장님이 지시하신 대로 이곳 경비원 한 명을 철문 앞에 배치해 두었습니다."

"좋아. 그럼 랭던은 아직 대화랑 안에 있는 게 틀림없어."

"대화랑 안에요? 거기서 뭘 하고 있답니까?"

"그 경비원은 무장하고 있나?"

"예, 국장님. 꽤 직급이 높은 요원입니다."

"그 친구를 들여보내."

파슈가 지시했다.

"우리 요원들이 현장으로 돌아가려면 적어도 몇 분은 걸릴 텐데, 그 사이에 랭던이 박물관을 빠져나가도록 내버려 두어서는 안 돼."

파슈는 잠시 숨을 고른 뒤 말을 이었다.

"그 친구한테 느뵈 요원이 랭던과 같이 있을지도 모른다는 사실을 말해 두는 게 좋겠어."

"느뵈 요원은 아까 박물관을 나가지 않았습니까."

"자네 눈으로 나가는 걸 봤나?"

"그건 아니지만……."

"아무도 그 여자가 현장을 떠나는 걸 본 사람이 없어. 들어가는 걸 본 사람만 있을 뿐이야."

콜레는 소피 느뵈의 정신 나간 행동이 도저히 이해되지 않았다.

'아직도 여기서 얼쩡거리고 있다고?'

"정신 바짝 차리는 게 좋을 거야."

파슈가 위압적으로 말했다.

"내가 도착할 무렵에는 랭던과 느뵈의 코앞에 총을 들이대고 있어야 해."

트레일러트럭이 제 갈 길로 사라진 뒤, 파슈 국장은 요원들을 불러 모았다. 로버트 랭던은 결코 만만한 사냥감이 아니라는 점이 입증되었고, 게다가 느뵈 요원이 그를 돕고 있으니 오늘 밤은 생각보다 일이 어려워질 게 분명했다.

파슈는 요행수에 기대지 않기로 마음을 단단히 먹었다.

만일의 경우에 대비하기 위해 요원의 절반은 루브르로 돌려보내고, 파리에서 로버트 랭던의 피난처가 될 수 있는 유일한 장소로 나머지 인원을 배치했다.

28

　살데제타 안에서 강화 유리에 적힌 여섯 개의 단어를 바라보는 랭던은 경악을 감출 수 없었다. 글자들은 마치 허공에 둥둥 떠 있는 것처럼 보였고, 〈모나리자〉의 신비로운 미소 위에 들쑥날쑥한 그림자를 드리웠다.

　랭던이 조용히 속삭였다.

　"이건 당신 할아버지가 수도회 회원이었다는 사실을 입증합니다."

　소피는 혼란스러운 표정으로 그를 바라보았다.

　"이걸 이해한단 말이에요?"

　"의심의 여지가 없어요."

　랭던은 거칠게 휘몰아치는 생각을 정리하기 위해 고개를 끄덕이며 대답했다.

　"수도회의 가장 근본적인 철학을 부르짖는 선언문인 셈이지요."

　소피는 어리둥절한 표정으로 〈모나리자〉의 얼굴 위에 휘갈겨 쓴 메시지를 바라보았다.

너무나 음흉한 남자의 기만

"소피."

랭던이 말했다.

"여신 숭배를 고집하는 이 수도회의 전통은 초창기 기독교 교회에서 강력한 힘을 장악한 남자들이 여성의 가치를 깎아내리고 남성 쪽으로 저울의 추를 기울어지게 하는 거짓말을 퍼뜨려 세상을 '속였다'는 믿음에 토대를 두고 있어요."

소피는 멍하니 허공의 글자들을 바라볼 뿐 아무 말도 하지 못했다.

"수도회는 콘스탄티누스 대제와 그의 후계자들이 신성한 여성성을 악마로 몰아붙이고 현대 종교에서 여신을 완전히 말살하는 선전전을 통해 온 세상을 모계 중심의 다른 종교에서 부계 중심의 기독교로 개종시키는 데 성공했다고 믿고 있습니다."

그래도 소피의 얼굴에는 의구심이 지워지지 않았다.

"할아버지가 나를 여기까지 이끌어 이 글귀를 찾아내도록 한 이유는 아마 지금 당신이 얘기한 게 전부가 아닐 거예요."

랭던은 그 말의 의미를 금방 알아차렸다.

'소피는 이것 역시 또 하나의 암호라고 생각하고 있어.'

랭던은 지금 단계에서 여기에 또 다른 의미가 숨어 있는지 어떤지까지는 판단할 재간이 없었다. 오로지 그 의도가 너무나도 또렷하게 드러나 보이는 소니에르의 메시지가 그의 뇌리를 사로잡고 있을 뿐이었다.

'너무나 음흉한 남자의 기만.'

랭던은 생각했다. 너무나 음흉한 것은 사실이었다.

오늘날과 같은 격동의 세계에서 현대 교회가 해낸 긍정적인 역할을 무시할 사람은 아무도 없지만, 교회가 기만과 폭력의 역사로 점철된 것 또한 사실이다. 이교도와 여성 숭배를 '재교육'하겠다는 취지의 잔혹한 십자군 전쟁은 상상조차 하기 힘든 온갖 끔찍한 수단을 동원해 가며 무려 3세기 동안 지속되었다.

가톨릭 종교재판소는 인류 역사상 가장 유혈이 낭자한 출판물이라 해도 좋을 책을 한 권 펴냈다. 『말레우스 말레피카룸(Malleus Malefi-carum)』, 즉 '마녀의 망치'라는 제목이 붙은 이 책은 '자유로운 사고방식을 가진 여성들의 위험성'을 설파하는 동시에, 성직자들에게 그런 여성들을 찾아내어 고문하고 죽이는 방법을 가르친다. 교회의 저주를 받은 이 '마녀'에는 여자 학자와 여자 성직자를 비롯해 집시와 신비주의자, 자연을 사랑하고 약초를 캐는 여자, 그 밖에 '뭔가 수상쩍은 방식으로 자연계와 교감하는' 모든 여성이 포함된다. 산파(産婆) 역시 출산의 고통을 덜어 주기 위해 의학적 지식을 사용함으로써 이단자 노릇을 한다는 이유로 무참히 살해되었다. 교회의 주장에 의하면 출산의 고통은 선악과를 훔쳐 먹은 이브에 대한 하느님의 정당한 벌이다. 출산 자체를 원죄와 연결시킨 것이다. 이렇게 마녀 사냥이 자행된 3백 년 동안 교회는 자그마치 5백만 명의 여성을 말뚝에 묶어 불태워 죽였다.

그러한 선전과 폭력은 확실히 효과가 있었다.

오늘날의 세계가 그 산 증거다.

한때 영적 계몽을 위해 없어서는 안 될 존재로 칭송받던 여성들이 전 세계의 사원에서 자취를 감추었다. 유대교의 랍비와 가톨릭 신부는 물론, 이슬람교에도 여성 성직자는 존재하지 않는다. 남자와 여자는 자연스러운 성적 결합을 통해 각자 영적으로 완전해진다는 취지의 히에로스 가모스는 한때 신성한 의식으로 간주되었지만, 지금은 수치스러운 행동으로 전락했다. 여성과의 성적 결합을 통해 하느님에게 다가설 수 있다고 믿었던 남자들이 이제는 자연스러운 성적 충동을 악마의 농간으로 치부한다. 악마가 자신이 제일 총애하는 공범, 즉 여자들과 손을 잡고 남자를 유혹한다는 것이다.

여성과 왼쪽의 관계 역시 교회의 집요한 공격 대상에 다름아니었다. 프랑스어와 이탈리아어에서 '왼쪽'을 뜻하는 '고쉬(gauche)'와 '시니스트라(sinistra)'라는 단어에는 아주 부정적인 의미가 함축된 반면, 오른쪽을 뜻하는 단어들은 정당함, 능숙함, 올바름 등의 의미로 연결된다. 오늘날까지도 급진적인 사상을 좌익과, 비합리적인 생각을 좌뇌와 연결시키고, 무언가 사악한 것을 'sinister'라고 표현하는 것도 이것과 무관하지 않다.

여신의 시대는 끝났다. 추가 완전히 기울어져 버린 것이다. '어머니 지구'는 남자의 세계가 되었고, 파괴와 전쟁의 신들이 득세했다. 2천 년 동안 남성의 자아는 여성의 견제를 걱정할 필요 없이 독주를 거듭했다. 시온수도회는 신성한 여성성이 말살됨으로써 호피 인디언들이 '카야니스콰치', 즉 균형이 깨진 삶이라고 부르는 오늘날과 같은 불안정한 상황이 초래되었다고 믿는다. 남성 호르몬이 끊임없이 전쟁을 일으키고, 사회 전반의 여성 혐오는 더욱 기승을 부리는 반면, '어머니 지구'에 대한 경외심은 흔적 없이 사라질 지경이 되었다는 것이다.

"로버트!"

소피의 숨죽인 목소리가 랭던을 현실로 잡아끌었다.

"누가 오고 있어요!"

랭던도 복도에서 발소리가 다가오는 것을 들었다.

"이쪽으로!"

소피가 그렇게 속삭이며 손전등을 꺼 버리자, 그녀의 모습이 갑자기 눈앞에서 증발해 버린 것 같았다.

순간적으로 앞이 전혀 보이지 않았다.

'이쪽이라니, 어느 쪽 말이야?'

눈이 어둠에 적응하면서 소피의 윤곽이 방 한복판으로 달려가더니, 팔각형 소파 뒤로 사라져 버렸다. 랭던이 막 그녀의 뒤를 따르려는 순간, 벼락같은 목소리가 그를 멈춰 세웠다.

"Arretez(꼼짝 마)!"

루브르의 보안 요원이 권총으로 랭던의 가슴을 겨눈 채 살데제타로 들어섰다.

랭던은 본능적으로 두 팔을 번쩍 치켜들었다.

"Couchez-vous(엎드려)!"

경비원이 명령했다.

"바닥에 엎드려!"

랭던은 생각할 겨를도 없이 얼굴부터 바닥에 처박았다. 경비원이 서둘러 다가와서는 그의 두 다리를 발로 차서 쫙 벌려 놓았다.

"Mauvaise ideé(좋은 생각이 아니오), 무슈 랭던."

경비원은 랭던의 등을 총으로 찍어 누르며 말했다.

"Mauvaise ideé."

졸지에 얼굴을 바닥에 대고 팔다리를 활짝 펼친 랭던은 문득 자신의 자세가 참으로 얄궂다는 생각이 들었다.

'영락없는 비트루비우스 인체 비례로군.'

29

생 쉴피스 성당에서는 사일러스가 제단 위에 놓여 있던 묵직한 강철 촛대를 들고 오벨리스크가 있는 곳으로 돌아왔다. 그 정도면 타일을 깨뜨리는 연장으로 손색이 없을 듯했다. 바닥 밑의 빈 공간을 덮고 있는 회색 대리석 타일을 살펴보니, 그걸 깨뜨리면 아무래도 제법 큰 소리가 날 것 같았다.

쇠와 돌이 부딪히면 아치형의 천장까지 그 소리가 퍼져 갈 터였다.

수녀가 그 소리를 듣고 깨지 않을까? 지금쯤 수녀는 곤히 잠들어 있겠지만, 사일러스는 최선을 다해 신중을 기하고 싶었다. 천으로 촛대를 둘둘 말면 소리가 좀 가려질 듯했지만, 아무리 둘러봐도 제단에 깔린 아마포 말고는 보이지 않았다. 차마 그 천을 더럽히고 싶지는 않았다. 사일러스는 자신이 입은 망토에 생각이 미쳤다. 성당 안에는 혼자밖에 없다고 생각한 그는 허리띠를 풀고 망토를 벗었다. 망토가 등짝에 새로 생긴 상처를 훑고 내려가면서 따끔한 통증이 일었다.

사타구니를 가리는 속옷 외에는 벌거숭이가 된 사일러스가 자신의 망토로 촛대를 둘둘 말았다. 이어서 타일 한복판을 겨냥하고 힘껏 촛대를 내려쳤다. 쿵 하는 둔탁한 소리가 났지만, 대리석으로 된 타일은 깨지지 않았다. 사일러스는 다시 한 번 촛대를 내리꽂았다. 소리는 비슷했지만 이번에는 쩍 하고 타일이 갈라지는 소리가 합쳐졌다. 이윽고 세 번째 시도만에 타일이 박살나면서 깨진 조각들이 바닥 아래로 떨어졌다.

바닥 밑에 빈 공간이 드러났다.

사일러스는 재빨리 아직 붙어 있는 타일 조각들을 떼어 내고 빈 공간을 들여다보았다. 무릎을 꿇고 자세를 낮추자, 온몸의 피가 끓어오르는 느낌이었다. 사일러스는 하얀 팔을 구멍 안으로 집어넣었다.

처음에는 아무것도 잡히지 않았다. 빈 공간의 바닥 역시 매끈한 돌로 되어 있었다. 다음 순간 그의 손이 로즈 라인 아래로 들어가자 드디어 무언가가 만져졌다. 두툼한 돌판이었다. 사일러스는 손가락으로 가장자리를 움켜쥐고 조심스럽게 돌판을 들어 올렸다. 자세를 바로잡고 자세히 살펴보니, 대충 깎아 낸 돌 위에 글자가 새겨져 있었다. 사일러스는 순간적으로 현대판 모세가 된 듯한 기분에 사로잡혔다.

돌판에 적힌 글자를 읽는 사일러스는 놀라움을 감출 수 없었다. 그는 쐐기돌이 무슨 지도 같은 것일 거라고 생각했다. 지도는 아니더라도 방향을 알려 주는 복잡한 설명이 암호로 적혀 있을 줄 알았다. 하지만 이 쐐기돌에는 너무나도 간단한 글자 몇 개가 새겨져 있을 뿐이었다.

욥 38:11

'성경 구절을 말하는 건가?'

사일러스는 어리둥절할 수밖에 없었다. 그들이 그토록 찾아 헤매던 비밀 장소가 성경 구절 속에 드러나 있었단 말인가? 저들은 어쩌면 이다지도 철저하게 정의를 비웃을 수 있단 말인가!

「욥기」 38장 1절

사일러스는 비록 그 구절을 정확하게 암기하고 있지는 않았지만, 욥기가 무슨 내용을 담고 있는지는 잘 알고 있었다. 거듭된 시험에도 불구하고 하느님에 대한 믿음을 잃지 않은 한 남자에 대한 이야기였다.

'잘 어울리는 내용이로군.'

사일러스는 흥분을 애써 억누르며 그런 생각을 했다.

어깨 너머로 반짝거리는 로즈 라인을 바라보는 사일러스의 얼굴에 미소가 번졌다. 제단 위에는 금박 입힌 받침대에 커다란 가죽 장정의 성경책이 펼쳐져 있었다.

발코니 위에서는 상드린 수녀가 온몸을 부들부들 떨고 있었다. 조금 전만 해도 그녀는 몰래 성당을 빠져나가 미리 지시받은 대로 행동할 생각이었다. 하지만 바로 그때 갑자기 수수께끼의 수도사가 망토를 벗었다. 석고처럼 새하얀 그의 피부를 보는 순간, 상드린 수녀는 걷잡을 수 없는 두려움에 사로잡혔다. 그의 넓고 창백한 등은 온통 피로 얼룩진 상처투성이였다. 꽤 먼 거리임에도 불구하고 그녀는 그 상처들이 생긴 지 얼마 되지 않는다는 사실을 알아보았다.

'이 남자는 혹독한 채찍질을 당했어.'

그의 허벅지에 피로 물든 시리스 벨트가 감겨 있는 것도 보였다. 그 상처에서도 피가 뚝뚝 떨어졌다. 도대체 어떤 종류의 하느님이 사람의 육신을 이런 식으로 벌주고 싶어 한단 말인가? 상드린 수녀는 오푸스 데이의 의식을 도무지 이해할 수가 없었다. 하지만 지금, 그런 게 중요한 게 아니었다.

'오푸스 데이가 쐐기돌을 찾고 있다.'

상드린 수녀는 그들이 쐐기돌의 존재를 어떻게 알았는지 상상조차 할 길이 없었지만, 자신에게 그런 문제를 고민할 시간이 없다는 것을 잘 알고 있었다.

수도사는 이제 조용히 망토를 도로 걸치고 자신의 전리품을 움켜쥔 채 제단 위의 성경을 향해 다가가고 있었다.

상드린 수녀는 숨을 죽인 채 발코니를 나와 자신의 침소로 달려갔다. 그러고는 바닥에 엎드려 오래전에 침대 밑에 숨겨 두었던 봉인된 봉투를 찾아냈다.

봉투를 찢자, 파리의 전화번호 네 개가 적힌 종이가 나왔다.

상드린 수녀는 떨리는 손으로 전화를 걸기 시작했다.

아래층에서는 사일러스가 돌판을 제단 위에 내려놓고 역시 떨리는 손으로 성경을 뒤적이고 있었다. 책장을 넘기는 그의 길고 하얀 손가락이 땀으로 축축히 젖어 있었다. 사일러스는 구약을 뒤져 욥기를 찾아냈다. 38장을 펼친 그는 손가락으로 책장을 훑어 내리며 이제 곧 눈앞에 펼쳐질 구절에 대한 기대감에 몸을 떨었다.

'이 구절이 길을 안내할 것이다!'

이윽고 11절을 찾은 사일러스는 그 구절을 읽었다. 불과 일곱 개의 단어로 이루어진 문장이었다. 사일러스는 어리둥절한 심정으로 다시 한 번 그 문장을 읽었다. 무언가 잘못된 게 분명했다. 11절의 내용은 이러했다.

Hitherto shalt thou come, but no further.
(네가 여기까지 오고 더 넘어가지 못하리니.)

30

루브르의 보안 요원 클로드 그루아르는 〈모나리자〉 앞에 엎드린 남자를 내려다보며 화가 나서 거친 숨을 몰아쉬었다.

'이 망할 자식이 자크 소니에르를 죽였어!'

그루아르를 비롯한 모든 보안 요원들에게 소니에르는 아버지와도 같은 존재였다.

그루아르는 당장에라도 방아쇠를 당겨 로버트 랭던의 등짝에 총알을 박아 넣고 싶은 마음이 간절했다. 루브르의 경비원 중에서도 그루아르처럼 실탄이 장전된 권총을 휴대하는 사람은 몇 되지 않았다. 하지만 그루아르는 랭던을 죽이는 것이 문제가 아니라 브쥐 파슈와 프랑스의 감옥을 상대하는 것이 문제라는 사실을 잘 알고 있었다.

그루아르는 허리띠에 차고 있던 무전기를 꺼내 지원을 요청하려 했다. 그러나 무전기에서는 찌지직거리는 잡음밖에 들리지 않았다. 이 방에 추가로 설치된 각종 전자 보안 장비들 때문에 보안 요원들의 교신조차 엉망이 되어 버린 탓이다.

'일단 문 앞으로 위치를 옮겨야겠어.'

그루아르는 여전히 랭던을 향해 총을 겨눈 채 천천히 뒷걸음질을 쳤다. 그러나 그는 세 발짝을 다 옮기지 못하고 그 자리에 멈춰 서야 했다.

'저건 또 뭐야?'

방 한복판에서 이상한 신기루 같은 것이 나타났다. 자세히 보니 사람의 형상이었다. 이 방 안에 다른 사람이 또 있는 것일까? 어둠 속에서 어떤 여자가 왼쪽 벽을 향해 씩씩하게 걸어가는 것이 보였다. 마치 색깔 있는 손전등으로 무언가를 찾는 것처럼, 보라색 빛 한 줄기가 그녀 앞의 마룻바닥을 앞뒤로 훑고 있었다.

"Qui est là(누구요)?"

그루아르는 불과 30초 사이에 두 번째로 온몸의 아드레날린이 치솟는 것을 느꼈다. 갑자기 총을 어디에다 겨누어야 할지, 어느 방향으로 몸을 움직여야 할지 종잡을 수가 없었다.

"PTS."

여인이 여전히 손전등으로 바닥을 비추며 차분한 목소리로 대답했다.

PTS라면 경찰의 과학 기술 전담반이 아닌가. 그루아르는 식은땀이 흐르기 시작했다.

'요원들은 모두 철수한 걸로 아는데.'

그제야 그는 손전등에서 나오는 자주색 불빛이 자외선이라는 사실을 알아차렸다. PTS 요원이라면 그런 장비를 사용할 만도 하지만, DCPJ가 왜 이런 곳에서 증거를 찾고 있는지 모를 노릇이었다.

"Votre nom(이름을 말하시오)!"

그루아르는 본능적으로 무언가 잘못되었다는 느낌이 들어서 그렇게 소리쳤다.

"Répondez(어서 대답해요)!"

"C'est moi(저예요)."

상대방은 차분한 프랑스어로 대답했다.

"소피 느뵈."

그루아르의 마음속 한 구석에 등록이 되어 있는 이름이었다. 소피 느뵈? 그건 소니에르의 손녀가 아닌가? 어렸을 때는 종종 이 박물관에 놀러 오곤 했지만, 아주 오래전의 일이었다.

'그녀일 리가 없어!'

설령 진짜로 소피 느뵈가 맞다고 해도 무조건 마음을 놓을 수는 없었다. 소니에르와 그의 손녀가 심각한 불화를 빚고 있다는 소문을 들은 적이 있는 탓이었다.

"저 아시죠?"

여자가 말했다.

"로버트 랭던은 우리 할아버지를 죽이지 않았어요. 정말이에요."

그루아르는 그 말을 곧이곧대로 믿을 마음이 없었다.

'지원이 필요해!'

그는 다시 한 번 무전기를 켜 보았지만 여전히 잡음만 흘러나올 뿐이었다. 출입문이 20미터는 족히 떨어져 있다는 것을 아는 그는 천천히 뒷걸음질을 치기 시작했다. 총으로는 그냥 바닥에 엎드린 남자를 겨누고 있기로 마음먹었다. 조금씩 뒤로 물러서는 그루아르의 눈에 여자가 〈모나리자〉 맞은편에 걸린 커다란 그림을 자외선 손전등으로 살펴보는 모습이 보였다.

그루아르는 그 그림이 무슨 그림인지를 깨닫고 나지막한 신음을 내뱉었다.

'도대체 저 여자가 무엇을 하고 있는 거지?'

소피 느뵈는 그녀대로 이마에 식은땀이 맺히는 것을 느꼈다. 랭던은 여전히 사지를 쫙 벌린 채 바닥에 엎드려 있었다.

'조금만 참아요, 로버트. 거의 다 됐어요.'

보안 요원이 함부로 총을 쏘지는 못하리라는 것을 잘 아는 소피는 그보다 더 시급한 문제에 정신을 집중했다. 다빈치가 남긴 또 한 점의 명화 주위를 샅샅이 살피는 일이었다. 그러나 아무리 자외선을 비춰 봐도 특별히 눈에 뜨이는 것이 없었다. 바닥도, 벽도, 심지어는 캔버스 자체도 마찬가지였다.

'틀림없이 뭔가가 있어!'

소피는 자신이 할아버지의 의도를 정확하게 해석했다는 확신을 가지고 있었다.

'이게 아니라면 무엇이란 말인가?'

지금 그녀가 살펴보고 있는 작품은 세로가 150센티미터가량 되는 그림이었다. 다빈치의 이 기괴한 그림 속에는 울퉁불퉁한 바위 위에 성모 마리아가 아기 예수와 세례 요한, 천사 우리엘 등과 함께 어색한 자세로 앉아 있었다. 소피가 어렸을 때 〈모나리자〉를 보러 오면 그때마다 할아버지는 늘 이 두 번째 그림 앞으로 그녀를 끌고 가곤 했다.

'할아버지, 저 여기 있어요! 하지만 아무것도 보이지가 않아요!'

등 뒤에서 그루아르가 지원을 요청하기 위해 무전기를 켜는 소리가 들렸다.

'생각을 집중해야 해!'

소피는 〈모나리자〉를 보호하는 강화 유리에 쓰여 있던 메시지를 떠올렸다.

'너무나 음흉한 남자의 기만.'

지금 그녀가 마주 보고 있는 그림 앞에는 메시지를 남길 유리 같은 것이 설치되어 있지 않았고, 그렇다고 소니에르가 그 유명한 걸작품 위에 직접 메시지를 남기는 짓은 하지 않았을 것이 분명했다. 소피는 동작을 멈추었다. 적어도 작품의 앞면에는 아무것도 없었다. 고개를 들어 보니 캔버스를 지탱하기 위해 천장에서 내려온 기다란 케이블이 보였다.

'저기에 뭐가 있을까?'

소피는 나무로 된 액자의 왼쪽을 붙잡고 살짝 앞으로 당겨 보았다. 그림이 꽤 커서 그런지, 뒷면이 벽에서 떨어지니 액자 전체가 약간 뒤틀리는 느낌이었다. 소피는 머리와 어깨를 그림 뒤로 집어넣고 손전등을 비추어 뒷면을 살펴보았다.

자신의 본능이 빗나갔음을 알아차리기까지는 그리 오랜 시간이 걸리지 않았다. 그림의 뒷면은 그냥 텅 비어 있었다. 캔버스가 워낙 오래되어 갈색 얼룩이 군데군데 생겨 있을 뿐 보라색 글자 같은 것은 보이지 않았다.

'잠깐!'

소피의 시선은 나무로 된 액자를 가장자리에 꽂힌 반짝거리는 금속에 고정되었다. 캔버스와 액자가 만나는 곳의 틈 사이에 조그만 쇠붙이가 끼워져 있었고, 거기에 반짝거리는 금빛 체인이 걸려 있었다.

그 체인에 낯익은 황금 열쇠가 달려 있는 것을 본 소피는 너무 놀라서 입이 다물어지지 않았다. 십자가 모양의 열쇠 머리에는 그녀가 아홉 살 때 이후로 한 번도 보지 못한 문양이 새겨져 있었다. 바로 백합 문양과 P.S.라는 이니셜이었다. 그 순간, 소피는 할아버지의 혼령이 자신의 귀에 대고 속삭이는 듯한 느낌에 사로잡혔다.

'때가 되면 그 열쇠는 네 것이 될 거다.'

할아버지가 죽어서까지 약속을 지켰다는 사실을 깨달은 소피는 목울대가 뻣뻣해 오기 시작했다.

'여러 가지 비밀을 넣어 둔 상자를 여는 열쇠지.'

할아버지의 목소리가 귓전에 들리는 듯했다.

소피는 그제야 오늘 밤의 그 모든 단어 게임이 순전히 이 열쇠 때문이었음을 깨달았다. 소니에르는 살해당할 당시에 이 열쇠를 지니고 있었다. 그게 경찰의 손에 들어가는 것을 원하지 않아서 이 그림 뒤에다 숨겨 둔 것이다. 그러고는 소피만이 해결할 수 있는 문제들로 보물 찾기를 유도했다.

"Au secours(지원 요청한다)!"

그루아르가 외치는 소리가 들렸다.

소피는 그림 뒤에서 열쇠를 떼어 내 자외선 손전등과 함께 주머니에 집어넣었다. 그림 뒤에서 고개를 빼내자, 그루아르가 무전기로 누군가를 불러내기 위해 안달하는 모습이 보였다. 그는 여전히 총구를 랭던에게 겨눈 채 출입문을 향해 뒷걸음질 치는 중이었다.

"Au secours!"

그가 다시 한 번 무전기에 대고 외쳤다.

그래도 돌아오는 것은 잡음뿐이었다.

소피는 이 방에 들어온 관광객들이 누군가에게 지금 〈모나리자〉를 보고 있다고 자랑하기 위해 휴대전화를 꺼냈다가 낙담한 얼굴로 도로 집어넣는 모습을 떠올렸다. 사방에 이중, 삼중의 보안 장치 배선이 얽혀 있는 탓에, 이 방을 나가기 전까지는 무선 신호가 전혀 잡히지 않는 까닭이었다. 소피는 그루아르가 빠르게 출입문을 향해 물러서는 것을 보고 당장 조치를 취하지 않으면 안 된다고 판단했다.

소피는 아직 커다란 그림 뒤에서 완전히 몸을 빼내지 않은 상태였다. 그림을 올려다보는 순간, 소피는 벌써 오늘 밤 들어 두 번째로 레오나르도 다빈치가 도움의 손길을 내밀고 있음을 깨달았다.

그루아르는 목표물을 향해 총을 똑바로 겨눈 채 이제 몇 미터만 더 가면 된다고 스스로를 위로했다.

"Arrêtez! Ou je la détruis!(움직이지 마세요! 안 그러면 이걸 찢어 버릴 거예요!)"

여자의 목소리가 방 안에 울려 퍼진 것이 바로 그때였다.

본능적으로 소리나는 쪽을 돌아본 그루아르는 동작을 멈출 수밖에 없었다.

"Mon dieu, non(맙소사, 안 돼)!"

불그스름한 조명 사이로 소피가 그림을 떼어 내 바닥에다 세운 채 붙잡고 있는 것이 보였다. 높이가 150센티미터나 되는 캔버스가 그녀의 몸을 거의 다 가린 상태였다. 그루아르의 뇌리에 제일 먼저 떠오른 생각은 왜 작품이 벽에서 떨어졌는데도 경보가 울리지 않을까 하는 것이었다. 그 이유는 물론 케이블에 연결된 감지기가 아직 초기화되지 않은 탓이었다.

'저 여자가 지금 뭘 하려는 거지?'

다음 순간, 그루아르는 눈앞에 펼쳐지는 광경을 보고 온몸의 피가 싸늘하게 식어 버리는 느낌이었다.

캔버스의 한복판이 툭 튀어나오면서 성모 마리아와 아기 예수, 세례 요한의 모습이 일그러지기 시작했다.

"Non(안 돼)!"

다빈치의 그 유명한 걸작이 그려진 캔버스가 늘어나는 것을 지켜보는 그루아르의 입에서 비명이 터져 나왔다. 소피가 작품 뒤에서 캔버스 한복판에 무릎을 댄 채 자기 몸 쪽으로 잡아당기는 중이었다.

"NON!"

그루아르는 몸을 돌려 소피를 향해 총을 겨누었지만, 자신의 그런 행동이 그녀에게 조금도 위협이 되지 못한다는 사실을 깨달았다. 캔버스는 일종의 천쪼가리일 뿐이지만, 권총의 총알 따위로는 그 천을 뚫을 수 없다. 지금 소피는 6백만 달러짜리 갑옷을 두르고 있는 셈이었다.

'다빈치 진품에다 총알구멍을 낼 수는 없어!'

"총과 무전기를 내려놓으세요."

소피가 차분한 프랑스어로 말했다.

"안 그러면 내 무릎이 이 그림을 찢어 놓을 테니까요. 정말로 그런 일이 벌어지면 우리 할아버지 기분이 어떨지는 잘 알고 있겠죠?"

그루아르는 아득한 현기증이 일었다.

"제발……. 안 됩니다. 그건 〈암굴의 마돈나〉예요!"

그루아르는 총과 무전기를 바닥에 떨어뜨린 채 두 손을 머리 위로 치켜들었다.

"고마워요."

소피가 말했다.

"이제부터 내가 시키는 대로 하세요. 그렇게만 하면 아무 일도 없을 거예요."

잠시 후, 소피와 함께 1층을 향해 비상계단을 달려 내려가는 랭던은 아직도 심장이 벌렁거렸다. 벌벌 떨고 있는 루브르 경비원을 남겨 놓고 살데제타를 빠져나온 뒤, 두 사람 모두 한마디도 하지 않았다. 경비원의 권총은 이제 랭던의 손에 쥐어져 있었지만, 감촉이 너무 낯설고 무겁게만 느껴져서 어서 어딘가로 던져 버리고 싶은 마음뿐이었다.

랭던은 계단 두 개를 한 번에 뛰어 내려가며 소피가 방금 망가뜨릴 뻔한 그림이 얼마짜리인지 그녀가 알고 있을까 하는 생각을 했다. 그녀가 선택한 미술품은 오늘 밤의 모험과 아주 잘 어울리는 것들이었다. 미술사가들 사이에서는 조금 전에 소피가 움켜잡았던 그림이 〈모나리자〉와 마찬가지로 숨겨진 이교도의 상징으로 악명 높은 작품이었다.

"아주 비싼 인질을 선택하더군요."

랭던은 계속 달리면서 말했다.

"〈암굴의 마돈나〉 말이에요?"

소피가 대답했다.

"그건 내가 선택한 게 아니라 할아버지가 고른 거예요. 그 그림 뒤에 나에게 줄 조그만 선물을 남겼거든요."

랭던은 어리둥절한 표정으로 그녀를 흘낏 돌아보았다.

"뭐라고요? 어떤 그림인지 어떻게 알았어요? 왜 하필이면 〈암굴의 마돈나〉였지요?"

"너무나 음흉한 남자의 기만."

소피는 의기양양한 미소를 머금었다.

"로버트, 내가 비록 처음 두 개의 애너그램은 놓쳤지만 세 번째는 그냥 넘길 수 없었거든요."

31

"그들이 죽었어요!"

생 쉴피스의 자기 침소에서 상드린 수녀가 전화기에 대고 말을 더듬고 있었다. 그녀는 지금 자동 응답기에 메시지를 남기는 중이었다.

"제발 전화 좀 받으세요! 그들이 모두 죽었다고요!"

명단에 나와 있는 처음 세 개의 번호로 전화해 본 결과는 실로 끔찍했다. 한 통은 신경질만 버럭버럭 내는 어떤 미망인이, 또 한 통은 살인 현장에서 밤늦도록 일에 매달리고 있는 형사가 받았으며, 나머지 한 통은 가족을 잃은 비통함에 잠긴 어느 성직자가 받았다. 상드린 수녀는 결국 네 번째이자 마지막 번호로 전화를 걸 수밖에 없었다. 처음 세 개의 연락처가 모두 불발로 끝날 때가 아니면 절대 전화하지 말라고 지시받은 번호였지만, 그나마 자동 응답기가 나왔다. 녹음된 인사말은 자기 이름도 밝히지 않고 그냥 메시지를 남겨 달라는 말뿐이었다.

"바닥의 타일이 깨졌어요!"

상드린 수녀는 애원하는 목소리로 메시지를 남겼다.

"다른 세 사람은 모두 죽었고요!"

상드린 수녀는 그 네 사람의 신원을 전혀 알지 못하는 상태였지만, 지금까지 침대 밑에 숨겨 온 그 번호들은 단 한 가지 경우 외에는 절대 전화를 걸지 못하게 되었다.

'바닥의 타일이 깨졌다는 것은 곧 상부 조직에 문제가 생겼다는 뜻입니다.'

상드린 수녀는 얼굴도 드러내지 않은 누군가로부터 그런 설명을 들었다.

'우리 가운데 한 사람이 절체절명의 위기에 처해 어쩔 수 없이 거짓말을 할 수밖에 없는 상황에 처했다는 의미지요. 그때 전화를 거세요. 다른 사람들에게도 경고를 해야 하니까요. 무슨 일이 있어도 절대 실수를 해서는 안 됩니다.'

말하자면 그것은 소리가 나지 않는 경보였다. 원리도 아주 간단했다. 상드린 수녀는 그 이야기를 듣고 얼마나 감명을 받았는지 몰랐다. 한 형제의 신원이 밝혀지면 그는 거짓 정보를 흘리게 되고, 그것이 연쇄 작용을 일으켜 다른 사람들에게까지 경고를 전달하는 것이다. 하지만 오늘 밤, 신원이 드러난 사람은 한 명만이 아닌 모양이었다.

"제발 전화 좀 받으세요."

상드린 수녀는 겁에 질린 목소리로 속삭였다.

"어디에 계시는 거예요?"

"전화를 끊으세요."

방문 앞에서 낮은 목소리가 들려왔다.

깜짝 놀라 뒤를 돌아본 상드린 수녀는 거구의 수도사가 서 있는 것을 발견했다. 그는 묵직한 쇠로 된 촛대를 움켜쥐고 있었다. 상드린 수녀는 떨리는 손으로 수화기를 내려놓았다.

"그들은 죽었습니다."

수도사가 말했다.

"네 명 모두. 그런데 그들이 나를 가지고 논 모양이군요. 쐐기돌이 어디 있는지 말해 주세요."

"나는 몰라요!"

상드린 수녀의 그 말은 진실이었다.

"그 비밀을 수호하는 건 다른 사람들이에요."

이미 죽은 사람들 말이다.

수도사는 하얀 주먹에 촛대를 움켜쥔 채 천천히 다가왔다.

"수녀님은 성당에 몸담은 자매님입니다. 그런데 어찌 그자들을 따를 수 있습니까?"

"예수님이 남긴 참된 메시지는 오로지 하나예요."

상드린 수녀가 도전하듯 말했다.

"오푸스 데이에서는 그 메시지를 찾아볼 수 없더군요."

수도사의 눈동자 속에서 갑자기 분노가 폭발했다. 그는 앞으로 달려들며 마치 몽둥이를 다루듯 촛대를 휘둘렀다. 상드린 수녀의 몸이 천천히 무너져 내렸다. 그 순간 그녀의 뇌리에는 더없이 불길한 예감이 엄습해 왔다.

'네 사람 모두 죽었다.'

'소중한 진실이 영원히 사라져 버렸다.'

32

드농 관의 서쪽 끝에서 울려 퍼진 경보음이 근처의 튈르리 정원에 모여 있던 비둘기들을 사방으로 흩어 놓을 무렵, 랭던과 소피는 박물관을 빠져나와 파리의 밤 거리로 뛰어나왔다. 광장을 가로질러 소피의 자동차를 향해 달려가는 랭던의 귀에 멀리 경찰차의 사이렌 소리가 들려왔다.

"저기 있어요."

소피가 가리킨 자동차는 코가 뭉툭한 빨간색 2인승 승용차였다.

'설마, 농담이겠지?'

랭던은 지금까지 그렇게 조그만 자동차를 본 적이 없었다.

"스마트카예요."

소피가 말했다.

"리터당 1백 킬로미터를 달리죠."

랭던이 조수석으로 완전히 몸을 밀어 넣기도 전에 차는 이미 시동을 걸고 자갈이 깔린 분리대를 타넘고 있었다. 차가 인도를 가로질러 루브르 광장의 조그만 로터리로 뛰어들자, 랭던은 자신도 모르게 손잡이를 꽉 움켜잡았다.

소피는 로터리를 그대로 가로질러 중앙 분리대 역할을 하는 산울타리와 그 안쪽의 수풀을 헤치고 나가기로 마음먹은 듯 보였다.

"안 돼!"

랭던은 비명을 질렀다. 루브르 광장을 에워싼 산울타리는 복판의 위험천만한 낭떠러지를 가리기 위한 것임을 아는 탓이었다. 그것은 랭던이 그날 밤에 박물관 안에서 본 역피라미드, 즉 거꾸로 된 피라미드 모양의 채광창 때문에 생긴 낭떠러지였다. 낭떠러지는 이 조그만 자동차 정도는 한입에 삼켜 버릴 정도의 크기였다. 다행히도 소피는 마지막 순간에 조금 더 얌전한 길을 택하기로 마음먹은 모양이었다. 핸들을 오른쪽으로 꺾어 로터리를 빠져나온 다음, 북쪽 차선으로 접어들어 리볼리 가를 향해 속도를 내기 시작했다.

높낮이가 다른 두 개의 음을 되풀이하는 경찰차의 사이렌 소리가 아까보다 훨씬 가까워진 듯하더니, 이내 사이드미러에 번쩍거리는 경광등이 비치기 시작했다. 소피의 스마트카는 더욱 속도를 높이라는 주인의 요구를 감당하기 벅찬 듯 앓는 소리를 냈다. 45미터 전방에서 리볼리 가의 신호등이 빨간색으로 변했다. 소피는 소리죽여 욕을 내뱉으며 그대로 질주를 계속했다. 랭던은 온몸의 근육이 팽팽하게 곤두서는 느낌이었다.

"소피?"

소피는 교차로에 접어들기 직전에야 약간 속도를 늦추고 전조등을 껌뻑거리며 재빨리 좌우를 살핀 다음, 다시금 있는 힘껏 가속 페달을 밟아 텅 빈 교차로에서 좌회전하여 리볼리 가로 접어들었다. 서쪽으로 약 400미터가량을 달린 뒤 널따란 로터리가 나오자 또 한 번 오른쪽으로 방향을 틀었다. 이내 그들은 샹젤리제 대로의 반대편으로 튀어나왔다.

직선 도로로 들어서자 랭던은 비로소 자세를 가다듬고 목을 길게 뽑아 루브르 쪽을 돌아보았다. 경찰이 쫓아오는 기미는 보이지 않았다. 파란 경광등 불빛들이 박물관 쪽으로 모여들고 있었다.

이윽고 심장 박동이 어느 정도 정상으로 돌아오자, 랭던은 겨우 전방을 바라볼 수 있었다.

"짜릿하네요."

소피는 그의 말을 듣지 못한 모양이었다. 그녀의 시선은 3킬로미터가량 화려한 상점들이 줄지어 늘어서 흔히 파리의 5번가라 불리는 샹젤리제 대로에 고정되어 있었다. 이제 대사관이 1.5킬로미터밖에 남지 않았기 때문에 랭던은 조금 더 여유를 되찾았다.

'너무나 음흉한 남자의 기만.'

소피의 재빠른 판단력이 무척 인상적이었다.

〈암굴의 마돈나〉.

소피는 자신의 할아버지가 그 그림 뒤에 뭔가를 남겼다고 했다. 마지막 메시지였을까? 랭던은 절묘하게 메시지를 숨긴 소니에르의 천재적인 두뇌에 감탄을 금할 길이 없었다. 〈암굴의 마돈나〉는 톱니바퀴처럼 맞물리는 오늘 밤의 상징들과 더없이 잘 어울리는 또 하나의 연결고리였다. 굽이굽이마다 레오나르도 다빈치의 은밀한 장난기에 대한 소니에르의 애착이 묻어 있는 느낌이었다.

다빈치가 〈암굴의 마돈나〉를 그리게 된 동기는 '무염시태회(Confraternity of the Immaculate Conception)'라는 단체의 의뢰 때문이었다. 이 단체는 밀라노의 산 프란체스코 성당의 제단을 장식할 3부작 가운데 복판에 들어갈 그림이 필요했던 것이다. 단체에서는 레오나르도에게 작품의 구체적인 치수와 함께 주제도 정해 주었다. 성모 마리아와 아기 세례 요한, 우리엘 천사, 그리고 아기 예수가 동굴에 몸을 숨기고 있는 모습을 그려 달라고 부탁한 것이다. 다빈치는 그들의 의뢰를 받아들이기는 했는데, 정작 그림이 넘어오자 단체의 관계자들은 경악을 금치 못했다. 그림 속에 너무나 과격하고 불온한 묘사가 들어 있기 때문이었다.

그림은 푸른 로브를 입은 성모 마리아가 아마도 아기 예수인 것으로 보이는 갓난아기에게 팔을 두른 채 앉아 있는 모습을 그렸다. 마리아 맞은편에는 우리엘이 역시 갓난아기와 함께 앉아 있는데, 이 아기는 세례 요한으로 추정된다. 이상한 것은 예수가 요한에게 축복을 내리는 통상적인 시나리오와는 달리, 아기 요한이 아기 예수에게 축복을 내리고 있다는 점이었다……. 게다가 아기 예수는 아기 요한의 권위에 복종하는 모습을 보이고 있다. 더욱 놀라운 것은 마리아가 요한의 머리 위로 손을 치켜든 모습이 다분히 위협적인 몸짓으로 보인다는 점이었다. 마치 독수리의 발톱 같은 그녀의 손가락이 보이지 않는 머리통을 붙들고 있는 느낌이다. 마지막으로 가장 명백하고도 무시무시한 대목은 마리아의 구부러진 손가락 밑에서 우리엘이 손으로 무언가를 자르는 자세를 취한다는 점이다. 마치 마리아의 발톱 같은 손에 들린 보이지 않는 머리통의 목을 자르는 느낌이다.

랭던의 학생들은 다빈치가 〈암굴의 마돈나〉에 '물타기'를 시도해 등장인물들이 훨씬 전통적인 방식으로 배치된 두 번째 그림을 그림으로써 작품을 의뢰한 단체의 분노를 달래려 했다는 것을 알면 굉장히 놀랍다는 반응을 보이곤 했다. 이 두 번째 그림은 〈암굴의 성모〉라는 제목으로 런던의 국립미술관에 전시되어 있는데, 랭던은 루브르가 소장한 첫 번째 작품이 더 마음에 들었다.

소피가 쏜살같이 차를 모는 동안 랭던이 말했다.

"그림 말입니다. 그 뒤에 뭐가 있었습니까?"

소피의 시선은 여전히 도로에 붙박여 있었다.

"무사히 대사관에 도착하고 나면 보여 드릴게요."

"보여 주다니요?"

랭던은 깜짝 놀랐다.

"소니에르가 남긴 게 무슨 물건이라도 된단 말입니까?"

소피는 짧게 고개를 끄덕였다.

"백합 문양과 P.S.라는 이니셜이 새겨져 있죠."

랭던은 자신의 귀를 믿을 수가 없었다.

'잘하면 성공할 수 있겠다.'

소피는 오른쪽으로 방향을 꺾어 호화로운 크릴롱 호텔 앞을 지나며 그런 생각을 했다. 이제 가로수가 우거진 파리의 외교가로 접어들었으니, 미국 대사관은 1킬로미터도 남지 않았다. 그제야 소피는 호흡이 정상으로 돌아온 느낌이었다.

소피는 운전을 하면서도 생각은 온통 주머니에 든 열쇠에 집중되어 있었다. 오래전 그 열쇠를 처음 본 기억과 함께, 십자가 모양의 황금으로 된 머리 부분과 삼각형의 몸체, 그리고 꽃무늬와 P.S.라는 글자가 얽힌 문양 등이 생생하게 눈앞에 어른거렸다.

소피는 오랫동안 그 열쇠를 잊은 채 지내 왔지만, 아무래도 정보 계통에서 일하다 보니 각종 보안 장비에 대해서 많은 것을 알게 된 탓에 이 열쇠의 특이한 장식이 마냥 신기하게 보이지만은 않았다.

'레이저를 이용한 가변 매트릭스. 이런 열쇠는 복제가 불가능해.'

보통 열쇠처럼 톱니 같은 이빨이 날름쇠를 움직이는 방식이 아니라, 레이저로 태워서 만든 마마 자국을 식별기가 읽어 들이는 방식이었다. 식별기에서 마마 자국들 사이의 거리와 배열, 모양 등이 일치한다는 판단이 내려져야 자물쇠가 열린다.

소피는 이런 열쇠를 필요로 하는 자물쇠가 어떤 것일지 감이 잡히지 않았지만, 로버트라면 뭔가 알지도 모른다는 생각이 들었다. 한 번도 본 적이 없는 이 열쇠에 문양이 새겨져 있다는 것을 귀신같이 알아맞힌 로버트가 아니던가. 머리 부분에 달린 십자가로 미뤄 볼 때 이 열쇠가 모종의 기독교 단체와 연관되지 않았을까 싶었지만, 소피는 레이저까지 동원한 가변 매트릭스 열쇠를 사용하는 교회를 들어 본 적이 없었다.

'게다가 할아버지는 기독교 신자도 아니었잖아…….'

소피는 10년 전에 그 증거를 직접 목격했다. 할아버지의 정체가 드러난 것은 묘하게도 훨씬 더 평범한 또 하나의 열쇠 때문이었다.

그날 오후, 소피는 샤를 드골 공항에 내려 택시를 타고 집으로 돌아왔다.

'할아버지가 나를 보면 깜짝 놀랄 거야.'

영국에서 대학원에 다니던 소피는 평소보다 며칠 일찍 봄방학을 맞아 집으로 돌아왔다. 하루빨리 할아버지를 만나 새로 배운 암호학 이야기를 나눌 생각을 하니 잠시도 지체할 수가 없었다.

하지만 막상 집에 도착해 보니 할아버지의 모습이 보이지 않았다. 할아버지는 그녀가 오늘 온다는 사실을 모르고 있으니, 아마 박물관에서 일을 하고 있는 모양이었다.

'하지만 지금은 토요일 오후잖아.'

할아버지가 주말에 출근을 하는 일은 거의 없었다.

'주말에는 대개…….'

소피는 싱긋 미소를 지으며 차고로 달려갔다. 역시, 할아버지의 차가 보이지 않았다. 복잡한 도심에서 운전하는 것을 좋아하지 않는 자크 소니에르가 주말에 자동차를 몰고 갈 곳이라고는 딱 한 군데밖에 없었다. 파리 북쪽의 노르망디에 있는 별장이 그곳이었다. 몇 달 동안 복닥대는 런던에서 시달린 소피는 그렇지 않아도 자연이 그리웠던 차에, 그 길로 휴가를 떠나기로 마음먹었다. 아직 초저녁이라, 부지런히 달려가면 할아버지를 깜짝 놀라게 해 줄 수 있을 터였다. 소피는 친구의 차를 빌려서 달빛에 젖은 크뢸리 부근의 꼬불꼬불한 언덕길을 달렸다. 그녀가 할아버지의 은둔처로 이어지는 기다란 사유지 진입로로 접어든 것은 밤 10시가 조금 넘어서였다. 1마일이 넘는 진입로를 절반쯤 지나자, 나무들 사이로 별장 건물이 보이기 시작했다. 언덕 중턱의 숲 속에 자리한 크고 오래된 석조 건물이었다.

이 시간이면 할아버지가 잠들어 있을 거라고 생각했던 소피는 집에 불이 환하게 밝혀진 것을 보고 더욱 기분이 좋아졌다. 그러나 집 앞의 주차장에 세워진 차들을 보는 순간, 그녀의 기쁨은 놀라움으로 바뀌었다. 메르세데스, BMW, 아우디가 수두룩했고, 롤스로이스도 한 대 보였다.

소피는 그 차들을 잠시 바라보다가 웃음을 터뜨렸다.

'우리 할아버지, 은둔자치고는 꽤 유명한 모양이네!'

자크 소니에르는 겉으로 드러나는 모습만큼 철저한 은둔자가 아닌 모양이었다. 소피가 없는 동안 파티를 연 모양인데, 모여든 자동차들만 봐도 파리에서 한가락하는 유력 인사들이 참석한 게 틀림없었다.

소피는 할아버지를 놀래 줄 욕심에 서둘러 현관 앞으로 달려갔다. 하지만 뜻밖에도 현관문이 잠겨 있었다. 문을 두들겨 보았지만 아무도 나오지 않았다. 어리둥절해진 소피는 건물 뒤로 돌아가 뒷문을 당겨 보았다. 그 문 역시 잠겨 있고, 아무리 두들겨도 반응이 없었다.

황당해진 소피는 잠시 그 자리에 멈춰 서서 귀를 기울였다. 들리는 소리라고는 계곡 사이를 스쳐 가는 서늘한 노르망디의 바람 소리뿐이었다.

음악 소리도 들리지 않았다.

사람들의 목소리도 들리지 않았다.

아무것도 들리지 않았다.

소피는 적막한 숲 속에서 건물 옆에 쌓인 장작 더미 위로 올라가 거실 창문에 얼굴을 갖다 대었다. 안에는 아무런 기척이 없었다.

"아무도 없어요?"

1층 전체가 사람의 그림자도 보이지 않았다.

'다들 어디로 간 거지?'

소피는 두근거리는 가슴을 달래며 헛간으로 달려가 불쏘시개 상자에서 할아버지가 숨겨 둔 여벌의 열쇠를 찾아낸 다음, 그 열쇠로 현관 문을 열고 안으로 들어갔다. 텅 빈 현관 안으로 들어서는 순간, 보안 시스템의 제어판에서 빨간 불빛이 깜빡거리기 시작했다. 10초 이내에 암호를 입력하지 않으면 경보가 울리도록 되어 있었다.

'파티를 열면서 경보기를 켜 두었다고?'

소피는 얼른 암호를 입력해 일단 경보가 작동하는 것을 막았다.

역시 집 안에는 아무도 없었다. 위층도 마찬가지였다. 다시 아래층의 거실로 내려온 소피는 도대체 어떻게 된 일일까 잠시 생각을 해 보았다.

소피가 그 소리를 들은 것이 바로 그때였다.

뭔가로 가린 듯한 사람들의 목소리였는데, 지금 그녀가 서 있는 바닥 밑에서 올라오는 소리 같았다. 소피는 도저히 감이 잡히지 않아서 바닥에 엎드려 귀를 갖다 대었다. 역시 소리는 바닥 밑에서 올라오는 게 틀림없었다. 노래를 부르는 것 같기도 하고…… 무슨 주문을 외우는 것 같기도 했다. 소피는 덜컥 겁이 났다. 소리도 소리지만 더 이상한 것은 이 집에 지하실 같은 것이 아예 없다는 사실이었다.

'적어도 내가 아는 한, 지하실 따위는 없어.'

몸을 일으키고 거실을 둘러보다가, 문득 유일하게 평소의 모습과 다른 것을 하나 발견했다. 그녀의 할아버지가 제일 좋아하는 골동품, 오부숭 벽걸이 장식이었다. 평소에는 놋쇠 막대기에 꽂혀 벽난로 옆의 동쪽 벽에 걸려 있던 것인데, 오늘 밤에는 천이 한쪽 옆으로 밀쳐져 그 뒤의 벽이 드러나 보였다.

나무로 된 그 벽으로 다가가자, 웅얼거리는 소리가 더 커졌다. 소피는 잠시 망설이다가 벽에 귀를 대어 보았다. 목소리가 조금 더 또렷해졌다. 사람들이 주문을 외우는 듯한 소리였지만, 그 내용을 알아들을 정도는 아니었다.

'이 벽 뒤에 빈 공간이 있나 봐!'

나무판 가장자리를 더듬어 보던 소피는 한쪽 끝이 살짝 팬 것을 발견했다. 굉장히 정교하게 만든 미닫이문의 손잡이 같았다. 소피는 두근거리는 가슴을 억누르며 오목한 곳에 손가락을 대고 나무를 살짝 밀어 보았다. 묵직한 벽이 스르르 옆으로 미끄러졌다. 캄캄한 어둠에 싸인 그 뒤의 공간에서 사람들의 목소리가 메아리처럼 올라오고 있었다.

그 문 안으로 들어서자 돌을 깎아 만든 나선형 계단이 아래쪽으로 뻗어 있었다. 소피는 조그만 어린아이 때부터 이 집을 드나들었지만, 이런 계단이 있는 줄은 상상도 하지 못했다.

계단을 내려갈수록 공기가 점점 서늘해졌고, 목소리는 점점 또렷해졌다. 이제 남자의 목소리와 여자의 목소리를 구분할 정도가 되었다. 계단이 나선형이라 시야가 아주 제한적이었지만, 어느새 마지막 계단이 저만치 눈에 들어왔다. 그 너머로 돌로 된 지하실 바닥이 주황색 불빛에 가볍게 흔들리고 있었다.

소피는 숨을 멈춘 채 계단을 몇 개 더 내려간 다음, 최대한 자세를 낮추고 아래쪽을 내려다보았다. 그녀의 시신경으로 입력된 정보를 뇌가 제대로 처리하기까지는 몇 초의 시간이 걸렸다.

지하실은 화강암을 깎아서 만든, 아주 거칠어 보이는 석굴 같은 곳이었다. 유일한 광원은 벽에 걸어 놓은 횃불뿐이었다. 그 불빛 사이로 서른 명 남짓한 사람들이 동그랗게 모여 서 있었다.

'나는 지금 꿈을 꾸고 있어.'

소피는 속으로 중얼거렸다.

'그렇지 않고서야 어떻게 이런 일이 있을 수 있겠어?'

사람들은 모두 가면을 쓰고 있었다. 여자들은 하얀색 가운과 금빛 신발을 신었고, 가면 역시 흰색이었다. 손에는 금빛 구슬 같은 것을 들고 있었다. 남자들은 기다란 검은색 튜닉을 입었고, 검은색 가면을 썼다. 얼핏 봐서는 거대한 체스판의 말처럼 보였다. 그들은 둥그랗게 원을 그리고 서서 몸을 앞뒤로 흔들며 자기네 앞의 바닥에 놓인 무언가를 찬양하는 주문을 외우고 있었는데, 지금 소피의 위치에서는 바닥에 뭐가 있는지는 보이지 않았다.

주문 소리가 점점 커지고 빨라지더니, 이제 멀리서 천둥이 우릉거리는 소리처럼 변했다. 속도도 훨씬 빨라졌다. 그러자 사람들이 안쪽으로 한 발 들어서며 무릎을 꿇었다. 그 순간, 소피는 그들이 무엇을 지켜보고 있었는지를 깨달았다. 겁에 질려 정신없이 뒷걸음질을 쳤지만, 그 끔찍한 장면은 그녀의 기억 속에 각인되어 영원히 지워지지 않을 거라는 예감이 들었다. 소피는 속이 울렁거리는 것을 간신히 참으며 벽을 붙잡고 계단을 올라왔다. 문을 원래대로 닫아 놓고 텅 빈 집을 빠져나온 소피는 하염없이 흐르는 눈물이 앞을 가리는 가운데 차를 몰아 파리로 돌아왔다.

그날 밤, 평온하던 그녀의 삶이 지독한 환멸과 배신감으로 산산조각이 나 버렸다. 소피는 그 길로 짐을 꾸려서 집을 나섰다. 주방 식탁 위에 쪽지를 한 장 남긴 채.

거기 갔었어요. 저를 찾지 마세요.

쪽지 옆에는 별장의 헛간에서 찾아낸 낡은 열쇠를 놔두었다.

"소피!"

랭던의 목소리가 그녀를 현실로 불러냈다.

"멈춰! 차 세워요!"

소피는 회상에서 돌아옴과 동시에 있는 힘껏 브레이크를 밟았다. 끽소리와 함께 차가 멈춰 섰다.

"뭐예요? 무슨 일이죠?"

랭던은 눈앞에 길게 펼쳐진 도로를 가리켰다.

그쪽을 바라본 소피는 온몸의 피가 싸늘하게 식어 버리는 느낌이었다. 약 1백 미터 전방의 교차로를 DCPJ 소속의 경찰차 두 대가 가로막고 있었다. 도로를 가로막고 비스듬히 세워진 그 차들의 의도는 분명했다.

'가브리엘 가가 봉쇄됐어!'

랭던은 낙담한 듯 한숨을 내쉬었다.

"오늘 밤에는 대사관이 출입 금지 구역인가 보군요."

도로를 가로막은 차량 옆에 서 있던 두 명의 DCPJ 요원들이 그들 쪽을 유심히 바라보고 있었다. 달려오던 전조등 불빛이 도로 한복판에서 갑자기 멈춰 섰으니, 그들이 의아하게 생각하는 것도 무리는 아니었다.

'좋아, 소피, 천천히 차를 돌려.'

소피는 딱 세 번 변속기를 조작해 전진과 후진을 거듭한 끝에 차의 방향을 180도로 돌려세웠다. 그녀의 차가 출발하는 순간, 뒤에서 귀를 찢는 타이어 소리가 들려왔다. 사이렌 소리도 되살아났다.

소피는 나지막이 욕설을 중얼거리며 바닥까지 힘껏 가속 페달을 밟았다.

33

소피의 스마트카는 수많은 대사관과 영사관이 밀집된 외교 단지를 쏜살처럼 빠져나와 골목길로 들어섰다가 오른쪽으로 방향을 꺾었다. 드넓은 샹젤리제 대로가 다시 나타났다.

조수석에 앉은 채 안절부절못하던 랭던이 몸을 뒤로 돌려 경찰이 쫓아오는지 확인해 보았다. 문득 괜히 도망쳤다는 생각이 들었다.

'내가 원해서 이렇게 된 건 아니잖아.'

소피가 화장실 창문으로 GPS 발신기를 집어던지는 순간, 랭던의 의지와는 무관하게 오늘 밤의 활극이 시작된 셈이었다. 차량 통행이 뜸한 샹젤리제 거리를 대사관과는 반대 방향으로 달리는 상황이니, 이제 그의 선택은 폭이 그리 넓지 않았다. 비록 지금 당장은 소피가 경찰을 따돌린 것처럼 보이지만, 그런 행운이 언제까지 이어질지는 아무도 장담할 수 없을 테니까.

소피가 운전대를 잡은 채 스웨터 주머니를 뒤지더니, 조그만 금속 물체를 꺼내 랭던에게 내밀었다.

"로버트, 지금 보여 드리는 게 나을 것 같네요. 바로 이게 할아버지가 〈암굴의 마돈나〉 뒤에 숨겨 둔 물건이에요."

랭던은 짜릿한 기대감과 함께 그 물건을 받아 살펴보았다. 꽤 묵직했고, 십자가 모양을 한 물건이었다. 제일 먼저 그의 뇌리를 스친 생각은 장례용 말뚝이 아닐까 하는 추측이었다. 시신을 묻은 땅 위에 박아 놓도록 만든 추모비의 축소판 같았다. 그러나 랭던은 십자가에서 삐져나온 몸체가 현란한 색채의 삼각형이라는 사실에 생각이 미쳤다. 몸체에는 마마 자국 같은 미세한 육각형 점들이 수백 개쯤 무작위로 찍혀 있었는데, 그런 점을 만들기 위해서는 고도로 정밀한 도구가 사용되었을 듯했다.

"그건 레이저를 이용해서 만든 열쇠예요."

소피가 말했다.

"식별기가 그 육각형들을 판독하는 방식이죠."

'열쇠?'

랭던은 한 번도 그렇게 생긴 열쇠를 본 적이 없었다.

"반대쪽을 보세요."

소피가 차선을 바꾸어 교차로로 미끄러져 들어가며 말했다.

열쇠를 반대쪽으로 돌리는 순간, 랭던의 입이 쩍 벌어졌다. 십자가 한복판에 세련된 백합 문양과 함께 P.S.라는 글자가 새겨져 있었다.

"소피."

랭던이 말했다.

"내가 아까 얘기했던 문양이 바로 이겁니다! 시온수도회의 공식 문양이지요."

소피는 고개를 끄덕였다.

"말씀드린 대로 나는 이 열쇠를 아주 오래전에 한 번 본 적이 있어요. 할아버지는 거기에 대해서는 두 번 다시 말도 못 꺼내게 하셨죠."

랭던의 시선은 아직도 문양이 새겨진 열쇠에 붙박여 있었다. 첨단의 금속 가공 기술과 고리짝 시대의 상징이 함께 어우러져 고대와 현대가 기묘한 조합을 이룬 느낌이었다.

"할아버지는 그게 여러 가지 비밀을 넣어 둔 상자를 여는 열쇠라고 했어요."

랭던은 자크 소니에르 같은 사람이 어떤 비밀을 숨겨 두고 있었을지를 생각하니 서늘한 한기가 느껴졌다. 그 오래된 조직이 이런 최첨단 열쇠를 가지고 무엇을 했을지 상상이 가지 않았다. 시온수도회의 유일한 존재 이유는 비밀을 사수하는 것이었다. 믿어지지 않을 만큼 강력한 힘을 가진 비밀. 이 열쇠도 그것과 관계가 있을까? 랭던은 그런 생각만으로도 몸이 오싹해지는 느낌이었다.

"무엇을 위한 열쇠인지는 압니까?"

소피는 약간 실망한 표정이었다.

"당신이 알 거라고 기대했는데."

랭던은 입을 다물고 손에 쥔 십자가를 이리저리 살펴보았다.

"기독교랑 관계가 있겠죠."

소피가 말했다.

랭던은 아직 그렇게 단정할 상황은 아니라고 생각했다. 열쇠 머리에 달린 십자가는 세로가 긴 전통적인 기독교의 십자가와 달리 가로 세로가 똑같은 십자가였는데, 이것은 기독교보다도 1천5백 년 이상 역사가 긴 상징이었다. 이런 유형의 십자가는 로마인들이 고문 도구로 만들어 낸 가로보다 세로가 긴 라틴 십자가와 달리, 예수의 고난과는 아무런 관계도 없다. 랭던은 십자가에 못 박힌 예수상(crucifix)을 바라보는 기독교인들 가운데 이 상징물의 이름부터가 폭력으로 점철된 역사를 반영한다는 사실을 아는 이가 거의 없다는 사실에 놀라움을 금치 못했다. 십자가를 뜻하는 'cross'와 'crucifix'는 둘 다 '고문'을 뜻하는 라틴어의 동사 'cruciare'에서 유래된 단어들이다.

"소피."

랭던이 말했다.

"내가 말해 줄 수 있는 것은 이렇게 가로 세로가 똑같은 십자가는 평화를 상징한다는 점뿐입니다. 가로 세로가 똑같기 때문에 사람을 처형하는 도구로는 쓸모가 없고, 수직과 수평이 균형을 이룬다는 사실은 남성과 여성의 자연스러운 결합을 의미하기 때문에 시온수도회의 철학과 상징적으로 잘 맞아떨어지지요."

소피는 근심스러운 표정으로 랭던을 돌아보았다.

"아무튼, 짚이는 게 없다는 거죠?"

랭던도 눈살을 찌푸렸다.

"전혀."

"좋아요. 언제까지 이렇게 도로를 방황할 수는 없죠."

소피는 후면경을 살펴보며 말했다.

"이 열쇠가 어디에 쓰는 것인지 알아낼 만한 안전한 장소가 필요해요."

랭던은 아늑한 호텔 방으로 돌아가고 싶은 마음이 굴뚝같았지만, 그건 꿈도 못 꿀 일이었다.

"나를 초대한 파리 아메리카 대학 관계자들에게 도움을 청하는 건 어떨까요?"

"너무 뻔해요. 파슈가 그들을 확인하지 않을 리 없어요."

"당신도 아는 사람들이 있을 것 아닙니까? 당신은 이곳 사람이니까."

"파슈가 내 통화 기록과 전자우편을 다 뒤질 게 틀림없어요. 내 동료들도 가만 놔두지 않을 거고요. 그러니 주위 사람들에게 도움을 청할 생각은 하지 않는 게 좋아요. 호텔도 신원을 일일이 확인하니까 함부로 들어가면 안 돼요."

랭던은 다시 한 번 그냥 루브르에서 파슈의 손에 순순히 체포되는 게 어땠을까 하는 생각이 들었다.

"그럼 대사관에 전화를 해 봅시다. 상황을 설명하면 사람을 보내서 대책을 마련해 줄 거예요."

"대책 마련?"

소피는 고개를 돌려 마치 미친 사람을 쳐다보듯 랭던을 바라보았다.

"로버트, 꿈 깨세요. 당신네 대사관은 일단 담장을 벗어나면 아무런 사법권도 가지지 못해요. 우리에게 사람을 보내서 대책을 마련한다는 건 프랑스 정부가 쫓는 도망자를 돕는 행위가 되는 셈이죠. 그런 일은 있을 수 없어요. 자기 발로 대사관에 걸어 들어가서 잠시 보호를 요청하는 건 얼마든지 가능하지만, 프랑스 법 집행 기관의 공무 수행을 방해하는 조치를 취해 달라고 부탁하는 건……."

소피는 고개를 설레설레 가로저었다.

"꼭 원한다면 당장 대사관에 전화를 해 보세요. 틀림없이 더 이상 문제를 악화시키지 말고 파슈에게 자수하라고 할 테니까요. 물론 공정한 재판을 받을 수 있도록 모든 외교적 수단을 강구하겠다는 약속도 빠뜨리지 않겠죠."

소피는 화려한 샹젤리제의 상점들을 바라보며 한마디 덧붙였다.

"현금 얼마나 가지고 있어요?"

랭던은 지갑을 뒤져보았다.

"1백 달러. 유로화도 조금 있고. 왜요?"

"신용카드는요?"

"물론 있지요."

랭던은 소피가 다시 속도를 내는 것을 보고 뭔가 계획이 선 모양이라고 생각했다. 샹젤리제가 끝나는 지점에는 나폴레옹이 자신의 무공을 기념하기 위해 세운 50미터 높이의 개선문이 버티고 있고, 그 주위를 프랑스에서 가장 큰 로터리가 에워싸고 있었으며, 거기에서 아홉 가닥의 도로가 거미집처럼 뻗어 나오고 있었다.

소피는 로터리로 다가가며 다시 한 번 후면경을 확인했다.

"당장은 경찰을 따돌리는 데 성공한 것 같은데."

그녀가 말했다.

"이 차를 타고 있는 한 앞으로 5분 이상을 버티기 힘들 거예요."

'그래서, 이왕 범법자가 됐으니 다른 차를 훔치기라도 하자고?'

랭던은 그런 생각을 소리 내어 말하는 대신, "어떻게 할 생각입니까?" 하고 물었다.

소피는 쏜살같이 로터리로 접어들었다.

"나만 믿으세요."

랭던은 대답을 하지 않았다. 적어도 오늘 밤만큼은 믿는 도끼에 여러 번 발등을 찍힌 기분이었다. 랭던은 재킷의 소매를 슬쩍 걷어 올리며 손목시계를 들여다보았다. 소장용 한정판으로 제작된 이 미키마우스 손목시계는 랭던의 열 번째 생일날 부모님이 선물해 준 물건이었다. 숫자판이 워낙 유치해서 이상한 눈으로 쳐다보는 사람들이 많았지만, 랭던에게는 그것이 유일한 손목시계였다. 그로 하여금 처음으로 형태와 색상의 마법에 눈뜨게 해 준 게 바로 디즈니의 만화영화였고, 지금은 그 시계에 그려진 미키가 마음만은 항상 젊게 살자는 그의 다짐을 매일 상기시켜 주는 역할을 했다. 하지만 지금 미키의 두 팔은 평소에 자주 접해 보지 못하던 생소한 각도를 그리고 있었고, 그것이 나타내는 시간 역시 생소하기는 마찬가지였다.

새벽 2시 51분이었다.

"재미있는 시계네요."

소피가 시계 반대 방향으로 널따란 로터리를 돌며 그의 팔목을 힐끗 내려다보았다.

"사연이 많은 시계지요."

랭던은 소매를 내리며 대답했다.

"그럴 것 같네요."

소피는 살짝 미소를 지어 보인 뒤, 로터리를 빠져나와 도심에서 북쪽으로 향하는 도로로 접어들었다. 녹색 신호등 두 개를 아슬아슬하게 지나 세 번째 교차로에서 우회전을 하니 말세르브 대로가 나왔다. 이제 그들은 녹음이 무성한 외교가의 부자 동네를 벗어나 어두컴컴한 공단 지역으로 들어선 셈이었다. 소피가 이번에는 좌회전을 했고, 랭던은 잠시 후에야 거기가 어디인지를 알아차렸다.

생 라자르 역.

저만치 지붕이 유리로 된 기차역이 보였다. 역은 마치 비행기 격납고와 온실을 각각 엄마, 아빠로 둔 기형아처럼 보였다. 하지만 유럽의 기차역은 결코 잠들지 않는다. 이렇게 늦은 시간에도 정문 근처에는 빈 택시 대여섯 대가 손님을 기다리고 있었다. 노점상들은 손수레에서 샌드위치와 생수를 팔았고, 몰골이 남루한 아이들 몇이 배낭을 짊어진 채 졸린 눈을 비비며 역에서 걸어 나와 여기가 어디더라 하는 표정으로 주위를 두리번거렸다. 한쪽에서는 시 소속의 경찰관 두 명이 길 잃은 관광객들에게 방향을 설명하고 있었다.

소피는 주위에 빈 주차 공간이 널렸음에도 불구하고 한 줄로 늘어선 택시들 꽁무니에 차를 세우더니, 랭던이 뭐라고 물어보기도 전에 차에서 내렸다. 그리고는 바로 앞에 서 있던 택시로 다가가 기사에게 뭐라고 말하기 시작했다.

랭던은 차에서 내리다가 소피가 택시 기사에게 지폐를 한 웅큼 집어 주는 것을 보았다. 기사는 고개를 끄덕이더니, 황당하게도 그들을 태우지도 않고 그냥 빈 차로 휭 하니 가버리는 것이었다.

"무슨 일입니까?"

랭던은 택시가 사라진 자리에 혼자 서 있는 소피에게 다가가 물었다.

소피는 기차역 입구를 향해 걸음을 옮기기 시작했다.

"어서 가요. 최대한 빨리 파리를 떠나는 기차표 두 장을 사야 해요."

랭던은 서둘러 그녀 옆을 따라갔다. 미국 대사관까지 1킬로미터밖에 안 남았다고 생각했던 그들의 여정이 거창한 파리 대탈출 작전으로 탈바꿈하는 순간이었다. 시간이 갈수록 랭던은 이러한 상황이 점점 더 싫어졌다.

34

레오나르도 다빈치 국제공항에 아링가로사 주교를 마중 나온 기사
는 작고 볼품없는 검은색 피아트 세단을 몰고 나왔다. 아링가로사는
바티칸의 모든 교통 수단이 교황청의 문양이 새겨진 깃발과 중후한 번
호판으로 장식된 크고 화려한 자동차를 타던 시절을 상기했다.

'그런 시절은 이제 지나갔어.'

요즘 바티칸의 자동차들은 예전에 비해 훨씬 수수해졌고, 특별한 표
식도 달지 않는 경우가 많았다. 바티칸은 불필요한 비용을 줄이고 본
연의 임무에 충실하기 위한 조치라고 강변했지만, 아링가로사는 보안
상의 이유가 더 크게 작용하지 않았을까 하는 의구심을 품고 있었다.
세상이 미쳐 돌아가는 판이니, 유럽의 대부분의 지역에서는 예수 그리
스도를 사랑한다고 떠벌리는 일이 마치 자동차 지붕에 과녁을 그려 놓
고 다니는 것과 같은 행동으로 치부되었다.

아링가로사는 검은 통상복 자락을 한데 모아 잡은 채 자동차 뒷좌석
에 올랐다. 간돌포 성까지 가려면 꽤 시간이 걸릴 터였다. 그는 다섯 달

전에도 지금과 똑같은 경로로 이동한 적이 있었다.

'지난해 로마 여행은 정말 끔찍했었지.'

아링가로사는 한숨을 내쉬며 지난 일을 떠올렸다.

5개월 전, 바티칸은 아링가로사에게 전화를 걸어 당장 로마로 날아오라고 지시했다. 이유도 설명해 주지 않았다.

'공항에 나가면 비행기 표가 준비되어 있을 겁니다.'

교황청은 웬 비밀이 그렇게도 많은지, 최고위 성직자들에게조차 시원하게 설명을 해 주는 법이 없었다.

아링가로사는 바티칸이 자신을 불러들인 이유가 최근 오푸스 데이가 거둔 대중적 성공에 편승하고자 하는 교황과 몇몇 고위층 인사들의 욕심에서 비롯되지 않았나 하는 생각을 했다. 그 얼마 전에 뉴욕에서 오푸스 데이의 세계 본부 건물이 완공되었는데, 《건축 다이제스트》는 이 건물이 '가톨릭의 봉화대를 현대의 풍경과 절묘하게 조화시켰다'라고 격찬했다. 요즘 들어 바티칸은 '현대적'이라는 단어만 들어가면 물불을 가리지 않고 달려들곤 했다.

아링가로사는 바티칸에서 오라고 하면 가는 수밖에 다른 도리가 없었다. 대부분의 보수적인 성직자들과 마찬가지로 현재의 교황청 집행부를 그리 탐탁지 않게 생각하는 아링가로사는 새로 선출된 교황의 임기 첫 해를 근심스러운 눈으로 지켜보는 중이었다. 역대 그 어느 교황보다도 자유주의적 성향이 강한 이번 교황은 바티칸 역사상 가장 말도 많고 탈도 많았던 비밀회의를 통해 대권을 장악했다. 그럼에도 불구하고 새 교황은 자세를 낮추기는커녕 임기가 시작되자마자 교계의 고위층을 한 손에 틀어쥐기 위한 세력 강화에 나섰다. 교황은 추기경단 내부의 몇몇 자유주의자의 지원을 등에 업고 이제는 아예 '새로운 밀레니엄에 맞는 바티칸의 체질 개선과 가톨릭 교의의 개혁'을 자신의 임무로 선포하기에 이르렀다.

이러한 변화는 자기 손으로 하느님의 법률을 고쳐 쓸 수 있으며, 요즘 세상에 가톨릭의 규율을 모두 따르면서 살기에는 너무 불편한 점이 많다고 생각하는 사람들의 마음을 사로잡을 수 있다고 믿는 교황의 오만에서 비롯되었다는 것이 아링가로사의 제일 큰 걱정이었다.

그런 이유로 아링가로사는 자신의 정치적 영향력—오푸스 데이의 저변과 자금력을 고려하면 그의 영향력은 누구도 무시할 수 없을 정도였다—을 총동원하여 교황과 그의 조언자들에게 교회의 법규를 완화하는 것은 믿음을 약화시킬 뿐 아니라 정치적 자살을 초래할 뿐이라는 점을 설득하기 위해 노력했다. 아링가로사는 가톨릭의 법규를 완화하고자 했던 제2회 바티칸 공의회가 참담한 실패로 돌아간 사실을 근거로 들었다. 그 사건 이후 신도의 수가 급감하고 헌금 수입이 고갈되는가 하면, 교회를 섬길 사제들마저 부족해지는 최악의 위기가 찾아오지 않았던가.

사람들에게는 응석과 방종을 받아주는 교회가 아니라 규율과 방향을 제시하는 교회가 필요하다는 것이 아링가로사의 주장이었다.

몇 달 전의 그날 밤, 공항을 출발한 피아트는 바티칸 시티를 향하는 것이 아니라 꾸불꾸불한 산길을 하염없이 올라갔다.

"어디로 가는 겁니까?"

아링가로사가 기사에게 물었다.

"알반 언덕입니다."

기사가 대답했다.

"회의 장소는 간돌포 성에 마련되어 있습니다."

간돌포 성이라면 교황의 여름 휴양지가 아닌가? 아링가로사는 한 번도 그곳에 가 본 적이 없었고, 가 보고 싶은 마음도 없었다. 16세기에 지어진 이 성채는 교황의 여름 휴양지일 뿐만 아니라 유럽 최고의 천문 관측 장비를 갖춘 '스페큐라 바티카나(Specula Vaticana)', 즉 바티칸 천문대가 자리한 곳이기도 했다. 아링가로사는 바티칸이 섣불리 과학에 손을 대는 처사를 경계하는 입장이었다. 도대체 과학과 신앙을 뒤섞어서 무엇을 하자는 것인가? 제대로 된 신앙을 가진 사람이라면 절대 불편부당한 과학적 신념을 견지할 수 없다. 그렇다고 신앙이 물리학적인 근거를 필요로 하는 것도 아니지 않은가.

'그럼에도 불구하고……'

아링가로사는 별빛 가득한 11월의 밤하늘 사이로 간돌포 성이 시야에 들어올 무렵, 그런 생각을 하고 있었다. 진입로에서 올려다보는 간돌포는 산 밑으로 몸을 날려 자살을 꿈꾸는 돌로 된 거대한 괴물을 연상하게 했다. 아슬아슬한 낭떠러지 끄트머리에 올라앉은 이 성채는 이탈리아 문명의 요람을 한눈에 내려다보고 있었다. 로마가 생기기 훨씬 전부터 쿠리아치 사람들과 호라치 사람들이 싸움을 이어온 계곡이 바로 그곳이었다.

절벽을 배경으로 어떠한 적의 침략도 허락하지 않는 요새와도 같은 건물의 전형인 간돌포는 그 실루엣만으로도 탄성을 자아내기에 부족함이 없었다. 그러나 안타깝게도 바티칸은 망원경을 설치하기 위해 이 성채의 지붕에 두 개의 거대한 알루미늄 돔을 올려 건물 전체를 망쳐놓고 말았다. 덕분에 장엄한 위용을 자랑하던 이 건축물이 마치 파티용 모자를 뒤집어쓴 전사처럼 우스꽝스러운 모양이 되고 말았다.

아링가로사가 차에서 내리자, 젊은 제수이트 수사 한 사람이 황급히 달려나와 그를 맞이했다.

"어서 오십시오, 주교님. 저는 만가노 신부입니다. 이곳의 천문학자이기도 하지요."

'잘났군.'

아링가로사는 마지못해 건성으로 인사를 건네고 그의 뒤를 따라 현관으로 들어섰다. 탁 트인 현관은 르네상스 미술과 천문학의 이미지를 멋대가리 없이 뒤섞어 놓은 느낌이었다. 안내자를 따라 널찍한 대리석 계단을 올라간 아링가로사는 회의실과 과학 강연실, 관광객을 위한 정보 센터 등을 가리키는 표지판을 발견했다. 영적 성장을 인도하는 일에는 번번이 실패를 거듭해 온 바티칸이, 어떻게 관광객들에게 천체 물리학을 강의할 시간을 낼 수 있는지 알다가도 모를 일이었다.

"말 좀 해 보십시오."

아링가로사는 퉁명스러운 목소리로 젊은 사제에게 말했다.

"언제부터 꼬리가 개를 흔들게 되었지요?"

사제는 멍하니 그를 바라보았다.

"예?"

아링가로사는 어지간하면 오늘 저녁에는 참기로 마음먹고 손을 내저어 아무것도 아니라는 시늉을 했다. 확실히 바티칸은 미쳐 가고 있었다. 버릇없는 자식을 따끔하게 타이르는 것보다는 엄살을 있는 대로 받아주는 게 훨씬 쉽다고 생각하는 게으른 부모처럼, 요즘 교회는 날이 갈수록 점점 더 말랑말랑해져서 형편없이 타락한 문명까지도 포용하겠다는 자세를 취하고 있었다.

꼭대기 층의 복도는 아주 넓고 화려하게 꾸며져 있었으며, 놋쇠로 된 표지판이 달린 커다란 참나무 출입문이 있는 쪽으로만 이어지게 되어 있었다.

천문학 도서관

아링가로사는 이 바티칸 천문학 도서관에 코페르니쿠스와 갈릴레오, 케플러와 뉴턴, 세치(Angelo Secchi)의 희귀한 저서를 망라하는 2만 5천여 권의 장서가 소장되어 있다는 소문을 들은 적이 있었다. 뿐만 아니라 이곳은 교황의 최측근 인물들이 은밀히 회의를 벌이는 장소로 알려져 있기도 했다. 바티칸 시티의 울타리 안에서 진행하기 껄끄러운 회의들이 이곳에서 벌어진다는 것이었다.

아링가로사 주교는 출입문을 향해 다가설 당시에만 해도 자신이 그 방 안에서 접하게 될 충격적인 소식에 대해서는, 또한 그 소식이 어떤 연쇄 작용을 일으킬지에 대해서는 전혀 상상도 하지 못하고 있었다. 그로부터 한 시간 뒤, 회의실을 빠져나오는 아링가로사는 경악을 금할 수 없었다.

'앞으로 6개월이라고?'

아링가로사는 그저 하느님의 보살핌을 기도할 뿐이었다.

피아트의 뒷좌석에 앉아 회상에 잠겼던 아링가로사 주교는 그 첫 번째 회의를 떠올리는 순간 자신도 모르게 두 주먹에 잔뜩 힘이 들어가 있는 것을 깨달았다. 그는 천천히 숨을 들이쉬며 손에 힘을 빼고 근육의 긴장을 풀었다.

'모든 게 다 잘될 거야.'

아링가로사는 산꼭대기를 향해 올라가는 차 안에서 스스로를 타일렀다. 지금쯤 휴대전화가 한 통 오면 더 이상 바랄 나위가 없을 듯했다.

'왜 스승한테서 전화가 오지 않는 걸까? 지금쯤이면 사일러스가 쐐기돌을 확보했을 텐데 말이야.'

아링가로사는 긴장을 풀기 위해 자신의 반지에 박힌 보라색 자수정을 살펴보았다. 주교장 장식과 다이아몬드의 감촉을 느끼며, 이 반지가 상징하는 힘은 이제 곧 그의 수중에 들어올 권력에 비하면 한없이 초라할 뿐이라는 사실을 상기했다.

35

생 라자르 역 구내는 유럽의 여느 기차역과 비슷한 풍경이었다. 노숙자들이 종이 상자에 구걸하는 문구를 들고 앉아 있는가 하면, 배낭에 기대 잠들거나 MP3 이어폰을 귀에 꽂은 대학생들이 끼리끼리 모여 있기도 했고, 파란 제복을 입은 짐꾼들이 담배를 피우는 모습도 보였다.

소피는 머리 위에 걸린 커다란 기차 시간표를 올려다보았다. 정보가 갱신될 때마다 흰색과 검은색 칸들이 아래로 밀려 내려오며 다시 정렬되곤 했다. 소피는 제일 위 칸부터 살펴보았다.

릴리 − 급행 − 3:06

"조금 더 일찍 출발했으면 좋겠는데."

소피가 말했다.

"하지만 릴리 정도면 괜찮네요."

'더 일찍 출발한다고?'

랭던의 손목시계는 새벽 2시 59분을 가리키고 있었다. 7분 후에 떠나는 기차인데 아직 그들은 표도 사지 않은 상태가 아닌가.

소피는 랭던을 매표구 앞으로 잡아끌며 말했다.

"신용카드로 릴리행 두 장만 사세요."

"신용카드를 사용하면 금방 추적이……."

"그야 물론이죠."

랭던은 소피 느뵈가 자기보다 한 수 앞서가고 있다는 사실을 인정하기로 마음먹었다. VISA 카드로 릴리행 보통석 두 장을 사서 소피에게 건네주었다.

소피를 따라 플랫폼 쪽으로 걸어가다 보니, 릴리행 승객은 모두 탑승하라는 마지막 안내 방송이 흘러나왔다. 플랫폼은 모두 열여섯 개가 펼쳐져 있었다. 릴리행 열차는 오른쪽의 3번 플랫폼에서 거친 트림 소리와 함께 출발 준비를 하고 있었지만, 소피는 랭던의 팔짱을 낀 채 그 반대 방향으로 걸어가는 것이었다. 이내 플랫폼을 빠져나온 그들은 밤샘 영업을 하는 카페를 지나 역 서쪽의 출입문을 통해 한적한 길거리로 나왔다.

택시 한 대가 시동을 건 채 대기하고 있었다.

택시 기사는 소피를 발견하고 전조등을 깜빡였다.

소피는 주저 없이 택시 뒷좌석에 올라탔고, 랭던도 그 뒤를 따랐다.

택시가 역 부근을 벗어나자, 소피는 조금 전에 산 기차표를 꺼내 찢어 버렸다.

랭던은 한숨을 내쉬었다.

'생돈 70달러 날렸군.'

택시가 한적한 클리시 가로 접어들어 일정한 속도로 달리기 시작하자, 랭던은 그제야 진짜로 도망자 신세가 된 기분이 들었다. 오른쪽 차창 밖으로 몽마르트르와 사크레쾨르 성당의 아름다운 돔이 보였다. 경찰차의 경광등 불빛이 그 평화로운 풍경을 방해했지만, 다행히 그 차는 반대편 차선으로 달려가는 중이었다.

랭던과 소피는 사이렌 소리가 멀어질 때까지 몸을 숙이고 있었다.

소피는 택시 기사에게 파리를 벗어나 달라고만 말했는데, 입술을 꽉 다문 표정으로 미루어 다음 계획을 궁리하고 있는 게 분명해 보였다.

랭던은 다시 한 번 십자가 열쇠를 꺼내 창문 앞으로 치켜들고 눈을 바짝 갖다 댄 채 어디서 만들어졌는지를 나타내는 무슨 표시라도 있지 않을까 열심히 살펴보았다. 스쳐 지나가는 가로등 불빛이 충분히 밝지 않아서인지도 모르지만, 아무튼 시온수도회의 문양 말고는 아무런 표시도 찾아볼 수 없었다.

"아무리 생각해도 이해가 안 가는군요."

한참만에야 랭던이 먼저 입을 열었다.

"뭐가요?"

"당신 할아버지가 그 고생을 하면서 당신에게 남긴 열쇠인데, 정작 우리는 그걸로 뭐를 해야 되는지조차 모르고 있으니 말입니다."

"내 말이 그 말이에요."

"그림 뒷면에 뭔가 다른 메시지가 없었던 거는 확실해요?"

"샅샅이 다 살펴보았는데 이 열쇠 하나만 그림 뒤에 끼워져 있었을 뿐이에요. 수도회 문양을 확인하고 바로 주머니에 집어넣은 다음 그곳을 떠난 거예요."

랭던은 눈살을 찌푸리며 삼각형 몸체의 뭉툭한 끝부분을 다시 한 번 살펴보았다. 역시 아무것도 없었다. 눈이 사팔뜨기가 되도록 열쇠를 코앞에 바짝 들이대고 열쇠 머리의 가장자리까지 살폈지만, 역시 허사였다.

"최근에 청소한 적이 있는 모양이에요."

"왜요?"

"알코올 냄새가 나잖아요."

소피가 그를 돌아보았다.

"뭐라고요?"

"누군가가 세척제를 이용해 깨끗이 닦아 낸 냄새가 납니다."

랭던은 열쇠를 코에 갖다 대고 냄새를 맡아 보았다.

"뒤쪽에서 더 강한 냄새가 나요."

랭던은 그렇게 말하며 열쇠를 뒤집었다.

"확실히 알코올 냄새예요. 세척제로 닦아 냈거나 아니면……."

랭던은 갑자기 말을 멈추었다.

"아니면?"

랭던은 열쇠를 불빛에 비춰 가며 십자가의 매끈한 표면을 집중적으로 살펴보았다. 군데군데 물기가 묻어 어렴풋한 얼룩이 생긴 듯했다.

"이 열쇠를 주머니에 넣기 전에 뒷면을 꼼꼼히 살펴봤습니까?"

"네? 너무 급해서 자세히 보지는 못한 것 같은데."

랭던이 그녀를 돌아보았다.

"아까 쓰던 손전등 아직 가지고 있어요?"

소피는 주머니에서 만년필 모양의 자외선 손전등을 꺼냈다. 랭던이 그걸 받아 들고 스위치를 켜더니, 열쇠의 뒷면을 비춰 보기 시작했다.

차가운 불빛을 받은 금속 표면에 이내 뭔가가 나타났다. 급하게 갈겨쓴 필체였지만, 글자를 알아보기에는 부족함이 없었다.

"음."

랭던이 미소를 지으며 말했다.

"왜 알코올 냄새가 나는지 알 것 같네요."

소피는 놀란 눈빛으로 열쇠 뒷면에 나타난 자주색 글자를 바라보았다.

악소 가 24

'이건 주소잖아! 할아버지가 나에게 어딘가의 주소를 남겼어!'

"여기가 어딥니까?"

랭던이 물었다.

소피는 전혀 아는 바가 없었다. 그녀는 몸을 앞으로 내밀며 택시 기사를 향해 물었다.

"Connaissez-vous la Rue Haxo(악소 가를 아세요)?"

기사는 잠시 생각을 해 보더니 고개를 끄덕였다. 파리 서쪽 외곽의 테니스 경기장 근처라는 얘기였다. 소피는 당장 그곳으로 가 달라고 부탁했다.

"제일 빠른 길은 불로뉴 숲을 통과하는 길입니다."

기사가 프랑스어로 말했다.

"그래도 괜찮겠어요?"

소피는 미간을 찌푸렸다. 이왕이면 좀 더 점잖은 길로 가는 게 좋을 테지만, 아무래도 오늘 밤은 이것저것 가릴 형편이 아니었다.

"괜찮아요."

'이 미국 아저씨 놀란 표정이나 좀 구경하지 뭐.'

소피는 열쇠를 돌아보며 악소 가 24번지에서 무엇이 그들을 기다리고 있을지 생각해 보았다.

'교회? 아니면 시온수도회의 본부라도 나오는 걸까?'

소피는 눈앞에 다시금 10년 전 지하 석굴에서 목격한 비밀 의식이 어른거리는 탓에 긴 한숨을 내쉬었다.

"로버트, 당신한테 할 이야기가 아주 많아요."

택시가 서쪽을 향해 달리는 동안, 소피는 랭던과 눈을 마주치며 천천히 말했다.

"하지만 내 이야기를 하기 전에, 시온수도회에 대해서 당신이 아는 걸 하나도 빠짐없이 듣고 싶어요."

36

살데제타 앞에서는 브쥐 파슈가 미친 듯이 열을 내고 있었다. 루브르의 보안 요원 그루아르가 소피와 랭던에게 무장해제 당한 사연을 설명하는 중이었다.

'그림이고 뭐고 그냥 쏘아 버리지 그랬어!'

"국장님?"

콜레 반장이 수사본부 쪽에서 그들을 향해 다가왔다.

"국장님, 방금 들어온 정보인데, 느뵈 요원의 자동차가 발견되었답니다."

"대사관까지 뚫고 들어간 거야?"

"아닙니다. 기차역이에요. 표를 두 장 샀더군요. 그 기차는 방금 출발했습니다."

파슈는 손짓으로 그루아르를 쫓아낸 다음, 콜레를 한쪽 구석으로 데려갔다.

"목적지가 어디야?"

그가 나지막한 목소리로 물었다.

"릴리라더군요."

"미끼일지도 몰라."

파슈는 크게 숨을 내쉬며 지시 사항을 줄줄이 꺼내 놓았다.

"좋아. 혹시 모르니까 다음 역에 연락해서 기차를 세우고 철저히 수색하라고 해. 그들이 차를 세워 둔 곳으로 돌아올지도 모르니까, 차에는 손을 대지 말고 사복을 배치하라고. 그들이 도보로 도주할 경우를 대비해서 역 주변의 길거리도 샅샅이 수색하도록. 역에서 출발하는 버스편은 어떻게 되나?"

"이 시간에는 버스가 없습니다. 택시밖에 없어요."

"좋아. 택시 기사들을 상대로 탐문 수사를 벌여 봐. 뭔가 목격한 게 있을지도 모르니까. 그다음에는 택시 회사에 연락해서 수배령을 내리라고. 나는 인터폴에 연락할 테니까."

콜레는 적잖이 놀란 표정이었다.

"공개 수배를 하시는 겁니까?"

파슈는 그 결정이 불러올 파장이 은근히 걱정스러웠지만, 달리 선택의 여지가 없었다.

'최대한 빠르게, 그리고 빈틈없이 그물을 조여야 해.'

이런 상황에서는 처음 한 시간이 결정적이다. 도망자들이 처음 한 시간 동안 해야 하는 일은 충분히 예측이 가능하다. 그들에게 필요한 것은 정해져 있다.

'이동 수단. 숙소. 현금.'

말 그대로 삼위일체였다. 인터폴은 눈 깜빡할 사이에 이 세 가지를 추적할 능력을 갖추고 있다. 파리 전역의 여행 안내소와 호텔과 은행에 랭던과 소피의 사진을 쫙 뿌려 버리면 그들에게는 선택의 여지가 없어진다. 당국의 눈에 뜨이지 않고는 도시를 떠날 수도, 은신처를 찾을 수도, 현금을 인출할 수도 없다. 대개의 경우, 이런 상황에 맞닥뜨린 도망자들은 두려움에 사로잡혀 뭔가 멍청한 행동을 하기 마련이다. 이를테면 자동차를 훔치거나, 가게를 털거나, 신용카드를 사용하는 등이다. 그 가운데 하나라도 걸려들면 게임은 끝난 것이나 다름없다.

"랭던만 수배하실 거지요?"

콜레가 물었다.

"소피 느뵈까지 수배자 명단에 올릴 이유는 없잖습니까? 어차피 우리 요원이기도 하니까요."

"무슨 소리야!"

파슈가 쏘아붙였다.

"소피가 온갖 잔머리를 굴리는 마당에 랭던만 수배한다고 무슨 소용이 있겠나? 느뵈의 신상 정보까지 모두 파악해야 해. 친구, 가족, 그 밖에 그녀가 도움을 청할 만한 모든 사람을 철저하게 감시해야 한다. 그녀가 무슨 생각을 하고 있는지는 모르지만, 이번 일이 끝나면 그녀는 일자리뿐만 아니라 아주 많은 것을 잃게 될 거야."

"제가 직접 나가 볼까요, 아니면 전화로 지시만 내리면 되겠습니까?"

"직접 나가 봐. 우선 역으로 가서 요원들을 배치해. 자네한테 전권을 넘겨 주긴 하겠지만, 나에게 보고하지 않고 섣불리 움직이지는 말라고."

"알겠습니다."

콜레가 방을 나서며 대답했다.

혼자 남은 파슈는 목덜미가 뻣뻣해지는 느낌이었다. 창밖에 버티고 있는 유리 피라미드에는 바람에 일렁이는 연못의 물결이 비쳤다.

'내 손아귀를 빠져나가다니.'

파슈는 긴장을 풀기 위해 혼자 중얼거렸다.

아무리 잘 훈련된 현장 요원이라 할지라도 인터폴이 쳐 놓은 올가미를 피해 가기란 쉽지 않은 노릇이다.

'여자 암호 요원과 대학 교수?'

늦어도 동이 트기 전에 결판이 날 싸움이었다.

37

정식 이름이 '불로뉴의 숲'으로 되어 있는 이 울창한 공원은 여러 가지 별명을 가지고 있지만, 파리를 잘 아는 사람들 사이에서는 흔히 '쾌락의 동산'이라 불린다. 제법 그럴 듯한 별명이긴 하지만, 사실은 그 반대라고 해도 과언이 아니다. 보슈(Hieronymus Bosch)가 그린 동명의 현란한 그림을 본 적이 있는 사람이라면 누구나 이유를 짐작할 수 있을 것이다. 그 그림 역시 이 숲과 마찬가지로 어둡고 뒤틀린 분위기가 가득하며, 온갖 변태와 페티시스트들이 득실거린다. 밤마다 이 숲의 꾸불꾸불한 오솔길에는 남자와 여자, 혹은 그 둘 모두인 동시에 그 어느 쪽에도 속하지 않는 온갖 군상들이 자신의 몸뚱이를 밑천으로 인간의 내밀한 욕망을 충족시키는 장사에 나선다.

랭던이 소피에게 시온수도회를 어떻게 설명해야 좋을지 생각을 정리하는 동안, 그들이 탄 택시는 공원 입구로 들어서서 자갈이 깔린 비포장 도로 서쪽으로 달리기 시작했다. 공원으로 접어들기가 무섭게 어둠 속에서 튀어나온 이 공원의 야간 이용객들이 자동차 불빛 앞에 자기네 장사 밑천을 내보이는 탓에 좀처럼 생각을 집중하기가 힘들었다. 윗옷을 벗어 젖힌 10대 여자아이 두 명이 택시를 빤히 바라보는가 하면, 그 뒤로는 온몸에 기름을 듬뿍 바른 흑인 남자 하나가 끈 팬티 사이로 드러난 엉덩이를 흔들어 댔다. 그 옆에는 끝내 주는 몸매를 가진 금발 여자가 짧은 치마를 들어 올려 사실 자기는 여자가 아님을 과시하고 있기도 했다.

'하느님 맙소사!'

랭던은 시선을 차 안으로 거둬들이며 크게 숨을 들이쉬었다.

"시온수도회 이야기나 들려주세요."

소피가 말했다.

랭던은 고개를 끄덕였지만, 이런 분위기 속에서 제대로 이야기를 풀어 나갈 수 있을지 모르겠다는 생각이 들었다. 어디서부터 설명을 시작해야 할지 고민스러웠다. 이 조직의 역사는 무려 1천 년이 넘는다. 비밀과 협박과 배신, 그리고 성난 교황의 손에 붙잡혀 잔혹한 고문을 면치 못하던 놀라운 역사로 점철되어 있다.

"시온수도회는 1099년 고드프루아 드 부용이라는 프랑스 왕이 예루살렘에서 설립한 단체입니다. 그가 이 도시를 정복한 직후의 일이지요."

소피는 랭던을 똑바로 쳐다보며 고개를 끄덕였다.

"고드프루아 왕은 아주 강력한 비밀을 보유했던 사람으로 전해집니다. 그리스도 시대부터 그의 가문에서 대대로 전해 내려온 비밀이었지요. 자기가 죽으면 이 비밀이 영원히 묻혀 버릴 것을 두려워한 나머지 극비리에 조직을 만들게 되는데, 그게 바로 시온 수도회입니다. 자신의 비밀을 소문나지 않게 보호하는 동시에 후대로 전수하는 것이 그들의 임무였지요. 시온수도회는 예루살렘에 근거를 두고 있던 시절에 헤롯 신전의 유적지 지하에 엄청난 비밀문서가 묻혀 있다는 것을 알게 됩니다. 헤롯 신전은 그 이전 솔로몬 신전이 무너진 자리에 세워진 신전이지요. 그들은 이 문서가 고드프루아의 비밀과 잘 맞아떨어진다고 믿었고, 파괴력이 워낙 강하기 때문에 교회가 무슨 수를 써서라도 그걸 손에 넣으려 할 거라고 생각했어요."

소피는 좀처럼 믿어지지 않는다는 표정이었다.

"시온수도회는 아무리 오랜 세월이 걸리는 한이 있더라도 이 문서들을 폐허 밑에서 찾아내어 영원히 진실이 잠들지 않도록 지켜야 한다고 맹세하게 됩니다. 그래서 시온수도회는 아홉 명의 기사들로 일종의 군사 조직을 만들어요. '그리스도와 솔로몬 신전의 가난한 기사들'이라고 불렸지요."

랭던은 잠시 숨을 고른 뒤 덧붙였다.

"흔히 템플기사단으로 알려져 있습니다."

소피는 깜짝 놀란 표정으로 고개를 들었다. 랭던은 지금까지 이 템플기사단에 대한 강연을 여러 차례 해 본 결과, 대부분의 사람들이 피상적으로나마 그 이름을 들어 알고 있다는 사실을 발견했다. 학자들에게 템플기사단의 역사는 사실과 구전, 잘못된 정보가 어지럽게 뒤섞여 있어 온전한 진실을 가려내기가 거의 불가능한 분야로 간주되었다. 요즘 들어 랭던은 강연을 할 때 어지간하면 템플기사단 이야기를 꺼내지 않으려고 조심하곤 했다. 자칫하다가는 음모론에 치우친 사람들의 집중적인 질문 공세에 시달리기 일쑤였기 때문이다.

소피의 표정도 벌써 많이 일그러져 있었다.

"시온수도회가 비밀문서를 찾아내기 위해 만든 단체가 템플기사단이란 말이에요? 원래 성지를 보호하기 위해 만들어진 조직 아니었어요?"

"흔히 그렇게들 잘못 알고 있지요. 순례자들을 보호한다는 것은 템플기사단의 임무를 위장하기 위한 방편일 뿐이었어요. 그들이 성지에서 벌인 활동의 진짜 목적은 신전의 폐허 밑에 묻혀 있는 문서를 찾아내는 것이었으니까요."

"그래서, 그걸 찾아냈나요?"

랭던은 싱긋 미소를 지었다.

"확실한 건 아무도 모르지만, 학계에서 대체로 동의하는 부분은 한 가지 있습니다. 기사들이 폐허에서 무언가를 찾아냈는데…… 그것이 그들에게 상상도 하지 못할 만큼 엄청난 부와 권력을 가져다주었다는 거지요."

랭던은 학계에서 정설로 통하는 템플기사단의 역사를 간단히 설명했다. 기사들은 제2차 십자군 전쟁 당시 볼드윈 2세에게 기독교 순례자들을 보호해야 한다고 역설하며 성지에서 활동했다. 기사들은 보수도 받지 못해 가난에 찌든 상태였지만, 비바람을 가릴 곳만 있으면 된다며 신전이 무너진 폐허의 마구간에 거처를 마련하도록 허락해 달라고 부탁했다. 볼드윈 왕은 그들의 요청을 받아들였고, 그렇게 해서 기사들은 폐허가 된 옛 성소에 초라한 숙소를 마련했다.

물론 그들이 그런 곳에 거처를 정한 것은 절대 우연이 아니었다. 기사들은 시온수도회가 찾는 문서들이 그 폐허 속 깊숙한 곳, 하느님이 기거했다고 알려진 신성한 방 지하에 묻혀 있다고 믿었다. 그곳은 유대교의 믿음의 핵심이기도 하다. 아홉 명의 기사들은 거의 10년 동안 폐허에서 생활하며 비밀리에 단단한 바위를 헤치며 수색을 거듭했다.

소피가 랭던을 바라보며 물었다.

"그래서 뭔가를 찾아냈다는 거죠?"

"그건 분명합니다."

9년 동안 온갖 고생을 한 끝에 기사들은 결국 찾던 것을 발견했다. 그들은 그 보물을 가지고 유럽으로 들어왔고, 말 그대로 하룻밤 사이에 그들은 막강한 영향력을 움켜쥐게 되었다.

템플기사단이 바티칸을 협박했는지, 아니면 교회가 돈으로 그들의 입을 막으려 한 것인지는 확실하지 않다. 그러나 당시 교황 이노센트 2세는 즉시 칙령을 발표해 템플기사단에게 무제한의 권력을 보장하고 '그들 자신이 곧 법'이라고 선언했다. 이렇게 해서 그들은 모든 국왕과 성직자의 간섭으로부터 자유로운, 독립적이고 자치적인 군사 세력이 된 것이다.

바티칸의 백지 수표를 확보한 템플기사단은 엄청난 기세로 세력을 키워 가기 시작했다. 우선 기사들의 숫자가 크게 늘었으며, 정치적으로 강력한 힘을 발휘했고, 유럽 전역에서 거대한 부를 축적해 나갔다. 부도 위기에 처한 왕실에 돈을 빌려주고 이자를 받는 등, 현대적인 의미의 은행 역할까지 도맡으며 재력과 권력을 키웠다.

템플기사단이 바티칸의 묵인 아래 막대한 권력을 장악한 1300년경, 교황 클레멘트 5세는 무언가 조치를 취하기로 마음먹었다. 프랑스의 필리프 4세와 손을 잡은 교황은 템플기사단을 와해시키고 그 자산을 빼앗기 위해 치밀한 함정 수사를 계획했다. 그들이 확보한 비밀을 바티칸의 수중으로 가져오겠다는 의도였다. CIA를 능가하는 교묘한 군사 작전을 계획한 교황은 유럽 전역의 병사들에게 봉인된 지령을 전달한 다음, 각지의 병력이 같은 날 같은 시간에 그 지령을 열어 보도록 했다. 그것이 바로 1307년 10월 13일, 금요일이었다.

예정대로 13일 새벽, 지령이 개봉되고 그 끔찍한 내용이 드러났다. 클레멘트의 편지에는 하느님이 자신을 찾아와 템플기사단이 저지른 갖은 악행을 경고했다는 내용이 적혀 있었다. 템플기사단이 우상 숭배, 동성애, 십자가에 대한 모독, 수간(獸姦), 그 밖의 온갖 불경스러운 행위를 일삼았다는 것이다. 교황은 하느님에게서 모든 기사들을 일제히 체포해 하느님에 대한 죄상을 자백할 때까지 고문함으로써 이 땅을 정화하라는 지시를 받았다고 주장했다. 교황의 작전은 한 치의 오차도 없이 치밀하게 전개되었다. 그날 하루 동안 수많은 기사들이 체포되어 무자비한 고문을 당했으며, 결국은 이단자로 낙인 찍혀 화형에 처해졌다. 이런 비극은 현대 문화에까지 그 흔적을 남기고 있다. 13일의 금요일이 재수 없는 날로 인식되는 이유도 여기에서 비롯된다.

소피는 더욱 혼란스러운 표정이었다.

"템플기사단이 전멸했다고요? 지금까지 명맥을 이어오고 있지 않은 가요?"

"맞아요. 여러 가지 이름으로 명맥을 이어오고 있지요. 교황은 그들에게 누명을 뒤집어씌워 아예 뿌리를 뽑으려고 온갖 노력을 기울였지만, 워낙 강력한 친구들을 많이 두었던 덕분에 몇몇 기사들은 무사히 위기를 넘기게 됩니다. 교황 클레멘트가 실제로 노렸던 것은 템플기사단에게 그토록 큰 부와 권력을 가져다준 비밀문서들이었지만, 결국 교황은 그 보물을 손에 넣는 데 실패했어요. 그 문서들은 이미 오래전에 템플기사단의 모태인 시온수도회의 손으로 넘어가 있었고, 그들은 워낙 은밀하게 움직였기 때문에 바티칸의 야만적인 살육에도 별로 피해를 입지 않았거든요. 바티칸의 압박이 조여 오자, 시온수도회는 야음을 틈타 파리의 템플기사단 지부에서 그 문서들을 빼돌려 라로셸에 정박해 있던 템플기사단의 선박에 옮겨 실었다고 합니다."

"그래서 그 문서들은 어디로 간 거죠?"

랭던은 어깨를 으쓱거렸다.

"그 수수께끼의 답을 아는 사람은 오로지 시온수도회뿐이에요. 오늘날까지도 그 문서를 발굴하려는 시도가 끊이지 않는 것을 보면 몇 차례에 걸쳐 숨긴 장소를 옮긴 것으로 추정되지요. 지금은 영국 어딘가에 숨겨져 있는 것으로 알려져 있어요."

소피는 불안한 기색이 역력했다.

"이 비밀에 얽힌 전설은 무려 1천 년 동안이나 전해 내려왔어요."

랭던이 말을 이었다.

"그 문서들의 전체, 그것이 가진 힘, 그리고 거기에 숨겨진 비밀을 모두 아우르는 하나의 이름이 바로 상그레알(Sangreal)입니다. 이 주제를 놓고 수많은 책이 출판되었을 만큼, 역사학자들이 가장 관심을 기울이는 수수께끼이기도 하지요."

"상그레알? '피'를 뜻하는 프랑스어의 'sang'이나 스페인어의 'sangre'하고 무슨 관계가 있는 단어예요?"

랭던은 고개를 끄덕였다. 물론 '피'는 상그레알의 근간을 이루는 요소이긴 하지만, 아마도 소피가 생각하는 맥락과는 조금 거리가 있을 터였다.

"전설은 아주 복잡하게 얽혀 있지만, 꼭 기억해야 할 가장 중요한 대목은 시온수도회가 비밀을 보호하고 있으며, 진실을 밝힐 적절한 때를 기다리고 있는 것으로 추정된다는 사실입니다."

"어떤 진실? 세상에 어떤 비밀이 그토록 강력한 파괴력을 가질 수 있죠?"

랭던은 한숨을 내쉬며 어둠 속에 어른거리는 파리의 치부를 물끄러미 바라보았다.

"소피, 상그레알이라는 단어는 아주 오래된 단어예요. 오랜 세월을 두고 다른 개념으로 진화한 끝에…… 좀 더 현대적인 이름을 갖게 되었다고 할까."

랭던은 잠시 뜸을 들인 뒤 말을 이었다.

"현대의 이름을 얘기하면 틀림없이 당신도 이미 알고 있는 단어라는 걸 깨닫게 될 겁니다. 사실 상그레알 이야기를 들어 보지 않은 사람은 거의 없다고 해도 과언이 아닐 걸요."

소피는 믿어지지 않는다는 표정이었다.

"난 진짜 못 들어 봤어요."

"그렇지 않을 텐데요."

랭던이 빙그레 웃으며 말했다.

"설마 '성배(聖杯)'라는 단어도 들어 보지 못했다고 우기지는 않겠지요?"

38

소피는 택시 뒷좌석에 앉은 채 랭던을 꼼꼼히 살펴보았다.

'농담이겠지.'

"성배라고요?"

랭던은 진지한 표정으로 고개를 끄덕였다.

"상그레알을 문자 그대로 풀어 놓으면 성배가 됩니다. 이 단어는 상그랄(Sangraal)이라는 프랑스어에서 유래되었어요. 그게 상그레알로 변한 건데, 사실은 '산(San)'과 '그레알(Greal)'이라는 두 개의 단어가 합쳐진 거예요."

'성배(Holy Grail).'

소피는 자기가 왜 지금까지 그렇게 간단한 언어학적 결합을 알아차리지 못했는지 모르겠다는 생각이 들었다. 그렇다고 해서 랭던의 주장을 금방 받아들일 수 있는 것은 아니었다.

"성배는 컵이에요. 하지만 조금 전에 당신은 상그레알이 어떤 엄청난 비밀을 담은 문서라고 하지 않았던가요?"

"맞아요. 하지만 상그레알 문서는 성배라는 보물의 절반일 뿐입니다. 그게 진짜 성배와 함께 묻힌 거지요……. 템플기사단이 그렇게 막강한 힘을 갖게 된 것은 그 문서가 성배의 진짜 의미를 밝혀 주었기 때문입니다."

'성배의 진짜 의미?'

소피는 점점 더 미궁으로 빠져드는 느낌이었다. 그녀가 아는 성배는 예수가 최후의 만찬 때 포도주를 따라 마신 컵이고, 그 뒤에 아리마데의 요셉이 그 컵을 이용해 십자가에 못 박힌 예수의 피를 받았다고 하지 않았던가.

"성배는 그리스도의 컵이에요."

소피가 말했다.

"더 이상 얼마나 더 간단한 의미가 있다는 거죠?"

"소피."

랭던은 그녀를 향해 몸을 기울이며 나지막이 속삭였다.

"시온수도회에 의하면, 성배는 컵이 아닙니다. 성배의 전설은 아주 교묘한 비유라는 거지요. 다시 말하면 성배는 다른 그 무엇, 훨씬 더 강력한 힘을 가진 무언가를 암시하는 상징일 뿐이에요."

랭던은 잠시 숨을 고른 뒤 말을 이었다.

"당신 할아버지가 오늘 밤 우리에게 말하고자 했던 그 모든 것과 완벽하게 맞아떨어집니다. 신성한 여성성과 관련된 그의 모든 상징까지 모두 포함해서 말입니다."

참을성 있게 미소를 짓는 랭던의 표정이 그녀의 혼란을 더욱 부추겼지만, 그의 눈빛은 여전히 진지했다.

"하지만 성배가 컵이 아니라면……."

소피가 말했다.

"그럼 뭐죠?"

랭던은 그 질문이 나올 줄 예상했지만, 어떻게 대답해야 할지 확신이 서지 않았다. 그의 답변에 적절한 역사적 배경이 뒷받침되지 않으면 소피의 혼란과 당혹감은 조금도 해소되지 않을 터였다. 몇 달 전, 랭던이 지금 쓰고 있는 책의 초고를 본 담당 편집자도 지금의 소피와 똑같은 표정을 지었었다.

"이 원고가 주장하는 바가 뭐지요?"

편집자는 사레가 들려 포도주잔을 내려놓으며 반쯤 먹다 만 점심 테이블 너머로 랭던을 바라보았다.

"설마 진지하게 하는 이야기는 아닐 테고 말입니다."

"진지하지 않으면 이 원고의 자료 수집에만 1년을 투자했겠습니까?"

뉴욕에서 최고의 편집자 가운데 한 사람으로 꼽히는 조나스 포크만은 불안한 듯 자신의 염소수염을 만지작거렸다. 출판계에서 화려한 경력을 쌓아 오는 동안 온갖 황당무계한 원고들을 접해 본 그였지만, 이번처럼 사람을 당혹스럽게 만드는 원고는 처음이었다.

"로버트."

포크만이 천천히 말했다.

"이상하게 듣지는 마세요. 나는 정말로 선생님 작품을 좋아합니다. 지금까지 성과도 아주 좋았고 말입니다. 하지만 만약 내가 이 원고를 출간하면 대번에 사람들이 내 사무실로 몰려와서 데모를 할 거예요. 뿐만 아니라 선생님의 명성에도 커다란 오점이 생길 게 뻔합니다. 선생님은 어떻게 잠깐 대중의 이목을 끌어서 한 밑천 챙기겠다는 얼치기가 아니라, 명색이 하버드에 몸담은 역사학자 아닙니까. 이런 이론을 뒷받침할 믿을 만한 근거는 어디서 찾으려고요?"

랭던은 차분한 미소와 함께 주머니에서 종이를 한 장 꺼내 포크만에게 건네주었다. 거기에는 50권이 넘는 참고 문헌의 목록이 적혀 있었는데, 하나같이 고금을 망라한 유명 역사학자들의 저술일 뿐 아니라 학계에서 베스트셀러로 인정받는 책들도 여럿 포함되어 있었다. 목록을 훑어 내려가는 포크만의 표정은 마치 지구가 평면이라는 사실을 발견한 사람처럼 보였다.

"내가 아는 저자들도 있네요. 이 사람들은…… 진짜 역사학자 아닙니까!"

랭던은 싱긋 미소를 지었다.

"보시다시피 이건 나 혼자만의 이론이 아니에요. 아주 오래전부터 제기된 이야기지요. 나는 그저 그것들을 토대로 새로운 건물을 지어 보았을 뿐입니다. 지금까지 성배의 전설을 기호학적인 시각으로 접근한 연구서는 한 권도 없어요. 내 이론을 뒷받침하는 도상학적 증거들은 강력한 설득력을 갖추고 있는 것들입니다."

포크만은 아직도 목록을 들여다보고 있었다.

"맙소사, 리 티빙 경의 저서도 포함되어 있네요! 그는 영국 왕립 역사학자잖아요."

"성배 연구에 평생을 바친 양반이지요. 나도 만나 본 적이 있습니다. 솔직히 말하면 그 사람 덕분에 많은 영감을 얻었어요. 그 목록의 다른 저자들과 마찬가지로, 티빙 역시 신자지요."

"이 역사학자들이 정말로……."

포크만은 차마 말을 잇지 못하고 침만 꿀꺽 삼켰다.

랭던은 다시금 미소를 지었다.

"인류 역사상 가장 많은 사람들이 열렬히 찾아 헤맨 보물이 바로 성배입니다. 거기서부터 수많은 전설과 전쟁이 비롯되었고, 그걸 찾기 위해 인생을 바친 이들도 한둘이 아니지요. 성배가 그냥 하나의 컵에 지나지 않았다면 그런 일이 벌어졌을까요? 그렇게 따지면 그와 비슷한, 혹은 더 큰 관심을 끌 만한 다른 유물들도 얼마든지 있습니다. 가시 면

류관이나 예수가 못 박힌 십자가, 예수의 죄상을 적어 십자가에 붙여 두었던 명패를 찾아 헤매는 사람이 있어요? 역사를 통틀어 성배만큼 특별한 대접을 받은 유물도 없습니다."

랭던은 미소를 지었다.

"이제 그 이유를 아시겠지요?"

포크만은 그래도 고개를 갸우뚱거렸다.

"이렇게 많은 책들이 그 이야기를 다루고 있는데 아직 이 이론이 널리 알려지지 않은 이유는 뭐지요?"

"이 책들도 몇백 년 동안 정설로 굳어 온 역사하고는 상대가 되지 않지요. 특히 그 역사가 인류 역사상 최고 베스트셀러의 지원 사격을 받는다면 말입니다."

포크만의 눈이 휘둥그레졌다.

"설마 『해리 포터』가 사실은 성배에 대한 내용을 다루고 있다는 이야기는 아니겠지요?"

"내 말은, 성경 말입니다."

포크만은 슬쩍 꼬랑지를 내렸다.

"한번 해 본 소리예요."

"Laissez-le(멈춰요)!"

소피의 고함 소리가 택시 안의 공기를 반으로 쪼개 놓았다.

"당장 내려놔요!"

소피가 몸을 앞으로 내민 채 택시 기사에게 고함을 질러 대자, 랭던은 정신이 번쩍 드는 기분이었다. 기사가 무선 송신기에다 대고 뭐라고 지껄이고 있었던 것이다.

소피가 돌아앉더니 랭던의 재킷 주머니에 손을 찔러 넣었다. 랭던이 미처 무슨 일이 벌어지고 있는지 알아차리기도 전에, 소피는 이미 그

의 주머니에서 권총을 꺼내 기사의 뒤통수에 들이대고 있었다. 기사는
대번에 무전기를 떨어뜨린 채 운전대를 잡지 않은 나머지 한 손을 머
리 위로 치켜들었다.

"소피!"

랭던이 소리쳤다.

"도대체 무슨……."

"Arrêtez(멈춰요)!"

소피가 기사를 향해 명령했다.

기사는 겁에 질려 순순히 차를 세웠다.

랭던은 그제야 택시 회사의 호출기에서 나오는 금속성의 목소리를
들었다.

"……qui s'appelle Agent Sophie Neveu(소피 느뵈 요원)……."

무전기에서 그들의 이름이 흘러나오고 있었다.

"Et un Américain, Robert Langdon(미국인 로버트 랭던)……."

랭던은 온몸의 근육이 뻣뻣해지는 느낌이었다.

'경찰이 벌써 우리를 찾아낸 거야?'

"Descendez(내려요)."

소피가 기사를 향해 말했다.

택시 기사는 두 팔을 머리 위로 치켜든 채 차에서 내려 몇 걸음 뒤로
물러섰다.

소피는 차창을 내리고 총을 기사에게 겨눈 채 조용한 목소리로 말
했다.

"로버트, 앞으로 옮겨 타세요. 이제부터는 당신이 운전해야겠어요."

랭던도 총을 든 여자가 시키는 대로 고분고분 따를 수밖에 없었다.
재빨리 차에서 내려 운전석으로 뛰어들었다. 택시 기사가 여전히 팔을
치켜든 채 뭐라고 소리를 질러 댔다.

"로버트."

뒷좌석에 앉은 소피가 말했다.

"이 마법의 숲 구경은 할 만큼 했죠?"

랭던은 고개를 끄덕였다.

'충분하고도 남을 만큼.'

"좋아요, 그럼 어서 이곳을 빠져나가자고요."

자동차의 변속기를 내려다본 랭던은 선뜻 다음 동작으로 나가지를 못했다.

'제길!'

변속기가 막대기 모양으로 된 수동이었다.

"소피? 내 생각에는······."

"어서 가요!"

소피가 소리쳤다.

창녀 몇 명이 무슨 일인가 하고 그들을 향해 다가왔다. 그중의 한 여자는 휴대전화를 꺼내 어딘가로 전화를 걸기 시작했다. 랭던은 클러치를 힘껏 밟은 채 변속기를 아무 데나 찔러 넣었다. 제발 1단 기어가 들어갔기를 바랄 뿐이었다. 이어서 그는 시험 삼아 가속 페달을 살살 밟아 보았다.

클러치에서 발을 떼는 순간, 타이어 찢어지는 소리가 나며 차가 앞으로 튀어나갔다. 근처에 모여들었던 사람들이 깜짝 놀라 황급히 몸을 피했다. 특히 전화기를 들고 있던 여자는 재빨리 숲 속으로 뛰어들지 않았더라면 그대로 차에 치일 뻔했다.

"Doucement(살살 몰아요)!"

차가 정신없이 내달리자 소피도 정신이 어리둥절한 모양이었다.

"지금 뭐 하는 거예요?"

"말하려고 했는데 기회가 없었어요."

랭던이 터질 듯한 엔진 소리 너머로 소리쳤다.

"난 자동 변속기밖에 운전할 줄 모른다고요!"

39

라 브뤼예르 가에 자리한 적갈색 사암 건물의 검소한 방은 이미 많은 고난을 목격했지만, 지금 사일러스의 창백한 육신을 파고드는 이 극한의 고통은 지금까지와는 차원이 다른 것이었다.

'속았어. 모든 게 사라졌다.'

사일러스는 보기 좋게 속아 넘어갔다. 저들은 비밀을 누설하느니 차라리 죽음을 선택하고 그에게 거짓말을 했던 것이다. 사일러스는 스승에게 전화를 걸 기운도 남아 있지 않았다. 그는 쐐기돌의 행방을 아는 네 사람을 모두 죽였을 뿐 아니라, 생 쉴피스에서 수녀까지 무참히 살해했다.

'그녀는 하느님을 배신했어! 오푸스 데이를 비웃었단 말이야!'

순간적인 충동을 이기지 못하고 수녀를 죽인 것이 일을 아주 복잡하게 만들 듯했다. 아링가로사 주교는 사일러스를 생 쉴피스 안으로 들여보내기 위해 직접 성당에 연락을 취했다. 신부는 수녀가 죽은 것을 알고 어떤 생각을 할 것인가? 사일러스는 그녀의 시신을 침대에 눕혀 놓았다. 하지만 그녀의 머리에 난 상처가 모든 것을 말해 줄 것이다. 깨진 타일도 원래 있던 바닥에 도로 갖다 놓기는 했지만, 워낙 많이 망가져서 누가 봐도 금방 알아차릴 것이 뻔했다.

사일러스는 이번 일이 끝나면 오푸스 데이의 장막 안에 몸을 숨길 생각이었다. 아링가로사 주교가 그를 보호해 줄 터였다. 뉴욕에 있는 오푸스 데이 본부의 울타리 안에서 명상과 기도로 보내는 나날만큼 축복 받은 삶도 없을 거라고 믿었다. 바깥세상에는 두 번 다시 발을 들여놓지 않을 생각이었다. 필요한 것은 모두 그 성소 안에 마련되어 있었다. 어차피 그를 그리워하는 사람도 없을 터였다. 하지만 불행하게도 아링가로사 주교 같은 유명 인사는 그렇게 간단히 사라질 수 없지 않은가.

'나 때문에 주교님이 위험에 처했다.'

사일러스는 멍하니 바닥을 내려다보며 그만 이 세상과의 인연을 끊는 쪽을 생각해 보았다. 따지고 보면 애초에 그에게 목숨을 허락한 사람도 아링가로사가 아니었던가……. 그는 스페인의 그 조그만 예배당에서 사일러스를 가르치고 목적의식을 불어넣어 주었다.

"친구."

아링가로사는 그를 향해 말했다.

"당신은 알비노로 태어났어요. 그걸 부끄럽게 생각할 필요는 조금도 없습니다. 그것 때문에 당신이 아주 특별한 존재가 될 수 있다는 걸 모르겠어요? 노아 역시 알비노였다는 사실을 압니까?"

"방주를 만든 그 노아 말입니까?"

사일러스는 생전 처음 듣는 이야기였다.

아링가로사는 미소를 지었다.

"그래요, 방주를 만든 노아. 그분도 알비노였어요. 당신과 마찬가지로 천사처럼 하얀 피부를 가지고 있었지요. 이걸 생각해 봐요. 노아는 이 지구상의 모든 생명을 구했습니다. 당신도 그에 못지않게 위대한 일을 감당할 운명을 타고났어요. 하느님이 당신을 해방시킨 데는 이유가 있습니다. 오직 당신에게만 주어진 사명이 있어요. 주님에게는 당신의 도움이 필요합니다."

시간이 갈수록 사일러스는 새로운 눈으로 자신을 바라보게 되었다.

'나는 순결하다. 하얗다. 아름답다. 천사처럼.'

하지만 자신의 처소에 틀어박힌 지금, 그의 귓가에는 아버지의 실망한 목소리가 들려올 뿐이었다.

'Tu es un désastre. Un spectre(넌 재앙이야. 유령이라고).'

사일러스는 마룻바닥에 무릎을 꿇은 채 용서를 빌었다. 잠시 후, 그는 옷을 벗고 다시 채찍을 향해 손을 뻗었다.

40

랭던은 변속 장치와 씨름하면서 빼앗은 택시를 간신히 불로뉴 숲 끄트머리로 끌고 왔다. 그동안 시동을 두 번밖에 꺼뜨리지 않은 게 신기할 지경이었다. 평소 같았으면 꽤 우스꽝스러운 상황이었겠지만, 택시의 무전기에서 자꾸 흘러나오는 메시지 때문에 느긋하게 웃고 즐길 처지가 아니었다.

"Voiture cinq-six-trois, Où êtes-vous? Répondez!(차량 번호 563, 어디 있나? 응답하라!)"

공원을 빠져나오기 직전, 랭던은 남자로서의 체면이고 뭐고 다 집어치우고 브레이크를 밟았다.

"아무래도 당신이 운전하는 게 낫겠어요."

운전석으로 올라타는 소피의 얼굴에도 안도감이 번졌다. 불과 몇 초 사이에 택시는 완전히 다른 차가 되어 '쾌락의 동산'을 뒤로 한 채 롱샹의 오솔길을 따라 부드럽게 질주하기 시작했다.

"악소 가가 어느 쪽이지요?"

랭던은 시속 1백 킬로미터를 가뿐히 넘어가는 속도계를 바라보며 물었다.

소피는 전방의 도로를 주시하며 대답했다.

"아까 택시 기사가 롤랑 가로 테니스 경기장 근처라고 했어요. 그 근처는 나도 좀 알죠."

랭던은 다시 주머니에서 열쇠를 꺼냈다. 손바닥에 올려놓으니 제법 묵직하게 느껴졌다. 아무래도 이 열쇠를 통해 엄청난 결과가 초래될 것 같은 예감이 들었다. 어쩌면 그 덕분에 자신도 지금의 위기에서 벗어날 수 있을지도 몰랐다.

조금 전에 랭던은 소피에게 템플기사단 이야기를 하면서 이 열쇠와 시온수도회의 관계가 단순히 문양이 새겨진 차원에 그치지 않는다는 사실을 깨달았다. 네 팔의 길이가 똑같은 십자가는 균형과 조화를 상징하지만, 동시에 템플기사단의 상징이기도 했다. 누구나 붉은색 정사각 십자가가 그려진 하얀 튜닉을 입은 템플기사단의 그림을 한 번쯤 본 적이 있을 것이다. 템플기사단의 십자가는 네 팔의 끝부분이 살짝 휘어지기는 했지만, 길이는 다 똑같다.

이 열쇠에도 그와 똑같은 정사각형 십자가가 새겨져 있다.

랭던은 그 기사들이 무엇을 발견했을까 생각하다 보니 자신도 모르게 걷잡을 수 없이 상상의 날개가 펼쳐지는 것을 느꼈다.

'혹시 정말로 성배를 찾아낸 것은 아닐까?'

하지만 랭던은 말도 안 되는 소리라고 혼자 코웃음을 쳤다. 성배는 적어도 1500년 이후부터는 영국 어디에 숨겨져 있는 것으로 알려져 있었다.

'다 빈치가 그랜드마스터로 활동하던 시절이야.'

초창기의 시온수도회는 그 강력한 문서를 안전하게 보관하기 위해 여러 차례에 걸쳐 장소를 옮기지 않으면 안 되었다. 역사학자들은 성배가 예루살렘에서 유럽으로 들어온 뒤 많게는 여섯 차례가량 장소를 옮겼을 것으로 추정한다. 마지막으로 성배가 '목격' 된 것은 1447년의 일인데, 당시 큰 화재가 발생해 이 문서들이 모두 소실될 뻔했지만 아슬아슬하게 위기를 넘기고 네 개의 커다란 궤짝—이 궤짝 하나를 운반하는 데 장정 여섯 명이 달라붙어야 할 정도였다—에 담겨 안전하게 옮겨지는 것을 목격한 사람들이 여럿 있다고 한다. 그 뒤로는 아서 왕과 원탁의 기사들을 배출한 영국 땅 어딘가에 숨겨져 있다는 이야기가 간간이 흘러나올 뿐, 아직 성배를 직접 보았다고 주장하는 사람은 아무도 없다.

성배가 어디에 있건 간에, 두 가지 중요한 사실에는 변함이 없다.

'레오나르도 다빈치는 자신이 생존해 있는 동안 성배가 어디에 숨겨져 있는지를 알고 있었다.'

'그 장소는 오늘날까지도 변함이 없을 것으로 추정된다.'

이런 이유로 성배에 목숨을 거는 사람들은 그 행방을 암시하는 단서가 숨겨져 있을지도 모른다는 기대감으로 다빈치의 미술 작품과 일기를 연구한다. 어떤 이들은 〈암굴의 마돈나〉에 배경으로 그려진 산세가 수많은 동굴들을 품은 스코틀랜드 구릉 지대의 지형과 일치한다는 주장을 내놓는다. 또 어떤 이들은 〈최후의 만찬〉에 등장하는 제자들의 좌석 배치가 뭔가 수상하다고 주장하기도 한다. 〈모나리자〉를 X선으로 촬영한 결과, 처음에는 그녀가 이시스 여신의 청금석 목걸이를 한 것으로 그려졌으나 나중에 생각이 바뀐 다빈치가 덧칠로 지운 흔적이 발견되었다고 주장하는 이들도 있다. 랭던은 목걸이를 그렸다가 지운 증거도 직접 확인하지 못했을뿐더러 그것이 성배의 행방과 어떻게 연결되는지도 전혀 납득할 수 없었지만, 지금도 성배 사냥꾼들은 세계 각지의 인터넷 게시판과 대화방을 이 문제로 뜨겁게 달구고 있다.

'사람들이야 음모 이론에 끌리게 마련이지.'

음모론은 꼬리를 물고 이어진다. 최근에는 다빈치의 유명한 〈동방 박사의 경배〉라는 작품 속에 커다란 비밀이 숨어 있다는 사실이 발견되어 세상을 떠들썩하게 만들었다. 그 비밀을 밝혀낸 사람은 이탈리아의 미술품 감정 전문가인 마우리치오 세라치니(Maurizio Seracini)인데, 당시 《뉴욕 타임스 매거진》은 「레오나르도의 비밀」이라는 제목의 기사를 싣기도 했다.

세라치니는 회색과 초록색으로 된 〈경배〉의 밑그림은 다빈치 본인이 그린 게 맞지만, 정작 색칠을 한 것은 다른 사람이었음을 밝혀냈다. 다빈치가 죽고 난 뒤 이름이 알려지지 않은 어느 화가가 마치 '숫자 따라 그리기'를 하듯 다빈치의 스케치에 색을 입혔다는 것이다. 그러나 더욱 심각한 문제는 그가 손을 대기 전에 원래 무엇이 그려져 있었는가 하는 점이다. 적외선 투시 카메라와 X선을 이용해 사진을 찍어 보면 이 익명의 화가가 다빈치의 스케치에 채색을 하면서 원래의 밑그림을 변형시킨 흔적이 드러나는데, 이는 다빈치의 의도를 숨기려는 시도였을지도 모른다. 원래의 밑그림이 어떤 형태를 담고 있었는지에 대해서는 알려진 바가 없다. 그럼에도 불구하고 이 작품을 소장하고 있던 플로렌스의 우피치 화랑 측에서는 사건 직후 이 그림을 길 건너편의 창고로 옮겨 버렸다. 원래 〈경배〉가 전시되어 있던 자리에는 사실과 다른 뻔뻔한 안내문이 붙어 있다.

이 작품은 복원 작업을 위한 감정 절차를 거치고 있습니다.

물밑에서 활동하는 현대의 성배 사냥꾼들 사이에서도 레오나르도 다빈치는 추적 작업의 가장 큰 수수께끼로 남아 있다. 그의 작품들이 엄청난 비밀을 말해 주는 것 같기는 한데, 그 비밀이 어디에 숨겨져 있는지, 겉으로 드러나지 않는 밑그림 속인지, 훤히 드러나 보이는 곳에 암호로 위장되어 있는지, 아니면 아예 아무것도 없는지조차도 확실하지 않기 때문이다. 어쩌면 다빈치가 남긴 그 수많은 감질나는 단서들은 호사가들을 실망시키기 위한 공허한 약속에 불과한지도 모르고, 〈모나리자〉의 미소 역시 거기에 대한 짓궂은 비웃음인지도 모른다.

소피의 질문이 랭던을 다시 현실로 데려왔다.

"지금 당신이 쥐고 있는 열쇠가 성배가 숨겨진 곳의 자물쇠를 여는 열쇠일 수도 있을까요?"

랭던은 웃음을 지었다. 자신의 귀에도 그 웃음소리가 너무 어색하게 들리기는 했지만.

"그건 나도 전혀 감이 잡히지 않습니다. 게다가 성배는 프랑스가 아니라 영국에 숨겨져 있는 것으로 알려져 있거든요."

이어서 랭던은 역사적 사실 몇 가지를 간단하게 설명했다.

"하지만 합리적인 결론은 역시 성배밖에 없지 않나요?"

소피가 말했다.

"우린 지금 시온수도회의 문양이 새겨진 정교한 열쇠를 가지고 있어요. 그걸 우리에게 준 사람도 시온수도회에 소속되어 있었고……. 그 수도회가 바로 성배를 지키기 위해 만들어진 단체라면서요."

논리적으로는 그녀의 추측도 일리가 있지만, 랭던의 직감은 그것을 받아들이지 않았다. 시온수도회가 언젠가 성배를 프랑스로 가져와 영구히 보존하기로 서약했다는 소문을 랭던도 들은 적이 있었다. 그러나 실제로 그런 일이 현실화되었다는 역사적 증거는 어디서도 찾아볼 수 없었다. 설령 시온수도회가 성배를 프랑스로 가져오는 데 성공했다 할지라도, 테니스 경기장 근처의 악소 가 24번지라는 주소가 성배의 마지막 안식처일 거라는 생각은 전혀 들지 않았다.

"소피, 솔직히 말해서 나는 이 열쇠가 성배와 어떤 관계가 있는지 전혀 모르겠어요."

"성배가 영국에 있을 거라는 추측 때문인가요?"

"꼭 그런 것만은 아닙니다. 성배의 행방은 역사상 가장 철저하게 지켜져 온 비밀 가운데 하나거든요. 시온수도회의 회원이 신뢰를 쌓아 성배의 행방을 알 정도의 최고위층으로 올라가기까지는 수십 년이 걸립니다. 그들은 보안을 유지하기 위해 정보를 철저하게 분산하는 시스템을 만들었어요. 시온수도회의 세력이 상당히 확장되긴 했지만, 어느 주어진 시점에 성배가 어디에 숨겨져 있는지를 아는 사람은 모두 네 명밖에 안 됩니다. 그랜드마스터와 세 명의 집사가 그들이지요. 당신 할아버지가 그 네 명 가운데 한 사람이었을 확률은 아주 희박하다고 봐야 해요."

'할아버지는 그들 가운데 한 명이었어요.'

소피는 가속 페달을 밟으며 속으로 생각했다. 그녀의 기억 속에 각인된 이미지는 조직 내에서 그녀의 할아버지가 차지하는 위치를 한 점의 의혹도 없이 뒷받침하는 것이었다.

"설령 당신의 할아버지가 최상위층에 속해 있었다 해도 외부인에게 비밀을 누설할 리는 없습니다. 소니에르가 당신을 조직 내부로 끌어들이는 건 상상도 할 수 없는 일이에요."

'난 이미 들어가 본 걸요.'

소피는 지하실에서 벌어진 의식을 떠올렸다. 랭던에게 그날 밤 노르망디의 별장에서 목격한 것을 털어놓아야 할지 말아야 할지 좀처럼 확신이 서지 않았다. 10년이라는 세월이 흘렀음에도 불구하고 너무 창피해서 차마 입이 떨어지지 않았다. 생각만 해도 온몸이 떨려 오는 느낌이었다. 멀리서 사이렌 소리가 들렸다. 갑자기 견디기 힘든 피로가 몰려오기 시작했다.

"저기로군요!"

저만치 롤랑 가로 테니스 경기장이 웅장한 자태를 드러내자, 랭던이 흥분한 목소리로 말했다.

소피도 경기장 쪽을 힐끗 쳐다보았다. 조금 더 가니 악소 가를 알리는 표지판이 나왔고, 일단 그 도로로 접어들어서는 번지의 숫자가 작아지는 방향으로 차를 몰았다. 갈수록 각종 사업체가 들어선 공단 지역 분위기가 느껴졌다.

'24번지라고 했지……'

랭던은 속으로 중얼거리며 자신이 언제부터인가 교회의 첨탑을 찾고 있다는 사실을 알아차렸다.

'제발 정신 좀 차려라. 여긴 잊혀진 템플기사단의 교회가 있을 만한 동네가 아니잖아.'

"저기 있네요."

소피가 앞을 가리키며 소리쳤다.

랭던도 그녀가 가리키는 건물을 바라보았다.

'저게 뭐지?'

조그만 성채처럼 보이는 현대식 건물이었다. 건물 옥상에 정사각형 십자가가 새겨진 커다란 네온사인이 서 있었다.

취리히 대여 금고 은행

랭던은 은근히 템플기사단의 교회를 기대했던 자신의 속마음을 소피에게 털어놓지 않기를 백번 잘했다는 생각이 들었다. 기호학자들은 흔히 아무것도 없는 곳에서 숨겨진 의미를 찾아내려고 안달하는 직업병이 있다. 지금 같은 경우에도 랭던은 사각 십자가가 중립국 스위스의 국기로 사용된다는 지극히 상식적인 사실에는 전혀 생각이 미치지 않았던 것이다.

'적어도 수수께끼 하나는 해결된 셈이군.'

소피와 랭던은 스위스 은행의 보관함을 여는 열쇠를 쥐고 있었던 것
이다.

41

간돌포 성 앞에서는 차가운 산바람이 절벽 위로 불어 올라와 피아트
에서 내려서는 아링가로사 주교를 휘감았다.

'좀 두꺼운 옷을 입을 걸 그랬군.'

아링가로사는 추위에 떠는 인상을 주지 않기 위해 안간힘을 다했다.
오늘 밤만큼은 절대 나약하고 겁에 질린 모습을 보이고 싶지 않았다.

성은 꼭대기 층의 창문에서 불길한 불빛이 새어 나올 뿐, 나머지는
캄캄했다.

'도서관이로군.'

아링가로사는 생각했다.

'잠도 못 자고 기다리는 모양이야.'

그는 천문대 쪽으로는 눈길을 주지 않고 머리를 푹 숙인 채 세찬 바
람 사이로 걸음을 옮겼다.

현관 앞에서 그를 맞이한 신부는 무척 졸린 표정이었다. 다섯 달 전
에 아링가로사를 맞이했던 바로 그 사람이었지만, 표정은 예전보다 훨

썬 심드렁해 보였다.

"걱정하고 있었습니다, 주교님."

신부가 손목시계를 들여다보며 말했다. 걱정스럽기보다는 불안해 보이는 표정이었다.

"미안하군요. 요즘 비행기는 워낙 믿을 수가 없어서 말입니다."

신부는 들리지도 않는 소리로 뭐라고 중얼거리고는 말했다.

"위층에서 기다리고 계십니다. 제가 안내하겠습니다."

도서관은 바닥부터 천장까지 온통 짙은 색깔의 나무로 장식된 정사각형의 넓은 방이었다. 사방에 늘어선 책꽂이에는 두툼한 책들이 빼곡히 꽂혀 있었다. 바닥은 검은 현무암으로 띠를 두른 호박색 대리석이 깔려, 한때 이곳이 궁전이었음을 상기시켰다.

"어서 오시오, 주교."

방 건너편에서 어느 남자의 목소리가 들렸다.

아링가로사는 그 목소리의 주인공이 누구인지 확인하고 싶었지만, 조명이 비정상적으로 어두웠다. 지난번에 그가 찾아왔을 때는 마치 불이라도 난 듯이 사방에 환하게 전등이 밝혀져 있었다.

'이제야 정신들을 좀 차린 모양이로군.'

오늘 밤 이 사람들은 이제 곧 일어날 일들이 부끄러운 듯 어두컴컴한 그림자 속에 앉아 있었다.

아링가로사는 당당한 걸음걸이로 천천히 걸음을 옮겼다. 기다란 테이블에 세 명의 남자가 앉아 있는 것이 보였다. 가운데 앉은 사람은 윤곽만 봐도 금방 알아볼 수 있었다. 바티칸 시티의 모든 법률적 문제를 처리하는 비대한 몸집의 바티칸 사무국장이었다. 나머지 두 사람은 서열이 높은 이탈리아 추기경이었다.

아링가로사는 도서관을 가로지르며 그들을 향해 다가갔다.

"늦은 시간에 찾아뵙게 되어 미안합니다. 시간대가 다르다 보니 어쩔 수가 없군요. 피곤들 하시겠습니다."

"별말씀을."

사무국장이 불룩한 아랫배에 두 손을 포개 놓으며 말했다.

"이렇게 멀리까지 와 주시니 감사할 따름이지요. 잠을 좀 못 잔 것이 뭐 그리 대수겠습니까. 커피나 음료수라도 좀 드릴까요?"

"형식적인 절차 같은 것은 건너뛰었으면 합니다만. 조금 있다가 또 다음 비행기를 타야 해서 말입니다. 바로 본론으로 들어가는 것이 어떨까요?"

"그러지요."

사무국장이 말했다.

"우리가 생각했던 것보다 훨씬 신속하게 조치를 취하셨더군요."

"그런가요?"

"아직 한 달이나 남았잖습니까."

"그쪽의 생각을 안 지가 다섯 달이 되었습니다."

아링가로사가 대답했다.

"꾸물거릴 필요가 있겠습니까?"

"그야 그렇지요. 아무튼 우리는 무척 흡족하게 생각하고 있습니다."

아링가로사는 기다란 테이블 위에 놓인 큼직한 서류 가방을 바라보았다.

"내가 부탁한 게 저겁니까?"

"그렇습니다."

사무국장의 목소리가 약간 불안해졌다.

"솔직히 말하면 주교님의 요청이 상당히 부담스럽군요. 보기에 따라서는……."

"위험하지요."

추기경 가운데 한 사람이 대신 말을 맺었다.

"어딘가로 송금해 드리는 게 낫지 않겠소? 적은 액수도 아니고 말이오."

'자유의 대가는 원래 비싼 법이야.'

"나 자신의 안위에 대해서는 전혀 걱정할 필요가 없습니다. 하느님이 나와 함께하시니까요."

맞은편의 세 사람은 대단히 심기가 불편해 보였다.

"내가 말씀드린 그대로 준비되었습니까?"

사무국장이 고개를 끄덕였다.

"바티칸 은행에서 발행한 고액권 무기명 채권입니다. 전 세계 어디서나 현금으로 바꿀 수 있지요."

아링가로사는 테이블 끝으로 걸어가 가방을 열어 보았다. 두툼한 채권 다발 두 개가 들어 있었다. 바티칸의 봉인과 함께 찍힌 PORTA-TORE(무기명)라는 글자가 누구든 이 채권을 소지한 사람에게 현금으로 바꿀 권리를 보장해 주었다.

사무국장이 잔뜩 긴장한 표정으로 말했다.

"한 번 더 말씀드리지만, 만약 이 돈이 현금이라면 우리 모두 이렇게 걱정할 필요가 없을 겁니다."

'그 많은 현금을 어떻게 들고 다니나?'

아링가로사는 가방을 닫으며 속으로 중얼거렸다.

"조금 전에 이 채권은 현금이나 마찬가지라고 말씀하시지 않았습니까."

추기경 두 사람이 불안한 눈으로 서로를 돌아보더니, 한 사람이 말했다.

"그건 그렇지요. 하지만 이 채권은 추적할 것도 없이 출처가 드러나지 않습니까."

아링가로사는 속으로 미소를 지었다. 스승이 아링가로사에게 바티칸 은행에서 발행한 채권의 형태로 돈을 받으라고 한 이유가 바로 그 것이었다. 말하자면 일종의 보험인 셈이었다.

'이제 우리는 모두 한 배를 탄 거야.'

"이건 완벽하게 합법적인 거래입니다."

아링가로사가 말했다.

"오푸스 데이는 바티칸 시티의 성직 자치단이고, 교황께서는 스스로 적합하다고 판단되는 곳에 자금을 배분할 권한을 가지고 계십니다. 이 건 결코 법을 어기는 일이 아니지 않습니까."

"그건 사실이지만……."

사무국장이 앞으로 몸을 내밀자, 그의 체중을 이기지 못한 의자가 신음을 토해 냈다.

"우리로서는 주교께서 그 자금으로 무엇을 할 계획인지에 대해서 전 혀 아는 바가 없기 때문에 만에 하나 불법적인……."

"사무국장께서 나에게 요구한 바로는 내가 이 돈을 가지고 무엇을 하건 크게 상관하실 일이 없다고 생각합니다만."

긴 침묵이 이어졌다.

'이자들도 내 말이 옳다는 걸 알고 있어.'

아링가로사는 속으로 생각했다.

"자, 그럼 내가 서명을 하나 해야 할 것 같은데."

세 사람이 동시에 벌떡 일어나 아링가로사에게 서류를 내밀었다. 마 치 어서 일이 끝나고 아링가로사가 자리를 떠나 주기를 바라는 사람들 같았다.

아링가로사는 앞에 놓인 서류를 힐끗 쳐다보았다. 교황의 봉인이 찍 혀 있었다.

"나에게 보낸 사본과 동일한 내용이겠지요?"

"물론입니다."

아링가로사는 그 서류에 서명을 하면서 전혀 마음의 동요를 느끼지 못하는 자기 자신이 그렇게 놀라울 수가 없었다. 그러나 다른 세 사람은 안도의 한숨을 내쉬는 기색이 역력했다.

"고맙습니다, 주교."

사무국장이 말했다.

"교회를 위해 큰일을 하셨다는 걸 잊지 않겠습니다."

아링가로사는 가방을 집어 들었다. 가방이 꽤 묵직하게 느껴지는 것은 단순히 그 속에 든 자금의 액수 때문만은 아니었다. 네 사람은 마치 뭔가 더 할 말이 남은 듯이 잠시 서로를 바라보았지만, 정작 입을 여는 사람은 아무도 없었다. 아링가로사는 돌아서서 출입문을 향해 걸어가기 시작했다.

"주교?"

아링가로사가 막 문턱을 넘어서려는 순간, 추기경 한 사람이 그를 불러 세웠다.

아링가로사는 멈춰 서서 돌아보았다.

"예?"

"이제 어디로 가십니까?"

아링가로사는 그 질문이 단순히 행선지를 묻는 것이 아니라 어떤 영적인 문제를 제기한다는 느낌을 받았지만, 이 시간에 그들을 상대로 윤리에 대한 토론을 벌일 마음은 전혀 없었다.

"파리."

아링가로사는 짧은 대답과 함께 도서관을 걸어 나왔다.

42

취리히 대여 금고 은행은 예금주의 이름 대신 숫자로 등록되는 스위스 은행 특유의 번호 계정 전통에 따라 현대적 의미의 다양한 익명성 서비스를 제공하는 24시간 영업의 금고형 은행이었다. 취리히와 쿠알라룸푸르, 뉴욕, 파리 등지에 사무소를 둔 이 은행은 최근 들어 익명의 컴퓨터 소스 코드 기탁 서비스와 무기명 디지털 백업 서비스를 시작했다.

이 은행의 가장 큰 특징은 가장 간단하면서도 오래된 서비스, 즉 고객이 자신의 신원을 밝히지 않고 물품을 예치할 수 있는 금고 서비스를 제공한다는 점이다. 주식 증서에서부터 고가의 그림에 이르기까지, 무엇이든 자신이 원하는 것을 보관하고자 하는 고객들은 최첨단 개인 정보 보호 기술을 통해 익명성을 보장받을 수 있으며, 찾을 때도 마찬가지다.

소피가 목적지 앞에 택시를 세우는 동안, 랭던은 이 건물을 자세히 살펴보았다. 융통성이라고는 전혀 찾아볼 수 없는 건물 외관으로 미루어, 이 은행은 유머 감각과는 거리가 아주 멀겠다는 생각이 들었다. 기다란 사각형 건물에는 창문도 하나 없어서 전체에 철갑을 둘러놓은 느낌이었다. 거대한 쇳덩어리를 연상케 하는 이 건물은 도로에서 약간 들어간 지점에 5미터 높이의 정사각형 네온 십자가를 세워 놓았을 뿐이었다.

철저한 보안을 자랑하는 스위스의 은행은 이 나라의 가장 수지맞는 수출품 가운데 하나로 자리 잡았다. 이따금 미술계에서 이런 업체들이 도마 위에 오르는 이유는 미술품 절도범들에게 완벽한 장물 보관처를 제공하기 때문이다. 절도범들은 도난 사실이 사람들의 뇌리에서 잊혀질 때까지 몇 년이고 안전하게 훔친 그림을 보관할 수 있다. 경찰도 개인 정보 보호법에 따라 예치물을 함부로 조사할 수 없을뿐더러, 계좌가 예금주의 이름이 아니라 번호만 가지고 개설되기 때문에 절도범들은 꼬리를 밟힐 걱정을 하지 않아도 된다.

소피는 주차장 진입로를 가로막은 위압적인 차단기 앞에 택시를 세웠다. 시멘트로 뒤덮인 경사진 진입로는 건물 지하로 이어져 있었다. 비디오카메라 하나가 정면으로 그들을 응시했다. 랭던은 이것이 루브르의 허수아비와는 달리 진짜 카메라임을 직감했다.

소피가 차창을 내리고 운전석 쪽에 설치된 전자 식별 장치를 살펴보았다. 액정 화면에 7개 국어로 안내문이 나와 있는데, 제일 윗자리는 영어가 차지하고 있었다.

열쇠를 삽입하시오.

소피는 주머니에서 황금 열쇠를 꺼내 다시 식별 장치를 바라보았다. 액정 화면 밑에 삼각형 구멍이 보였다.

"왠지 잘 맞을 거라는 생각이 드네요."

랭던이 말했다.

소피는 열쇠의 삼각형 다리 부분을 구멍에 대고 살짝 눌러 보았다. 다리가 완전히 보이지 않을 때까지 쑥 미끄러져 들어갔다. 이 열쇠는 돌리지 않아도 되는 게 분명했다. 즉시 차단기가 활짝 열렸다. 소피는 브레이크에서 발을 떼고 두 번째 차단기와 식별기를 향해 나아갔다. 뒤에서 첫 번째 차단기가 스르르 닫혔다. 영락없이 도크에 갇힌 배 신세였다.

랭던은 이런 갇힌 듯한 느낌이 정말 싫었다. 이 두 번째 차단기도 무사히 열리기를 바랄 뿐이었다.

두 번째 식별기에서도 낯익은 안내문이 보였다.

열쇠를 삽입하시오.

소피가 열쇠를 끼우자 두 번째 차단기도 금방 열렸다. 이내 그들은 경사로를 따라 건물의 배 속으로 내려갔다.

전용 주차장은 차를 열 대 남짓 세울 수 있을 정도의 조그만 크기였고, 조명이 무척 어두운 편이었다. 랭던은 반대편 끝의 정문을 힐끗 쳐다보았다. 시멘트로 덮인 바닥에 붉은 양탄자가 깔려 견고한 금속으로 만들어진 듯한 커다란 출입문 앞으로 방문객들을 안내했다.

'대단히 이중적인 메시지로군.'

랭던은 속으로 생각했다. 굳이 말하자면 '환영' 과 '출입 금지' 의 메시지가 뒤섞인 느낌이었다.

소피는 입구 근처의 주차 공간에 택시를 세운 뒤 시동을 껐다.

"총은 여기 놔두고 들어가는 게 좋겠어요."

'듣던 중 반가운 소리로군.'

랭던은 권총을 의자 밑에 숨겨 놓았다.

소피와 랭던은 차에서 내려 철문을 향해 붉은 양탄자 위를 걸어갔다. 문에는 손잡이가 달려 있지 않았지만, 문 옆의 벽에 또 하나의 삼각형 열쇠 구멍이 나 있었다. 이번에는 안내문도 붙어 있지 않았다.

"눈치 없는 사람은 들어오지 말라는 뜻이로군."

랭던이 중얼거렸다.

소피는 불안한 표정이었지만 억지로 웃음을 지어 보였다.

"자, 어디."

소피가 구멍에 열쇠를 꽂자, 문은 나지막한 소리와 함께 안쪽으로 열렸다. 두 사람은 서로 얼굴을 한 번 마주 본 다음, 안으로 들어섰다. 그들의 등 뒤에서 쿵 하는 소리와 함께 문이 닫혔다.

이 은행의 로비는 랭던이 일찍이 본 기억이 없을 만큼 위압적인 실내 장식으로 꾸며져 있었다. 보통 은행들이 반짝거리는 대리석과 화강암으로 만족하는 반면, 이 은행은 바닥부터 천장까지 온통 철판과 리벳으로만 되어 있었다.

'도대체 실내 장식을 누가 한 거야?'

랭던은 속으로 투덜거렸다.

'연합 철강?'

로비를 둘러보는 소피 역시 겁먹은 표정이었다.

바닥, 벽, 카운터, 문짝까지도 온통 잿빛 철제 제품이었고, 심지어는 로비에 놓인 의자조차 주철로 만들어진 듯했다. 그런 위압적인 분위기가 전달하는 메시지는 분명했다.

'당신은 지금 금고 안에 들어와 있습니다.'

소피와 랭던이 들어서자, 카운터에 앉은 덩치 큰 남자가 그들을 바라보았다. 그는 보고 있던 조그만 텔레비전을 끄고 환한 미소로 그들을 맞이했다. 우락부락한 근육질의 몸매에도 불구하고 목소리는 스위스 출신의 세련된 벨보이처럼 정중했다.

"Bonsoir(안녕하세요)."

그가 말했다.

"무엇을 도와 드릴까요?"

요즘 유럽 사람들 사이에서는 두 개의 언어로 인사를 건네는 것이 새로운 접대법으로 유행하는 분위기였다. 아무런 선입견 없이 문을 활짝 열어 놓을 테니, 어느 쪽이든 편안한 언어로 대답하라는 의미를 담고 있었다.

소피는 어느 쪽 언어로도 대답하지 않았다. 그냥 황금 열쇠를 카운터 위에 말없이 올려놓았을 뿐이었다.

남자는 그 열쇠를 내려다보더니, 금방 자세가 더욱 곧아졌다.

"알았습니다. 승강기는 복도 끝에 있습니다. 손님들이 가신다고 보고하겠습니다."

소피는 고개를 끄덕이며 열쇠를 도로 챙겼다.

"몇 층이죠?"

남자는 이상하다는 듯 그녀를 바라보았다.

"그 열쇠가 승강기에게 알려 줄 겁니다."

소피는 미소를 지었다.

"아, 그렇군요."

남자는 새로 온 두 명의 손님이 승강기로 다가가 열쇠를 꽂은 뒤 안으로 들어가는 것을 지켜보았다. 승강기 문이 닫히기 무섭게 그는 전화통을 집어 들었다. 안내 직원에게 손님이 도착했다는 것을 알리려는 것이 아니었다. 그럴 필요는 없었다. 바깥의 주차장 출입문에 열쇠가 삽입된 순간, 이미 금고의 안내 직원에게 자동으로 통보가 가기 때문이었다.

그 대신 그는 은행의 야간 관리자에게 전화를 걸었다. 신호음이 울리기 시작하자 그는 텔레비전을 도로 켰다. 그가 조금 전에 보고 있던 뉴스는 막 끝나 가는 중이었다. 그래도 상관없었다. 두 사람의 얼굴이 또 한 번 화면에 나오고 있었기 때문이었다.

관리자가 전화를 받았다.

"Oui(여보세요)?"

"이쪽에 문제가 생겼습니다."

"무슨 일인데?"

관리자가 물었다.

"프랑스 경찰이 두 명의 도망자를 쫓고 있습니다."

"그런데?"

"그 두 사람이 조금 전에 우리 은행으로 들어왔습니다."

관리자는 나직이 욕설을 내뱉었다.

"알았어. 당장 지점장님께 연락해야겠군."

경비원은 통화가 끝나자마자 또 한 통 전화를 걸었다. 이번에는 인터폴이었다.

랭던은 승강기가 올라가는 게 아니라 내려가는 것을 깨닫고 깜짝 놀랐다. 얼마나 깊이까지 내려갔는지 도저히 감이 잡히지 않는다는 생각이 들 무렵에야 겨우 승강기가 멈추고 문이 열렸다. 지하 몇 층인지는 상관없었다. 승강기에서 나갈 수 있다는 게 반가울 뿐이었다.

철저한 서비스 정신을 자랑이라도 하는 듯, 승강기 앞에는 이미 안내 직원이 기다리고 있었다. 꽤 나이가 들어 보이지만 표정은 아주 밝은 남자였는데, 흠잡을 데 없이 다림질한 플란넬 정장을 입고 있었다. 주위는 온통 최첨단인데 사람은 구시대의 은행원 그대로여서 조금 어색한 느낌이 들었다.

"Bonsoir(안녕하세요)."

그가 말했다.

"안녕하십니까. 이쪽으로 저를 따라오시겠습니까?"

그러고는 대답도 기다리지 않고 빙글 돌아서서 역시 온통 쇳덩어리로 된 듯한 복도를 씩씩하게 걸어갔다.

랭던은 소피와 함께 대형 전산 장비들이 들어찬 커다란 방 몇 개를 지나 그 직원을 따라갔다.

"Voici(여깁니다)."

어느 철제 출입문 앞에 도착한 직원이 문을 열어 주며 말했다.

"다 오셨습니다."

다음 순간, 랭던과 소피는 전혀 다른 세상으로 들어섰다. 그들의 눈앞에 고급 호텔의 화려한 응접실을 연상케 하는 조그만 방이 나타난 것이다. 철판과 리벳 대신 바닥에는 동양풍의 융단이 깔렸고, 중후한 느낌의 참나무 가구와 푹신한 의자는 보기만 해도 아늑했다. 방 복판에 놓인 커다란 책상에는 크리스털 잔 두 개와 함께 아직 거품이 보글보글 올라오는 페리에르 생수 한 병이 놓여 있었다. 그 옆에는 백랍으로 만든 커피 주전자에서 김이 모락모락 올라왔다.

'시계처럼 정교하군.'

랭던은 속으로 생각했다.

'시계라면 스위스를 따라갈 나라가 없지.'

직원은 알 만하다는 듯 미소를 지었다.

"저희 은행에는 처음이시군요?"

소피는 잠시 망설이다가 고개를 끄덕였다.

"알았습니다. 열쇠가 상속되는 경우도 종종 있으니까요. 처음 오시는 손님들은 절차에 익숙하지 못하신 게 당연하지요."

그는 마실 것들이 놓인 테이블을 가리켰다.

"원하시는 만큼 얼마든지 이 방에 계셔도 좋습니다."

"열쇠가 상속되는 경우도 있다고 하셨나요?"

소피가 물었다.

"그렇습니다. 손님이 가지고 계신 열쇠는 스위스 번호 계정과 마찬가지로 대를 이어 물려받는 경우가 흔히 있습니다. 저희 골드 계좌의 경우, 가장 짧은 보관함 대여 기간이 50년입니다. 물론 비용은 선불로 처리되지요. 그러니 보관함이 선대에서 후대로 넘어가는 경우를 흔히 보게 됩니다."

랭던은 멍하니 그를 바라보았다.

"50년이라고요?"

"최단 기간이 그렇다는 말씀입니다."

직원이 대답했다.

"물론 임대 기간을 훨씬 길게 약정하실 수도 있지만, 별도의 계약이 없는 이상 50년 동안 한 번도 거래가 일어나지 않은 계좌는 보관함의 내용물이 자동으로 폐기되도록 되어 있습니다. 보관함을 꺼내는 절차를 알려 드릴까요?"

소피는 고개를 끄덕였다.

"고맙습니다."

직원은 팔을 한 바퀴 돌리며 방 안을 가리켰다.

"이 방은 손님들의 전용실입니다. 제가 나가고 나면 손님께서는 시간에 구애받지 않고 자유롭게 보관함의 내용물을 살펴보실 수 있습니다. 보관함은…… 이쪽으로 나옵니다."

직원은 널찍한 컨베이어 벨트가 우아한 각도를 그리며 방 안으로 들어오는 반대편으로 걸어갔다. 공항에서 화물을 찾는 컨베이어와는 수준이 달라 보였다.

"저쪽에 보이는 구멍에 열쇠를 꽂으시면……."

그는 컨베이어 벨트 쪽을 향하게 설치된 커다란 식별기를 가리키며 말했다. 거기에는 이제 눈에 익은 삼각형 구멍이 나 있었다.

"식별기가 열쇠를 인식하고 손님이 계좌 번호를 입력하면 아래층의 금고실에 설치된 기계 장치에 의해 손님의 보관함이 자동으로 이곳까지 운반됩니다. 볼일이 끝나면 다시 열쇠를 꽂는 것만으로 이번에는 그 반대의 과정이 진행되지요. 모든 것이 자동화되어 있기 때문에 손님의 개인 정보는 저희 직원들도 알 수가 없습니다. 필요하신 게 있으시면 방 가운데 테이블에 설치된 단추만 누르시면 됩니다."

소피가 뭐라고 질문을 하려 하는데 전화벨이 울렸다. 직원은 뜻밖이라는 듯 난감한 표정을 지었다.

"잠깐 실례하겠습니다."

그는 방 한복판으로 걸어가 커피 주전자 옆에 놓인 전화기를 집어 들었다.

"Oui(예)?"

그가 말했다.

상대방의 말을 듣는 그의 이마에 깊은 주름이 잡혔다.

"Oui…… oui…… d'accord(예…… 예…… 알았습니다)."

그는 수화기를 내려놓으며 어색한 미소를 지었다.

"죄송합니다. 저는 이만 나가 봐야겠습니다. 그럼 편안하게 볼일 보십시오."

그는 재빨리 문 쪽으로 걸어갔다.

"잠깐만요."

소피가 그를 불러 세웠다.

"가시기 전에 한 가지 여쭤 봐도 될까요? 아까 우리가 계좌 번호를 입력해야 된다고 하셨죠?"

문 앞에 엉거주춤 멈춰 선 직원은 얼굴이 하얗게 질린 듯했다.

"물론입니다. 다른 스위스 은행과 마찬가지로 저희 금고는 고객의 이름이 아니라 계좌 번호와 연결되어 있습니다. 열쇠를 가지고 있는 손님은 당연히 본인만이 아는 계좌 번호를 가지고 있지요. 열쇠는 손님의 신원을 확인하는 수단의 절반에 지나지 않습니다. 계좌 번호가 나머지 절반인 셈이지요. 그렇지 않으면 열쇠를 분실할 경우 엉뚱한 사람이 금고를 확인할 수도 있지 않겠습니까."

소피는 잠시 망설였다.

"저에게 열쇠를 물려주신 분이 계좌 번호를 알려 주지 않았다면 어떻게 하죠?"

직원은 이제 심장이 마구 두근거리는 기분이었다.

'그렇다면 당신들은 여기서 아무 볼일이 없다는 뜻이지!'

그러나 겉으로는 침착하게 미소를 지으며 대답했다.

"손님을 도울 수 있는 다른 직원을 부르겠습니다. 금방 도착할 겁니다."

그는 방에서 나가 문을 닫은 다음, 묵직한 자물쇠를 걸어 잠갔다. 이제 소피와 랭던은 꼼짝없이 그 방에 갇힌 것이다.

노르 역에서 대기하고 있던 콜레의 전화벨이 울렸다.

파슈였다.

"인터폴이 단서를 입수했어."

파슈가 말했다.

"이제 기차는 신경쓰지 않아도 돼. 랭던과 느뵈가 방금 취리히 대여 금고 은행 파리 지점으로 들어갔다. 당장 요원들을 그쪽으로 보내야겠어."

"소니에르가 느뵈 요원과 로버트 랭던에게 어떤 메시지를 남겼는지는 확인됐습니까?"

파슈가 차가운 목소리로 대답했다.

"자네가 그들을 체포하면 내가 직접 물어보지."

콜레는 그 대답이 무슨 뜻인지를 금방 알아차렸다.

"악소 가 24번지라고 하셨습니까? 당장 출동하겠습니다."

콜레는 전화를 끊고 부하들에게 무전을 쳤다.

43

취리히 대여 금고 은행의 파리 지점장 앙드레 베르네는 은행 건물 위층의 화려한 숙소에서 생활했다. 비록 흠잡을 데 없이 잘 꾸며진 숙소이기는 했지만, 그는 늘 생루이 강변에 아파트가 한 채 있으면 좋겠다는 욕심을 가지고 있었다. 그런 곳이라면 여기처럼 매일같이 천박한 부자들이나 상대하는 대신, 진정한 예술 애호가들과 교제할 수 있을 테니까.

'은퇴만 하면······.'

베르네는 자신을 타일렀다.

'지하실에 귀한 보르도 포도주를 잔뜩 쟁여 놓고 응접실은 프라고나르와 부셰의 명화들로 장식하는 거야. 그러고는 라탱 지구에서 날마다 골동품 가구와 희귀한 책들을 찾아다니는 거지.'

지금 베르네는 잠에서 깨어난 지 6분 30초밖에 되지 않았다. 그래도 은행의 지하 복도를 서둘러 걸어가는 그의 모습은 마치 전담 재단사와 미용사가 한껏 징성을 들인 것처럼 한 치의 흐트러짐도 찾아볼 수 없는 완벽한 상태였다. 깔끔한 실크 정장을 차려입은 베르네는 바쁘게 걸음을 옮기는 와중에도 입속에 구강 청결제 스프레이를 뿌리고 넥타이를 바로잡았다. 시간대가 다른 외국에서 막 도착한 손님들 때문에 한밤중에 자다가 불려 나오는 일이 많다 보니, 마사이 전사들과도 같은 수면 습관을 들이게 된 것도 무리는 아니었다. 이 아프리카 부족은 깊은 잠에 빠져 있다가도 단 몇 초 만에 완벽한 전투태세를 갖추는 것으로 유명하다.

'전투 준비 완료.'

베르네는 오늘따라 그런 비유가 단순한 비유에 그치지 않을지도 모른다는 불길한 예감이 들었다. 황금 열쇠를 가진 고객이 나타나면 바짝 신경을 쓰지 않을 수 없지만, 사법경찰의 수배를 받고 있는 황금 열쇠 고객이라면 신경을 쓰는 정도만으로는 충분하지 않다. 이 은행은 이전에도 현행범이 아닌 이상 고객의 사생활에 대한 권리를 둘러싸고 경찰 당국과 팽팽한 힘겨루기를 벌인 적이 많았다.

'5분 안에 해결해야 한다.'

베르네는 다짐했다.

'경찰이 도착하기 전에 그들을 우리 은행에서 내보내야 해.'

신속하게 움직이기만 하면 무난히 재앙을 피해 갈 수도 있다. 베르네는 경찰에게 문제의 도망자들이 은행 안으로 들어온 것은 사실이지만, 그들이 고객도 아니고 계좌 번호도 가지고 있지 않았기 때문에 그냥 돌려보냈다고 하면 간단하게 문제를 해결할 수 있었다. 그 망할 경비원 녀석이 인터폴에 신고만 하지 않았더라도 말이다. 하긴, 시간당 15유로짜리 경비원에게 그 정도의 사리 분별을 요구하는 건 무리일 테지만.

베르네는 문 앞에서 잠시 걸음을 멈추고 호흡을 가다듬으며 근육의 긴장을 풀었다. 그러고는 부드러운 미소를 지은 채 잠긴 자물쇠를 풀고 상쾌한 산들바람처럼 문을 열고 방 안으로 들어섰다.

"안녕하십니까."

그는 눈으로 고객들의 얼굴을 더듬으며 말했다.

"나는 앙드레 베르네라고 합니다. 어떻게 도와 드릴……."

문장의 나머지가 목젖 부근에서 턱 걸려 버렸다. 눈앞에 서 있는 여자는 그가 꿈에도 상상하지 못한 사람이었다.

"죄송합니다만, 혹시 저를 아시나요?"

소피가 물었다. 물론 소피는 베르네를 알아보지 못했지만, 순간적으로 그는 마치 귀신이라도 본 듯한 표정이었다.

"아니……."

지점장은 말을 더듬었다.

"그렇지는…… 않은 것 같군요. 저희 은행은 익명성을 보장해야 하니까."

그는 크게 숨을 내쉬며 차분한 미소를 머금었다.

"저희 직원 말로는 손님께서 황금 열쇠를 가지고 있지만 계좌 번호는 모르신다고 하더군요. 어떻게 그 열쇠를 가지게 되었는지 여쭤 봐도 되겠습니까?"

"할아버지가 주셨어요."

소피는 상대를 유심히 살피며 대답했다. 불안한 기색이 조금 전보다 더 짙어졌다.

"그래요? 할아버지께서 열쇠는 주셨지만 계좌 번호는 알려 주지 않으셨다는 말씀입니까?"

"그럴 시간이 없었던 모양이에요."

소피가 말했다.

"오늘 밤에 살해되었거든요."

그러자 지점장은 금방이라도 뒤로 넘어갈 것만 같았다.

"자크 소니에르가 죽었단 말입니까?"

그는 이제 완전히 겁에 질린 표정이었다.

"하지만…… 어쩌다가!"

이번에는 소피가 놀라 자빠질 차례였다.

"우리 할아버지를 아세요?"

앙드레 베르네는 테이블 가장자리에 몸을 기대며 놀란 마음을 가라앉히려 애썼다.

"자크와 나는 절친한 친구 사입니다. 언제 그런 일이 벌어졌습니까?"

"오늘 저녁, 루브르에서……."

베르네는 커다란 가죽 의자로 다가가 털썩 주저앉았다.

"두 분에게 아주 중요한 질문을 하나 드려야겠습니다."

잠시 랭던을 올려다보던 그의 시선이 다시 소피를 향했다.

"두 분 가운데 그의 죽음과 관련된 분이 있습니까?"

"아뇨!"

소피가 강하게 대답했다.

"절대 그렇지 않아요."

베르네는 심각한 표정으로 생각에 잠겼다.

"인터폴이 두 분의 사진을 배포하고 있습니다. 내가 손님을 알아본 것도 그 때문이지요. 두 분은 지금 살인 혐의로 수배 중입니다."

소피는 온몸의 기운이 쪽 빠지는 느낌이었다. 파슈가 벌써부터 인터폴을 동원했단 말인가? 파슈는 소피가 생각했던 것보다 훨씬 더 강력한 동기를 가지고 있음이 분명했다. 소피는 베르네에게 랭던이 누구인지, 오늘 밤 루브르에서 무슨 일이 있었는지를 간단하게 설명했다.

베르네는 더욱 놀란 표정이 되었다.

"할아버지가 죽어 가면서 랭던 씨를 찾으라는 메시지를 남겼다는 말씀입니까?"

"그래요. 그리고 이 열쇠도."

소피는 테이블 위에 시온수도회의 문양이 아래로 가도록 황금 열쇠를 내려놓았다.

베르네는 열쇠를 힐끗 바라볼 뿐 건드리지도 않았다.

"달랑 이 열쇠 하나만 남겼습니까? 다른 것은요? 무슨 종이 조각 하나도 없었습니까?"

소피는 아주 다급한 상황이었음에도 불구하고 〈암굴의 마돈나〉 뒤에서 다른 것을 발견하지 못한 것만은 분명했다.

"아뇨, 열쇠뿐이었어요."

베르네는 크게 한숨을 내쉬었다.

"모든 열쇠는 비밀 번호 역할을 하는 10자리의 계좌 번호와 짝을 이루고 있습니다. 그 숫자가 없으면 이 열쇠는 아무 소용도 없습니다."

10자리 숫자…… 소피는 확률을 계산해 보았다. 어림잡아 경우의 수가 100억 개는 넘었다. 정확한 조합을 찾아내려면 DCPJ의 강력한 병렬 컴퓨터를 동원한다 해도 꼬박 몇 주가 걸릴 것이다.

"지점장님, 특수한 상황임을 고려해서 편의를 봐주실 방법이 있겠죠?"

"죄송합니다만 내가 할 수 있는 일이 아무것도 없습니다. 고객들은 보안 단말기를 통해 직접 계좌 번호를 선택하도록 되어 있습니다. 다시 말해서 고객 본인과 컴퓨터 외에는 누구도 그 번호를 모른다는 뜻이지요. 바로 그것이 우리가 익명성을 보장하는 방법 가운데 하나입니다. 우리 직원들의 신변을 보호하는 방법이기도 하고요."

소피로서는 충분히 납득이 가는 이야기였다. 동네 편의점도 그와 똑같은 정책에 의존한다.

'직원들은 금고 열쇠를 가지고 있지 않다.'

이 은행 역시 누군가가 남의 열쇠를 훔친 뒤 직원을 인질로 잡고 계좌 번호를 요구하는 사태를 원천적으로 봉쇄하고 있는 것이다.

소피는 랭던 옆에 앉아 열쇠를 물끄러미 내려다보다가 다시 베르네를 바라보았다.

"할아버지가 금고 속에 보관한 게 뭔지, 짚이는 데가 없으세요?"

"전혀 없습니다. 내가 그걸 알면 이 은행은 그 순간 이미 안전 금고 은행으로서의 기능을 상실하니까요."

"베르네 지점장님."

소피도 순순히 물러서지 않았다.

"우리는 지금 시간에 쫓기고 있어요. 그러니 최대한 단도직입적으로 말씀드리죠."

소피는 손을 뻗어 황금 열쇠를 뒤집어 놓았다. 시온수도회의 문양이 드러나는 순간, 상대방의 표정이 어떻게 변하는지를 살피려는 의도였다.

"이 열쇠에 새겨진 상징이 무슨 의미를 가진다고 생각하세요?"

베르네는 백합 문양을 보고도 특별한 반응을 보이지 않았다.

"글쎄요, 우리 고객들 중에는 열쇠에다 기업체 로고나 이니셜 같은 걸 새겨 넣는 분들이 많습니다."

소피는 여전히 그를 주시하면서 한숨을 내쉬었다.

"이 문양은 시온수도회라는 비밀 단체의 상징이에요."

이번에도 베르네는 별다른 반응이 없었다.

"나로서는 전혀 모르는 일입니다. 자크와 나는 친구 사이이기는 했지만 주로 사업상의 이야기만 나누었거든요."

베르네는 불안한 표정으로 넥타이를 만지작거렸다.

"베르네 씨."

소피가 절박한 목소리로 애원하듯 말했다.

"할아버지는 오늘 밤 나에게 전화를 해서 할아버지와 내가 심각한 위험에 처해 있다고 했어요. 나에게 뭔가를 전해 주어야 한다고도 하셨죠. 그게 바로 이 열쇠였어요. 하지만 이제 할아버지는 돌아가셨어요. 이와 관련해서 지점장님이 해 줄 말씀이 있다면, 뭐든 우리에게 큰 도움이 될 거예요."

베르네는 이제 식은땀을 흘리기 시작했다.

"두 분은 이 건물을 빠져나가셔야 합니다. 이제 곧 경찰이 도착할 거예요. 우리 경비원이 인터폴에 신고를 해야 된다고 판단했던 모양입니다."

소피 역시 두렵기는 마찬가지였다. 마지막으로 한 번만 더 찔러 보고 싶었다.

"할아버지는 우리 가족에 대한 진실을 나에게 얘기해야 된다고 하셨어요. 혹시 거기에 대해서는 아는 게 없으신가요?"

"마드모아젤, 당신 가족은 당신이 어렸을 때 자동차 사고로 세상을 떠났습니다. 죄송합니다. 할아버지가 당신을 얼마나 사랑했는지는 나도 잘 압니다. 두 분 사이가 멀어져서 너무 가슴이 아프다는 이야기를 나에게도 몇 번이나 했을 정도니까요."

소피는 어떤 반응을 보여야 좋을지 알 수가 없었다.

랭던이 입을 열었다.

"이 계좌의 내용물이 상그레알과 무슨 관계가 있을까요?"

베르네는 어리둥절한 표정으로 그를 바라보았다.

"나는 그게 뭔지도 모릅니다."

그때 베르네의 휴대전화가 울렸다. 그는 허리춤에 차고 있던 전화기를 낚아챘다.

"예?"

상대방의 목소리에 귀를 기울이는 그의 표정이 점점 더 일그러졌다.

"경찰? 이렇게 빨리?"

베르네는 프랑스어로 몇 가지 지시를 내린 다음, 자기가 곧 로비로 올라가겠다고 말했다.

베르네는 전화를 끊고 소피를 돌아보았다.

"경찰이 평소보다 훨씬 빨리 움직이는군요. 벌써 도착한 모양입니다."

소피는 빈손으로 이곳을 떠날 마음이 전혀 없었다.

"우리가 벌써 여기서 나갔다고 하세요. 자기네가 직접 살펴보겠다고 하면 수색영장을 가지고 오라고 버티는 거죠. 시간을 좀 벌 수 있을 거예요."

"내 말 잘 들으세요."

베르네가 말했다.

"첫째, 자크는 내 친구였습니다. 둘째, 우리 은행은 이런 식의 압력을 받아야 할 이유가 없어요. 이 두 가지 이유 때문에 나는 경찰이 이 은행 안에서 두 분을 체포하도록 내버려 두지는 않을 겁니다. 조금만 시간을 주시면 두 분이 무사히 이곳을 빠져나갈 수 있는 방법을 찾아 보겠습니다. 그다음부터는 내가 할 수 있는 일이 없다는 걸 양해해 주십시오."

베르네는 자리에서 일어나 서둘러 출입문 쪽으로 다가갔다.

"여기 그대로 있어요. 조치를 취해 놓고 곧 돌아올 테니까."

"하지만 보관함은요?"

소피가 매달렸다.

"그냥 빈손으로 갈 수는 없어요."

"거기에 대해서는 정말 아무 방법이 없습니다."

베르네는 미안하다는 말을 남기고 방에서 나가 버렸다.

소피는 그가 사라진 쪽을 멍하니 바라보며 어쩌면 그동안 할아버지가 보내온 수많은 편지와 소포들 속에 계좌 번호가 적혀 있었을지도 모른다는 생각을 했다. 물론 그녀는 그것들을 하나도 뜯어 보지 않았다.

갑자기 랭던이 벌떡 일어섰다. 소피는 그의 눈동자가 지금 상황과는 전혀 어울리지 않게 반짝거리는 것을 알아차렸다.

"로버트, 지금 웃고 있는 거예요?"

"당신 할아버지는 역시 천재로군요."

"네?"

"열 자리 숫자라고 했지요?"

소피는 그가 무슨 소리를 하는지 알 수가 없었다.

"계좌 번호 말입니다."

랭던은 그렇게 말하며 이제는 소피도 익숙해진 특유의 삐딱한 미소를 지었다.

"할아버지가 이미 그 번호를 우리에게 알려 준 것 같아요."

"어디에……?"

랭던은 사건 현장 사진이 담긴 출력지를 꺼내 테이블 위에 펼쳐 놓았다. 소피는 할아버지가 남긴 메시지의 첫 줄을 보는 순간, 랭던의 말이 옳다는 것을 알아차렸다.

13-3-2-21-1-1-8-5

아, 드라콘 같은 악마여(O, Draconian devil)!

오, 절름발이 성인이여(Oh, lame saint)!

P.S. 로버트 랭던을 찾아라(P.S. Find Robert Langdon).

44

"10자리 숫자……."

출력지를 살펴보는 소피는 암호 전문가로서의 본능이 되살아나는 느낌이었다.

$$13 - 3 - 2 - 21 - 1 - 1 - 8 - 5$$

'할아버지가 루브르 바닥에 계좌 번호를 써 놓은 거야!'

바닥에 쓰인 피보나치수열을 발견한 순간, 소피는 그것이 DCPJ로 하여금 암호 전문가, 나아가 소피 자신을 수사에 끌어들이려는 목적이 전부일 거라고 생각했다. 조금 시간이 지나서는 그 숫자들이 뒤에 나오는 문장들을 해석하는 단서 역할도 한다는 것을 깨달았다. 순서를 섞어 놓은 수열, 즉 숫자로 된 애너그램인 셈이었다. 이제 소피는 그 숫자들이 그보다 훨씬 중요한 또 하나의 의미를 가진다는 사실을 알고 놀라움을 금치 못했다. 그 숫자들은 할아버지의 금고를 여는 최후의 열쇠임이 거의 확실해 보였다.

"할아버지는 이중 의미의 달인이었어요."

소피가 랭던을 돌아보며 말했다.

"다층적인 의미를 갖는 것이라면 뭐든 좋아했어요. 암호 속에 숨겨진 또 다른 암호 같은 것 말이에요."

랭던은 이미 컨베이어 벨트 옆의 식별기 쪽으로 다가가고 있었다. 소피도 출력지를 집어 들고 그 뒤를 따랐다.

식별기에는 은행의 현금 인출기와 비슷한 숫자판이 달려 있었다. 화면에는 십자가 모양의 이 은행 로고가 떠 있었다. 숫자판 옆에 삼각형 구멍도 보였다. 소피는 망설임 없이 그 구멍에 열쇠를 찔러 넣었다.

계좌 번호:

— — — — — — — — — —

제일 앞의 빈 칸에서 커서가 깜빡이며 정보가 입력되기를 기다리고 있었다.

'10자리 숫자라……'

소피가 출력지를 들여다보며 숫자를 하나하나 불러 주었고, 그것을 랭던이 숫자판에 입력했다.

계좌 번호:
1332211185

랭던이 마지막 숫자를 입력하자 화면이 바뀌더니 여러 가지 언어로 된 메시지가 나타났다. 역시 영어가 제일 위였다.

주의 :
확인 단추를 누르기 전에 계좌 번호가 정확한지 확인하십시오.
고객 여러분의 보안을 위해
컴퓨터가 계좌 번호를 인식하지 못할 경우
이 시스템은 자동으로 종료됩니다.

"작동 중지라⋯⋯."

소피가 얼굴을 찌푸리며 중얼거렸다.

"기회는 한 번밖에 주어지지 않는 모양이네요."

보통 현금 인출기는 비밀 번호를 세 차례까지 입력할 수 있다. 이 기계는 확실히 평범한 현금 인출기가 아니었다.

"다 맞게 입력한 것 같은데."

랭던이 다시 한 번 화면과 출력지를 신중하게 비교해 보며 말했다. 그러고는 소피에게 확인 단추를 가리켜 보였다.

"직접 눌러 봐요."

소피는 검지를 숫자판으로 가져갔지만, 갑자기 이상한 생각이 들어서 동작을 멈추었다.

"어서 눌러요."

랭던이 재촉했다.

"베르네가 곧 돌아올 겁니다."

"아니에요."

소피는 뻗었던 손을 거둬들었다.

"이건 올바른 계좌 번호가 아니에요."

"그럴 리가 있나! 열 자리 숫자라면서요. 이게 틀림없다니까!"

"너무 무작위적이에요."

'너무 무작위적이라고?'

랭던으로서는 도저히 받아들일 수 없는 견해였다. 모든 은행은 고객들에게 다른 사람들이 추측할 수 없도록 무작위적인 비밀 번호를 선택하라고 충고하지 않던가. 이 은행 고객이라고 해서 예외여야 할 이유는 없었다.

소피는 방금 입력한 숫자들을 다 지워 버리고 확신에 찬 표정으로 랭던을 바라보았다.

"무작위로 고른 숫자들이 피보나치수열에 나오는 숫자들을 뒤섞어 놓은 것들로만 이루어진다는 건 지나친 우연이에요."

랭던은 그녀의 말에 일리가 있을지도 모른다는 생각이 들었다. 이 은행으로 오기 전에 소피는 이 숫자들을 피보나치수열로 다시 배열해 보였었다. 그것은 확실히 아무나 할 수 있는 일이 아니었다.

소피는 다시 숫자판 앞으로 다가가 다른 숫자들을 입력하기 시작했다. 마치 자신의 머릿속에 들어 있던 숫자들을 끄집어내는 듯했다.

"게다가 할아버지처럼 상징과 암호를 좋아하는 분이라면 자신에게 의미가 있는 숫자, 쉽게 기억할 수 있는 숫자를 선택했을 가능성이 아주 높거든요."

숫자 입력을 마친 소피는 짓궂은 미소를 지었다.

"무언가 무작위적으로 보이지만…… 사실은 그렇지 않은 것."

랭던은 화면을 들여다보았다.

계좌 번호:

1123581321

그것을 보는 순간, 랭던은 소피의 생각이 옳다는 것을 알아차렸다.

'피보나치수열.'

'1-1-2-3-5-8-13-21.'

피보나치수열을 그냥 열 자리 숫자로 쭉 이어서 써 놓으니 좀처럼 그 속성이 드러나 보이지 않았다. 기억하기는 쉬우면서, 겉보기에는 무작위로 보이는 숫자였다. 소니에르라면 절대 그 숫자를 잊어버릴 염려가 없었을 것이다. 게다가 그것은 루브르의 마룻바닥에 쓰인 숫자들을 잘 배치하면 유명한 수열의 일부가 되는 이유를 완벽하게 설명해 주었다.

소피는 손을 뻗어 확인 단추를 눌렀다.

아무 일도 일어나지 않았다.

적어도 그들이 느끼기에는······.

그 순간, 그들의 발밑에 자리한 동굴 같은 지하 금고실에서는 깊은 잠에서 깨어난 로봇팔 하나가 움직이기 시작했다. 로봇팔은 천장에 붙은 양축 이동 시스템을 통해 미끄러지듯 움직이며 좌표 값을 찾아가는 것이었다. 그 아래의 시멘트 바닥에는 똑같이 생긴 수백 개의 플라스틱 상자들이 마치 지하 납골당에 안치된 조그만 관들처럼 거대한 격자를 이루며 가지런히 정렬되어 있었다.

정확한 지점을 찾아낸 로봇팔이 밑으로 쑥 내려오자, 소형 판독기가 상자에 붙은 바코드를 확인했다. 이어서 로봇팔은 정확하게 상자의 손잡이를 움켜잡고 수직으로 끌어올렸다. 다음부터는 톱니바퀴가 작동하면서 상자를 금고실 가장자리로 운반했다. 정지해 있는 컨베이어 벨트 위에 도착한 로봇팔은 동작을 멈추었다.

팔은 천천히 아래로 내려와 상자를 벨트 위에 사뿐히 떨어뜨리고 도로 올라갔다.

다음 순간, 이번에는 컨베이어 벨트가 잠에서 깨어났다······.

위층에서는 소피와 랭던이 컨베이어 벨트가 돌아가기 시작하는 것을 보고 안도의 한숨을 내쉬었다. 벨트 옆에서 기다리고 있으려니, 공항에서 내용물이 뭔지 알지 못하는 수수께끼의 수화물을 찾으려고 기다리는 수심에 찬 여행객이 된 기분이었다.

컨베이어 벨트는 저절로 열렸다 닫혔다 하는 문 아래의 좁은 틈 사이를 통해 그들의 오른편으로 방 안에 들어왔다. 금속 문이 미끄러져 올라가면서 큼직한 플라스틱 상자가 모습을 드러냈는데, 금형에 부어서 만든 검은색 플라스틱 상자는 소피가 생각했던 것보다 훨씬 크고 튼튼해 보였다. 공기구멍이 없다는 점만 빼면 비행기에 애완동물을 실을 때 쓰는 상자와 비슷했다.

상자는 정확하게 그들 앞에서 멈춰 섰다.

랭던과 소피는 말없이 이 수수께끼의 상자를 내려다보았다.

이 은행의 다른 모든 것과 마찬가지로, 상자 역시 쇠붙이로 된 죔쇠와 바코드 스티커, 튼튼한 손잡이 때문에 무슨 공장에서 쓰는 물건처럼 보였다. 실제로 소피는 거대한 연장 상자를 떠올리기도 했다.

소피는 지체 없이 두 개의 죔쇠를 풀었다. 이어서 그녀는 랭던을 돌아보았고, 두 사람은 힘을 합쳐 묵직한 뚜껑을 들어 올려 뒤로 젖혔다.

두 사람은 한 발 앞으로 다가서며 상자 안을 들여다보았다.

처음에 소피는 상자가 텅 비어 있는 줄 알았다. 다음 순간 뭔가가 눈에 들어왔다. 상자 밑바닥에 조그만 물건 하나가 외롭게 사람의 손길을 기다리고 있었다.

신발 상자만 한 크기의 나무 상자였다. 표면이 반들거렸고, 화려한 경첩이 달려 있었다. 나무는 아주 튼튼해 보이는 짙은 자주색을 띠고 있었다. 소피는 그 상자가 자단(紫檀)으로 만들어진 것임을 한눈에 알아보았다. 할아버지가 제일 좋아하는 목재였다. 뚜껑에는 아름다운 장미 한 송이가 새겨져 있었다. 소피와 랭던은 어리둥절한 표정으로 서로를 마주 보았다. 소피가 허리를 숙여 상자를 들어 올렸다.

'맙소사, 아주 무거워!'

소피는 조심스럽게 그 상자를 커다란 테이블 위에 내려놓았다. 랭던도 그녀 옆에 서서 자크 소니에르가 남긴 조그만 보물 상자를 들여다보았다. 그는 이 상자를 찾으라고 그들을 여기까지 보낸 게 틀림없었다.

랭던은 상자 뚜껑에 수작업으로 새겨진 꽃잎 다섯 장짜리 장미를 놀란 눈으로 바라보았다. 그는 이렇게 생긴 장미를 여러 차례 본 적이 있었다.

"이건 성배를 뜻하는 시온수도회의 상징이에요."

소피가 고개를 돌려 그를 바라보았다. 랭던은 그녀가 무슨 생각을 하는지 짐작할 수 있었다. 그 자신도 똑같은 생각을 하고 있었으니까. 상자의 크기와 내용물의 무게, 게다가 성배를 뜻하는 수도회의 상징까지, 그 모든 사실들이 암시하는 결론은 한 가지밖에 없었다.

'이 나무 상자 속에 그리스도의 잔이 들어 있다.'

랭던은 다시 한 번 그건 불가능한 일이라고 스스로를 타일렀다.

"크기가 아주 적당해요."

소피가 중얼거렸다.

"……잔을 담기에."

'성배일 리가 없어.'

소피는 상자를 몸 앞으로 끌어당기며 열 준비를 했다. 하지만 상자가 움직이자, 전혀 예상하지 못했던 일이 벌어졌다. 상자 속에서 뭔가가 꼬르륵거리는 소리 같은 게 난 것이다.

랭던은 뒤늦게 그런 사실을 알아차렸다.

'속에 액체가 들어 있다고?'

소피 역시 혼란스러운 표정이었다.

"그 소리, 들었어요……?"

랭던은 고개를 끄덕였다.

"액체로군요."

소피는 천천히 몸을 숙여 상자의 죔쇠를 풀고 뚜껑을 들어 올렸다.

그 안에는 랭던이 지금까지 한 번도 본 적이 없는 물체가 들어 있었다. 그러나 두 사람 모두, 적어도 한 가지만은 확실하게 알 수 있었다. 상자 속의 물건은 그리스도의 잔이 아니었다.

45

"경찰이 도로를 봉쇄하고 있습니다."

앙드레 베르네가 대기실로 들어오며 말했다.

"두 분을 빼돌리기가 쉽지 않겠어요."

등 뒤로 문을 닫은 베르네는 컨베이어 벨트 위에 튼튼한 플라스틱 상자가 놓인 것을 발견하고 동작을 멈추었다.

'맙소사, 소니에르의 계좌 번호를 알아낸 거야?'

소피와 랭던은 나무로 된 큼직한 보석 상자 같은 것을 앞에 놓고 테이블에 앉아 있었다. 소피가 얼른 뚜껑을 닫고 고개를 들었다.

"알고 보니 계좌 번호를 가지고 있더군요."

그녀가 말했다.

베르네는 말문이 막혔다. 사태가 그의 생각과는 전혀 다른 방향으로 전개되기 시작한 것이다. 베르네는 상자에서 눈길을 거두며 이제부터 어떻게 해야 할지를 고민했다.

'이 사람들을 은행에서 내보내야 한다!'

하지만 이미 경찰이 쫙 깔린 마당에, 베르네가 생각할 수 있는 방법이라고는 딱 한 가지밖에 없었다.

"마드모아젤 느뵈, 만약 내가 두 분을 안전하게 은행에서 내보내 드린다면, 그 물건을 가지고 가실 겁니까, 아니면 도로 금고실에 보관하실 겁니까?"

소피는 랭던을 잠깐 돌아본 다음, 다시 베르네를 바라보았다.

"가져가야 해요."

베르네는 고개를 끄덕였다.

"좋습니다. 뭔지는 모르지만, 복도로 나가기 전에 옷으로 잘 감싸는 게 좋겠습니다. 다른 사람들 눈에 뜨이지 않도록 말입니다."

랭던이 재킷을 벗는 동안 베르네는 서둘러 컨베이어 벨트로 다가가 이제 속이 비어 버린 상자 뚜껑을 닫고 식별기에다 몇 가지 간단한 명령을 입력했다. 컨베이어 벨트가 다시 움직이기 시작하더니, 플라스틱 상자를 금고실로 옮겨갔다. 이어서 그는 황금 열쇠를 뽑아 소피에게 건네주었다.

"이쪽입니다. 서둘러야 해요."

화물 적하장 뒤쪽에 도착하자, 지하 주차장 사이로 경찰차의 불빛이 번쩍거리는 것이 보였다. 베르네는 얼굴을 찌푸렸다. 경찰이 이미 주차장 진입로까지 봉쇄한 모양이었다.

'내가 지금 뭘 하려는 거지?'

이마에 식은땀이 돋아나는 것이 느껴졌다.

베르네는 소형 장갑 트럭 가운데 한 대를 가리켰다. 이 은행이 제공하는 또 하나의 서비스가 바로 귀중품 운송이었다.

"화물칸으로 들어가세요."

베르네는 화물칸 문을 열어 올리며 말했다. 화물칸 안은 사방이 철판으로 된 밀실 같았다.

"금방 돌아오겠습니다."

소피와 랭던이 화물칸으로 올라가는 사이에 베르네는 적하장 사무실로 들어가 트럭 열쇠를 꺼낸 다음, 운전기사들이 입는 재킷과 모자를 찾아냈다. 입고 있던 양복과 넥타이를 벗어던지고 운전기사용 제복으로 갈아입은 것이다. 잠시 생각을 해 보고는 제복 속에다 어깨에 메는 권총집을 찼다. 사무실에서 나오는 길에 선반 위에서 기사용 권총을 꺼내 탄창을 끼운 다음, 총집에 쑤셔 넣고 그 위로 제복의 단추를 채웠다. 트럭으로 돌아온 베르네는 기사 모자를 깊숙이 눌러쓰고 텅 빈화물칸 안에 서 있는 소피와 랭던을 들여다보았다.

"이거라도 켜 두는 게 낫겠군요."

베르네는 안으로 손을 뻗어 벽에 붙은 스위치를 올렸다. 천장에 붙은 조그만 전구에 불이 들어왔다.

"앉아 있는 쪽이 그나마 편할 겁니다. 여기를 빠져나가는 동안 찍 소리도 내지 마세요."

소피와 랭던은 철판이 깔린 바닥에 쪼그리고 앉았다. 랭던은 옷으로 감싼 보물을 가슴에 꼭 끌어안았다. 베르네는 묵직한 화물칸 문을 닫은 다음, 자물쇠를 채웠다. 그러고는 운전석에 올라 시동을 켰다.

트럭이 진입로를 올라가는 동안 베르네는 벌써부터 모자 속에 땀이 차기 시작하는 것을 느꼈다. 생각보다 훨씬 많은 경찰차가 건물 앞을 지키고 있었다. 트럭이 경사로를 올라가자 안쪽 차단기가 활짝 열리며 그를 통과시켰다. 일단 그 앞을 지난 뒤 그 차단기가 닫힐 때까지 기다린 다음, 조금 더 앞으로 다가가자 두 번째 감지기가 작동했다. 두 번째 차단기가 열리고서야 이윽고 출구가 모습을 드러냈다.

'경찰차가 경사로 입구를 막고 있지만 않으면 좋으련만.'

베르네는 이마의 땀을 훔치며 앞으로 나아갔다.

호리호리한 경찰 하나가 바리케이드 앞으로 걸어 나오며 멈추라고 손짓을 했다. 바리케이드 뒤에는 순찰차 네 대가 버티고 있었다.

베르네는 트럭을 세웠다. 모자를 조금 더 눌러쓰며 교양 넘치는 평소의 모습 대신 최대한 투박하고 거친 표정을 지었다. 그러고는 운전대 뒤에 그대로 앉은 채 문을 열고 딱딱한 표정의 요원을 내려다보았다.

"Qu'est-ce qui se passe(무슨 일이오)?"

베르네가 한껏 거친 목소리로 물었다.

"Je suis Jérome Collet(나는 제롬 콜레라고 합니다)."

요원이 대답했다.

"Lieutenant Police Judiciaire(사법경찰 반장이오)."

그는 트럭의 화물칸을 가리키며 물었다.

"Qu'est-ce qu'il y a là ô dedans(저 안에 뭐가 실려 있습니까)?"

"빌어먹을, 내가 그걸 알면!"

베르네는 최대한 천박한 말투로 대답했다.

"운전기사 나부랭이가 그런 걸 어떻게 아냐고?"

콜레의 표정에는 아무런 변화가 없었다.

"우린 범죄자 두 명을 찾고 있습니다."

베르네는 코웃음을 쳤다.

"그렇다면 제대로 찾아왔구먼. 이 개자식들, 돈이 썩어나서 이런 트럭에다 뭔가를 옮기는 모양인데, 죄를 짓지 않고 어떻게 그리 돈이 많겠소?"

요원은 로버트 랭던의 여권 사진을 내밀었다.

"이 사람이 오늘 밤에 이 은행에 들어왔습니까?"

베르네는 어깨를 으쓱거렸다.

"아는 바 없수다. 나는 적하장 쥐새끼라 손님들 근처에는 얼씬도 못하는 처지라우. 그런 거라면 안에 들어가서 로비 직원에게 물어보슈."

"수색영장을 가져와야 들여보내 준다는군요."

베르네는 역겹다는 표정을 지었다.

"하는 짓들 하고는…… 괜히 나까지 열받는군."

"화물칸 좀 열어 주시겠습니까?"

콜레가 트럭 뒤쪽을 가리키며 말했다.

베르네는 그를 멀뚱멀뚱 쳐다보며 어이가 없다는 듯 코웃음을 터뜨렸다.

"화물칸을 열라고? 나한테 열쇠가 있을 것 같수? 저들이 나 같은 놈을 어떻게 믿고 열쇠를 주겠수? 내 월급이 얼마인지나 아슈?"

요원은 좀처럼 믿어지지 않는다는 듯 고개를 갸우뚱거렸다.

"당신이 모는 트럭의 열쇠가 당신한테 없단 말입니까?"

베르네는 고개를 가로저었다.

"물론 시동 거는 열쇠야 있지만 화물칸 열쇠는 어림도 없소. 이 트럭들은 적하장의 감독관이 직접 봉인하도록 되어 있거든. 그러고 나서 화물칸 열쇠를 수취인 측에게 보내는 거요. 일단 화물칸 열쇠가 화물 수령자에게 도착했다는 연락이 와야 내가 이 트럭을 몰고 나올 수 있다, 이 말이오. 그러니 내가 뭘 싣고 가는지 어떻게 알겠수."

"이 트럭은 언제 봉인되었습니까?"

"몇 시간 됐을 거유. 날이 새기 전에 생 튀리알까지 가야 하니까. 화물칸 열쇠는 벌써 거기 도착해 있겠지."

요원은 대꾸를 하지 않고 베르네의 속마음을 읽으려는 듯 날카롭게 그를 살펴보았다.

땀 한 방울이 베르네의 코끝으로 굴러 떨어질 준비를 하고 있었다.

"이거 원, 대충 합시다."

베르네는 소매로 코끝을 쓱 훔치며 길을 가로막은 경찰차를 가리켰다.

"시간이 워낙 빡빡해서 말이우."

"요즘은 운전기사들도 롤렉스를 찹니까?"

요원이 베르네의 손목을 가리키며 물었다.

베르네는 그가 가리키는 쪽을 내려다보았다. 말도 안 되게 비싼 손목시계의 번쩍거리는 시계끈이 소매 부리 밑으로 고개를 내밀고 있었다.

'제기랄!'

"이 쓰레기 말이우? 생 제르맹의 대만 노점상한테 20유로 주고 산 건데, 40유로만 내면 넘겨 드리지."

마침내 요원이 한 발 뒤로 물러섰다.

"됐습니다. 그럼 안전 운행 하십시오."

베르네는 도로 위로 50미터는 족히 나오고서야 제대로 숨이 쉬어졌다. 이제 또 하나의 고민거리가 그를 사로잡았다. 화물칸······.

'저들을 어디로 싣고 가지?'

46

사일러스는 자기 방의 매트에 엎드려 모진 채찍질로 생긴 상처의 피가 말라 붙기를 기다렸다. 오늘 밤에만 벌써 두 번째 고행 수련을 하고 나니, 머리가 어질어질하고 기운이 쏙 빠져 버렸다. 아직 시리스 벨트는 풀지 않아서, 허벅지 안쪽으로 피가 흘러내리는 게 느껴졌다. 그래도 아직 그 벨트를 푸는 것은 스스로에게 용납되지 않았다.

'나는 교회를 실망시켰다.'

'더 한심한 것은 주교님을 실망시켰다는 점이다.'

오늘 밤은 아링가로사 주교에게 구원의 밤이 되었어야 했다. 다섯 달 전, 바티칸 천문대에서 벌어진 회의에 참석했던 주교는 아주 심각한 소식을 접하고 돌아왔다. 몇 주 동안이나 혼자서 끙끙 앓는 눈치더니, 이윽고 사일러스에게 그 사실을 털어놓았다.

"하지만 그건 불가능합니다!"

사일러스가 외쳤다.

"절대 받아들일 수 없어요!"

"그건 사실이에요."

아링가로사가 말했다.

"믿을 수 없는 일이지만, 사실인 걸 어떡합니까. 불과 여섯 달밖에 안 남았어요."

주교의 이야기를 들은 사일러스는 두려움에 떨었다. 그는 구원을 위해 기도했고, 그 암울한 시기에조차 하느님과 『길』에 대한 그의 믿음은 조금도 흔들리지 않았다. 그런 와중에 기적처럼 구름이 걷히고 희망의 빛이 보이기 시작한 것은 불과 한 달 뒤의 일이었다.

아링가로사는 그것을 '성스러운 중재'라고 표현했다.

주교가 처음으로 희망을 되찾은 표정으로 돌아간 것도 그때부터였다.

"사일러스."

주교가 나직이 말했다.

"하느님은 우리에게 『길』을 지켜 갈 기회를 허락하셨어요. 우리의 싸움은 다른 모든 싸움과 마찬가지로 희생을 요구할 거예요. 그대가 하느님의 병사로 나서 주겠습니까?"

사일러스는 자신에게 새로운 생명을 준 아링가로사 주교 앞에 무릎을 꿇었다.

"나는 하느님의 양입니다. 주교님의 뜻대로 나를 인도해 주십시오."

사일러스는 아링가로사에게서 저절로 찾아온 절호의 기회에 대한 설명을 듣고 모든 것이 하느님의 역사 덕분임을 깨달았다.

'기적적인 운명!'

아링가로사는 그 계획을 제안한 사람과 사일러스를 연결해 주었다. 스스로를 '스승'이라고 부르는 사람이었다. 사일러스는 한 번도 그를 직접 만난 적이 없지만, 한 번씩 전화로 이야기를 나눌 때마다 한편으로 그의 심오한 신앙에, 다른 한편으로는 그의 막강한 영향력에 대한 경외심을 가눌 길이 없었다. 스승은 모르는 것이 없고, 천지 사방에 눈과 귀를 두고 있는 사람 같았다. 그가 어떤 방법으로 정보를 수집하는 지 알 길은 없었지만, 아링가로사는 그를 전적으로 신뢰한다며 사일러 스에게도 그렇게 할 것을 당부했다.

"스승이 시키는 대로 하세요."

주교는 사일러스에게 그렇게 말했다.

"그러면 우리는 승리를 거둘 겁니다."

'승리……'

사일러스는 마룻바닥을 응시하며 그 승리가 자신을 외면해 버린 것 이 아닌지 두려웠다. 스승은 속임수에 넘어갔다. 쐐기돌은 더 이상 넘 어설 수 없는 막다른 골목이었다. 그 한 번의 실수 때문에 모든 희망이 사라져 버렸다.

사일러스는 아링가로사 주교에게 전화를 걸어 위험을 경고하고 싶 은 마음이 간절했다. 하지만 스승은 보안을 위해 오늘 밤 그들 두 사람 이 직접 연락할 수 있는 통로를 막아 버렸다.

마침내 사일러스는 극심한 두려움을 뒤로 한 채 바닥에 벗어 둔 로 브를 향해 엉금엉금 기어갔다. 주머니에서 휴대전화를 꺼낸 그는 부끄 러워서 고개를 푹 숙인 채 숫자판을 눌렀다.

"스승님."

그가 속삭였다.

"모든 것을 잃었습니다."

사일러스는 어쩌다가 일이 그렇게 되었는지를 솔직하게 털어놓 았다.

"그렇게 빨리 믿음을 잃을 필요는 없다."

스승이 대답했다.

"방금 새로운 소식이 들어왔다. 전혀 예상하지 못한 반가운 소식이 다. 비밀은 살아 있다. 자크 소니에르가 죽기 전에 누군가에게 정보를 넘겼다. 곧 다시 연락할 테니 기다려라. 오늘 밤 우리의 일은 아직 끝난 게 아니다."

47

　장갑 트럭의 어두컴컴한 화물칸에 타고 있으려니 마치 감옥의 독방에 갇힌 채 어디론가 이송되는 느낌이었다. 랭던은 밀폐된 좁은 공간에 갇힐 때마다 어김없이 찾아오는 불안감을 떨치기 위해 안간힘을 다했다. 베르네는 파리 시내에서 멀찌감치 떨어진 안전한 곳으로 데려다주겠다고 했다. 그곳이 어디일까? 얼마나 먼 곳일까?

　철판으로 된 바닥에 책상다리를 하고 오래 앉아 있어서 그런지 다리가 뻣뻣해졌다. 자세를 바꿔 보니 피가 하반신으로 몰리는 기분이었다. 랭던은 아직도 은행에서 가져온 이상한 보물을 품에 꼭 끌어안고 있었다.

　"이제 고속도로로 접어든 것 같아요."

　소피가 속삭였다.

　랭던도 비슷한 생각을 하던 참이었다. 은행의 경사로 끝에서 한참이나 멈춰 서서 사람의 애간장을 태웠던 트럭이 그 뒤로 한동안 오른쪽 왼쪽으로 방향을 바꿔 가며 천천히 움직인 끝에, 이제는 거의 전속력으로 달리기 시작했다. 방탄 타이어가 잘 포장된 아스팔트 위를 달리는 소리가 들렸다. 그제야 품에 안고 있던 자단 상자에 생각이 미친 랭던은 그걸 바닥에 내려놓은 뒤 조심스럽게 옷을 풀어내고 상자를 자기 쪽으로 끌어당겼다. 소피도 랭던 옆으로 자리를 옮겨 앉았다. 랭던은 문득 성탄절 선물 꾸러미를 앞에 둔 어린아이가 된 심정이었다.

자단 상자의 따스한 색상과는 대조적으로, 뚜껑의 장미는 옅은 색깔의 나무—아마 물푸레나무가 아닐까 싶었다—에 새겨진 것이라 희미한 빛 속에서도 똑똑히 드러나 보였다.

'장미.'

바로 이 상징을 토대로 수많은 군대와 종교, 그리고 비밀 결사가 탄생했다. 대표적인 것이 바로 장미십자회, 장미십자기사단이었다.

"열어 보세요."

소피가 말했다.

랭던은 크게 숨을 내쉬었다. 뚜껑을 향해 손을 뻗으며 다시 한 번 정교한 목공술에 찬탄 어린 시선을 던진 다음, 이윽고 죔쇠를 풀고 뚜껑을 열자 내용물이 모습을 드러냈다.

랭던은 이 상자의 내용물을 놓고 여러 가지 공상의 날개를 펼쳐 보았지만, 단 하나도 제대로 들어맞지 않았다. 두툼한 진홍색 비단 위에 단정하게 놓인 그 물체가 무엇인지 도무지 짐작조차 가지 않았다.

하얀 대리석으로 만들어진 원통 모양의 그 물체는 테니스공을 넣는 깡통과 거의 비슷한 크기였다. 하지만 돌 하나를 둥글게 파낸 단순한 구조가 아니라, 여러 개의 조각을 조립해서 만든 복잡한 구조를 하고 있었다. 도넛 모양의 대리석 원반 여섯 개를 놋쇠로 만든 정교한 뼈대에 부착한 모습이었는데, 얼핏 봐서는 무슨 파이프 같기도 했고 돌아가는 바퀴가 여러 개인 만화경 같기도 했다. 각각의 원통 끝에는 역시 대리석으로 만든 마개가 달려 있어서 안쪽이 보이지 않았다. 속에서 액체가 출렁거리는 소리를 들은 터라, 원통 내부는 비어 있지 않을까 싶었다.

하지만 랭던은 원통의 신기한 구조보다도 원통 주위의 모습에 더욱 관심이 끌렸다. 여섯 개의 원반에 꼼꼼하게 새겨진 것은 바로 알파벳이었다. 알파벳이 쓰인 원통은 랭던이 어렸을 때 가지고 놀던 장난감을 연상케 했다. 막대기에 글자가 쓰인 회전판이 달려서 한 번씩 돌릴 때마다 다른 단어가 만들어지는 장난감이었다.

"정말 대단하지 않아요?"

소피가 속삭였다.

랭던은 고개를 들었다.

"솔직히 잘 모르겠네요. 도대체 이게 뭡니까?"

소피의 눈동자가 살짝 반짝였다.

"할아버지는 취미 삼아 이런 걸 만들곤 했어요. 레오나르도 다빈치의 발명품이죠."

소피는 어두컴컴한 불빛 속에서도 랭던의 깜짝 놀란 표정을 볼 수 있었다.

"다빈치?"

랭던은 다시 한 번 원통을 바라보며 중얼거렸다.

"그래요. 크립텍스라고 하는 거죠. 할아버지는 다빈치의 비밀 일기에 설계도가 나온다고 했어요."

"어디에 쓰는 건데요?"

오늘 밤에 벌어진 사건들을 고려할 때, 소피는 그 질문에 대한 답이 아주 흥미로운 사실을 암시할 것 같다는 느낌이 들었다.

"이건 일종의 금고예요."

그녀가 말했다.

"비밀 정보를 담는 금고."

랭던의 눈이 더욱 커졌다.

소피는 다빈치가 남긴 발명품의 모형을 만드는 것이 할아버지의 제일 소중한 취미 활동 가운데 하나였다고 설명했다. 남다른 손재주를 가진 자크 소니에르는 여러 가지 목공 및 철공 도구들을 갖춰 놓은 작업실에서 많은 시간을 보냈다. 달걀 공예품으로 유명한 파베르제를 비롯해, 그보다 예술성은 떨어질지 몰라도 훨씬 더 실용적인 레오나르도 다빈치에 이르기까지, 거장들의 작품을 모방해 직접 만들어 보는 것이 그의 취미였던 것이다.

다빈치의 일기를 한번 훑어보기만 해도 이 엄청난 선각자가 천재적인 두뇌로 유명한 반면 마무리 능력이 부족한 사람으로 악명 높은 이유가 한눈에 드러난다. 다빈치가 한 번도 실물을 만든 적이 없는 발명품의 설계도만 수백 점에 달하는 것이다. 자크 소니에르가 가장 좋아하는 여가 시간 활용법은 브레인스토밍 차원에 머문 다빈치의 구상에 생명을 불어넣는 일이었다. 그렇게 해서 갖가지 원리를 적용한 시계와 양수기, 그리고 크립텍스가 탄생했다. 다빈치는 완벽한 관절을 갖춘 중세 프랑스 기사의 모형을 설계한 적도 있는데, 지금 소니에르의 집무실 책상에 자랑스럽게 서 있는 기사상이 바로 이 설계도에 토대를 둔 것이었다. 다빈치가 해부학과 신체 운동학 연구에 한창 열을 올리던 1495년에 그린 이 설계도에 따라, 완벽한 관절과 힘줄을 갖추어 앉을 수도, 팔을 흔들 수도, 머리를 움직일 수도 있으며, 해부학적으로 흠잡을 데 없는 턱을 갖추어 입을 벌렸다 닫았다 할 수도 있는 오늘날의 로봇과 비슷한 중세의 기사가 탄생한 것이다. 소피는 지금까지 할아버지의 작품 중에서 이 기사상을 최고의 걸작으로 꼽고 있었다. 그러나 자단 상자에 든 크립텍스를 보는 순간, 아마도 생각을 바꿔야 하지 않을까 싶었다.

"할아버지는 내가 어렸을 때 이런 걸 만들어 준 적이 있어요."

소피가 말했다.

"하지만 이렇게 화려하고 큰 크립텍스는 나도 처음 봐요."

랭던은 잠시도 상자에서 눈을 떼지 못했다.

"나는 크립텍스라는 단어조차 처음 들어 봅니다."

그리 놀라운 일도 아니었다. 레오나르도 다빈치의 미완성 발명품 중에는 이름조차 붙여지지 않았을 정도로 제대로 연구된 적이 없는 것들이 많다. 따라서 크립텍스(cryptex)라는 이름은 아마도 소니에르가 직접 만들어 낸 단어일 확률이 높았다. 두루마리에 적힌 정보, 혹은 사본(codEX)을 보호하기 위해 암호학(CRYPTology)의 과학을 응용한 이 장치의 이름으로는 더없이 적절한 작명인 셈이었다.

소피는 비록 널리 알려지지는 않았지만 다빈치가 암호학의 선구자라는 사실을 잘 알고 있었다. 소피의 대학교 은사들은 짐머만이나 슈나이어 같은 현대의 암호학자들을 침이 마르게 칭송하면서도 이미 몇 세기 전에 초보적인 형태의 공개 키 부호 매김을 창안한 다빈치의 이름은 한 번도 거론하지 않았다. 소피에게 이런 사실들을 가르쳐 준 사람은 물론 그녀의 할아버지였다.

장갑 트럭이 고속도로를 달리는 동안 소피는 랭던에게 크립텍스에 대한 강의를 들려주었다. 크립텍스는 아주 중요한 메시지를 먼 거리까지 전달해야 하는 사람의 고민을 해결하기 위한 다빈치의 창의력에서 비롯되었다. 전화나 전자우편이 없던 시절, 멀리 떨어져 있는 사람에게 비밀 정보를 전하고자 하는 사람은 편지를 전달해 줄 전령을 믿는 것 말고는 다른 방법이 없었다. 불행하게도 전령이 그 편지에 엄청난 정보가 담겨 있을지도 모른다고 판단하고 편지를 제대로 전달하는 대신 적군에게 정보를 팔아넘기면 훨씬 큰돈을 벌 수 있다.

역사상 많은 천재가 데이터 보호라는 문제를 암호학적으로 해결하는 방법을 고안했다. 줄리어스 시저는 '시저 상자'라는 암호 작성법을 만들었고, 스코틀랜드의 메리 여왕은 전치 암호법을 개발해 감옥에서 비밀 메시지를 보냈다. 아부 유수프 이스마일 알킨디라는 아랍 과학자는 다표식 환자 암호(polyalphabetic substitution cipher)라는 독창적인 방법으로 자신의 비밀을 보호하기도 했다.

그러나 다빈치는 수학과 암호학 대신 기계적인 해법을 추구했다. 편지나 지도, 도형, 그 밖에 모든 정보를 안전하게 전달할 수 있는 휴대용 용기가 바로 크립텍스였다. 일단 정보가 크립텍스 안에 봉인되면 정확한 암호를 알고 있는 사람만이 그 정보를 꺼내 볼 수 있다.

"우리도 암호가 필요해요."

소피는 알파벳이 적힌 글자판을 가리키며 말했다.

"크립텍스는 자전거를 잠가 두는 숫자 맞춤식 자물쇠와 비슷한 원리를 가지고 있어요. 숫자를 정확하게 정렬하면 자물쇠가 열리잖아요. 이 크립텍스는 다섯 개의 글자판을 가지고 있어요. 그 다섯 개 모두 올바른 글자를 선택하면 원통 전체가 벌어지면서 열리게 되어 있어요."

"그 속에 뭔가가 있다는 말입니까?"

"일단 원통이 열리면 중앙의 공간이 나오죠. 여기에 보안을 유지하고 싶은 정보가 담긴 두루마리를 넣는 거예요."

랭던은 좀처럼 믿어지지 않는 표정이었다.

"이런 복잡한 장치를 당신이 어렸을 때 할아버지가 만들어 주었다는 겁니까?"

"크기는 훨씬 작았어요. 내 생일 때 두 번가량 그런 적이 있는데, 크립텍스를 주면서 수수께끼를 내는 거예요. 그 수수께끼의 답이 크립텍스를 여는 암호인 셈이죠. 크립텍스를 열어야 그 안에 든 생일 카드를 볼 수 있었어요."

"카드 하나 확인하려고 고생 꽤나 했겠군요."

"꼭 그렇지만은 않아요. 카드에는 늘 또 다른 수수께끼나 단서가 적혀 있었거든요. 할아버지는 보물찾기 놀이를 좋아했어요. 단서를 찾아가면 또 다른 단서가 나오고, 그런 과정을 몇 번씩 되풀이하면 결국 진짜 선물이 나오는 식이죠. 할아버지에게 보물찾기는 일종의 인내심과 두뇌 테스트였어요. 힘들여 노력해야만 그 보상을 얻게 되니까요. 테스트는 절대 간단하지 않았어요."

랭던은 여전히 회의적인 시선으로 크립텍스를 바라보았다.

"그냥 지렛대 같은 걸 끼워서 힘으로 원통을 벌려 버리면 되잖아요. 아니면 아주 깨뜨려 버리거나. 뼈대도 그리 튼튼한 것 같지 않고, 게다가 대리석은 상당히 무른 편에 속하는 암석 아닙니까."

소피는 미소를 지었다.

"다빈치 같은 천재가 그런 걸 생각하지 못했을 리 없죠. 그는 어떤 식으로든 힘으로 원통을 열려고 하면 그 속의 정보가 저절로 파괴되어 버리도록 크립텍스를 설계했어요. 잘 봐요."

소피는 상자로 손을 뻗어 조심스럽게 원통을 꺼냈다.

"여기에 들어갈 정보는 파피루스 두루마리에 적어야 해요."

"양피지가 아니고?"

소피는 고개를 가로저었다.

"반드시 파피루스여야 해요. 양 가죽으로 만든 양피지가 내구성도 좋고 그 당시에 더욱 보편적으로 사용되었다는 건 나도 알아요. 하지만 크립텍스에는 반드시 파피루스가 들어가야 해요. 얇을수록 더 좋아요."

"그래요?"

"파피루스를 크립텍스 안의 빈 공간에 집어넣기 전에, 아주 얇은 유리병에다 말아서 넣거든요."

소피가 크립텍스를 기울이자, 속에서 액체가 출렁거리는 소리가 났다.

"액체가 든 유리병이죠."

"무슨 액체?"

소피는 미소를 지었다.

"식초."

랭던은 잠깐 생각을 해 보고서야 자기도 모르는 사이에 고개를 끄덕였다.

"대단하군."

'식초와 파피루스.'

소피는 생각했다. 누군가가 크립텍스를 억지로 열려고 하면 유리병이 깨지면서 순식간에 식초가 파피루스를 녹여 버린다. 그런 방법으로는 소중한 정보 대신 아무짝에도 쓸모없는 펄프 덩어리만 남게 되는 것이다.

"이제 아시겠죠?"

소피가 말했다.

"이 속에 든 정보를 손에 넣기 위해서는 반드시 다섯 글자로 된 암호를 알아내야 해요. 글자판 하나에 스물여섯 개의 글자가 있고, 그런 글자판이 다섯 개니까 확률적으로 따지면 26의 5제곱이 되는 셈이죠."

소피는 얼른 암산을 해 보았다.

"대략 1천2백만 개의 경우의 수가 나오네요."

"그렇다면 말입니다."

랭던의 표정은 마치 1천2백만 개의 의문이 머릿속에 가득한 사람 같았다.

"이 속에 무슨 정보가 들어 있을 것 같아요?"

"뭔지는 모르지만 할아버지가 몹시 지키고 싶은 비밀이겠죠."

소피는 말을 멈추고 상자 뚜껑을 닫으며 그 위에 새겨진 장미를 바라보았다. 아까부터 어떤 예감이 어른거리고 있었다.

"조금 전에 장미가 성배의 상징이라고 했죠?"

"맞아요. 시온수도회의 상징론에서 장미와 성배는 동의어나 마찬가지입니다."

소피는 눈살을 찌푸렸다.

"참 이상해요. 할아버지는 늘 나에게 장미는 비밀을 뜻한다고 했거든요. 할아버지는 중요한 전화 통화를 하거나 내가 방해하지 않았으면 좋겠다고 생각될 때마다 집에 있는 사무실 문에다 장미를 한 송이 걸어 두곤 했어요. 나보고도 그렇게 하라고 했죠."

할아버지는 그 이유를 이렇게 설명했다.

'우리 서로 사생활이 필요하면 문을 걸어 잠그기보다 문에다 장미를 한 송이 걸어 두기로 하자. 그렇게 하면 서로를 존중하고 신뢰하는 법을 배울 수도 있으니 더 좋지 않니. 장미를 걸어 두는 건 고대 로마의 풍습이란다.'

"서브 로사(sub rosa)."

랭던이 말했다.

"로마 사람들은 외부인에게 알려지면 안 될 회의를 할 때 장미를 걸어 두곤 했지요. 참석자들은 장미꽃 '서브 로사' 밑에서 오고간 이야기들은 그 내용이 무엇이건 간에 반드시 비밀을 지켜야 한다고 믿었으니까요."

랭던은 시온수도회가 장미를 성배의 상징으로 사용한 것은 단지 장미가 비밀을 함축하기 때문만은 아니라는 점을 간단히 설명했다. 장미 중에서도 가장 오래된 종류인 '로사 루고사(Rosa rugosa)'는 다섯 장의 꽃잎이 좌우 대칭의 오각형을 띠고 있어서, 길잡이별 금성과 마찬가지로 도상학적으로 여성과 밀접한 연관을 갖는다. 게다가 장미는 올바른 방향을 제시하는 속성도 가지고 있다. 장미가 그려진 나침도(Compass Rose)는 지도상에 경선을 표시하는 로즈 라인과 마찬가지로 여행자들에게 올바른 방향을 알려 준다. 이런 이유로 장미는 비밀 유지, 여성성,

길잡이 등 대단히 다층적인 차원에서 성배를 의미하는 상징이 된 것이다. 성배와 길잡이 별이 숨겨진 비밀을 찾아가는 길을 알려 준다는 개념이다.

설명을 마친 랭던의 표정이 갑자기 딱딱하게 굳어졌다.

"로버트? 괜찮아요?"

그의 시선은 자단 상자에 고정되어 있었다.

"서브…… 로사."

그의 얼굴에 두려움과 당혹감이 한꺼번에 스쳐 갔다.

"그럴 수는 없어."

"뭐가요?"

랭던은 천천히 눈길을 들었다.

"장미의 상징 아래……."

랭던이 조용히 속삭였다.

"이 크립텍스는…… 이게 뭔지 알 것 같아요."

48

랭던은 자신의 추측이 스스로도 믿어지지 않았다. 하지만 이 크립텍스를 누가, 어떻게 그들에게 전했는지를 생각하면, 또한 상자 뚜껑에 새겨진 장미를 고려할 때, 랭던이 내릴 수 있는 결론은 딱 하나밖에 없었다.

'나는 지금 시온수도회의 쐐기돌을 들고 있다.'

전설은 아주 구체적이었다.

'쐐기돌은 장미의 표식 아래 놓인 암호화된 돌이다.'

"로버트?"

소피가 그를 쳐다보고 있었다.

"왜 그래요?"

랭던은 생각을 정리할 시간이 필요했다.

"혹시 당신 할아버지가 '클레 드 부트'라는 걸 말씀하신 적이 없어요?"

"금고의 열쇠?"

소피가 그 단어를 번역했다.

"아니, 그건 글자 그대로의 번역입니다. 건축 분야에서 흔히 쓰이는 용어로는 조금 다른 의미를 가지고 있지요. '부트'는 은행의 금고를 뜻하는 게 아니라 아치형의 둥근 천장을 의미합니다."

"하지만 아치형 천장에는 열쇠 같은 게 없잖아요."

"사실은 있습니다. 모든 아치에는 제일 윗부분의 중앙에 쐐기 모양의 돌이 필요합니다. 이것이 나머지 돌들을 연결해서 모든 하중을 떠받치는 역할을 하지요. 건축의 개념으로는 이 돌이 아치의 열쇠나 다름없습니다. 그래서 영어로는 키스톤(keystone)이라고 하지요."

랭던은 소피의 눈동자에 '아하, 그거!' 하는 표정이 떠오르기를 기다렸다.

하지만 소피는 크립텍스를 내려다보며 어깨를 으쓱할 뿐이었다.

"하지만 이건 쐐기돌이 아니잖아요."

랭던은 어디서부터 설명을 이어가야 할지 답답한 심정이었다. 초창기의 석공들은 쐐기돌을 이용해 석조 아치를 만드는 방법을 목숨과도 바꿀 수 없는 비밀로 떠받들었다. 로열 아치, 아키텍처, 쐐기돌. 이 모든 것이 밀접하게 서로 얽혀 있었다. 석공들은 쐐기돌을 이용해 석조 아치를 만드는 기술로 큰돈을 벌었기 때문에 그 비밀이 새어 나가지 않도록 신중을 기했다. 그런 이유로 쐐기돌은 철통 같은 보안의 전통을 가지게 된 것이다. 그러나 자단 상자에 담긴 돌로 만든 원통은 그런 일반적인 쐐기돌과는 전혀 다른 물건이었다. 시온수도회의 쐐기돌— 만약 지금 그들이 들고 있는 게 정말로 그거라면—은 랭던의 상상을 완전히 넘어서는 그 무엇이었다.

"시온수도회의 쐐기돌은 내 전공 분야가 아닙니다."

랭던은 솔직히 인정했다.

"성배에 대한 나의 관심은 주로 기호학적인 측면에 초점을 맞추기 때문에, 어떻게 하면 성배를 찾을 수 있는가 하는 문제와 관련한 구구한 억측에는 별로 신경을 쓰지 않는 편이지요."

소피의 눈썹이 아치를 그렸다.

"성배를 찾는다고요?"

랭던은 마지못해 고개를 끄덕이며 신중하게 말을 이었다.

"소피, 시온수도회의 전승에 의하면 쐐기돌은 암호화된 지도예요……. 성배가 숨겨진 위치를 표시한 지도 말입니다."

소피가 멍한 표정으로 중얼거렸다.

"그래서 당신은 이게 그거라고 생각하는 거예요?"

랭던은 뭐라고 말해야 할지 알 수가 없었다. 자기 자신도 받아들이기 힘든 이야기지만, 논리적으로 따지면 이게 바로 쐐기돌이라는 결론을 피할 방법이 없었다.

'장미의 표식 밑에 숨겨진 암호화된 돌.'

크립텍스가 시온수도회의 그랜드마스터 가운데 한 사람이었던 레오나르도 다빈치에 의해 설계되었다는 사실은 이것이 진짜 쐐기돌이라는 점을 순순히 인정하라고 유혹하는 또 하나의 증거였다.

'옛 그랜드마스터가 남긴 설계도가 수백 년의 시차를 두고 또 다른 조직원에 의해 실물로 탄생했다.'

그냥 무시해 버리기에는 너무나 뚜렷한 연관이었다.

역사학자들은 오래전부터 쐐기돌을 찾기 위해 프랑스의 성당들을 뒤졌다. 비밀로 점철된 시온수도회의 역사에 익숙한 성배 사냥꾼들은 클레 드 부트가 말 그대로 진짜 쐐기돌을 의미한다고 믿어 의심치 않았다. 성당의 둥근 아치형 천장에 끼워진, 암호가 새겨진 돌이라고 해석했던 것이다.

'장미의 표식 아래.'

건축에서는 장미 역시 흔히 찾아볼 수 있다. 장미창(rose window), 장미 부조(rosette relief)를 비롯해, 매화 무늬(cinquefoil)—쐐기돌 바로 위의 아치 꼭대기를 장식하는 다섯 장의 장식용 꽃잎—는 또 얼마나 흔한가. 보물이 숨겨진 장소는 허탈할 만큼 간단해 보였다. 성배가 숨겨진 곳을 가르쳐 주는 지도는 어느 잊혀진 성당의 아치 위에 보란 듯이 모습을 드러낸 채 아무것도 모르고 그곳을 드나드는 몽매한 성도들을 비웃고 있다…….

"이 크립텍스는 쐐기돌일 수가 없어요."

소피가 주장했다.

"이건 그렇게 오래된 물건이 아니잖아요. 우리 할아버지가 만든 게 틀림없다니까요. 그런 물건이 어떻게 그 오랜 성배 전설의 일부가 될 수 있겠어요?"

랭던은 짜릿한 흥분의 물결이 밀려오는 것을 느끼며 대답했다.

"쐐기돌은 시온수도회가 20년 전쯤에 만든 것으로 알려져 있어요."

소피는 여전히 믿을 수 없다는 반응이었다.

"하지만 만약 이 크립텍스가 정말로 성배가 숨겨진 곳을 알려 주는 지도라면, 할아버지가 왜 이걸 나에게 남겼겠어요? 나는 이걸 어떻게 여는지, 이걸 가지고 무엇을 해야 하는지 전혀 모르는 사람이잖아요. 난 솔직히 성배가 뭔지도 몰라요."

랭던은 그녀의 말이 옳다는 사실을 깨닫고 깜짝 놀랐다. 지금까지 소피에게 성배의 본질을 설명해 줄 기회가 한 번도 없었던 것이다. 하지만 지금은 그런 이야기를 나눌 때가 아니었다. 지금 당장은 쐐기돌에 집중해야 했다.

'만약 이게 진짜 쐐기돌이라면 말이다.'

랭던은 규칙적인 방탄 타이어 소리를 배경 삼아 쐐기돌에 대해 자신이 가진 모든 정보를 소피에게 설명하기 시작했다. 시온수도회의 가장 큰 비밀, 즉 성배에 위치가 어떤 형태로든 기록으로 남은 경우는 수백 년 동안 한 번도 없는 것으로 알려져 있다. 극비리에 진행되는 의식에서 새롭게 집사로 승급하는 회원에게 구두로 그 비밀을 전달했는데, 물론 이것 역시 보안상의 이유 때문이었다. 그러나 지난 세기의 언제부터인가 시온수도회의 그와 같은 정책이 바뀌었다는 소문이 제기되기 시작했다. 강력한 도청 기능을 가진 새로운 전자 장비들이 등장했기 때문인지도 모르지만, 아무튼 시온수도회는 성배의 위치를 입에 담는 것조차 금지하기로 서약했다는 것이다.

"글로도, 말로도 표현을 하지 못하면 어떻게 전승이 되죠?"

소피가 물었다.

"바로 그런 이유 때문에 쐐기돌이 등장한 겁니다."

랭던이 설명했다.

"최고 서열에 오른 네 사람 가운데 한 명이 세상을 떠나면, 나머지 세 명이 바로 아래 등급의 회원들 중에서 적당한 후보자를 선택합니다. 그렇게 해서 새로운 집사가 정해지면 성배가 숨겨진 위치를 구두로 전달하는 대신, 그 사람으로 하여금 자신의 가치를 입증해 보일 수 있는 시험을 치르게 하는 거지요."

랭던은 소피의 불편해하는 표정을 보고 그녀의 할아버지가 보물찾기를 좋아했다는 이야기를 떠올렸다.

'자질 검증.'

따지고 보면 쐐기돌도 그와 비슷한 개념이었다. 이런 종류의 시험은 비밀 결사에서는 굉장히 흔하게 나타나는 현상이다. 가장 유명한 것으로는 프리메이슨의 경우를 들 수 있는데, 한 단계 높은 서열로 승급하고자 하는 회원은 오랜 세월에 걸쳐 자신에게 비밀을 지킬 능력이 있다는 사실을 입증해 보이고 여러 가지 의식과 시험을 통과해야 한다. 이런 임무는 서열이 높아질수록 점점 더 어려워지는데, 그것을 모두 통과해야 32등급의 프리메이슨으로 공인될 자격을 얻는다.

"그럼 쐐기돌이 곧 자질 검증의 도구인 셈이네요."

소피가 말했다.

"집사로 승급할 사람이 그걸 열 수 있으면, 그 속에 든 정보를 가질 자격이 있다는 게 입증되는 거로군요."

랭던은 고개를 끄덕였다.

"당신도 이런 일을 경험해 보았다는 사실을 깜빡 잊고 있었어요."

"그건 비단 할아버지 때문만은 아니에요. 암호학에도 '자기 인증 언어'라는 게 있거든요. 다시 말해서 그걸 읽어 낼 만큼 똑똑한 사람만 알아들으라는 거죠."

랭던은 잠시 망설이다가 말문을 열었다.

"소피, 만약 이게 진짜 쐐기돌이라면, 그건 곧 당신 할아버지가 시온 수도회 내부에서 아주 높은 지위를 차지하고 있었다는 의미입니다. 아마도 최고 서열에 속하는 네 명 가운데 한 명이었을 겁니다."

소피는 한숨을 내쉬었다.

"할아버지는 비밀 단체에서 큰 영향력을 발휘하는 사람이었어요. 그건 확실해요. 그 단체가 정말로 시온수도회였는지는 확실하지 않지만 말이에요."

랭던은 한 박자 늦게 그 말의 의미를 깨닫고 깜짝 놀랐다.

"할아버지가 비밀 결사에 소속되어 있었다는 것을 알고 있었어요?"

"10년 전에 봐서는 안 될 것을 본 적이 있어요. 그 뒤로 할아버지와 이야기를 나누지 않았고요."

소피가 조금 후에 덧붙였다.

"할아버지는 그냥 고위층에 속한 게 아니라…… 최고 책임자였음이 분명해요."

랭던은 그 말을 믿을 수가 없었다.

"그랜드마스터? 하지만…… 그런 걸 당신이 알 수가 없었을 텐데!"

"이 이야기는 그만하는 게 좋겠어요."

소피는 그 말을 끝으로 고통스러운 얼굴에 단호한 표정을 지으며 시선을 돌려 버렸다.

랭던은 정신이 어질거리는 기분이었다.

'자크 소니에르가 그랜드마스터였다고?'

만약 그것이 사실이라면 또 한 차례 극적인 반전이 일어나는 셈이지만, 랭던은 왠지 이야기가 그렇게 되면 아귀가 딱 맞아떨어질 것 같다는 묘한 느낌에 사로잡혔다. 따지고 보면 시온수도회의 그랜드마스터를 지낸 사람들은 남다른 예술적 자질을 갖춘 유명한 공인인 경우가 많았다. 그런 사실은 오래전 파리의 국립 도서관에서 발견된 문서들—흔히 '비밀문서(Les Dossiers Secrets)'라고 불린다—에 의해 세간에 알려졌다.

시온수도회와 성배를 연구하는 역사학자치고 이 문서를 보지 않은 사람은 아무도 없을 것이다. 많은 전문가들이 '4° lm¹ 249'라는 번호가 붙은 이 비밀문서의 진위 여부를 조사한 결과, 오래전부터 역사학자들 사이에 논란을 빚어 온 논쟁은 종지부를 찍었다. 레오나르도 다빈치, 보티첼리, 아이작 뉴턴 경, 빅토르 위고, 그리고 보다 최근에는 파리의 유명한 예술인 장 콕토가 시온수도회의 그랜드마스터를 지냈다는 사실이 밝혀진 것이다.

'자크 소니에르라고 해서 그 자리에 오르지 못하라는 법은 없다.'

랭던은 바로 오늘 밤에 그 소니에르를 직접 만나기로 되어 있었다는 사실 때문에 더더욱 그런 추측이 믿어지지 않았다.

'시온수도회의 그랜드마스터가 나를 만나려고 연락을 했단 말인가? 무엇 때문에? 예술을 안주 삼아 잡담이나 나누려고?'

그럴 가능성은 전혀 없어 보였다. 결국 랭던의 직감이 들어맞은 셈이었다. 시온수도회의 그랜드마스터는 자신의 손녀에게 전설의 쐐기돌을 전한 동시에, 그녀로 하여금 로버트 랭던을 찾으라고 지시한 것이다.

'믿을 수가 없어!'

랭던의 상상력으로는 소니에르의 그런 행동을 설명할 수 있는 상황을 도저히 떠올릴 수가 없었다. 설령 소니에르가 생명의 위협을 느꼈다 할지라도 비밀을 알고 있는 집사가 세 사람이나 더 있으니 조직의 안위까지 걱정할 필요는 없었을 것이다. 그렇다면 왜 소니에르는 10년 동안 남처럼 지낸 손녀에게 쐐기돌을 넘겨주는 엄청난 위험을 감수했을까? 게다가 얼굴 한 번 보지 못한 사이인 랭던을 끌어들인 이유는 또 무엇이란 말인가?

'이 퍼즐에는 무언가 빠진 부분이 있어.'

랭던은 생각했다.

답을 찾기까지는 그저 시간이 지나기를 기다리는 수밖에 없었다. 장갑 트럭의 엔진 소리가 약해지는 것을 느낀 두 사람은 동시에 고개를 들었다. 타이어에 자갈 밟히는 소리가 들렸다.

'왜 벌써 트럭을 세우는 거지?'

베르네는 파리 시내에서 멀리 떨어진 안전한 곳으로 데려다 주겠다고 하지 않았던가. 트럭은 점점 속도를 늦춘 끝에 울퉁불퉁한 산길로 접어든 느낌이었다. 소피는 서둘러 크립텍스를 상자에 넣고 죔쇠를 잠그며 불안한 눈으로 랭던을 바라보았다. 랭던도 얼른 상자를 자신의 옷으로 감쌌다

트럭은 멈추었지만 시동은 꺼지지 않은 상태에서 화물칸의 자물쇠가 돌아가기 시작했다. 문이 활짝 열리자, 랭던은 도로를 완전히 벗어난 울창한 숲 속에 트럭이 멈춰 선 것을 알고 깜짝 놀랐다. 잔뜩 긴장한 표정의 베르네가 모습을 드러냈다. 그의 손에는 권총이 들려 있었다.

"미안하게 됐습니다."

베르네가 말했다.

"하지만 선택의 여지가 없군요."

49

권총을 든 앙드레 베르네의 모습은 상당히 어색해 보였지만, 그 눈빛만 봐도 마음을 단단히 먹고 있다는 게 훤히 드러났기 때문에 섣불리 그의 총 솜씨를 시험해 볼 엄두는 내지 않는 게 좋을 듯했다.

"나로서는 어쩔 수 없는 상황이라는 걸 이해해 주십시오."

베르네는 화물칸에 타고 있는 두 사람에게 총을 겨눈 채 말했다.

"상자를 내려놔요."

소피는 상자를 가슴에 꼭 끌어안았다.

"저희 할아버지와는 친구 사이였다고 하셨잖아요."

"나에게는 당신 할아버지의 자산을 보호해야 할 의무가 있습니다."

베르네가 대답했다.

"그래서 이런 행동을 할 수밖에 없는 거예요. 그 상자를 바닥에 내려놓으세요."

"이건 할아버지가 나에게 맡긴 물건이에요!"

소피가 단호하게 말했다

"시키는 대로 하십시오."

베르네는 총구를 들어 올리며 명령했다.

소피는 하는 수 없이 상자를 발밑에 내려놓았다.

이제 총구는 랭던을 향했다.

"랭던 씨."

베르네가 말했다.

"그 상자를 나에게 건네주십시오. 내가 당신에게 이런 부탁을 하는
이유는, 당신에게는 아무런 망설임도 없이 총을 쏠 수 있기 때문이라
는 걸 명심하세요."

랭던은 믿어지지 않는다는 눈빛으로 베르네를 바라보았다.

"도대체 갑자기 왜 이러는 겁니까?"

"왜 그런 것 같소?"

베르네의 말투가 한층 거칠어졌다.

"내 고객의 자산을 보호하기 위해서요."

"이제는 우리가 당신의 고객이에요."

소피가 말했다.

베르네의 표정이 얼음장처럼 쌀쌀해졌다. 사람의 얼굴이 그렇게 180
도로 변할 수 있다는 게 신기할 정도였다.

"마드모아젤 느뵈, 당신이 오늘 밤에 무슨 재주로 그 열쇠와 계좌 번
호를 손에 넣었는지 모르겠지만, 정상적인 방법에만 의존하지는 않았
을 게 분명합니다. 당신들이 어떤 죄를 지었는지 미리 알았더라면 은
행을 무사히 빠져나오도록 돕지 않았을 거요."

"말했잖아요."

소피가 말했다.

"우린 할아버지의 죽음과는 아무 관계도 없다고 말이에요!"

베르네는 랭던을 돌아보았다.

"라디오를 들어 보니 당신은 자크 소니에르뿐만 아니라 다른 세 사람을 더 살해한 혐의로 수배를 받고 있다더군요."

"뭐라고요!"

랭던은 마치 벼락이라도 맞은 기분이었다.

'세 사람이 더 살해되었다고?'

랭던은 자신이 유력한 용의자로 지목되었다는 사실보다도 우연인지 모를 그 '3'이라는 숫자가 더욱 충격적이었다.

'세 사람의 집사?'

랭던의 시선이 자단 상자 위로 떨어졌다. 만약 집사들까지 모두 살해되었다면 소니에르에게는 다른 선택의 여지가 없었을 것이다. 누구에게든 쐐기돌을 전해 주지 않을 수 없었을 테니까.

"당신들을 경찰에 넘기면 자세한 건 그쪽에서 밝혀내겠지."

베르네가 말했다.

"난 이미 우리 은행을 너무 깊숙이 관련시킨 상태라서 말이오."

소피는 날카롭게 베르네를 노려보았다.

"당신은 우리를 경찰에 넘길 생각이 없어요. 만약 그럴 생각이었다면 그냥 이 트럭을 몰고 은행으로 돌아가면 되었을 테니까요. 이런 곳까지 끌고 와서 총을 겨누는 이유가 뭐죠?"

"당신 할아버지가 내 고객이 된 이유는 단 한 가지뿐이오. 자신의 물건을 안전하게, 또한 남들의 눈에 뜨이지 않게 보관하는 것. 그 상자에 뭐가 들었는지는 모르겠지만, 나는 그 물건이 경찰 수사의 증거품 가운데 하나로 꼬리표가 붙는 상황을 용납할 수 없소. 랭던 씨, 이제 그 상자를 이리 건네주시오."

소피는 고개를 가로저었다.

"안 돼요!"

그 순간, 총성이 터지면서 총알이 랭던의 머리 뒤쪽의 벽에 날아가

박혔다. 총소리는 귀청을 찢을 듯한 메아리로 좁은 트럭 안에 울려 퍼졌고, 탄피가 쨍그랑 하고 화물칸 바닥에 떨어졌다.

'빌어먹을!'

랭던은 꼼짝도 하지 못하고 그 자리에 얼어붙었다.

베르네는 이제 더욱 자신에 찬 목소리로 말했다.

"랭던 씨, 상자를 집어 들어요."

랭던은 순순히 시키는 대로 했다.

"이제 그걸 나에게 건네주시오."

베르네는 범퍼 뒤의 땅바닥에 선 채 팔을 쭉 뻗어 총을 화물칸 안으로 집어넣다시피 한 자세였다.

랭던은 상자를 손에 들고 천천히 문 앞으로 다가갔다.

'무슨 조치를 취해야 해!'

랭던은 속으로 생각했다.

'시온수도회의 쐐기돌을 이렇게 허무하게 넘겨줄 수는 없잖아!'

랭던이 앞으로 걸어가면서 베르네와의 거리가 좁혀지자, 그렇지 않아도 지면보다 높은 곳을 차지한 그의 위치가 더욱 부각되는 느낌이었다. 문득 이런 높이의 차이를 적절히 이용할 방법이 없을까 하는 생각이 들었다. 베르네는 총구를 잔뜩 치켜들고 있음에도 불구하고 그 높이는 랭던의 무릎 정도밖에 되지 않았다.

'발차기가 제대로 들어가면……?'

하지만 랭던이 다가설수록 베르네도 랭던과 비슷한 생각을 했는지 몇 발 뒤로 물러나는 것이었다. 결국 그는 발차기의 사정거리를 벗어난 지점에서 다시 자세를 가다듬었다.

베르네가 명령했다.

"상자를 문 앞에 내려놔요."

랭던은 하는 수 없이 무릎을 굽히고 자단 상자를 화물칸 가장자리의

355

열린 문 앞에 내려놓았다.

"이제 일어서시오."

천천히 몸을 일으키던 랭던은 정교하게 만들어진 트럭의 문턱 옆에 조그만 탄피가 떨어져 있는 것을 발견했다.

"일어서서 뒤로 물러나시오."

랭던은 잠시 멈칫거리며 철판으로 된 문턱을 재빨리 살펴보았다. 이어서 일어서는 동작과 함께 발로 탄피를 슬쩍 밀어 문턱의 좁다란 홈 사이로 집어넣는 데 성공했다. 그러고는 아무 일도 없다는 듯 똑바로 일어서서 뒷걸음질을 쳤다.

"안쪽 벽 앞으로 가서 뒤돌아서시오."

랭던은 고분고분 시키는 대로 했다.

베르네는 심장이 세차게 두근거리는 것을 느꼈다. 오른손으로는 총을 겨눈 채 왼손을 뻗어 나무 상자를 잡았다. 그러나 상자는 한 손으로 들어올리기에는 너무 무거웠다.

'두 손이 다 필요하겠어.'

베르네는 랭던과 소피의 뒷모습을 바라보며 위험을 가늠해 보았다. 두 사람 모두 4미터는 족히 떨어진 화물칸 반대편 끝에서 등을 돌린 채 서 있는 상태였다. 베르네는 마음을 굳혔다. 재빨리 총을 범퍼 위에 내려놓고 두 손으로 상자를 집어 들어 땅바닥에 내려놓은 다음, 총을 도로 움켜쥐고 화물칸 안쪽을 겨누었다. 두 사람 다 조금 전과 똑같은 자세로 서 있었다.

'완벽해.'

이제 남은 것은 문을 닫고 잠그기만 하면 된다. 베르네는 상자를 땅바닥에 놔둔 채 철제 문짝을 닫았다. 문을 잠그기 위해서는 양쪽 문짝 사이에 빗장을 가로질러야 했다. 문이 쿵 소리와 함께 닫히자, 베르네는 얼른 빗장을 움켜쥐고 왼쪽으로 잡아당겼다. 빗장은 몇 센티미터 미끄러지더니 중간에 턱 걸려서 꿈쩍도 하지 않았다.

'어떻게 된 거야?'

베르네는 다시 한 번 빗장을 잡아당겼지만 제대로 채워지지가 않았다. 양쪽 문짝의 이가 제대로 맞지 않은 모양이었다.

'문이 완전히 닫히지 않았어!'

베르네는 덜컥 겁이 나서 문짝 바깥쪽을 힘껏 밀어붙여 보았지만 아무 소용이 없었다.

'뭔가가 낀 모양이야!'

베르네가 어깨로 문짝을 밀어 보려고 몸을 돌리는 순간, 갑자기 문짝이 바깥쪽으로 벌컥 열리며 베르네의 얼굴을 강타했다. 베르네는 코뼈가 내려앉는 듯한 극심한 통증을 느끼며 뒤로 벌렁 나자빠지고 말았다. 자신도 모르게 두 손으로 얼굴을 감싸쥐느라 총은 어딘가로 날아가 버렸고, 코에서 미지근한 피가 흘러나오는 게 느껴졌다.

로버트 랭던이 재빨리 땅바닥 위로 뛰어내렸고, 베르네는 황급히 몸을 일으키려 했지만 앞이 제대로 보이지 않았다. 눈앞이 뿌옇게 흐려지면서 그는 다시 뒤로 쓰러지고 말았다. 소피 느뵈가 뭐라고 외치는 소리가 들렸다. 잠시 후, 베르네는 얼굴 위로 자욱한 먼지와 배기가스가 확 끼쳐 오는 것을 느꼈다. 이어서 자갈을 튕기는 타이어 소리가 들렸다. 그가 간신히 일어나 앉았을 때 트럭은 나무들 사이를 제대로 빠져나가지 못해 버둥거리고 있었다. 앞 범퍼가 커다란 나무에 걸리면서 뭔가가 깨지는 소리가 났다. 엔진이 가쁜 신음을 토해 내자, 나무줄기가 휘어지기 시작했다. 결국 부러진 쪽은 나무가 아니라 범퍼였다. 트럭은 반으로 꺾인 범퍼를 매단 채 겨우 나무 사이를 빠져나갔다. 트럭이 포장도로로 올라서자, 꺾인 범퍼가 아스팔트를 긁어 대기 시작했다. 트럭은 소나기 같은 불똥을 튀기며 유유히 어둠 속으로 사라졌다.

베르네는 트럭이 서 있던 자리를 돌아보았다. 희미한 달빛 속에서도 그는 그곳에 아무것도 없다는 것을 알아차렸다.

나무 상자는 그들과 함께 사라져 버린 것이다.

50

아무런 표식도 없는 피아트 승용차는 간돌포 성을 뒤로 한 채 알반 언덕을 굽이굽이 내려와 계곡 아래쪽을 향했다. 그 차 뒷자리에 앉은 아링가로사 주교는 무릎 위에 올려놓은 서류 가방의 무게, 아니 정확하게는 그 가방 속에 든 무기명 채권의 무게를 느끼며 미소를 머금었다. 문득 스승과의 거래가 성사되기까지 어느 정도의 시간이 걸릴까 하는 생각이 들었다.

'2천만 유로.'

아링가로사에게 그 돈의 값어치보다 훨씬 더 소중한 힘을 가져다주기에 부족함이 없는 액수였다.

아링가로사는 로마를 향해 속력을 내기 시작한 차 안에서 왜 아직도 스승에게서 연락이 없는지 궁금해지기 시작했다. 주머니에서 휴대전화를 꺼내 신호의 감도를 확인해 보았다. 감도가 아주 좋지 않았다.

"이 지역에서는 휴대전화가 잘 안 터집니다."

기사가 후면경으로 그를 힐끗 쳐다보며 말했다.

"한 5분만 지나면 산악 지대를 완전히 벗어나기 때문에 훨씬 상태가 좋아질 겁니다."

"고맙습니다."

아링가로사는 갑자기 걱정이 되기 시작했다.

'산에서는 휴대전화가 안 터진다고?'

그래서 스승의 연락을 받지 못한 것은 아닐까? 어쩌면 일이 크게 잘 못되었는지도 몰랐다.

아링가로사는 얼른 전화기의 음성 메시지를 확인해 보았다. 아무것 도 없었다. 그제야 스승이 녹음된 메시지 따위를 남길 사람이 아니라 는 사실을 떠올렸다. 그는 통신 보안에 철두철미하게 신경을 쓰는 인 물인 탓이었다. 요즘 세상에 말을 함부로 하고 다니는 게 얼마나 위험 한지를 스승만큼 잘 아는 사람도 드물 것이다. 그가 일급비밀에 속하 는 정보를 광범위하게 수집할 수 있는 데는 뭐니 뭐니 해도 고성능 도 청 장치가 큰 몫을 차지할 것이 분명했다.

'그러니 정작 본인은 보안 유지를 위해 극도로 신경을 곤두세우는 것도 무리가 아니지.'

아링가로사는 스승의 철저한 보안 의식 때문에 그의 연락처조차 알 고 있지 못하다는 사실이 안타까울 따름이었다.

'필요하면 내가 연락하겠소.'

스승은 그렇게 말했다.

'그러니 전화기를 항상 곁에 가까이 두시오.'

아링가로사는 지금까지 자신의 전화기가 제대로 작동하지 않았을지 도 모른다는 생각을 하니, 스승이 자신에게 몇 번이나 전화를 해도 연 락이 되지 않자 무슨 생각을 했을까 하는 걱정이 일기 시작했다.

'뭔가가 잘못되었다고 생각했을 것이다.'

'아니면 내가 채권을 확보하는 데 실패했다거나.'

아링가로사 주교의 이마에 땀방울이 맺히기 시작했다.

'최악의 경우…… 내가 돈을 가지고 도망갔다고 생각하지 않았을까!'

51

시속 60킬로미터의 속도로 얌전히 달리고 있음에도 불구하고 휘어진 범퍼가 덜렁거리면서 아스팔트를 긁어 대는 바람에 귀를 찢는 소음과 함께 엔진 뚜껑 위에까지 불똥이 튀어 올라왔다.

'일단 도로에서 벗어나야겠어.'

랭던은 생각했다.

어디로 가고 있는지 앞도 제대로 보이지 않을 지경이었다. 전조등은 하나밖에 남지 않는데, 그나마 전구가 소켓에서 빠져나와 도로 옆의 수풀만 어렴풋이 비춰 줄 뿐이었다. '장갑 트럭'의 '장갑'이라는 단어는 화물칸에만 적용되는 모양이었다.

조수석에 앉은 소피는 아까부터 무릎에 올려놓은 자단 상자를 멍하니 들여다보고 있었다.

"괜찮아요?"

랭던이 물었다.

소피는 상당한 충격을 받은 표정이었다.

"그 사람 말을 믿어요?"

"살해된 사람이 세 명이나 더 있다는 말 말입니까? 물론 믿지요. 그렇게 되면 여러 가지 의문이 한꺼번에 풀리거든요. 당신 할아버지가 왜 그렇게 기를 쓰고 쐐기돌을 전달하려 했는지, 파슈가 왜 그렇게 기를 쓰고 나를 잡으려 하는지도 이해가 가지 않습니까?"

"아니, 내 말은 베르네가 자기 은행을 보호하기 위해 그런 행동을 했다고 한 말을 믿느냐고요."

랭던은 소피를 슬쩍 돌아보았다.

"뭐 달리 짚이는 데라도 있습니까?"

"쐐기돌을 자기가 차지하려고 그랬던 것 아닐까요?"

랭던은 그런 가능성은 생각조차 해 보지 못했다.

"그가 이 상자에 뭐가 들어 있는지 어떻게 알……?"

"이건 그의 은행에 보관되어 있었어요. 그는 우리 할아버지를 알고 있었고요. 어쩌면 그는 아주 많은 것을 알고 있을지도 몰라요. 그래서 성배를 자기가 차지하기로 마음먹었을지도 모르지 않겠어요?"

랭던은 고개를 가로저었다. 베르네는 그런 유형의 사람으로 보이지 않았다.

"내 경험에 비춰 볼 때, 사람들이 성배를 쫓는 이유는 대략 두 가지로 요약되더군요. 성배를 쫓는 일이 오랫동안 잊혀졌던 그리스도의 잔을 찾는 일이라고 믿을 만큼 순진하거나……."

"혹은……?"

"혹은 진실을 알고 있기 때문에 오히려 위협을 느끼는 사람들…… 역사를 돌아보면 성배를 찾는 이유가 그걸 파괴하기 위해서인 사람들이 꽤 많습니다."

두 사람은 침묵으로 빠져들었지만, 주위는 범퍼가 긁히는 소리 때문에 전혀 조용하지 않았다. 이제 베르네에게서 몇 킬로미터는 족히 떨어졌을 뿐 아니라, 범퍼에서 저렇게 불똥이 튀어서는 자칫 위험한 상황이 생길 수도 있지 않을까 싶었다. 혹시 다른 차가 지나가다가 보기라도 하면 이상하게 생각할 것이 틀림없었다. 랭던은 마음을 정했다.

"범퍼를 어떻게 좀 해 봐야겠어요."

랭던은 갓길에 트럭을 세웠다.

사방이 그렇게 조용할 수가 없었다.

운전석에서 내려와 트럭 앞쪽으로 걸어가던 랭던은 자신이 생각보다 훨씬 더 긴장하고 있음을 깨달았다. 또 한 번 자신의 얼굴에 정면으로 겨누어진 총구를 대하다 보니, 아직 긴장감이 풀리지 않은 것도 무리는 아니었다. 랭던은 밤공기를 가슴 깊이 들이마시며 마음을 차분히 가라앉히려고 애썼다. 랭던은 이제 쫓기는 사람 특유의 조바심과 함께 커다란 책임감이 느껴지기 시작했다. 그는 지금 소피와 함께, 인류 역사상 가장 큰 수수께끼를 풀어 줄 열쇠를 손에 넣지 않았는가.

그 정도의 부담만으로는 부족한지, 랭던은 이제 쐐기돌을 시온수도회의 손에 돌려줄 가능성이 완전히 사라졌다는 사실에 생각이 미쳤다. 세 명의 피살자가 추가로 발견되었다는 소식은 실로 끔찍한 사실을 암시하는 것이었다.

'시온수도회의 조직이 와해될 위기에 처해 있다.'

누군가가 그들을 치밀하게 관찰하고 있거나, 아니면 내부에 변절자가 생긴 게 분명했다. 그런 추측은 소니에르가 쐐기돌을 소피와 랭던에게 전달하려 했던 이유를 뒷받침해 주었다. 조직의 바깥에 있는 사람, 변절자가 아니라고 확신할 수 있는 사람에게 쐐기돌을 전달해야 했던 것이다.

'우리가 쐐기돌을 그들에게 안전하게 돌려줄 가능성은 아주 희박하다.'

설령 랭던이 시온수도회에 소속된 사람을 찾아낼 방법을 알고 있다

하더라도, 그에게는 그 사람이 적인지 아군인지를 올바로 판단할 능력이 없었다. 적어도 지금 당장은 원하든 원하지 않든, 자신들의 손으로 쐐기돌을 보관해야 하는 것만은 분명해 보였다.

트럭 앞부분은 랭던이 생각했던 것보다 훨씬 상태가 안 좋았다. 왼쪽 전조등은 완전히 날아가 버렸고, 오른쪽 역시 간신히 안구에 매달려 있는 눈알처럼 덜렁거리는 상황이었다. 간신히 제대로 끼워 놔도 금방 도로 빠져 버렸다. 그나마 다행스러운 것은 범퍼의 휘어진 부분이 완전히 떨어져 나가기 일보 직전이라는 점이었다. 발로 힘껏 걷어차면 떨어질 것 같았다.

랭던은 범퍼를 몇 번 걷어차는 동안, 조금 전에 소피와 나누었던 대화가 문득 떠올랐다.

'할아버지가 나에게 음성 메시지를 남겼어요.'

소피는 그렇게 말했었다.

'내 가족에 대한 진실을 얘기해야 한다고 하셨어요.'

그 당시에는 별다른 의미가 없는 말로 흘려들었지만, 이제 그 말을 시온수도회가 연관되었다는 사실과 결부시켜 보니 새로운 가능성이 떠오르는 것이었다.

드디어 범퍼가 날카로운 비명을 지르며 떨어져 나갔다. 랭던은 잠시 숨을 가다듬었다. 적어도 이제 이 트럭에서 불꽃놀이의 폭죽이 터져 나오는 일은 없을 것이다. 랭던은 떨어진 범퍼를 주워서 사람들의 눈에 뜨이지 않도록 수풀 속으로 끌고 가며 이제부터 어디로 가야 할지를 생각해 보았다. 그들은 크립텍스를 여는 방법을 알지 못했고, 소니에르가 왜 그것을 그들에게 주었는지도 모르는 상태였다. 불행하게도 오늘 밤 그들의 생사는 그 질문에 대한 답을 찾아내느냐 못 찾아내느냐에 달려 있는 듯했다.

'도움이 필요해.'

랭던은 생각했다.

'전문가의 도움이.'

성배와 시온수도회의 문제라면, 랭던이 떠올릴 수 있는 믿을 만한 전문가는 단 한 사람밖에 없었다. 물론 그 사람을 찾아가기 전에 소피를 설득하는 일이 먼저겠지만 말이다.

장갑 트럭 안에서 랭던이 돌아오기를 기다리던 소피는 무릎 위에 올려놓은 자단 상자가 너무 무겁게 느껴져서 은근히 화가 치밀었다.

'왜 할아버지는 이걸 나에게 주었을까?'

그녀는 이걸로 무엇을 해야 하는지조차 모르는 처지가 아닌가.

'생각을 해, 소피! 머리를 굴리라고. 할아버지가 너에게 뭔가를 얘기하고 있는 거야!'

소피는 상자를 열어 크립텍스의 글자판을 내려다보았다.

'자질 검증.'

문득 할아버지의 손길이 느껴졌다.

'쐐기돌은 합당한 자격을 갖춘 사람만이 추적할 수 있는 지도다.'

그야말로 할아버지다운 발상이 아닐 수 없었다.

소피는 상자에서 크립텍스를 들어 올려 손가락으로 글자판을 어루만졌다. 다섯 개의 글자. 소피는 글자판을 하나하나 돌려 보기 시작했다. 움직임은 아주 부드러웠다. 소피는 원통의 양쪽 끝에 새겨진 두 개의 화살표와 직선이 되도록 자신이 선택한 글자들을 가지런히 정렬했다. 이제 글자판에는 다섯 개의 철자로 된 단어가 하나 모습을 드러냈다. 물론 소피는 그것이 말도 안 되는 조합임을 알고 있었다.

G-R-A-I-L(잔).

소피는 원통의 양쪽 끝을 붙잡고 살그머니 잡아당겨 보았다. 꿈쩍도 하지 않았다. 속에 든 식초가 출렁거리는 소리에 얼른 손을 떼어 버렸다. 다른 단어를 시도해 보았다.

V–I–N–C–I(빈치).

역시 아무런 반응이 없었다

V–O–U–T–E(아치).

마찬가지였다. 크립텍스는 고집스럽게 입을 다물고 있을 뿐이었다.

소피는 눈살을 찌푸리며 크립텍스를 도로 상자 안에 넣고 뚜껑을 닫았다. 고개를 들고 밖에 있는 랭던을 바라보며, 소피는 그가 함께 있어 주어서 얼마나 다행스러운지 모른다는 생각을 했다.

'P.S. 로버트 랭던을 찾아라.'

소니에르가 랭던을 끌어들인 이유는 이제 확실하게 드러났다. 소피는 할아버지의 의도를 제대로 알아차릴 준비가 되어 있지 않았기 때문에, 로버트 랭던에게 안내자의 역할을 맡기고 싶었던 것이다. 혹은 그녀의 부족한 부분을 채워 줄 개인 교사라고 해도 좋았다. 하지만 오늘 밤 랭던의 역할은 단순히 개인 교사의 차원에 그치지 않았다. 브쥐 파슈의 목표물이 되었을 뿐 아니라, 성배를 노리는 보이지 않는 세력에 의해 쫓기는 신세가 되어 버린 것이다.

'도대체 성배란 무엇일까?'

소피는 그걸 알아내기 위해 목숨을 바칠 가치가 있을지 궁금해졌다.

랭던은 다시 트럭의 속도를 높이며 이제 운전하기가 한결 수월해져서 무척 만족스러웠다.

"혹시 베르사유로 가는 길을 알아요?"

소피가 힐끗 그를 쳐다보았다.

"관광하러 가게요?"

"아니, 그게 아니라 좋은 계획이 있어요. 베르사유 근처에 종교 역사학자가 한 사람 살고 있거든요. 위치가 정확하게 기억나지는 않는데,

아마 근처까지 가다 보면 생각이 날 겁니다. 그 양반 집에 몇 번 가 본 적이 있거든요. 리 티빙이라고, 명색이 영국 왕립 역사학잡니다."

"그런 사람이 파리에 살아요?"

"티빙은 평생을 성배에 바쳤다고 해도 과언이 아닌 사람이에요. 15년 전에 시온수도회의 쐐기돌에 관한 이야기가 흘러나오자, 그는 그걸 찾기 위해 프랑스로 이사까지 온 사람입니다. 쐐기돌과 성배에 대한 책도 몇 권 썼지요. 아마 크립텍스를 여는 방법을 알아내거나, 또는 그걸로 무엇을 해야 하는지에 대해서 그 사람의 도움을 받을 수 있을 겁니다."

대번에 소피의 눈가에 근심이 어렸다.

"믿을 만한 사람인가요?"

"어떤 면에서 말입니까? 우리에게서 정보를 훔쳐 가지 않을 사람이 냐고?"

"그리고 우리를 배신할 사람이 아니냐고……."

"그 사람에게 우리가 경찰의 추적을 받고 있다는 이야기는 털어놓지 않을 생각이에요. 그저 우리의 고민이 해결될 때까지 신세를 좀 지자는 것뿐이니까요."

"로버트, 이제 곧 프랑스의 모든 텔레비전에 우리 얼굴이 등장할 거라는 생각은 안 해 봤어요? 브쥐 파슈는 기회가 있을 때마다 언론을 적극적으로 활용하는 사람이에요. 우리가 함부로 돌아다니게 내버려 둘 사람이 아니라니까요."

'끔찍한 일이군.'

랭던은 생각했다.

'프랑스 텔레비전 데뷔를 긴급 수배자 신분으로 장식하게 되다니.'

적어도 조나스 포크만은 입이 찢어질 것이다. 랭던이 한 번씩 뉴스에 등장할 때마다 그의 책 판매량이 껑충 뛰니까.

랭던은 티빙이 이 시간에 텔레비전을 보고 있을 거라고는 생각하지 않았지만, 그래도 소피의 우려를 완전히 무시할 수는 없었다. 랭던의 직감은 티빙을 전적으로 신뢰해도 좋은 사람이라고 말하고 있었다.

'이상적인 피난처가 될 거야.'

현재 상황을 고려할 때, 티빙은 최대한 그들을 돕기 위해 발 벗고 나설 것이 분명했다. 랭던에게 갚아야 할 빚이 있을 뿐 아니라, 본인 자신이 열성적인 성배 연구자이기도 했다. 게다가 소피는 자신의 할아버지가 시온수도회의 그랜드마스터였다고 하지 않았는가. 만약 티빙이 그 소리를 들으면 자기가 먼저 그들을 돕고 싶어서 군침을 흘릴 것이다.

"티빙은 강력한 원군이 될 겁니다."

랭던이 말했다.

'당신이 어디까지 이야기하느냐에 따라서 말이지요.'

"파슈가 현상금을 내걸지도 몰라요."

랭던은 웃음을 터뜨렸다.

"억만금을 준다 해도 그것만으로는 눈도 깜빡하지 않을 양반이에요."

리 티빙은 어지간한 국가와 맞먹을 정도의 재력을 갖춘 인물이었다. 영국의 첫 번째 랭카스터 공작의 후손인 티빙은 가장 고전적인 방식으로 부를 축적했다. 상속을 받은 것이다. 파리 외곽에 자리한 그의 영지는 개인 소유의 호수를 두 개나 끼고 있는 17세기의 궁궐이었다.

랭던이 티빙을 처음 만난 것은 몇 년 전 영국 BBC 방송국을 통해서였다. 티빙이 먼저 BBC에 역사 다큐멘터리를 제작할 의향이 없느냐고 제안했다. 막강한 영향력을 가진 텔레비전 방송국의 시청자들에게 성배를 둘러싼 충격적인 역사를 소개하고자 하는 취지였다. BBC의 프로듀서들은 티빙의 자극적인 전제와 방대한 자료 조사, 그리고 그의 신뢰도 등을 모두 마음에 들어 했지만, 주제가 너무 충격적이라 정도를 걷는 언론으로서의 명성에 흠집이 가지 않을까 하는 우려 때문에 선뜻 결정을 내리지 못했다. 결국 그들은 티빙의 제안에 따라 전 세계의 내로라하는 역사학자 세 명을 찬조 출연시켜 공영 방송의 신뢰도 문제를 미연에 방지하기로 결정했다. 하나같이 성배의 비밀과 관련한 연구로 나름의 입지를 굳힌 전문가들이었다.

이렇게 해서 랭던이 그 세 명의 전문가 가운데 한 명으로 선정되었다.

BBC는 랭던을 티빙의 파리 저택으로 초대해 녹화에 들어갔다. 랭던은 티빙의 화려한 응접실에서 카메라 앞에 앉아 성배 이야기를 처음 접했을 때는 자신도 무척 회의적인 입장이었지만 다년간 연구를 거듭하다 보니 그 이야기가 사실임을 믿게 되었다고 설명했다. 이어서 랭던은 자신의 연구 성과 가운데 논란의 소지가 다분한 주장을 강력하게 뒷받침하는 일련의 기호학적인 측면을 소개했다.

영국에서 그 다큐멘터리가 방송되자 쟁쟁한 출연진과 충분한 근거를 갖춘 증거 제시에도 불구하고, 주제 자체가 일반적인 기독교의 사고방식과 정면으로 배치되는 내용을 담고 있어 여론의 적대적인 집중포화를 면하지 못했다. 미국에서는 아예 전파를 타지도 못했지만, 그 여파가 대서양을 건너는 것까지 막을 수는 없었다. 그 직후 랭던은 필라델피아의 가톨릭 주교이기도 한 오랜 친구에게서 엽서를 한 장 받았다. 엽서에는 달랑 '너도냐, 로버트(카이사르가 죽으면서 자신을 배신한 브루투스에게 한 말—옮긴이)?' 라는 한 줄이 쓰여 있을 뿐이었다.

"로버트."

소피가 물었다.

"정말 그 사람을 믿어도 괜찮겠어요?"

"물론입니다. 그 사람과 나는 동료 사이예요. 게다가 그는 돈이 필요 없는 사람이고, 우연히 알게 된 사실이기는 하지만 프랑스 정부를 아주 싫어하는 사람이기도 해요. 역사적인 유적지를 사들였다는 이유로 프랑스 정부가 터무니없는 세금을 매긴다는군요. 제 발로 먼저 파슈에게 협력하는 짓 따위는 절대 할 사람이 아닙니다."

소피는 길가의 어둠을 물끄러미 바라보았다.

"그 사람을 만나면 어디까지 이야기하는 게 좋을까요?"

랭던은 자신만만한 표정이었다.

"나만 믿어요. 리 티빙은 시온수도회와 성배에 대해서는 지구상에서 누구보다도 많이 아는 사람이니까."

소피는 그를 슬쩍 돌아보았다.

"우리 할아버지보다도 말인가요?"

"내 말은 그 조직에 직접 소속되지 않은 사람들 중에서 그렇다는 뜻입니다."

"티빙이 조직에 소속되지 않았다는 걸 어떻게 알죠?"

"티빙은 성배와 관련된 진실을 알리기 위해 평생을 바친 사람이에요. 하지만 시온수도회는 비밀을 사수하겠다고 서약한 사람들의 조직 아닙니까."

"그렇다면 더욱 이해관계가 충돌하는 것처럼 들리네요."

랭던은 소피가 무엇을 염려하는지 충분히 이해할 수 있었다. 소니에르는 크립텍스를 소피에게 남겼다. 비록 소피가 그 내용이 무엇인지, 그걸로 어떻게 해야 할지를 모르기는 하지만, 전혀 낯선 사람을 끌어들이는 데는 신중을 기할 수밖에 없는 처지였다. 사안이 사안인 만큼, 당장은 직감에 의존하는 것도 나쁘지 않을 듯했다.

"티빙을 만나자마자 쐐기돌 이야기부터 꺼내 놓을 필요는 없을 겁니다. 또는 끝까지 이야기하지 않는 게 좋을 수도 있지요. 아무튼 그의 저택은 우리에게 잠시 몸을 숨기고 생각을 할 수 있는 장소가 되어 줄 테고, 어쩌면 그 사람과 성배 이야기를 나누는 동안 당신 할아버지가 왜 그걸 당신에게 주었는지 무슨 단서가 잡힐지도 몰라요."

"나에게 준 게 아니라 우리에게 준 거죠."

소피가 말했다.

랭던은 한편으로 뿌듯한 자부심을 느낀 동시에, 다른 한편으로는 다시 한 번 소니에르가 왜 자신을 끌어들였을까 하는 의구심이 일었다.

"티빙이 사는 곳은 대충 안다고 했죠?"

소피가 물었다.

"그의 저택을 샤토 빌레트라고 부르는 모양이더군요."

소피는 깜짝 놀란 표정으로 그를 돌아보았다.

"샤토 빌레트?"

"그래요."

"좋은 친구를 두셨네요."

"거길 알아요?"

"지나다니기는 해 봤죠. 성채 지역이에요. 여기서 한 20분쯤 걸릴 거예요."

랭던은 눈살을 찌푸렸다.

"그렇게 멀어요?"

"그래요. 그 정도면 성배가 실제로는 무엇인지 설명해 줄 시간은 충분하겠죠?"

랭던은 잠시 망설였다.

"그 이야기는 티빙의 저택에 도착해서 합시다. 그 양반과 나는 각기 다른 분야를 전공했기 때문에 우리 둘의 이야기를 합치면 아마 전체적인 그림이 나올 겁니다."

랭던은 미소를 지으며 말을 이었다.

"게다가 성배는 곧 티빙의 인생이나 마찬가지니까, 그 양반에게서 성배 이야기를 듣는 것은 아인슈타인에게서 상대성이론 이야기를 듣는 것과 별 차이가 없을 거예요."

"티빙이 손님을 맞이하기엔 너무 늦은 시간 아닌지 모르겠네요."

"혹시나 해서 미리 말해 두는데, 그 양반을 부를 때는 티빙 경이라는 호칭을 쓰는 게 좋을 겁니다."

랭던 자신도 한 번 실수를 한 적이 있었다.

"솔직히, 한가락하는 양반이에요. 몇 년 전 요크 왕가의 방대한 역사를 정리한 공로로 영국 여왕에게서 기사 작위를 받았거든요."

소피는 깜짝 놀라 랭던을 바라보았다.

"설마, 농담이죠? 우리가 지금 기사를 찾아가고 있단 말이에요?"

랭던은 어색한 미소를 지었다.

"우리는 지금 성배를 쫓는 중이에요. 그런 우리를 도와줄 사람이 기사 말고 누가 있겠습니까?"

52

70만 제곱미터에 달하는 광활한 대지 위의 샤토 빌레트는 파리 북서쪽으로 약 25분, 베르사유 근처에 있었다. 1668년 프랑수아 망사르가 오플레 백작을 위해 설계한 이 성은 파리의 가장 유명한 유적지 가운데 하나로 꼽힌다. 두 개의 직사각형 호수와 르노트르가 설계한 정원으로 둘러싸인 샤토 빌레트는 저택이라기보다는 성채라는 표현이 더 어울리는 곳이었고, '작은 베르사유'라는 애칭으로 불릴 정도였다.

랭던은 긴 진입로 입구에 트럭을 세웠다. 보안 설비가 갖춰진 위압적인 정문 너머로 넓은 초원 위에 우뚝 솟은 리 티빙 경의 저택이 보였다. 정문에는 영어로 쓰인 표지판이 붙어 있었다.

'사유지. 무단출입 금지.'

티빙은 자신의 집을 프랑스 땅의 영국령이라고 선포하기라도 하듯, 영어로 된 표지판 외에 정문의 인터폰 시스템을 오른쪽에다 설치하는 치밀함을 과시했다. 차량의 운전석이 오른쪽인 나라는 유럽 전역에서 영국밖에 없다.

소피는 엉뚱한 위치에 붙은 인터폰을 바라보며 의아한 듯이 물었다.

"조수석에 사람이 타고 있지 않을 때는 어떻게 하죠?"

"그런 건 묻지 마세요."

랭던은 이미 티빙의 그런 괴짜 같은 모습에 익숙했다.

"그저 자기 모국의 방식을 따르고 싶어 할 뿐이니까."

소피가 창문을 내리며 말했다.

"로버트, 아무래도 당신이 얘기하는 게 낫겠어요."

그녀가 인터폰의 단추를 누르자, 랭던은 그녀의 몸 위로 상체를 기울였다. 순간 소피의 은은한 체취가 코를 간질이는 탓에 두 사람 사이의 거리가 얼마나 가까운지 새삼 실감할 수 있었다. 랭던은 인터폰의 조그만 스피커를 통해 신호음이 흘러나오는 동안, 아주 어색한 자세를 유지해야 했다.

이윽고 찌지직거리는 소리가 나더니, 약간 짜증스러운 프랑스 억양의 영어가 흘러나왔다.

"샤토 빌레트입니다. 누구신지요?"

"로버트 랭던이라고 합니다."

랭던은 소피의 무릎 위에 엎드리다시피 한 자세로 대답했다.

"리 티빙 경의 친구예요. 그의 도움이 필요해서 찾아왔습니다."

"주인님은 지금 주무십니다. 나도 마찬가지였고요. 용건이 뭐지요?"

"개인적인 문젭니다. 티빙 경이 아주 큰 관심을 둔 일이기도 합니다."

"아침에 다시 찾아오시면 주인님께서 반갑게 맞이하실 겁니다."

랭던은 너무 자세가 불편해서 몸을 꼼지락거렸다.

"아주 중요한 문젭니다."

"티빙 경의 수면도 중요한 문제이기는 마찬가지입니다. 정말로 친구분이시라면, 그분의 건강 상태가 좋지 않다는 걸 아실 텐데요."

리 티빙은 어렸을 때 소아마비를 앓아 지금도 다리에 보정기를 한 채 걸을 때는 목발을 이용하는 처지였지만, 지난번에 이곳을 찾아왔을 때만 해도 전혀 아픈 사람으로 보이지 않을 만큼 더할 나위 없이 활기찬 모습이었다.

"정 그러시다면, 내가 성배에 대한 새로운 정보를 찾아냈다고 전해 주세요. 아침까지 기다릴 수 없을 만큼 중요한 정보라고 말입니다."

긴 침묵이 이어졌다.

랭던과 소피는 트럭의 시동을 끄지 않고 기다렸다.

1분은 족히 지난 것 같았다.

이윽고 다른 사람의 목소리가 흘러나왔다.

"이게 누구야, 자넨 아직도 하버드 표준 시간에 맞춰 움직이는 모양이군."

밝고 활기찬 목소리였다.

랭던은 그의 짙은 영국식 억양을 알아차리고 싱긋 미소를 지었다.

"티빙, 이런 시간에 잠을 깨워서 정말 미안합니다."

"파리에는 언제 왔나? 아니, 성배에 대해서 할 이야기가 있다고?"

"그래야 금방 잠을 깰 것 같아서요."

"그건 그렇지."

"이 오랜 친구를 위해 문 좀 열어 줄 생각은 없습니까?"

"진실을 좇는 사람이라면 단순한 친구 정도가 아니지. 형제와도 다름없어."

티빙의 남다른 습성을 잘 아는 랭던은 소피를 향해 눈을 찡긋해 보였다.

"물론 열어 줘야지."

티빙이 말했다.

"하지만 그전에, 자네의 가슴이 얼마나 진실한지를 확인해야겠어.

자네의 명예를 시험하는 거라고 생각하고, 세 가지만 물어보겠네."

랭던은 나지막이 신음을 뱉으며 소피를 향해 속삭였다.

"조금만 참으세요. 아주 독특한 사람이라는 건 아까도 말했지요?"

"첫 번째 질문."

티빙이 우렁찬 목소리로 말했다.

"내가 자네에게 커피를 대접해야 하나, 아니면 홍차를 대접해야 하나?"

랭던은 커피라면 사족을 못 쓰는 미국인들을 티빙이 어떻게 생각하는지 알고 있었다.

"홍차."

랭던이 대답했다.

"얼 그레이."

"아주 좋아. 두 번째 질문일세. 우유를 넣을까, 설탕을 넣을까?"

랭던은 잠시 망설였다.

"우유."

소피가 그의 귀에다 대고 속삭였다.

"영국 사람들은 홍차에 우유를 타서 마셔요."

"우유."

랭던이 말했다.

침묵이 이어졌다.

"설탕?"

이번에도 티빙은 대답을 하지 않았다.

'잠깐!'

랭던은 그제야 지난번에 왔을 때 마셔본 시금털털한 차를 떠올리며 이 질문이 함정이었음을 깨달았다.

"레몬!"

랭던이 소리쳤다.

"레몬을 띄운 얼 그레이."

"좋았어."

티빙은 아주 흡족한 목소리였다.

"그럼 마지막으로 제일 어려운 문제를 내야겠군."

티빙은 잠시 뜸을 들이더니 진지한 목소리로 물었다.

"헨리에서 마지막으로 하버드 선수가 옥스퍼드 선수를 이긴 해는?"

랭던이 그런 걸 알 리가 없었지만, 티빙이 그런 문제를 낸 이유만은 충분히 짐작할 수 있었다.

"그런 괴상한 사건은 한 번도 일어난 적이 없는 게 분명합니다."

철컥하는 소리와 함께 문이 열렸다.

"자네의 가슴은 진실하군, 친구. 어서 들어오게."

53

"무슈 베르네!"

취리히 대여 금고 은행의 야간 관리자는 전화로나마 지점장의 목소리를 들으니 마음이 놓였다.

"어디에 계십니까? 경찰이 들이닥쳤어요. 다들 지점장님을 기다리고 있습니다."

"조그만 사고가 있었어."

지점장이 골치 아픈 목소리로 말했다.

"도움이 필요하네."

'조그만 사고 정도가 아닐 걸요.'

관리자는 속으로 생각했다. 경찰이 은행을 온통 에워싼 채 DCPJ 국장이 직접 영장을 들고 달려올 거라고 위협하는 상황이었다.

"어떻게 도와드릴까요?"

"3호 장갑 트럭 말일세. 그걸 찾아야 해."

관리자는 어리둥절한 표정으로 운송 일지를 확인해 보았다.

"그 트럭은 여기 있습니다. 지하 적하장에 주차되어 있어요."

"그렇지 않아. 경찰이 쫓는 두 사람이 그 트럭을 훔쳐 갔어."

"뭐라고요? 그들이 트럭을 몰고 여길 어떻게 빠져나갔지요?"

"지금 전화상으로 자세하게 설명할 상황이 아니야. 분명한 건 우리 은행이 커다란 곤경에 처할지도 모르는 상황이 발생했다는 거지."

"그럼 제가 어떻게 하면 되겠습니까, 지점장님?"

"트럭에 부착된 비상 송신기를 작동시켜."

야간 관리자는 맞은편 벽에 붙은 로잭(LoJack) 시스템을 바라보았다. 이 은행이 보유한 트럭들은 무선으로 제어되는 자동 위치 추적 장치를 장착하고 있었다. 관리자는 트럭 탈취 사건이 발생했을 때 이 비상 시스템을 한번 가동해 보았는데, 그때 이 시스템의 완벽한 성능을 직접 확인했다. 트럭의 현재 위치를 파악해 자동으로 수사 당국에 좌표를 전송하도록 되어 있었다. 그러나 관리자는 오늘 밤 지점장이 평소보다 더욱 은행 자체의 보안에 신경을 쓰고 있다는 느낌을 받았다.

"지점장님, 로잭 시스템을 가동하면 우리에게 문제가 발생했다는 사실이 즉각 당국에도 알려질 텐데, 그래도 괜찮겠습니까?"

베르네는 몇 초 동안 대답을 하지 않았다.

"그건 나도 알아. 아무튼 작동시켜. 3호 트럭이야. 전화 끊지 않고 기다릴 테니까, 위치가 파악되는 즉시 보고하도록."

"알았습니다, 지점장님."

30초 후, 은행에서 40킬로미터 떨어진 곳에 세워진 방탄 트럭의 밑바닥에 숨겨진 조그만 송신 장치가 깜빡거리기 시작했다.

54

포플러가 늘어선 꾸불꾸불한 진입로 사이로 랭던이 장갑 트럭을 몰고 올라가는 동안, 소피는 벌써 온몸의 긴장이 풀리는 것을 느꼈다. 일단 도로에서 벗어났다는 안도감이 크게 작용했겠지만, 잠깐 몸을 숨기기에는 마음씨 착한 외국인의 이 사유지보다 더 안전한 곳이 당장 떠오르지 않는 탓도 무시할 수 없었다.

트럭이 동그란 로터리처럼 생긴 앞마당으로 접어들자, 오른편으로 샤토 빌레트가 웅장한 자태를 드러냈다. 3층 높이에 길이는 짧아도 60미터가 넘을 듯했고, 잿빛 벽돌 건물을 외부 조명이 은은하게 비추고 있었다. 투박한 건물의 외관은 잘 손질된 정원과 투명한 연못을 정면으로 마주하고 있었다.

건물 안쪽에는 방금 불이 켜졌다.

랭던은 현관 앞에 트럭을 세우는 대신 상록수가 우거진 주차 구역으로 차를 몰았다.

"굳이 도로에서 훤히 보이는 곳에 세울 필요가 없지요."

랭던이 말했다.

"티빙이 이 너덜너덜한 장갑 트럭을 보면 우리가 왜 이런 차를 타고 왔는지 의아하게 생각할 수도 있고."

소피는 고개를 끄덕였다.

"크립텍스는 어떻게 하죠? 여기다 놔두고 들어갈 수는 없잖아요. 그렇다고 가지고 들어갔다가 티빙의 눈에 뜨이면 그게 뭐냐고 물어볼 게 뻔한데."

"걱정하지 말아요."

랭던은 그렇게 말하며 재킷을 벗어 상자를 둘둘 만 다음, 마치 아기를 안듯이 품에 끌어안았다.

소피가 슬쩍 그를 흘겨보며 투덜거렸다.

"잘도 숨기네요."

"티빙이 직접 현관으로 나와 문을 열지는 않을 겁니다. 폼 나게 등장하는 것을 좋아하니까. 그가 우리를 맞이하러 나오기 전에 어딘가 집 안에 숨겨 둘 곳을 찾을 수 있을 거예요."

랭던은 잠시 생각을 한 다음 덧붙였다.

"티빙을 만나기 전에 한 가지 미리 말해 둘 게 있어요. 사람들은 흔히 티빙의 유머 감각을 약간…… 이상하게 생각하는 경우가 있더군요."

소피는 오늘 하룻밤 사이에 워낙 이상한 일을 많이 겪어서 어지간한 일에는 꿈쩍도 하지 않을 것 같았다.

현관 앞으로 이어지는 오솔길에는 조약돌이 깔려 있었다. 그 길을 따라 모퉁이를 한 번 돌아가니, 포도 송이만 한 놋쇠 고리가 달린 커다란 문이 나왔다. 참나무와 벚나무로 만든 고급스러운 문이었다. 소피가 고리를 향해 손을 뻗기도 전에 안쪽에서 문이 열렸다.

단정하고 우아한 모습의 집사가 문 앞에 선 채 방금 걸쳐 입었음이 분명한 턱시도와 하얀 넥타이를 마지막으로 다시 한 번 가다듬고 있었다. 나이는 쉰 살가량으로 보였고, 세련된 외모와 딱딱한 표정으로 미루어 랭던과 소피의 방문을 그리 달가워하지 않는 기색이었다.

"티빙 경은 곧 내려오실 겁니다."

그는 짙은 프랑스 억양이 섞인 영어로 말했다.

"지금 옷을 갈아입고 계십니다. 잠옷 차림으로 손님을 맞이하는 걸 좋아하지 않으시거든요. 겉옷을 이리 주시겠습니까?"

그는 랭던이 끌어안고 있는 재킷을 불만스러운 표정으로 내려다보며 말했다.

"고맙습니다만, 괜찮습니다."

"그럼, 이쪽으로 오시지요."

집사는 대리석이 깔린 현관을 지나 화려하게 장식된 응접실로 그들을 안내했다. 술이 달린 빅토리아풍의 램프가 은은한 조명을 드리우는 방이었다. 실내는 굉장히 고풍스러우면서도 웅장한 분위기였고, 파이프 담배와 찻잎, 요리용 백포도주, 그리고 석조 건물 특유의 흙냄새가 느껴졌다. 반대편 벽에는 반들거리는 한 쌍의 쇠미늘 갑옷이 버티고 선 가운데, 황소 한 마리를 통째로 구워도 될 정도로 커다란 벽난로가 마련되어 있었다. 집사는 벽난로 앞으로 걸어가 무릎을 꿇고 깔끔하게 쌓인 참나무 땔감과 불쏘시개 위로 성냥을 그었다. 이내 불길이 확 살아났다.

집사는 몸을 일으키며 옷매무새를 바로잡았다.

"주인님이 두 분께 내 집처럼 편안하게 생각하시라고 당부하셨습니다."

그는 그 말을 하고 랭던과 소피를 남겨 둔 채 어디론가 사라졌다.

소피는 벽난로 주변에 놓인 골동품들 가운데 어디에 앉아야 할지 조금 고민스러웠다. 르네상스풍의 벨벳 소파와 수수한 독수리 발톱 모양의 안락의자, 비잔틴의 어느 신전에서 옮겨 온 듯한 석조 의자 한 쌍이 놓여 있었다.

랭던은 크립텍스를 꺼내 벨벳 소파 밑으로 눈에 뜨이지 않게 밀어 넣었다. 이어서 재킷을 한번 탁 털어서 걸치고는 옷깃을 바로잡은 다음, 소피를 향해 싱긋 웃어 보이며 보물을 숨긴 소파 위에 털썩 걸터앉는 것이었다.

'여기가 맞는 자린가 보군.'

소피는 그런 생각을 하며 랭던 옆에 앉았다.

따스한 온기를 느끼며 벽난로 속의 불꽃을 바라보고 있으니, 문득 할아버지가 봤으면 이 방을 참 좋아했겠다는 생각이 들었다. 중후한 색깔의 나무로 된 벽에는 거장들의 작품이 즐비하게 걸려 있었는데, 그 가운데 하나는 그녀의 할아버지가 두 번째로 좋아하는 화가 푸생의 그림이었다. 벽난로 위에는 설화 석고로 만든 이시스의 흉상이 방 안을 온화하게 내려다보고 있었다.

이집트 여신 아래의 벽난로 안에는 두 개의 이무기돌이 장식 받침 노릇을 하고 있었는데, 입을 쩍 벌려 텅 빈 목구멍이 훤하게 드러난 무시무시한 모습이었다. 소피는 어렸을 때 유난히 이런 이무기돌을 무서워했는데, 폭풍우가 몰아치던 어느 날 밤 그녀의 할아버지가 노트르담 성당 꼭대기로 그녀를 데려가 그 무섬증을 깨끗이 치료해 주었다.

"프린세스, 이 가련한 놈들을 자세히 들여다보렴."

그는 빗물이 콸콸 흘러내려 가는 이무기돌의 입을 가리키며 말했다. 거기서는 그것들이 홈통 역할을 하고 있었다.

"목구멍에서 나는 저 우스꽝스러운 소리가 들리지 않니?"

소피는 트림 소리 같기도 하고 양치 소리 같기도 한 소리에 귀를 기울이며 미소를 지었다.

"녀석들이 양치하고 있어."

그녀의 할아버지가 말했다.

"가글가글…… 이무기돌(gargoyle)이라는 우스꽝스러운 이름도 바로 거기에서 비롯된 거란다."

그 뒤로 소피는 두 번 다시 이무기돌을 겁내지 않게 되었다.

애틋한 추억은 살인 사건이 연루된 가혹한 현실과 맞물려 소피에게 다시 한 번 가슴을 찌르는 슬픔을 안겨 주었다.

'할아버지는 돌아가셨어.'

소피는 소파 밑에 숨겨 놓은 크립텍스를 떠올리며 리 티빙이 그걸 여는 방법을 알고 있을까 하는 생각을 했다.

'아니, 물어봐도 될까?'

소피의 할아버지가 남긴 마지막 메시지는 로버트 랭던을 찾으라는 것이었을 뿐 다른 사람을 끌어들이라는 이야기는 한마디도 없었다. 소피는 로버트의 판단을 믿기로 마음을 정하면서, 잠시 몸을 숨길 곳이 필요할 뿐이라고 스스로를 타이르지 않았던가.

"로버트 경!"

뒤에서 커다란 목소리가 들렸다.

"이제 보니 아리따운 숙녀분과 함께 여행하고 있었구먼."

랭던이 자리에서 일어났다. 소피도 얼떨결에 벌떡 몸을 일으켰다. 목소리가 들려온 곳은 2층의 어두컴컴한 그림자 속으로 이어진 계단 꼭대기 쪽이었다. 거기는 너무 어두워서 어렴풋한 사람의 형상이 겨우 드러나 보일 뿐이었다.

"안녕하십니까."

랭던이 큰 소리로 인사를 건넸다.

"티빙 경, 이쪽은 소피 느뵈입니다."

"이거 영광이로군."

티빙은 이윽고 빛이 비치는 곳까지 내려왔다.

"따뜻하게 맞아 주셔서 고맙습니다."

소피도 그렇게 인사치레를 했다. 이제 쇠로 된 보정기를 다리에 대고 목발까지 짚은 남자의 모습이 똑똑히 드러나 보였다. 그는 한 번에 한 칸씩, 천천히 계단을 내려오고 있었다.

"너무 늦은 시간인 줄은 알지만……."

"너무 늦은 게 아니라 너무 이른 시간이라고 해야겠지."

티빙은 웃음을 터뜨렸다.

"Vous n'êtes pas Américaine(미국인은 아니지요)?"

소피는 고개를 가로저었다.

"파리지엥이에요."

"영어를 아주 잘하는군요."

"고맙습니다. 로열 홀로웨이에서 공부했어요."

"그러면 그렇지."

계단을 내려오는 티빙의 걸음걸이는 아무래도 조금 힘겨워 보였다.

"내가 거기서 엎드리면 코 닿을 옥스퍼드 출신이라는 건 로버트에게서 들었을 테지요?"

티빙은 짓궂은 미소를 지으며 랭던을 바라보았다.

"물론 만에 하나, 옥스퍼드에 낙방할 경우를 대비해서 하버드에도 원서를 넣기는 했었지."

이윽고 티빙이 계단을 다 내려오자, 소피는 그가 엘튼 존과는 다른 유형의 기사라는 사실을 깨달았다.

살집이 좋고 혈색도 좋은 리 티빙 경은 숱 많은 빨강 머리에, 말을 할 때마다 반짝반짝 빛이 나는 담갈색 눈동자를 가진 사람이었다. 주름 바지와 헐렁한 실크 셔츠, 그리고 그 위에 페이즐리 조끼를 받쳐 입었다. 다리에 찬 알루미늄 보정기에도 불구하고 탄력 있고 꼿꼿한 자세를 유지하는 것은 의식적인 노력이라기보다 타고난 귀족 기질의 부산

물이 아닐까 싶었다.

충분히 거리가 가까워지자, 티빙은 랭던을 향해 손을 내밀었다.

"로버트, 살을 좀 뺀 모양이군."

랭던은 싱긋 미소를 지었다.

"경은 좀 찐 것 같군요."

티빙은 너털웃음을 터뜨리며 자신의 둥그스름한 배를 툭툭 두들겼다.

"내가 졌네. 요즘은 거의 먹는 재미로 사는 기분이라니까."

그는 소피를 돌아보며 그녀의 손을 잡고 살짝 고개를 숙여 그녀의 손가락에 가볍게 입김을 내뿜었다.

"자, 숙녀님."

소피는 자신이 시간을 거슬러 온 건지 정신 병원으로 들어온 건지 모르겠다는 심정으로 랭던을 돌아보았다.

현관문을 열어 주었던 집사가 큼직한 쟁반을 들고 들어와 벽난로 앞의 테이블에 찻잔을 늘어놓았다.

"이쪽은 레미 르갈뤼데크야."

티빙이 말했다.

"내 하인이지."

늘씬한 몸매의 집사는 뻣뻣하게 고개를 끄덕여 보인 다음, 또다시 모습을 감추었다.

"리용 출신이야."

티빙은 그게 마치 무슨 불길한 전염병 이름이라도 되는 듯이 나직이 속삭였다.

"그래도 소스 만드는 솜씨는 제법 쓸 만해."

랭던은 놀란 표정을 지었다.

"영국에서 사람을 데려온 줄 알았는데요?"

"천만에! 영국인 요리사가 만든 음식은 프랑스 국세청 놈들한테나

먹여야 돼."

티빙은 그렇게 말해 놓고 소피를 슬쩍 돌아보았다.

"용서하시오, 마드모아젤 느뵈. 알고 보면 내가 싫어하는 프랑스는 정치하고 축구판뿐이에요. 당신네 정부는 쉴 새 없이 내 돈을 훔쳐 가고, 당신네 축구팀은 우리 대표팀을 묵사발로 만들었으니까."

소피는 부담 없이 미소를 지어 보였다.

티빙은 잠시 그녀를 흘낏거리더니, 이어서 랭던을 바라보았다.

"무슨 일이 있었군. 두 사람 다 아주 피곤한 기색이야."

랭던은 고개를 끄덕였다.

"아주 흥미진진한 밤을 보냈거든요."

"그랬겠지. 한밤중에 예고도 없이 나타나서 성배 이야기를 꺼냈으니……. 솔직히 말해 보게, 진짜 성배 이야기야, 아니면 나를 깨우려고 그냥 한번 해 본 소린가?"

'둘 단데.'

소피는 소파 밑에 숨겨 둔 크립텍스를 떠올리며 속으로 생각했다.

"티빙."

랭던이 말했다.

"우린 시온수도회 이야기를 좀 했으면 합니다만."

티빙의 숱 많은 눈썹이 호기심으로 곤두섰다.

"수호자들 말인가? 그렇다면 성배 이야기가 맞구먼. 무슨 정보를 가지고 왔다고 했지? 새로운 정본가, 로버트?"

"그럴지도 모르지만, 아직 확실하지는 않습니다. 먼저 경의 설명을 듣고 나면 좀 더 확실하게 감이 잡힐 텐데요."

티빙은 랭던을 향해 손가락을 까딱거렸다.

"교활한 미국인 같으니…… 오는 정이 있어야 가는 정이 있다, 이거야? 좋아. 어디, 먼저 시작해 보시지. 나한테서 무슨 이야기를 듣고 싶은 건가?"

랭던이 한숨을 쉬며 대답했다.

"느뵈 양에게 성배의 정체가 뭔지에 대해서 설명을 좀 해 주실 수 있나 해서요."

티빙은 어리둥절한 표정이었다.

"이 숙녀분께서는 아무것도 모르고 있나?"

랭던은 고개를 가로저었다.

티빙의 얼굴에 거의 음탕하다고 해도 과언이 아닐 미소가 번졌다.

"로버트, 나한테 처녀를 데려온 거야?"

랭던은 움찔한 표정으로 소피를 돌아보았다.

"성배를 쫓는 사람들 사이에서는 처녀라는 단어가 진짜 성배 이야기를 한 번도 들어 보지 못한 사람을 가리킵니다."

티빙은 진지한 눈빛으로 소피를 바라보며 물었다.

"어디까지 알고 있소, 아가씨?"

소피는 랭던에게서 들은 시온수도회와 템플기사단, 상그레알 문서 등을 간단하게 이야기한 다음, 성배가 단순히 잔을 의미하는 것이 아니라…… 훨씬 더 강력한 무언가를 암시한다는 사실도 덧붙였다.

"그게 다요?"

티빙은 괘씸하다는 듯이 랭던을 바라보았다.

"로버트, 자네는 신사인 줄 알았더니, 정작 오르가슴은 빼먹었구먼!"

"아, 나는 그저 당신과 내가 힘을 합치면……."

랭던은 아무래도 비유가 너무 이상한 쪽으로 흐르는 것 같아서 대충 말을 얼버무렸다.

티빙은 이미 눈을 반짝거리며 소피를 잡아먹을 듯이 노려보고 있었다.

"아가씨, 당신은 진짜 처녀로군. 나를 믿어요. 영원히 잊혀지지 않는 첫 경험을 선사해 줄 테니까."

〈2권에서 계속됩니다.〉

옮긴이 **안종설**

성균관대학교 사회학과를 졸업한 뒤 출판사 편집장을 지냈고, 캐나다 UFV에서 영문학을 공부했으며, 현재 전문 번역가로 활동하고 있다. 옮긴 책으로 《벤허: 그리스도 이야기》《떠오르는 아시아에서 더럽게 부자 되는 법》《스타워즈: 새로운 희망―공주, 건달 그리고 시골 소년》《스타워즈: 제국의 역습―제다이가 되고 싶다고?》《인페르노》《로스트 심벌》《다빈치 코드》《해골 탐정》《대런 섄》《잉크스펠》《잉크데스》《프레스티지》《Che―한 혁명가의 초상》《솔라리스》《천국의 도둑》《믿음의 도둑》 등이 있다.

다빈치 코드 ❶

초 판 1쇄 발행 2008년 12월 20일
초 판 21쇄 발행 2022년 7월 24일
개정판 1쇄 발행 2013년 12월 11일
개정판 15쇄 발행 2024년 6월 26일

지은이 | 댄 브라운
옮긴이 | 안종설
발행인 | 강봉자, 김은경

펴낸곳 | (주)문학수첩
주소 | 경기도 파주시 회동길 503-1(문발동 633-4) 출판문화단지
전화 | 031-955-9088(마케팅부), 9530(편집부)
팩스 | 031-955-9066
등록 | 1991년 11월 27일 제16-482호

홈페이지 | www.moonhak.co.kr
블로그 | blog.naver.com/moonhak91
이메일 | moonhak@moonhak.co.kr

ISBN 978-89-8392-500-8 04840
     978-89-8392-502-2 (세트)

* 파본은 구매처에서 바꾸어 드립니다.